Jeanne GUERAUD

1 DE PERDU, 10 DE RETROUVÉS

ET PLUS SI AFFINITÉS …

Roman

ISBN : 978-2-9565665-2-6   1ère publication LGF

A Nadia, Cathou, Nyny,
Ce qui ne nous tue pas nous rend plus fort

PROLOGUE

21 décembre 2015

Dans trois ans, Elle doit quitter l'Ile de la Réunion pour partir vivre avec son compagnon sur un voilier en Polynésie. Oui, mais voilà, il semble qu'Erwan ait une maîtresse... Rongée par le doute, Elle explore l'ordinateur familial. Depuis quatre mois, Elle soupçonne Erwan d'avoir une liaison avec une jeune femme de 30 ans, Elle en a 51, lui 49, l'âge de la fameuse crise de la cinquantaine qui touche tellement de couples à la Réunion, un peu plus qu'ailleurs...

Ces dernières semaines, il a progressivement changé de comportement ; plus distant, plus irritable, plus coquet (il a entamé un léger régime pour perdre son petit ventre). Il a tendance à refuser les relations intimes sous prétexte de fatigue professionnelle excessive ou à les limiter au strict minimum.

Une fois par semaine, dix minutes, vite fait, bien fait, et toujours dans la même position...

Son téléphone portable est désormais codé, il s'en est d'ailleurs acheté un nouveau qui fait de bien plus belles photos... Pire, si jamais Elle appuie sur une touche, la fonction photo du téléphone se déclenche sans faire de bruit, la prenant sur le fait et envoie automatiquement un mail à son propriétaire avec la photo, l'heure et la date du forfait !!! Il téléphone souvent à voix basse à l'écart de la maison ou part avec son portable aux toilettes pour une durée interminable...Edifiant non ? Enfin, il s'est rasé le sexe, le pubis et les bourses, soit disant pour avoir plus de sensations avec elle...

Elle l'a questionné à maintes reprises sur son infidélité supposée, l'implorant de lui dire la vérité, lui promettant qu'ils trouveront ensemble une solution mais, à chaque fois, il nie avec véhémence, trouve des explications et assure même, le fourbe :

7

« Je n'ai jamais touché une autre femme, je le jure sur la tête de mes enfants !»

Ce 21 décembre, il vient de quitter le quai du Port à bord d'un catamaran qu'il skippe jusqu'à l'île Maurice. Il va y rester dix jours pour faire une croisière autour de l'île.

Pour la première fois, ils ne vont pas passer Noël ensemble. Il lui a demandé si cela la dérangeait mais l'ambiance est tellement tendue entre eux qu'elle préfère qu'il soit loin pour respirer un peu et tant qu'il est sur son bateau avec ses passagers, Elle est tranquille sur ses infidélités.

En mer, il est hors de portée d'internet, Elle dispose donc d'une journée pour fouiller tranquillement dans l'ordinateur. Et elle est persuadée qu'Elle va trouver un indice qui va lui prouver qu'Elle a raison et que ses doutes sont fondés.

Elle passe en revue les deux cents derniers mails, rien ! Serait-Elle parano comme il le prétend ?

Elle insiste. Soudain, Elle tombe sur un message qu'il a adressé à "moi". "Moi"? Il s'envoie des messages ??? Il n'y a pas d'objet, juste une pièce jointe...

Le mail est adressé à un certain Bernard Morin sur un compte Yahoo.

Il a gardé son vrai nom mais modifié son prénom et Elle se demande bien pourquoi Bernard ?

Quel rapport avec le schmilblick ???

Le cœur battant, Elle tape "Yahoo" sur Google. La messagerie lui demande d'entrer son mail, Elle écrit donc : b.morin@yahoo.fr puis son mot de passe. Elle essaye le code qu'il utilise fréquemment, mot de passe incorrect...La messagerie lui propose alors l'option "mot de passe oublié''. Elle clique dessus et perçoit un bip signalant l'arrivée d'un mail sur la messagerie d'origine Gmail. Trop bien ! Elle vient de recevoir le code de dépannage "XPw68pTR4S".

Ses mains tremblent, son pouls s'accélère, mot de passe erroné !

Elle est tellement stressée qu'Elle s'est trompée en entrant le code.

Elle s'exécute de nouveau, en essayant de maîtriser l'angoisse qui se transmet à ses doigts, et cette fois, la messagerie s'ouvre.

Son fils Gianni, âgé de 25 ans entre à cet instant dans le bureau.

– Ah ! Tu tombes bien toi ! Viens voir ce que j'ai trouvé ! Erwan a une deuxième boite mail ! Non mais tu le crois ça !!!

– Maman tu ne devrais pas ouvrir, je sens que ça va être terrible pour toi...

Trop tard ! Elle a appuyé sur la touche « Entrée » et la photo apparaît, emplissant totalement l'écran de l'ordinateur : Elle pousse un cri de douleur, titube, suffoque, se raccroche à Gianni qui n'en revient pas de l'image qui s'est étalée sur l'écran : La bite en érection et en gros plan de son beau-père accompagnée d'un élégant commentaire :

« Dis-moi que ça te fait grimper aux rideaux ! »

Quel lyrisme ! Pitoyable...

Ça a le mérite d'être clair. Chaque jour, depuis trois mois, il échange des photos avec une négociatrice en immobilier, Sandy.

Pfff ! Avec le prénom de salope qui va bien...

Elle lui répond en lui envoyant des photos de charme qui se veulent érotiques,

Bof, pas beaucoup d'imagination la nana !

Au fil des semaines, les photos deviennent de plus en plus dénudées et uniquement ciblées sur ses parties intimes.

Elle note au passage que la fille n'est pas mieux foutue qu'elle (surtout avec vingt ans de moins) : des petits seins insignifiants, un ventre plat mais pas dessiné, certes un joli cul mais rien de transcendant.

Mais alors, cette tête d'idiote avec sa bouche en cul de poule ... sûr que son QI ne dépasse pas deux chiffres.

A côté des messages de Sandy, il y a une dizaine de mails adressés à des sites pornographiques et une autre dizaine à des filles inconnues.

Et bien !!! Quel choc ! Il ne s'agit donc pas d'un coup de cœur pour une jeunette mais d'un véritable queutard ! Ça dépasse tout ce qu'Elle avait imaginé.

Curieuse d'en apprendre plus sur cet homme qui partage sa vie depuis six ans,

Ben oui seulement six ans...

et qu'Elle a suivi au bout du monde à l'île de la Réunion,

Pff... Plutôt de la désunion, oui !!! Elle avait bien lu sur les blogs que de nombreux couples se sépareraient assez rapidement après leur arrivée sur cette île mais s'était crue hors de danger...

Elle leur adresse à toutes un mail, très laconique, sous l'identité d'Erwan, enfin non, de Bernard, enfin bref, vous avez compris :

« Coucou comment vas-tu ? Donne-moi des news, bisous. »

Une seule fille répond. Une autre Sandy.

Pour ne pas se tromper dans les prénoms sans doute, ah ah !!!

« Que deviens-tu ? Tes rapports avec ta femme se sont arrangés ? J'espère qu'elle a compris la chance qu'elle a de vivre avec un homme comme toi et qu'elle ne te délaisse plus… »

Ahhh mais c'est charmant tout ça ! Non seulement il la trompe avec tout ce qui bouge mais, en plus, il se fait passer pour le pauvre homme d'affaires incompris et délaissé par sa femme !!!

A sa colère s'ajoute le mépris et le dégoût pour cet homme qui se présente comme une belle personne au comportement exemplaire et qui se révèle au final comme un bel enfoiré. Très remontée, Elle saisit son téléphone et appelle Sandy numéro 1 :

– Allo Sandy ? C'est la femme d'Erwan, je viens de trouver tes belles photos alors je vais te poser quelques questions et tu as intérêt à répondre

sinon les photos de ta chatte en gros plan seront affichées demain matin en vitrine dans ton agence immobilière à la place de tes maisons, ok ?
Sandy bafouille :
– Non mais je vous jure, il n'y a absolument rien. Quelques photos c'est tout mais rien de concret. Je suis mariée et nous sommes tous les deux délaissés et sans amour, on se réconforte juste comme ça, on prend un café le matin, on discute et c'est tout.

Ahhh... délaissé encore !!!
Elle s'énerve. La demoiselle est de mauvaise foi en plus, son sang ne fait qu'un tour, sa voix se fait menaçante :
– Et tu es menteuse en plus ! Je t'ai dit de ne pas me mentir sinon je divulgue toutes tes superbes photos. J'ai lu tous vos mails donc je sais tout alors écoute bien maintenant, tu lui dis que tu l'aimes et bien tu le gardes, moi je n'en veux plus d'un connard pareil qui me pourrit la vie depuis six ans et celle de mes enfants en plus. Je te dépose toutes les chemises à repasser de monsieur, à toi maintenant de t'en occuper et bon courage ainsi qu'à ton boudin de fille comme il l'appelle comme la mienne, ce qui montre tout le respect qu'il a pour les femmes mais ça, je te laisse le découvrir... C'est un pervers narcissique et je suis bien contente d'en être enfin débarrassée.
Ah oui, j'allais oublier, Erwan a en permanence dans son sac à dos, bien cachés au fond de la plus petite poche, des antibiotiques contre les maladies sexuellement transmissibles, je les compte tous les matins, et je peux t'affirmer qu'il en consomme… et pas qu'avec toi…
Si tu veux avoir un autre enfant, je te conseille d'aller chez ta gynéco illico presto car cette maladie passe le plus souvent inaperçue mais bouche les trompes.
A bon entendeur…
Elle raccroche et compose le numéro d'Erwan. Il répond :
– Je viens de trouver ton mail Yahoo avec un b comme bite. Je ne veux plus jamais te revoir alors tu demandes à ton frère de passer prendre tes affaires. Je déposerai tout au pied du portail et toi, à ton retour, tu dégages chez ta pute, tu n'as pas intérêt à remettre un pied ici ! Et Elle raccroche.
Il essaye de la rappeler, Elle ne répond pas.

11

Elle allume une cigarette qu'Elle fume nerveusement à toute vitesse, l'éteint et en rallume une autre aussitôt. Elle a envie de vomir. Et dire qu'ils devaient partir vivre ensemble en voilier...

Tout s'écroule et Elle aussi.

Il faut maintenant annoncer la bonne nouvelle aux enfants.

Ils ne sont pas étonnés, soulagés même que leur maman soit enfin débarrassée de cet imposteur qui était fort désagréable avec eux, leur parlant comme à des chiens, traitant même régulièrement Gianni de "connard"...

Dans deux jours c'est Noël, Elle regarde le sapin qu'elle a confectionné avec des branches de bois flotté ramassées avec sa fille sur la plage et assemblées avec une cordelette. Elle l'a décoré avec des guirlandes et des boules blanches et en verre qui font ressortir le gris du bois flotté.

Elle le prend en photo et le met sur son Facebook avec ce commentaire :

« Père Noël, cette année je ne veux qu'un cadeau : de l'amour !»

Puis elle adresse un message à ses amis :

« Je laisse ma place auprès de mon infidèle compagnon à Sandy, jeune maman de 30 ans. Je suis désormais disponible pour sortir et rire avec vous. La vie est belle ! »

Le fait d'écrire et de publier cette séparation va l'empêcher de changer d'avis et de lui pardonner si jamais il faisait une tentative pour la récupérer.

La veille de Noël, Elle part comme chaque matin courir avec son chien au parcours de santé. Elle n'arrive plus à manger, a déjà perdu deux kilos, se réveille la nuit en transe dans l'inquiétude du lendemain mais Elle s'oblige à continuer le sport, sa sauvegarde.

Quand Elle se gare sur le parking, Elle aperçoit une belle Mercedes décapotable noire, immatriculée à Paris. Elle ne l'a jamais vue auparavant et se demande à qui elle peut bien appartenir.

Pendant une heure, Elle fait le tour du parcours en courant et en s'arrêtant sur les agrès pour travailler ses muscles. A la fin du parcours, Elle aperçoit un jeune malbar uniquement vêtu d'un short. Il est en appui au sol sur un bras, l'autre dans son dos, les pieds reposant sur une barre et il effectue ainsi quelques pompes mettant en valeur sa superbe musculature. En arrivant à sa hauteur, Elle ne peut s'empêcher de lui faire un signe approbateur en levant son pouce et elle continue sa course vers la sortie sans ralentir le rythme. Une fois sur le parking, Elle se dit qu'il est probablement le propriétaire de la Mercedes et Elle décide d'attendre un peu pour vérifier son intuition.

Au bout de dix minutes, il arrive et se dirige... vers la Mercedes.

– J'étais sûre que c'était votre voiture… J'adore ! Elle est magnifique !

Comme lui, putain, quel canon ! Jamais vu un homme aussi bien gaulé !

– Si ça vous intéresse, elle est à vendre. Je vis désormais à Paris, je dois donc m'en séparer. Si vous voulez l'essayer vous n'avez qu'à m'appeler, je suis venu voir ma famille pour les fêtes et je suis là encore dix jours. Et il lui donne son numéro de téléphone.

Elle rentre chez elle et raconte sa rencontre aux enfants qui s'excitent à l'idée de l'acquisition d'un tel bolide mais le prix demandé de 50000 € lui paraît bien trop élevé pour sa bourse surtout qu'il va falloir envisager de racheter à Erwan ses parts de la maison et que, le connaissant, il ne va pas lui faire de cadeau, au contraire.

Elle passe le réveillon le plus triste de sa vie, n'arrivant rien à manger et se forçant à sourire. Elle finit la soirée de Noël en boite de nuit avec ses deux grands garçons. Elle n'était plus allée en boite depuis plusieurs années et Elle trouve agréable de sortir écouter de la musique, danser et discuter, Elle avait oublié car avec Erwan, Elle ne sortait jamais.

Le lendemain matin, après seulement trois heures de sommeil, Elle retourne au parcours de santé. La Mercedes n'est pas là. Elle fait son tour habituel et finit sur un agrès où Elle soulève une barre en bois quand Elle entend une voix dans son dos :

– Bonjour, vous avez des enfants ?

C'est le jeune homme de la veille. Il lui adresse un grand sourire. Elle est surprise par la teneur de la question.

– Oui, j'en ai trois.

– Et vous avez un mari ?

– Non, plus maintenant !

– Alors on va passer le reste de mes vacances ensemble.

– Ahhh ! Ça se passe comme ça !!!… Aussi vite !!! Une amie m'avait raconté mais je ne pensais pas que c'était aussi direct.

– Dès que je t'ai vue, je t'ai trouvée sublime. Tu m'appelles en fin d'après-midi et on se voit dans mon bungalow. Je te guiderai.

– OK ! Je peux être disponible vers 17 heures.

– Parfait ma belle, on se retrouve en fin de journée.

Elle rentre chez elle abasourdie. Depuis cinq ans qu'Elle vient au parcours, Elle ne s'est jamais fait draguer et il suffit qu'Elle soit libre depuis 24 heures pour avoir un rendez-vous. Avec un jeune en plus, et si beau…

Toute émoustillée par cette rencontre, Elle sent la vie qui revient en elle.

Elle mange légèrement, une tomate et un yaourt et part s'allonger pour une grosse sieste car Elle a très peu dormi ces derniers temps.

Elle se réveille à 16 heures, se douche et entame sa mise en beauté : épilation, gommage, lavage des cheveux, teinture des ongles, Elle se veut parfaite. Elle enfile une robe moulante à fines bretelles et au décolleté carré sur ses plus beaux dessous "Aubade" en dentelle noire et beige, string et soutien-gorge particulièrement sexy. Elle chausse ses Louboutin noires, met une dernière touche de parfum derrière ses oreilles et part à son rendez-vous. Pour la première fois depuis cinq jours, Elle a le sentiment d'exister à nouveau et que le poids qui étouffe sa poitrine devient plus léger. Elle est un peu anxieuse mais plus pour les mêmes raisons. Elle n'a jamais fait ça de sa vie, aller retrouver un homme qu'Elle ne connait absolument pas pour certainement avoir des relations sexuelles avec lui.

Elle l'appelle :

– Je suis en route, j'arrive dans cinq minutes.

– Eh mon bébé, je viens à ta rencontre, on se retrouve au rond-point du Quick, tu connais ma voiture !

Il descend de la Mercedes, très classe, pantalon à pince gris foncé et polo blanc moulant ses épaules musclées. Waouh ! Elle est chavirée.

– Suis-moi ma beauté !

Il est vraiment très beau ! Quel magnifique cadeau de Noël !

Ils se garent et il la fait entrer dans son bungalow, un peu gênés tous les deux par la rapidité de cette rencontre.

– C'est la première fois que je fais ça. J'ai toujours été fidèle à mon ex-compagnon !

– Mais on ne va pas faire l'amour ce soir ma belle, je désire simplement mieux te connaitre car quand je t'ai vue dans la forêt, j'ai ressenti un véritable coup de foudre.

Il lui offre un verre de vin et ils trinquent ensemble. Il lui raconte sa vie en métropole, son job de responsable dans l'immobilier. Elle, en revanche, n'a pas très envie de lui parler de la sienne, Elle veut oublier tout ce fiasco.

Tout à coup il se lève, se déshabille et s'allonge sur le lit :

– Déshabille-toi et viens t'allonger à côté de moi !

Ah ! Changement de programme...

Elle s'exécute, ôte sa robe et ses chaussures mais garde pudiquement ses sous-vêtements et s'allonge à côté de lui.

Il l'enlace, l'embrasse, il a des lèvres épaisses, bien charnues qui absorbent les siennes. Il enfonce sa langue dans sa bouche pour un baiser très langoureux.

Quelle sensation !!!

Elle avait oublié qu'un seul baiser peut déclencher un tel désir aussi rapidement, diffusant instantanément des ondes de désir jusque dans son bas ventre.

Et tout d'un coup, Elle est jalouse. Jalouse du plaisir d'Erwan avec ces autres filles car Elle comprend tout ce qu'il a pu ressentir et c'est bien plus excitant que le plus torride de leurs ébats qui n'avaient plus rien de torride depuis longtemps d'ailleurs.

C'est bien là le problème de cette satanée routine... Mais comment y remédier ???

Il la caresse avec sensualité, Elle promène ses lèvres sur son corps et est étonnée par sa douceur. Comme la plupart des malbars, il est entièrement épilé, aucun poil nulle part...

C'est déroutant et terriblement excitant.

Il la renverse sur le dos, l'embrasse dans le cou, descend sur ses seins.

– Tu as des seins magnifiques, parfaitement galbés, ce sont des vrais ?

– Oui, on me fait souvent la remarque et mes copines sont persuadées que j'ai des prothèses.

Il reprend sa caresse promenant ses mains sur tout son corps, l'effleurant d'un léger massage puis il fait courir sa langue puissante jusqu'au pubis et glisse sur son clitoris.

Un délice ! Il est doux et fougueux à la fois, Elle écarte les cuisses pour lui faciliter le passage, son corps se met à onduler, le plaisir monte mais Elle n'a pas envie de jouir tout de suite. Elle le repousse doucement et se place sur lui.

A son tour, Elle le masse et lèche son torse, descendant doucement vers ce sexe qu'Elle va découvrir avec une vive curiosité. Elle a envie de lui procurer un intense plaisir. Elle lui mordille le bas du ventre et donne des petits coups de langue sur sa belle érection. Elle l'entoure fermement avec ses lèvres en exerçant de petites pressions, puis Elle effectue avec sa bouche des va-et-vient sur toute la longueur de ce beau pénis tout en le caressant avec sa langue. Elle intensifie le mouvement. Il gémit et masse vigoureusement ses seins, son plaisir et son excitation sont si forts qu'il jouit rapidement dans sa bouche avant de l'avoir pénétrée.

– Waouh ! Tu m'as eu là ! C'était si fort que je n'ai pu me retenir ! Viens prendre une douche avec moi ...

Sous la douche, il la caresse doucement, la prend dans ses bras et l'embrasse tendrement.

– J'ai faim ! On se rhabille et on part dîner dans Saint Gilles.

Dans Saint Gilles !!!

Elle s'imagine dans la Mercedes, la Blonde de cinquante ans à côté du jeune Malbar de trente ans !!! Le cliché !!! Non, ce n'est pas pour elle…

Elle a envie de rentrer et de dormir pour se remettre de ses émotions. Il reçoit un appel téléphonique, Elle en profite pour se rhabiller. Au même instant, son fils l'appelle pour savoir ce qu'Elle fait ce soir. Il est 22 heures.

– Pas de soucis, je rentre dit-elle à son fils. Désolée, je dois rentrer chez moi, annonce-t-Elle au jeune homme.

Et Elle se sauve après l'avoir à peine embrassé du bout des lèvres, perturbée par cette rapide aventure, si rapide qu'Elle a l'impression de l'avoir rêvée…

Quand Elle arrive chez elle, Elle ne peut s'empêcher d'envoyer un texto à Erwan :
« J'ai passé la soirée avec un jeune malbar de 30 ans, je comprends tout ce que tu as ressenti avec ta Sandy ! »
Il lui répond immédiatement. A cette heure tardive, il est au mouillage près de la côte, il a donc du réseau.
« C'est insupportable ! Suis dans notre paradis, viens me retrouver ! Prends le premier avion ! »
Il y a tellement longtemps qu'elle n'a pas reçu un message de sa part exprimant ses sentiments envers elle que ça lui fait chaud au cœur.
Il tient encore à elle…Enfin c'est ce qu'Elle croit...
La sonnerie de la messagerie retentit de nouveau :
« Clairement je n'envisage rien avec Sandy, c'est toi qui me manques ici. Viens ! C'est un supplice que tu ne me répondes pas ! »
Elle éteint son portable et essaye de s'endormir, épuisée par cette journée intense en émotion. Elle s'en souviendra de ce Noël….
Le lendemain et les jours suivants, Elle reçoit d'autres messages d'Erwan.
Elle se demande si Sandy en reçoit aussi.
Il souhaite qu'ils partent tous les deux pour prendre le temps de se parler à son retour et il l'implore de lui laisser la chance de s'expliquer mais il ne s'excuse pas puisqu'il estime qu'Elle a soixante-dix pour cent des torts et que c'est son attitude qui l'a poussé dans les bras de Sandy.

Pendant dix mois, Elle va essayer de reconstruire sa relation avec lui, multipliant les surprises, les belles attentions, dîner aux chandelles sur la plage agrémenté d'un bain de minuit amélioré, petite promenade en moto dans les hauts pour un apéro coucher de soleil, etc…
Elle a tenté de reprendre confiance malgré le téléphone et l'ordinateur portable codés mais rien dans le comportement d'Erwan ne permettait de la rassurer.

Alors, Elle a équipé sa voiture d'un traceur afin de connaître tous ses déplacements. A chaque fois qu'il prenait la direction de Saint Leu, Elle tremblait de tous ses membres, les yeux rivés sur l'application "Trackimo" de son portable, abandonnant tout ce qu'Elle était en train de faire dans l'instant.

Quelles situations épiques Elle a vécu au cours de ces dix derniers mois, obligée de se lever sans bruit la nuit tous les trois jours pour récupérer le traceur dans la voiture d'Erwan afin de le mettre à charger dans un endroit discret et se relever la première le matin afin de le replacer dans sa cachette sous le siège avant.

Ainsi, un matin, alors qu'Elle rentrait avec son chien du lagon au volant de la fourgonnette d'Erwan, le traceur lui signale qu'il sort de la 4 voies et s'engage dans la zone commerciale du Portail, située juste au-dessus de Saint Leu. Ce n'est pas la première fois qu'il effectue de longs arrêts à cet endroit en rentrant du travail. Et c'est situé juste au-dessus de l'agence immobilière de Sandy…

Il faut qu'Elle en ait le cœur net. Elle démarre en trombe et roule le plus vite possible vers le centre commercial en gardant les yeux rivés sur le traceur.

Après vingt minutes de route, Elle arrive à destination et se gare sur le parking du supermarché.

La voiture d'Erwan est stationnée juste en contrebas devant un magasin de bricolage. Elle est rassurée, il doit acheter du matériel pour la maison…

Il redémarre et Elle s'apprête à faire de même quand Elle voit la voiture d'Erwan surgir dans son allée de parking et se garer juste derrière elle. Elle a juste le temps de se baisser en criant à son chien :

– Bambou couché ! Pas bouger ! Pas bouger Bambou !

Pressé, Erwan n'a rien vu. Il descend de sa voiture et marche à vive allure en direction du supermarché sans un regard vers la fourgonnette.

Dès qu'il entre dans le magasin, Elle démarre et part se garer plus loin, hors de portée du regard d'Erwan. Puis Elle descend et pénètre à son tour dans la galerie marchande tout en rasant les murs. Elle l'aperçoit qui retire du liquide à un distributeur puis rentre dans une boulangerie mais ne peut voir où il va se placer et surtout avec qui il est.

C'est rageant, il est peut-être avec sa maîtresse mais impossible de voir sans se faire repérer et Elle ne peut prétexter être venue acheter son pain ici, en maillot de bain…
Elle se cache donc derrière un poteau pour guetter sa sortie mais Elle s'inquiète pour son chien resté dans la voiture et ne pouvant raisonnablement rester plus longtemps, Elle se résout à regret à regagner son véhicule pour là, constater qu'il est déjà reparti sans qu'elle n'ait pu voir avec qui il était...

Elle en a fait des efforts pendant tous ces mois :
Comme il était planchiste de haut niveau, Elle s'est remise à la planche à voile pour pratiquer une activité avec lui. En Juin, ils sont même partis une semaine en amoureux à l'île Rodrigues pour faire un stage de kite surf mais, sur cette île perdue où l'on est face à soi-même, Elle n'a pu se retenir de pleurer régulièrement, provoquant l'agacement d'Erwan qui lui reprochait de ne pas être heureuse et de ne pas profiter de leurs instants à deux. Malgré toute sa bonne volonté et les bons moments de partage passés ensemble, le souvenir de la trahison d'Erwan et surtout son agacement, son manque de gentillesse et de compréhension à son égard l'empêchèrent de retrouver sa sérénité.

En Août, ils sont également partis ensemble en métropole, voir la famille d'Erwan et leurs amis et là aussi, tous les bons souvenirs de leur rencontre et de leur vie passée lui brisaient le cœur.
Elle avait tellement investi dans cette relation, Elle pensait tellement que c'était l'homme de sa vie, ils avaient tellement de goûts en commun, vibrant sur les mêmes passions, les mêmes rêves, les mêmes projets, qu'Elle n'arrivait pas à comprendre, à accepter sa trahison.
Au cours de ce séjour, il l'avait aidée à remettre en état la maison qu'elle possède en Vendée et qui était louée à l'année et Elle sentait que ces travaux étaient sa manière à lui de se faire pardonner ses infidélités pour solde de tout compte.
Il lui avait répété que ces filles n'avaient aucune importance, qu'il ne l'avait trompouillée qu'une quinzaine de fois.

Ah quand même ! Quinze fois ! Mais avec la même ou avec quinze filles différentes ?... Ça fait beaucoup non ??? Vous ne trouvez pas ???

Et que c'était comme si Elle allait s'acheter une paire de chaussures, rien de plus ! RIEN ! C'est comme cela qu'il qualifiait ses incartades : ce n'est rien.
Mais pour elle, c'était tout !

Au mois d'octobre, ils allaient fêter leurs sept ans de vie commune.
Ils sont installés dans le canapé devant la télévision et Erwan semble ailleurs. Malgré tous ses efforts, ils n'arrivent pas à retrouver leur complicité. Au contraire, le doute est là, permanent, insidieux. Et l'utilisation permanente du traceur devient obsessionnelle. Cette situation ne peut plus durer et Elle sait qu'Erwan ne fera rien pour l'améliorer. Alors, Elle s'empare de l'alliance qu'il lui avait glissée au doigt à l'Ile Maurice lors de leur mariage fictif sur la plage de l'un des plus beaux hôtels de l'île, séjour qu'Elle lui avait entièrement payé d'ailleurs...

Non!!!... Ben siiii !!!...

Elle l'enlève et la place dans la main d'Erwan :
– Es-tu capable de prendre cette bague et de me la repasser au doigt en me promettant que tu m'aimes et que tu veux de nouveau vivre avec moi ?
Il se tourne vers elle avec un regard hagard :
– Non ! J'en suis incapable ! Je ne suis pas heureux avec toi, je n'arrive pas à te pardonner d'avoir raconté à tout Saint Gilles ce que j'ai fait. Ça ne les regardait pas !
Son ventre se tord.

Aïe, ça fait mal ça ! Très, très, très mal...

Elle ne s'attendait pas à cet aveu après tous ses efforts, tout ce temps à discuter, à supporter sa violence, à essayer de le comprendre, de le rassurer sur sa vie, sur leur vie ensemble. De plus, il assène ses mots sans une émotion dans le regard, Elle ne perçoit plus aucun sentiment.
Mais en a-t-il eu véritablement un jour ?

Tout va très vite dans sa tête, il est peut-être temps de mettre un terme définitif à cette relation douloureuse. Elle est malheureuse et vit dans une angoisse permanente, même si ça va être très compliqué à gérer financièrement, il faut stopper.

– Ok ! Nous sommes le 10, dans quinze jours nous serons le 25 octobre, date anniversaire de nos sept ans. Je te propose de partir habiter chez ton frère jusqu'au 25, pendant ce temps, on ne se contacte pas : pas d'appel, pas de textos, pas de mails, rien ! Et dans quinze jours, on fait le point.

Elle le sent soulagé de cette décision qu'il souhaitait mais n'osait pas annoncer.

Les hommes sont des lâches en matière de séparation, dans quatre-vingt pour cent des cas ce sont les femmes qui prennent la décision du départ, eux pouvant se contenter de vivre dans une cohabitation même compliquée.

– Ok ! J'appelle mon frère pour voir s'il peut m'héberger.

Il part téléphoner à l'autre bout du jardin pour qu'Elle n'entende pas la conversation et il revient dix minutes plus tard.

Elle arrête de respirer, Elle attend la réponse le cœur battant, le ventre noué :

– C'est bon, je prépare ma valise et j'y vais !

Ah ouais, comme ça ! Si vite ! Il a l'air bien content lui, tout guilleret, pas une once de regret dans ses yeux…

Son ventre se tord de nouveau, Elle va encore avoir du mal à manger…

Les enfants eux, sont ravis de cette décision.

Cela fait dix mois qu'ils voient leur mère souffrir, tout accepter d'Erwan : sa mauvaise humeur, ses colères, et même sa violence verbale et physique car pour couronner le tout, Elle a découvert qu'Erwan était en fait, un Pervers Narcissique.

Elle se couche seule dans sa grande maison et, finalement se sent apaisée.

Au moins, elle n'a plus cette pression constante.

Elle décide de mettre à profit ces dix jours de réflexion pour s'occuper un peu d'elle et faire ce dont Elle a envie.

Allez bon débarras, comme dit l'adage :

« 1 de perdu, 10 de retrouvés. »

Et plus si affinités…

ajoute-t-Elle avec une pointe d'humour !

CHAPITRE 1 : NUMÉRO 1 : PIERRE LE DÉSABUSÉ

18 octobre 2016

Cela fait trois jours qu'Erwan est parti. Aucune nouvelle mais au moins plus de traceur à gérer, plus de crises, la tranquillité s'est installée, les enfants ont accru leur présence.

C'est dimanche, Elle vient de finir de préparer un bungalow et pour une fois, Elle part se baigner plus tard au lagon.

Elle commence à marcher sur la plage quand Elle aperçoit une copine en pleine discussion avec un homme inconnu.

Elle s'arrête à leur hauteur pour les saluer. Pendant qu'Elle parle avec son amie, Elle sent le regard de l'homme qui parcourt toute son anatomie et ne peut détacher son regard comme hypnotisé par son corps.

Elle a perdu trois kilos et cette nouvelle minceur met en relief ses muscles sous sa peau bronzée.

Ils discutent un peu et il lui dit qu'il la connaît depuis plusieurs années, qu'Elle a un chien fauve et qu'il a connu Bambou tout bébé.

Il a une villa près de la plage et vient marcher chaque matin.

Il est vraiment charmant, la cinquantaine, grand, élancé, musclé, un léger accent du sud.

Elle aime beaucoup son regard, leurs yeux restent rivés. Elle n'a pas envie de partir et lui apparemment n'a pas envie qu'Elle parte non plus mais Elle ne peut s'éterniser, prend congé et continue sa marche dans l'eau.

Elle sent le regard de l'homme sur ses fesses mais Elle ne se retourne pas.

Seul indice sur cet homme, ils ont parlé de sport et il lui a indiqué qu'il était inscrit à la nouvelle salle de sport ...

Le lendemain matin, Elle descend au lagon à son horaire habituel, Elle y trouve son amie Louise, que tout le monde appelle affectueusement

23

Loulou malgré ses 70 ans et lui raconte sa rencontre de la veille. Elle lui demande si elle voit qui est ce bel homme qui vient chaque matin mais Loulou non plus ne l'a jamais remarqué.

A cet instant précis, il arrive et se dirige vers elles.

Incroyable ! En six ans, Elle ne l'a jamais vu et là, deux jours de suite, le hasard les met en présence...

Ce n'est pas sans lui rappeler le scénario dans la forêt avec le jeune malbar.

Mais comme le prétend Paul Eluard :

« Il n'y a pas de hasard, il n'y a que des rendez-vous... »

– Et bonjour ! Et bien, ou on ne se voit jamais, ou on ne se quitte plus...Nous n'avons pas été présentés hier, je m'appelle Pierre et vous ?

Il leur explique qu'il part à la gym, qu'il y a va presque tous les matins et que d'ailleurs, il doit les laisser sinon il va être en retard à son cours.

Elles le regardent s'éloigner …

– Très bel homme en effet, commente Loulou. Charmant, vraiment charmant !

– Je trouve aussi ! Je ne fais que penser à lui depuis hier...

Ce qu'Elle espère, c'est qu'il n'est pas en couple avec sa copine …

Le mardi, Elle revient sur la plage mais ne le voit pas, le mercredi non plus mais Elle pense toujours à lui.

Le jeudi, Elle arrive du parcours de santé et s'apprête à descendre se baigner quand Elle reçoit un flash :

« Va au club de sport ! Tout de suite ! »

Tout de suite ? Mais je suis toute transpirante…

« Tout de suite ! »

Elle sait pour l'avoir expérimenté à plusieurs reprises qu'Elle doit suivre ses intuitions aussi Elle prend sa voiture et part au club pour demander des renseignements en vue d'une éventuelle inscription.

Elle entre, quelques personnes sont en train de s'entraîner, Elle ne les regarde pas et commence à discuter avec l'entraîneur. Tout à coup, Pierre se détache du groupe pour venir lui parler.

Elle prie dans sa tête :

« Je veux qu'il me donne son numéro, je veux qu'il me donne son numéro... »

Au même instant, il se dirige vers son sac de sport et en tire une carte de visite :

– Tiens, je te donne mon numéro !

Elle est soufflée mais ne laisse absolument rien transparaître. A l'intérieur son cœur bondit, Elle se retient pour ne pas sauter au plafond. Comme Elle est en tenue de sport, le coach lui propose de faire une petite séance d'essai avec Pierre justement et comme Elle a du temps ce matin et une folle envie d'en apprendre plus sur cet homme, Elle profite de cette opportunité que lui offre le hasard.

Elle se donne à fond sur chaque exercice en prenant bien soin de maîtriser ses positions pour avoir toujours le ventre rentré et les fesses et les seins en extension. Il ne peut détacher son regard de son corps.

De toute évidence, Elle le subjugue. A la fin de la séance, il l'embrasse sur la joue et la salue d'un :

– A bientôt !

Accompagné d'un magnifique sourire qu'Elle ne manque pas de lui rendre.

Elle rentre toute émoustillée, fume une cigarette pour faire redescendre un peu la pression. Quelle chance cette rencontre au cours de cette période de réflexion. Elle la prend comme un signe lui montrant que sa relation avec Erwan est définitivement terminée, il ne lui manque absolument pas d'ailleurs. Et Pierre est la preuve qu'Elle peut rencontrer et plaire à des hommes bien plus intéressants que lui…

Elle attrape la carte de visite dans son sac de sport, une jolie carte sur fond noir mentionnant avec élégance le nom de sa société.

Elle dispose désormais de son nom, son numéro de portable et son mail. Quel prétexte va-t-Elle bien pouvoir trouver pour l'appeler ??? Comme si il y avait besoin d'un prétexte d'ailleurs…

Mais c'est une situation nouvelle pour elle et Elle ne sait pas trop comment l'aborder. Il faut être originale. Elle choisit de lui envoyer un texto.

Comme il est venu à la salle en vélo, Elle lui propose de faire ensemble un petit tour de vélo le soir même au coucher du soleil, histoire de se faire un peu plus mal aux cuisses et de prendre un petit verre sur la plage et Elle lui joint son numéro.

Il est 14 heures, il ne répond pas. Elle attend tout l'après-midi une réponse mais sa messagerie reste désespérément vide.

Il ne faut pas avoir l'air trop intéressée ou trop pressée.

Le lendemain, toujours rien, Elle vient de poser un masque à l'huile d'olive sur ses cheveux et Elle entame une séance de repassage uniquement vêtue de ses sous-vêtements. Pendant que le fer chauffe, Elle l'appelle :

– Bonjour Pierre, comment vas-tu ? Je ne me souviens plus de l'horaire pour ma première séance de sport avec toi mardi, c'est à 10 heures ou 11 heures ?

– Ahhh salut ! Je crois que c'est à 10 heures, je finis mon rendez-vous et je te rappelle.

– Ok, à tout à l'heure !

Vingt minutes plus tard son téléphone sonne, c'est lui !!! Son cœur bat à cent à l'heure !

Il lui explique qu'il a deux numéros de téléphone et qu'Elle a appelé sur celui de métropole qu'il consulte rarement. Elle comprend qu'il n'a pas vu son texto ...

Il sort d'un déjeuner au restaurant et conduit pour rentrer chez lui.

Il lui raconte rapidement ce qu'il fait dans sa vie et l'interroge sur son activité. Il arrive devant son domicile qui est seulement à un kilomètre de chez Elle.

– Ah zut, j'avais oublié que la femme de ménage est là ! Et en plus, il pleut, je ne sais pas quoi faire... tu m'offres un café ?

Waouh déjà ? Mais ça va bien plus vite que prévu ça !!! Et mes cheveux pleins d'huile d'olive...

– Tu m'ouvres ton portail ? Je suis devant !

– Ok ! Accorde-moi deux minutes, j'arrive.

Elle attache ses cheveux huilés en un chignon serré et attrape une jolie robe bleu marine évasée avec un décolleté en V, s'asperge d'un jet de parfum dans le cou et souligne ses yeux d'un trait de crayon noir.

Pieds nus, Elle descend lui ouvrir le portail et il gare sa voiture dans le jardin.

Il l'embrasse sur les joues et la suit sous sa varangue. Ils s'installent sur le canapé extérieur et commencent à discuter.

Elle lui prépare un café et se fait un thé pour l'accompagner.

Ils se racontent leur vie et, très à l'aise, discutent tout l'après-midi comme deux bons amis. Vers dix-huit heures, il regarde sa montre :

– Ouh là, il est tard, je n'ai pas vu le temps passer avec toi !

Elle lui sourit comme pour lui indiquer que ce n'est que le début.

A aucun moment il ne lui a parlé d'une compagne. Il lui a même dit :

– Tu verras, c'est bien d'être seul, on fait ce qu'on veut quand on veut...

Il complète ses dires d'un sourire entendu de célibataire.

Elle le raccompagne à sa voiture, il lui fait la bise.

Il s'est montré séducteur mais ne lui a fait aucune allusion ni proposition.

Elle est sous le charme, cet homme est très séduisant, drôle, cultivé, son cœur est prêt à s'emballer.

Le lendemain matin. Elle prend sa voiture pour aller chercher du poisson sur le port de Saint Gilles, Elle pense à Pierre, Elle aimerait tant le voir. Elle est allée sur la plage marcher dans l'eau et nager mais ne l'a pas croisé et Elle est rentrée toute dépitée.

En arrivant à la hauteur de la maison de Pierre, Elle entend le bip de sa messagerie, Elle s'arrête aussitôt sur le bas-côté pour pouvoir lire le texto, Elle est sûre que c'est lui.

Bingo !

« Marche de 2 heures...j'ai hésité entre une coupe de champagne et la douche. La raison du premier choix s'est imposée !! »

Deux heures ! Il a marché deux heures sur la plage et ils ne se sont pas croisés, ils y étaient pourtant forcément au même moment...

Elle lui répond aussitôt :

« Tu la bois où ta coupe de champagne ? »

« Elle est déjà en chemin entre l'estomac et le foie !!! Sur ma varangue... »

« Tu aurais pu m'inviter... Je n'ai pas encore pris l'apéro. »

« Je ne t'ai pas croisée sur la plage ... A part du vin rouge ou du pastis, je n'ai plus grand chose... »

Visiblement il l'a cherchée ce matin, « marcher deux heures », « je ne t'ai pas croisée », plus les textos... Elle sent qu'il a autant envie qu'elle de la revoir.

Et les points de suspension, on peut y mettre tellement de significations derrière.

Elle lui répond :

« J'y étais de 10 à 11, j'ai un excellent rosé au frais. »

« ? De 10 à 11 ?!? J'y étais !! Tu veux que je passe ? »

Ça y est ! On y est! Il a vraiment envie de passer un moment avec elle et semble très pressé de la retrouver.

Elle répond :

« Je préfère passer moi, je suis en train d'acheter du poisson à Saint Gilles. Je peux te faire un petit carpaccio. »

« Non, pas la peine. Si tu veux passer, pourquoi pas ? ...mais quid de ton rosé ? »

« Je passe le prendre. »

Et surtout, je passe me changer et me faire belle cette fois...
.

Elle rentre précipitamment chez elle, se douche rapidement avec le gel douche de son parfum, se crème, se coiffe, se maquille légèrement et choisit une robe noire assez courte, à fines bretelles qui met en valeur ses seins et ses jambes.

Elle attrape son panier et y place tous les ingrédients pour réaliser son carpaccio: huile d'olive, soja, gingembre, citron. Elle saisit la bouteille de rosé et repart à vive allure. Aucun de ses enfants n'est à la maison aujourd'hui, les garçons avec leur chérie respective et sa fille au poney club. Il faudra qu'Elle aille la chercher vers 18 heures, Elle a tout son temps pour profiter de ce rendez-vous imprévu.

Elle arrive chez lui avec son petit panier. Il lui fait visiter la maison et lui explique que ses amis et ses enfants viennent fréquemment le voir. Dans la salle de bains, Elle remarque de nombreux produits de beauté et le sèche-cheveux branché. Ça l'interpelle car Pierre a les cheveux courts mais Elle se souvient que le père de sa fille aimait se sécher les cheveux tous les matins pour leur donner un pli discipliné et c'est peut-être aussi le cas de Pierre. A aucun moment il ne mentionne la présence d'une colocataire…

Ils s'installent dans la cuisine, débouchent la bouteille de rosé et Elle commence à découper minutieusement de fines tranches de thon qu'Elle mélange à ses ingrédients puis Elle place son plat dans le réfrigérateur pour que le poisson cuise dans son assaisonnement.

Ensemble, ils dressent la table dehors comme s'ils étaient un couple.

Ils boivent un verre de rosé et commencent à manger en parlant de tout et de rien.

Leur repas terminé, ils rangent leurs assiettes, font la vaisselle et retournent s'asseoir sous la varangue pour finir leur bouteille de rosé.

Il lui propose d'aller se baigner, Elle aimerait bien mais Elle n'a pas pris de maillot.

– Pas de problème, je vais t'en trouver un.

Et il se dirige vers l'armoire de sa chambre, saisit un maillot et lui tend :

– C'est à une fille qui était venue et qui l'a oublié.

Elle trouve ça étrange mais l'enfile et se dirige vers la plage

Il l'observe du coin de l'œil :

– Tu es sublime ! Tu as un corps parfait, parfait !

Ils partent se baigner. Il y a beaucoup de monde en ce samedi après-midi, et très vite, il lui propose de rentrer se sécher sur la terrasse. Il lui tend une serviette...

Ils s'assoient côte à côte sur le canapé extérieur, enveloppés dans leur serviette de bain.

Il lui explique qu'il a un problème médical qui nuit sérieusement à sa libido.

Elle le regarde droit dans les yeux et pose sa main sur son sexe :

– Je te parie qu'avec moi ce ne serait pas un problème...

– Je dois te dire quelque chose… Je vis avec quelqu'un depuis un an, tu n'as pas remarqué des produits de beauté pour femme dans la salle de bains ?

– Si, mais je pensais que c'était pour ta fille qui vient de temps en temps...

Alors là ! Quelle surprise ! Les hommes sont donc tous pareils !!!

Né début septembre, Pierre est Vierge, comme Erwan, et apparemment, la fidélité n'est pas leur priorité ou du moins ils en ont une approche particulière...

La voilà tout à coup projetée de l'autre côté, celui de la maîtresse, quelle réaction avoir alors ?

Partir en lui disant qu'ils deviendront certainement de bons amis et se croiseront au sport ? Ou rester et profiter de l'instant ?

– Et alors ça te pose un problème ? S'entend-Elle dire, aidée par les effets du rosé qui lui tourne un peu la tête.

– Pas le moins du monde lui répond-t-il en replaçant la main qu'Elle avait retirée sous l'effet de cette annonce, sur son sexe déjà légèrement enflé.

– Continue, je sens qu'avec toi, effectivement, ça va être différent !

Elle caresse son sexe par-dessus son short de bain. Immédiatement, Elle le sent durcir. Le problème n'a pas l'air si grave...

Il la regarde avec intérêt et curiosité. Il lui prend la main et l'attire dans la maison. Ils sont debout face à face et il l'embrasse. Il lui donne un baiser fougueux auquel Elle répond vigoureusement léchant et mordillant tour à tour ses lèvres et enroulant sa langue dans sa bouche passionnément.

Il tire sur la ficelle de son haut de maillot, recule et admire ses seins.

– Tu as des seins magnifiques, parfaitement équilibrés ce qui est très rare.

Il les caresse avec sensualité. Instantanément son corps répond à ses sollicitations, ses pointes se dressent, Elle se sent trempée entre les cuisses, Elle a envie de lui tout de suite.

Elle lui enlève son short de bain et s'agenouille devant lui, prend son sexe dans ses deux mains et commence à le caresser en effectuant des mouvements de bas en haut agrémentés de petites pressions alternées main droite, main gauche.

Son sexe gonfle et il se révèle juste énorme. Elle n'en a jamais vu de si gros, il emplit sa bouche et même en l'enfonçant profondément dans son gosier, Elle n'arrive pas à l'engloutir entièrement, loin de là…

Pendant qu'Elle le suce, il lui enserre la nuque, lui pétrit les seins. Elle caresse ses cuisses musclées, ses fesses encore bien galbées, et ses couilles (rasées bien sûr), puis tout en continuant à le masturber d'une main ferme, Elle lui lèche les couilles et les prend dans sa bouche faisant rouler sa langue tout autour.

Il lui saisit une main et l'entraîne au fond de la maison, dans la salle de bains. Il la retourne face au miroir et appuie doucement sur sa nuque pour qu'Elle incline son dos. Il lui caresse la croupe avec ses mains, avec sa queue, bien dure à présent, qu'il fait aller et venir sur la raie de ses fesses bien fermes, puis il s'enfonce en elle d'un coup de reins puissant. Elle pousse un petit cri de surprise, même bien humide cette bite énorme a dû forcer le passage. Elle lui tend sa croupe pour qu'il puisse la pénétrer plus profondément. Il effectue de lents mouvements pour qu'Elle profite de toute la longueur de sa queue puis, d'un coup, accélère le tempo; c'est bon, c'est chaud, c'est fort et doux à la fois ; aussi quelques aller-retour suffisent à faire exploser leur excitation.

Il la serre contre lui, Elle se retourne et colle son ventre à son pubis. Ils s'embrassent.

– C'était délicieux, il y a bien longtemps que je n'avais pas ressenti autant de plaisir, avec ma compagne on n'a pas beaucoup de relations.

– Ah ? Et ça t'arrive souvent d'avoir des relations avec d'autres femmes ?

– JAMAIS !!! Je suis fidèle et même si je suis séducteur, je ne franchis jamais la limite. Tu es la première...

Mais bien sûr...C'est bizarre mais ça me rappelle quelqu'un...

Il est l'heure d'aller chercher sa fille au poney, Elle se douche et se rhabille.

– Je veux te revoir... mais ça doit rester totalement secret !

– Pourquoi pas…?

Elle monte dans sa voiture, un peu décontenancée par cet après-midi inattendu.

Demain, Erwan rentre à la maison et il va falloir prendre une décision…

Pour Elle, c'est très clair maintenant, leur relation est définitivement terminée.

Une autre vie l'attend.

Erwan arrive, Elle est stressée, il sourit.

Pour discuter tranquillement, ils s'installent sur les transats au bord de la piscine, là où ils ont passé tellement de bons moments à discuter de leur avenir, de leurs projets de voyage autour du monde en voilier.

Elle reste silencieuse en attendant la sentence, il a l'air très calme, posé et il commence :

– J'ai beaucoup réfléchi, tu es une femme formidable, exceptionnelle même, mais trop de choses se sont passées. J'ai perdu confiance en moi, tu me rends la vie impossible, je vis mieux loin de toi.

Qu'est-ce qu'il ne faut pas entendre, c'est lui le malheureux alors que j'ai tout fait ces derniers mois pour lui redonner sa place et le rendre heureux...

Évidemment quand il me regarde, il ne peut s'empêcher de voir en face tout le mal qu'il m'a fait et toutes ses incartades....

Elle pense à Pierre, à leur étreinte fougueuse comme un pare-feu contre les mots qui ne vont pas tarder à arriver et qui vont sans doute la blesser.

– Vas-y ! Dis ce que tu as à dire…

Quand il a posé son sac à dos dans la chambre de son fils où il va désormais dormir, Elle a eu le temps de l'ouvrir et d'inspecter les petites poches et Elle y a trouvé des préservatifs.

Ok ! Il ne s'est pas privé ces derniers jours ...

– Je souhaite qu'on se sépare, définitivement. Je n'ai plus la flamme.

Aïe ! Ça fait mal ! Très mal même ! Même si on s'y est préparé, on se dit qu'on a perdu sept ans de sa vie pour rien et que maintenant on va aussi perdre son argent, beaucoup d'argent...

Elle a profité de ces quinze jours pour aller à la banque, valider la possibilité de racheter les parts d'Erwan qu'il a fait valoriser à 60 % par le notaire (son meilleur ami comme par hasard) alors qu'elle a investi 50 % dans ce projet mais les 10 % apportés en cash pour les travaux et le déménagement n'ont pu être pris en compte chez le notaire.

« Vous vous arrangerez après entre vous » avait-il dit lors de la signature de l'acte de vente…

Elle se souvient d'une remarque récente de ses enfants :

« On se demande tous les trois maman si Erwan ne se serait pas mis avec toi pour ton argent et la possibilité que tu lui offrais de fuir La Baule où il était grillé... »

Mouais comment on dit déjà ? «La Vérité sort de la bouche des enfants.»

– Je suis allée voir la Banque, nous avons de la chance car ils me font un prêt relais sur ma maison de Vendée. J'ai l'accord de principe. A condition que tu restes raisonnable sur la plus-value que tu souhaites ajouter à la maison...!

– Et bien, tu n'as pas perdu de temps ! C'est vrai que le pognon, il n'y a que ça qui t'intéresse…

Mais quel connard ! Mais je suis sûre que vous en connaissez des comme ça...

– Ça t'étonne ? J'ai une maison à racheter, trois enfants à élever, c'est sûr que je n'avais pas de temps à perdre ! Mais toi non plus d'ailleurs… (Elle fait allusion aux préservatifs mais il ne réagit pas.) Moi aussi j'ai réfléchi et je suis arrivée à la même conclusion que toi. D'ailleurs, j'ai rencontré un homme et j'ai même déjà couché avec !

Il se lève d'un coup et rentre dans la maison très en colère en claquant les portes et il donne même un coup de poing dans le mur !

– Ah ouais, c'est comme ça que tu la joues, et bien dans ces conditions notre accord ne tient plus, on prend un avocat et on vend la maison et tu me rends les clefs du Berlingo ! Il a proféré ses menaces en criant, visiblement hors de lui. Bambou, effrayé, est terré sous la table de peur de se prendre un coup au passage.

Et jaloux en plus, non mais je rêve... Ouf ! Je l'ai échappé belle...

Ils se couchent chacun dans une chambre sans plus se parler.

Le lendemain matin, Elle part à la salle de sport, Pierre est là. Ils se font la bise comme deux amis et s'entraînent ensemble. Chaque fois qu'ils se frôlent, ils échangent des regards discrets emprunts de désir. Le cours terminé, il part en voiture et l'appelle aussitôt :

– Tu m'offres un café ?

– Ok viens !

Erwan est parti travailler pour la journée, Elle est tranquille chez elle. Et c'est une véritable vengeance de faire venir un homme dans ce qui est encore sa maison, surtout qu'il le lui a interdit...

Ils se douchent ensemble et s'allongent sur le lit. Il la caresse, sur le ventre, les seins, il joue avec les pointes qui se dressent immédiatement sous la chaleur de ses doigts. Elle frissonne, se place sur lui, l'embrasse sur le torse, de doux baisers agrémentés de petits coups de langue. Très vite, Elle descend sur son sexe, il bande. Elle le suce goulument et il gémit :

– Oh chérie, comme tu fais ça bien !

Elle redouble d'intensité et transmet toute sa sensualité dans ses caresses buccales. Elle place ses genoux de chaque côté de son corps et saisit son membre avec sa main gauche. Penchée en arrière, Elle caresse ses couilles de l'autre main et dirige un doigt coquin qu'Elle a pris soin d'humecter avec sa salive, entre ses fesses. Comme la plupart des hommes, il apprécie cette caresse un peu osée à l'entrée de son intimité. Elle le branle et guide son gland à l'entrée de son sexe humide. Toute excitée, Elle s'enfonce doucement sur sa queue et maîtrise les mouvements de va et vient en s'arrêtant un instant en haut de son sexe pour descendre d'un coup brusque tout le long de sa bite.

Elle adore bouger de cette façon et cette pénétration douce et à la fois puissante fait rapidement monter son plaisir. Son sexe s'ouvre et libère sa cyprine.

Elle se met en appui sur les pieds, les cuisses écartées pour obtenir une pénétration plus profonde. Il place ses mains sous ses fesses pour la soulager et Elle accentue la pression avec l'avant de son vagin. Le plaisir monte rapidement, incompressible. Il essaie de se retenir mais, coquine, Elle accentue le mouvement. Il jouit dans un râle. Elle sait qu'ils ne peuvent pas résister dans cette position…

– Je n'ai jamais ressenti autant de plaisir ! Je ne sais pas comment tu fais, c'est incroyable, ça fait presque mal tellement c'est fort.

Elle lui sourit, heureuse de lui avoir apporté une telle jouissance et surtout de lui permettre de retrouver une belle érection et sa libido.

Ils se douchent et prennent un petit verre de rosé sous la varangue.

– Il faut que je parte, le temps passe tellement vite avec toi...

Elle ne sait pas quand Elle va le revoir, ils ne se sont rien dit, rien promis. Elle imagine déjà qu'Elle sera de bonne heure au lagon le lendemain matin dans l'espoir de le croiser.

Quelques jours passent sans qu'Elle n'ait de nouvelles, ni l'occasion de le voir. Elle meurt d'envie de l'appeler mais il ne faut pas...

Et puis un matin, elle reçoit enfin un texto :

« Bambou et madame sont bien rentrés ? »

Elle répond tout de suite. Elle ne devrait pas mais Elle ne peut pas s'en empêcher.

« Oui et toi ? Tu bois un verre à ma santé ? »

« Non, pas encore...je viens de rentrer de la marche et je vais me baigner...si tu veux prendre un verre, dis-moi quand. »

Prendre un verre... C'est comme ça qu'il exprime son besoin de faire l'amour avec elle...

« Je finis un bungalow et les loc doivent arriver à 14 heures, après je suis dispo…»

« Je peux passer vers 13 heures. »

Il arrive, Elle descend l'accueillir d'un chaste baiser sur les lèvres. Elle prend sa main et l'entraine dans la maison, l'embrasse plus sensuellement en mordillant ses lèvres, enlève fiévreusement son t-shirt et dégrafe son pantalon puis l'attire dans la chambre.

Elle s'assoit sur le lit et attrape sa queue, énorme déjà, alors qu'elle est encore au repos.

– Oh toi, gémit-il, je ne sais pas comment tu fais mais dès que tu me touches, mon érection revient.

Elle l'engloutit dans sa bouche et commence à le sucer avec une infinie douceur tout en le branlant d'une main. Il se laisse faire un instant puis

35

d'un coup l'attrape par les épaules, la forçant à se lever et à effectuer un demi-tour pour qu'Elle lui présente ses fesses, ce petit cul qu'il adore.

– Oh ce cul magnifique, j'ai envie de te sodomiser…

– Alors là, vu la taille de ton membre, je pense que ce n'est pas pour tout de suite …

N'y tenant plus, il s'enfonce en elle d'un coup de rein puissant lui arrachant un petit cri de douleur et de plaisir mêlés.

Il n'attend pas que son sexe s'humidifie davantage pour la pilonner.

Penchée en avant, une main en appui sur le lit, elle utilise son autre main pour se caresser le clitoris, et faire ainsi monter un plaisir plus intense.

– Enfonce-moi un doigt dans le cul... Ça va décupler mon plaisir...

Il s'exécute immédiatement, particulièrement excité par ses mots.

Avec son doigt introduit dans son intimité, il sent sa verge à travers la fine paroi et cette étrange sensation l'excite au plus haut point.

Elle aussi ressent un triple plaisir par les caresses reçues aux trois endroits les plus érogènes de son corps.

Son clitoris déclenche en premier les contractions semblables à une éjaculation immédiatement couplée avec la jouissance anale provoquée par le doigt de Pierre à laquelle s'ajoute tout de suite un orgasme vaginal produit par l'intensité de la pénétration de la verge de son amant désormais en pleine érection.

Les ondes de plaisir qui parcourent son corps entraînent à leur tour l'éjaculation puissante de Pierre.

– Tu es incroyable ! J'en ai eu des femmes dans ma vie, et des très belles, mais je n'ai jamais ressenti ça ! Une jouissance aussi puissante !

Elle lui sourit :

– Et tu ne sais pas pourquoi ?

Le lendemain, Elle part à un rendez-vous chez l'esthéticienne. Elle sait qu'il est en entretien professionnel dans le sud de l'île et Elle a envie de le perturber un peu, alors Elle lui envoie une photo sexy d'elle de face dans un body noir en dentelle présentant son adorable décolleté puis une seconde, de dos, qui met en valeur ses belles fesses.

Elle est allongée sur la table quand Elle entend son téléphone biper.

Elle doit attendre la fin de la séance pour pouvoir saisir son téléphone et Elle vibre d'impatience.

Dès que l'esthéticienne la laisse seule pour qu'Elle se rhabille, Elle saisit fiévreusement son portable pour découvrir le message de Pierre car, Elle en est sûre, c'est lui qui lui a répondu.

« Je vais finir plus tôt que prévu, je peux m'arrêter chez toi au retour ? J'y suis dans vingt minutes ! »

C'est fou le pouvoir d'une photo !

Elle ne peut s'empêcher de penser aux nombreuses photos et messages coquins échangés par Erwan avec sa pute de Sandy pendant trois mois et même en sa présence…

Il arrive, se gare dans le jardin pour être plus discret, mais ses enfants sont à la maison.

Elle a enfilé, spécialement pour lui, une robe en suédine bleu électrique qui moule parfaitement son corps, mettant en valeur ses jolis seins et ses fesses rebondies.

Il lui dit qu'il la trouve à la fois très élégante et très sexy.

– Mes enfants sont à la maison !

– Pas grave, je suis heureux de passer un moment avec toi et de connaître tes enfants.

Elle fait les présentations et ils discutent ensemble en prenant un petit verre d'apéritif, rosé pour eux, bière et jus de fruits pour les enfants.

Ils discutent pendant deux heures, de politique, d'économie, de voitures, d'éducation ; ils aiment échanger sur de nombreux sujets, la plupart du temps en accord sur la façon de voir la vie.

Il se lève pour prendre congé, Elle est heureuse d'avoir partagé cet instant avec lui mais frustrée de n'avoir pu lui faire l'amour.

Quand ils arrivent à hauteur de sa voiture garée devant l'abri de jardin, Elle lui saisit le bras et l'attire à l'intérieur de l'abri avec un regard malicieux.

– Mais qu'est-ce que tu fais ?

Elle a déjà la main sur sa braguette et effectue des pressions sur le renflement de son pantalon.

– Mais celle-là alors, Elle est folle...

– Oui folle de toi ! Mais plains-toi...

Et Elle ferme à clé le local pour qu'ils soient tranquilles.

Elle ouvre la braguette de son jean et s'empare de sa queue qui grossit immédiatement.

– Et bien ! On dirait que ça t'excite les situations extrêmes ! Moi, j'ai toujours adoré ça ! Je trouve que ça donne du piment !

Elle s'agenouille devant lui en extirpant son gland de son pantalon, sa queue se déplie, interminable ! Aussitôt Elle l'engloutit férocement voulant ainsi lui transmettre sa passion. Elle a envie de le faire vibrer, de le réveiller à l'amour, à la sensualité, au plaisir intense, lui qui a tout vécu, aimé les plus belles femmes, Elle veut lui faire comprendre qu'il a encore droit au plaisir.

Alors, Elle le suce avec vigueur, lui procurant encore une fois un plaisir intense, inconnu. Il la relève et l'attire à lui, il l'embrasse langoureusement et d'un coup, la retourne, lui faisant prendre appui sur l'atelier et relève sa robe. Il écarte son string en dentelle noire qui lui barre le chemin du plaisir et s'enfonce d'un coup de rein puissant. Elle n'a pas le droit de crier et se mord une main pour étouffer ses gémissements.

Il la prend sauvagement, la soulevant presque de terre tellement ses coups de boutoir sont puissants. Ils jouissent ensemble, une jouissance à son image… Intense et sauvage ! Ils se rhabillent et sortent de l'abri de jardin en souriant comme deux ados.

– Allez sauve-toi !

– Tu ne m'embrasses pas ?

Elle revient vers la voiture et glisse sa langue entre ses lèvres :

– Bonne soirée !

Elle rentre à la maison un peu gênée mais ses enfants n'ont apparemment rien remarqué.

Elle a vraiment passé un excellent moment en sa présence et les enfants l'ont beaucoup apprécié. Aussi, après le dîner, Elle prend du temps sur internet pour rechercher tout ce qui pourrait soigner son diabète de façon naturelle.

Après deux jours de recherches, Elle lui établit une sorte d'ordonnance qu'Elle décide de lui envoyer par mail : « Bonjour cher Patient, suite à notre conversation me permettant d'approfondir mon diagnostic, je vous ai établi l'ordonnance suivante :

PMH Hypertonique, Gelée royale, Jus d'Aloe Vera, Gélules d'ail, fenugrec, cannelle, myrtille, ginseng, baies de goji, Huile d'onagre et bourrache.

Je sais, cher patient, c'est beaucoup et contraignant mais svp, suivez cette ordonnance et vous devriez en ressentir les premiers bénéfices d'ici trois mois. Vous passerez à mon cabinet afin de mesurer votre PH urinaire. Bon rétablissement. »

Il lui répond :

« Merci Docteur Folamour, je vais essayer votre traitement.

Mais j'ai signé, tel Faust, mon pacte avec le diable pour rester jeune...et j'ai toujours 60 ans ! »

Elle étudie aussi les moyens de relancer sa libido et lui envoie une "ordonnance" complémentaire :

Mon cher Faust,

J'ai étudié votre cas de baisse de testostérone et vous rajoute quelques oligo éléments qui devraient être efficaces : zinc et sélénium.

Vous passerez voir Méphistophélès (l'assistant du diable) qui en dispose à mon cabinet.

Je le charge d'un programme de stimulation associé à de la relaxation qui devrait vous conduire à une jouissance extrême !

Je reste à votre disposition pour toute autre demande.

Lucifer. »

Il répond :

« Je passerai voir Méphistobellesfesses en fin d'après-midi... »

«Ha ! Ha ! Excellent ! Il fallait la trouver, tu m'as fait rire ! One point ! »

Comme promis, il arrive chez elle en fin de journée, tout excité par leurs échanges. A peine entré dans la maison, il la saisit par les hanches et l'entraîne dans la chambre. Prestement, il lui ôte sa robe :

– Ahhh, ces fesses de rêve, tu as le plus beau cul que j'ai jamais vu...

Et ses seins parfaits, tu es une bombe de sexe, Ma bombe de sexe !

Et tout en parlant, il lui saisit le sein gauche et le presse entre ses doigts tandis que de l'autre main, il caresse son sexe velouté.

– Hummm ! Tu t'es entièrement épilée, comme j'aime, tu vas me rendre dingue...

Et il enfonce un doigt entre ses lèvres pour vérifier qu'Elle est prête à l'accueillir. Il constate avec contentement qu'Elle est déjà toute humide et chaude et pleine de désir et ce constat exacerbe son désir de la pénétrer provoquant une belle érection dont il tient à profiter immédiatement.

– Tourne-toi et montre-moi ce cul !

Elle est debout, les bras appuyés sur le lit, les fesses tendues. Il prend sa queue dans sa main et la dirige vers l'entrée étroite de sa belle partenaire. Il s'enfonce en elle doucement pour lui faire profiter de toute la longueur de son sexe gonflé et commence ses va-et-vient. Elle gémit de plaisir et ce doux murmure l'encourage à intensifier ses mouvements.

Pour le faire ralentir un peu, Elle se dégage de son étreinte d'un coup de rein, plie les bras et rampe sur le lit, pour être allongée sous lui. Aimanté par son corps, il la suit et la reprend brusquement. Il place ses deux pieds de chaque côté de ses hanches et s'accroupit au-dessus d'elle pour mieux la pénétrer. Ainsi, il peut la pilonner et mieux diriger son sexe d'avant en arrière mais aussi de droite à gauche pour caresser tous les points sensibles de son anatomie cachée.

– Je te remplis bien là ?

– Oh oui ! Pour me remplir tu n'as pas de mal avec un tel engin ! Je n'ai jamais vu un sexe aussi gros que le tien !

– Quel plaisir de faire l'amour avec toi, on sent que tu aimes le sexe...

– Non tu te trompes ! Ce n'est pas le sexe que j'aime, c'est l'amour…

Elle se dégage de son étreinte, se retourne et s'allonge sur le dos.

– Caresse-toi ! Je veux que tu sois prise partout !

Il la pénètre de nouveau et il lui enfonce un doigt entre les fesses pour la faire jouir de mille façons.

Cette triple caresse lui procure un immense plaisir qui ne tarde pas à l'entraîner dans la jouissance, son clitoris envoyant des vagues de contraction dans son vagin bientôt suivi par celles de son anus. Elle le pousse sur le côté et l'allonge sur le dos à son tour pour saisir son sexe dans sa bouche et lui procurer ainsi une caresse douce et puissante avec sa bouche et sa langue qu'Elle promène tout le long de sa queue. Elle le regarde avec des yeux coquins et la malice qu'il lit dans ce regard lui provoque une décharge d'excitation.

Elle le sait et en joue en appuyant un peu plus sur le bouton intensité tout en accélérant la pression de ses lèvres sur sa turgescence. Elle sent la pression qui monte dans les canaux de son sexe et reçoit avec délice sa semence au fond de son gosier.

– Ahhh que c'est bon, c'est fort, mais comment tu fais ça ???

– Pose-toi la question ! Pourquoi est-ce si bon avec moi ? Et qu'avec moi ???

Ils se douchent ensemble, se rhabillent et prennent un petit verre de rosé sous la varangue en discutant de choses et d'autres comme de bons amis. Puis il se lève pour aller dîner avec sa compagne qui ne va pas tarder à rentrer de son travail. Elle le raccompagne à sa voiture et l'embrasse langoureusement.

– A bientôt cher Faust !

Le lendemain, après sa sieste, Elle se réveille toute excitée, Elle pense à Pierre et imagine qu'ils font l'amour. Elle lui envoie ses pensées érotiques en texto :

« J'imagine que nous sommes dans un chalet au ski, on a skié toute la journée au soleil, on a déjeuné sur les pistes, on s'est chauffé du regard, effleuré sur le télésiège, roulé des pelles démoniaques, et tant pis si on a les lèvres gercées, tu me les mords et c'est bon. On rentre au chalet, on boit un verre tranquille, on sait ce qui va suivre, on allume la cheminée, je me déshabille et me caresse devant toi. Tu commences à bander fort. Je le vois sous ton pantalon de ski, j'approche en marchant comme un chat, non plutôt comme une panthère, je t'attire devant le feu, j'ouvre ta braguette et commence à te caresser tout doucement. Je glisse ma langue sur tes couilles que tu as rasées pour qu'elles soient toutes douces et qu'elles ressentent ainsi encore mieux mes caresses. Tu m'excites follement, je suis trempée, je te suce goulument comme tu aimes et je m'offre à toi à quatre pattes devant la cheminée. Je te tends ma croupe et tu t'introduis en moi d'un coup. Tu vas et tu viens doucement pour laisser monter mon plaisir et quand il atteint son paroxysme, tu changes d'orifice pour me faire jouir encore plus fort et ça t'excite tellement que tu jouis sur mes fesses.»

Le fait d'écrire à Pierre tout ce qu'Elle est en train d'imaginer la met en transe aussi Elle ne peut s'empêcher de se caresser. Cela fait des semaines qu'Elle ne l'a pas fait (tellement abattue par ses soucis de cœur). Elle saisit son petit godemiché et l'enfonce entre ses cuisses. Elle prend une photo d'elle les cuisses écartées pour lui montrer ce que lui inspire leur relation et Elle la joint à son message. Mais contrairement à ce qu'Elle pensait, bizarrement, il ne répond pas à ses textos. Il finit par lui écrire :

« Tu ne dois pas m'envoyer de tels textos et photos (ce qu'on appelle des sextos maintenant). Mon ex a réussi à pirater mes messages et je n'ai pas envie que ça devienne public, étalé sur le net. Elle pourrait s'en servir contre moi. »

Elle est très déçue qu'il ne rentre pas dans le jeu et qu'il lui réponde aussi sèchement. Le lendemain, Elle ne peut s'empêcher de lui envoyer une photo sensuelle d'elle mais le texto n'est pas distribué. Elle essaye de l'envoyer par Messenger mais le message ne passe pas non plus.

Ah non ! Il m'a blacklistée !

Elle lui envoie un message incendiaire, il lui répond en texto :
« Tu ne m'écoutes pas… je prends donc mes dispositions pour éviter de recevoir tes délires.»

Mes délires ??? Ah ! Ok ! C'est comme ça qu'il me traite lui !

« Ok sur le fond. Mais pas sur la forme. Je ne suis ni une de tes salariés, ni une pute qu'on congédie ! Je ne suis pas du genre à coucher sans sentiments et tout ce que nous avons vécu m'a portée à croire qu'entre nous, il y avait quelque chose de spécial, une rencontre rare qui n'est donnée qu'à peu de gens ; nous aimons les mêmes choses, nous avons les mêmes valeurs, le même style de vie. Entre nous c'est une alchimie mais apparemment ton corps est plus réceptif que ton esprit.

Je te souhaite néanmoins un très agréable voyage et d'excellents moments avec tes enfants.»

Effectivement, il part le lendemain en métropole pour une durée de dix jours.

Et au cours de ces dix jours, Elle n'a aucune nouvelle de lui.

Cette absence lui est pénible à supporter surtout que depuis un mois, ils avaient une relation suivie et là, d'un coup, plus rien.

Elle ne lui adresse rien non plus.

Erwan est parti vivre dans le bungalow qu'Elle lui a trouvé chez son amie Vanina qui a une belle maison située directement sur la plage.

Il y a déménagé toutes ses affaires et a déjà retrouvé une nouvelle nana, une malbaraise de 45 ans environ qui tient un hôtel dans une rue à côté de leur maison. Il habite d'ailleurs déjà à l'hôtel avec elle alors qu'il ne connait cette fille que depuis une semaine, tout en gardant le bungalow…Il est ainsi logé, nourri, blanchi, et plus si affinités…

Le 9 décembre, cinq jours après le départ de Pierre, Elle reçoit enfin un texto de lui :

« Tu n'es pas congédiée mais plus simplement blacklistée. Je t'ai moultes fois demandé d'arrêter par prudence comme par profonde allergie, ce genre de messages. Je ne suis pas un célibataire affamé du jeudi au Perroquet Bleu. Pour autant, je te respecte et je t'apprécie.»

Elle est effondrée. Pas affamé lui ? Non certes, vu l'état de sa libido ce n'est pas vraiment le cas, mais quand même, il est très demandeur et tellement séducteur… Il doit avoir peur que sa chérie découvre les photos et Elle est particulièrement bien placée pour le comprendre… Elle décide de ne pas lui répondre. Et de l'oublier.

NEXT !

CHAPITRE 2 : NUMÉRO 2 : FRANÇOIS LE PASSIONNÉ

10 Décembre 2016

Ce soir, Elle est invitée au restaurant par un ami de métropole qui est venu travailler sur l'île et qui loge dans un de ses bungalows. C'est un ancien collègue de travail d'Erwan et ils ont passé quelques soirées ensemble à évoquer les raisons de sa rupture. Des souvenirs pénibles qui ravivent sa douleur.

Elle lui propose d'aller dîner au "Chez Riz" un des restaurants les plus connus et les plus fréquentés de Saint Gilles, qui fait aussi bar musical de minuit à deux heures du matin.

Il est situé dans l'artère principale de Saint Gilles, en bordure de la rue avec une petite terrasse comportant des tables et des chaises en fer forgé.

Ils prennent place sur la terrasse, sur une table pour quatre.

A côté d'eux, sur une table haute, Elle remarque deux hommes qui les accueillent avec un charmant sourire.

Sans être canons, ils sont classe avec leur chemise et leur pantalon en toile et ont l'air très sympathique. L'un est brun aux cheveux courts et les yeux noirs, l'autre est châtain avec les cheveux plus longs, ondulés et les yeux verts.

Ils commandent leur plat, un thon mi cuit pour Elle, une souris d'agneau pour lui.

Elle ne mange plus de viande depuis quelques mois et commence à en ressentir les bienfaits sur son énergie et sur son apparence physique car Elle se sent rajeunir malgré les nuits sans beaucoup de sommeil de ces derniers mois.

Soudain, son regard est attiré dans la rue par le passage d'un groupe d'hommes déguisés en femmes. Un "evg "(enterrement de vie de garçon) très certainement…

L'un d'eux s'approche des deux hommes assis à la table voisine et commence à les draguer gentiment.

Elle rit et ne peut s'empêcher de leur adresser la parole :

– Et bien ! Vous avez beaucoup de succès vous !!!

– C'est parce que nous sommes très beaux mais pas autant que vous ! Vous êtes vraiment magnifique !

L'homme châtain qui vient de parler s'adresse à son ami :

–Si je peux me permettre monsieur, vous avez beaucoup de chance, votre femme est très belle...

– Merci, je le pense aussi et Elle est encore plus belle à l'intérieur... mais ce n'est pas ma femme, c'est ma sœur !

Sa sœur ??? Holà ! Ils ne se ressemblent absolument pas... Mais ça à l'air de passer. Il poursuit :

– Je suis venu la voir à la Réunion et je repars demain soir.

L'homme châtain a l'air ravi de cette information. Il se lève et demande si ils peuvent s'inviter à leur table puisqu'elle est prévue pour quatre personnes, et avant qu'ils n'aient eu le temps de répondre, il s'assoit en invitant son copain à se joindre à eux.

Il se place en face d'elle qui s'est décalée sur la place d'à côté pour laisser la chaise la plus proche à son ami.

Leurs plats sont servis au même moment et ils commencent à dîner tous ensemble.

François, le châtain, explique qu'il est parisien, Paulo portugais, et qu'ils viennent deux ou trois fois par an pour vendre du matériel pour les transports routiers. Ils sont arrivés le matin et sont là pour une semaine.

Leurs plats terminés, ils commandent des desserts. Il est 23 heures et Serge, le patron du bar commence à monter le son.

Soudain, François se lève, lui prend la main et l'invite à danser. Elle se laisse entraîner sans résister.

Au contact de sa main, Elle ressent immédiatement une chaleur, un bien-être comme s'ils se connaissaient depuis toujours. Il a un regard perçant étrange et pénétrant. Il l'entraîne dans une série de rock et très vite leurs rythmes s'harmonisent, ils dansent sans plus s'arrêter. Il lui sourit, Elle rit sans retenue, il y a tellement longtemps qu'Elle n'avait pas dansé, elle qui adore ça...

Tout en dansant, ils se racontent un peu leur vie, Elle lui explique qu'Elle vient de se séparer, il lui dit que lui aussi. A chaque fois qu'Elle lui parle d'elle, de ses goûts, il sourit, acquiesce, apprécie sa personnalité. Il la serre contre lui, promène une main dans son dos, effleure sa joue avec ses lèvres, souffle délicatement sur son cou, il sait pertinemment comment susciter le désir chez sa partenaire, et ça fonctionne. Elle se sent bien dans ses bras, si bien qu'Elle voudrait que cette soirée ne se termine jamais.

Son "frère" est fatigué, il a envie de rentrer. Elle est venue avec lui en voiture et bien sûr, François lui propose de rester et de la raccompagner. Elle n'aime pas trop cette idée d'être dépendante et éventuellement coincée. Le "Chez Riz" va bientôt fermer, Paulo a envie de continuer la soirée au "Maloya" une boîte de nuit très sympa située tout près sur le port.

– Ça te dit ?

– Pourquoi pas ? Il y a tellement longtemps que je ne suis pas sortie ! J'ai souvent entendu parler de cette boîte mais je n'ai jamais eu l'occasion d'y aller.

Paulo part devant avec sa propre voiture, François lui ouvre la portière. Quelle galanterie ! Ce savoir-vivre l'enchante.

Il monte à son tour dans la voiture, enfin seuls ! Il se penche vers elle, cherche ses lèvres, Elle lui les tend pour un long baiser tendre et fougueux à la fois, quelle passion !

Immédiatement Elle ressent un profond désir pour cet homme encore inconnu il y a quelques heures.

Ils s'embrassent encore et encore, n'ont plus envie d'arrêter, comme si ils étaient irrémédiablement collés…

Mais Paulo les attend...

Ils arrivent à la discothèque, c'est bondé, impossible d'avancer, il y a tant de monde qu'ils n'arrivent pas à retrouver Paulo.

Ils se regardent et se comprennent. Non ! Ils n'ont aucune envie de rester dans cette foule, ils ont juste besoin d'être seuls, corps contre corps et de laisser parler leur peau.

Jamais le premier soir !... Oui je sais !...

Mais Elle en a envie et Elle est brimée depuis tellement d'années qu'il faut qu'Elle rattrape le temps perdu. Et puis surtout, Elle a besoin de s'enivrer pour oublier son chagrin et sa déception.

Il l'emmène dans sa chambre d'hôtel.

Il l'embrasse doucement, fait courir sa langue dans sa bouche, sur ses lèvres, lui mordille le cou (ça, Elle adore, ça la fait bondir telle une tigresse...)

Il lui ôte sa robe, dégrafe son soutien-gorge, lui retire son string tout doucement en le faisant glisser le long de ses jambes fines et musclées.

Il l'allonge sur le lit, lui caresse les seins doucement, lentement, sensuellement. Elle ne se souvient pas avoir jamais fait l'objet de caresses aussi douces, aussi aimantes. Il descend le long de son ventre, s'attarde sur son nombril, y enfonçant sa langue. C'est une sensation bizarre mais excitante. Elle ondule sous ses caresses, se cambre pour que la bouche de François arrive sur son pubis.

Il entreprend de la lécher à petits coups de langue nerveux, introduisant de temps en temps sa langue dans ses orifices, alternant les plaisirs. Ne pouvant plus résister à ses caresses, elle jouit sans retenue.

A son tour, elle fait courir sa bouche sur le torse de François, aussi doucement que lui, sur le même tempo, il gémit, il est très expressif, Elle saisit son sexe entre ses lèvres.

Il n'est pas de gros calibre, ça change de la bite de cheval de Pierre...Elle le suce avec une infinie douceur, lentement pour qu'il se délecte de chaque instant tout en sensualité, dans un instant éternel de volupté.

Il la repousse tout doucement lui aussi, Elle ne se souvient pas d'avoir jamais ressenti autant de délicatesse dans les bras d'un homme. Comme il lui a ouvert la portière de la voiture ou s'est précipité sur son briquet dès qu'Elle portait une cigarette à ses lèvres, il la caresse avec classe et respect, et c'est délicieux, tout ce dont Elle a besoin en ce moment.

Elle est allongée sur le dos, la tête bien confortablement calée dans les oreillers, et il la pénètre tout doucement millimètre par millimètre. Certes, son sexe n'est pas énorme mais il sait remarquablement bien s'en servir pour faire monter le désir par des mouvements imperceptibles qui déclenchent très vite des ondes de plaisir. Elle est prise dans un tourbillon de sensualité. Ça change tellement de ces coups de boutoir assénés à toute vitesse, comme des robots...

On n'est pas des machines, merde !

Il lui fait l'amour ainsi pendant une heure, variant les positions, l'embrassant sensuellement. Elle est dans un cocon d'amour et Elle prend son plaisir encore et encore mais lui ne jouit pas. Alors, Elle le prend dans sa bouche et le suce vigoureusement en y mettant toute sa passion pour lui faire atteindre son plaisir aussi.

Il est très tard, il faut qu'Elle rentre.

– Tu ne veux pas dormir avec moi ? Dans mes bras ? J'aimerais tant…

– Non ! Il faut que je rentre. On se voit demain.

– Envoie-moi un message pour me dire que tu es bien rentrée.

Le lendemain, il lui envoie un texto :

« Je t'attends, viens vite ! »

Elle déjeune dans un restaurant de plage avec son ami, son "frère" et c'est interminable. Elle ne pense qu'à lui, au moment où Elle va se retrouver dans ses bras qui lui sont déjà devenus indispensables...

C'est étrange comme un inconnu 24 heures auparavant peut devenir aussi rapidement la personne qui accapare toutes vos pensées…

Elle le rejoint à son hôtel et ils partent se baigner dans le lagon. Ils s'embrassent, se caressent, se collent l'un à l'autre comme un couple d'amoureux, et restent un long moment ainsi dans l'eau, assis sur le sable, collés l'un à l'autre. Ils passent tout l'après-midi ensemble à la plage puis Elle le quitte pour aller chercher sa fille au poney club. Il lui donne rendez-vous dans la soirée pour l'emmener au restaurant.

Elle lui propose d'aller à la Maison Blanche, un nouveau restaurant qui vient d'ouvrir dans une maison avec quelques tables parsemées au bord d'une piscine dans un très agréable jardin exotique. So romantic!

Ils passent une excellente soirée à discuter de leurs vies, à apprendre à se connaître, chacun étant avide de découvrir le passé de l'autre. Ils discutent avec beaucoup d'émotion, les yeux dans les yeux, main dans la main.

A la fin du repas, il lui propose d'aller danser au "Chez Riz". Il adore danser avec elle, il a l'impression que leurs corps ont été créés pour

danser ensemble, et aussi pour faire l'amour ensemble. Ils prennent la voiture de François. Arrivés à hauteur de l'Église de Saint Gilles, Elle lui dit brusquement :
– Tourne à droite et prends la rue qui conduit à l'Église !
Tout en parlant, Elle a glissé sa main sur sa braguette, l'a ouverte et commence à le masturber alors qu'il continue tant bien que mal à conduire.
Ils arrivent sur le parking derrière l'Eglise, s'enlacent et s'embrassent fougueusement.
Il glisse une main sous sa robe et introduit un doigt dans sa fente. Elle est trempée, ce qui ne manque pas de lui déclencher une érection immédiate.
Il ouvre sa portière, descend, fait le tour de la voiture et la fait descendre en la tirant doucement par le bras.
Il lui fait prendre appui sur le capot de la voiture, remonte sa robe sur ses cuisses et lui arrache son string.
Ahhh !!! C'est beaucoup plus passionnel ! La lune éclaire ses fesses et fou d'excitation, il la pénètre et la baise ainsi sauvagement. Il se saisit d'un sein, enserre la pointe entre ses doigts tout en exerçant une forte pression. Elle gémit car Elle ressent une onde de plaisir aigu associé à une légère souffrance.
Elle a envie de se rebeller et de s'abandonner tout à la fois.
Elle entend passer des voitures sur la route et ne sait pas ce que les occupants peuvent apercevoir mais au lieu de la gêner, cette situation l'excite au plus haut point. Elle rit et lui rend ses coups de boutoir en agitant sa croupe pour qu'il la pénètre plus profond. Elle jouit rapidement et s'agenouille pour le prendre dans sa bouche. Elle le suce furieusement, lui caresse les fesses, les griffe légèrement et introduit un doigt coquin dans son anus pour le faire bander encore plus fort, elle le sent durcir, se tendre, se contracter, il s'accroche à son visage et jouit dans un râle...
Ils se rhabillent en riant :
– On est dingue et j'aime la vie comme ça !
Il l'attire contre lui et lui fait exécuter un pas de danse,
– Viens on va danser, j'adore danser avec toi, j'adore la vie avec toi, on va danser toute la nuit...

Et ils dansent ensemble pendant deux heures au "Chez Riz" en se parlant, en riant, en s'embrassant… ils sont heureux, amoureux ?

A la fermeture du bar musical, il la ramène dans sa chambre d'hôtel où ils font l'amour joyeusement, tendrement, fougueusement, intensément, passionnément.

Nus, il l'entraîne sur la pelouse devant sa chambre et l'enlace dans l'herbe tout doucement. L'air est chaud et doux et les enveloppe dans un cocon accueillant. Les milliers d'étoiles qui brillent dans le ciel de l'Océan Indien les illuminent d'une divine clarté qui ajoute un parfum d'éternité à leur étreinte hors du temps.

Toujours nus et collés l'un à l'autre, ils s'assoient sur la terrasse pour déguster un dernier verre de rosé.

– On devrait peut-être s'habiller, quelqu'un pourrait passer devant la chambre lui suggère-t-Elle.

Une minute après, Paulo arrive, une bouteille de rouge à la main.

Ouf, il était temps…

Il les regarde avec envie… C'est vrai qu'ils irradient de bonheur...

Il leur propose de boire un verre avec eux mais ils déclinent l'offre, trop épuisés.

François travaille tôt demain, enfin tout à l'heure...Il est temps d'aller dormir un peu, demain une autre soirée exceptionnelle les attend.

Toute la journée du lendemain, Elle vaque à ses occupations le cœur léger, chantant à tue-tête en pensant à François et à leurs retrouvailles du soir.

Ils sont invités à l'inauguration de "La Maison Blanche" dont le dress code de la soirée est, bien sûr, le Blanc. Elle décide de porter une robe longue blanche au décolleté profond découvrant son dos jusqu'aux reins. Impossible de mettre un soutien-gorge mais ses magnifiques seins le supportent très bien.

Il lui envoie un texto pour lui dire qu'il sera vers 20 heures au restaurant et il ajoute :

« Pas de culotte ! »

« Mais j'ai une robe blanche transparente !!! »

« Justement ! »

Elle enlève son string qu'on devinait sous le tissu léger et pourtant doublé de la robe.

« Tu as raison, c'est beaucoup mieux ainsi ! »

« Tu es en retard ! Dommage, nous avons fait de belles rencontres !!! »

Oh pas cool ça !!! Il cherche à exciter sa jalousie et il y parvient très bien. Pas très sain comme remarque...

Elle se dépêche de le rejoindre.

Elle entre dans le jardin du restaurant, les têtes se tournent vers elle et Elle perçoit le regard envieux des femmes et lubrique des hommes. Il se retourne et Elle capte la flamme dans ses yeux.

– Hey Carinia ! s'écrit-il avec emphase, tout en lui ouvrant les bras pour la serrer contre lui. Son sourire en dit long sur son plaisir de la retrouver et de passer la soirée en sa compagnie.

Elle est venue avec son fils aîné et sa belle-fille, vêtus de blanc eux aussi. Ils passent un très agréable début de soirée, François faisant le pitre au milieu des convives. La soirée se terminant assez tôt, François les invite tous les trois à dîner dans un autre restaurant.

– Allons à l'Escurial !

– Oui, très bonne idée, il est vraiment sympa ce resto ! On y mange très bien.

Elle est ravie qu'il invite ses enfants à se joindre à eux, ce qui semble montrer sa véritable implication dans leur relation. Au cours du repas, il les interroge sur leurs projets, leur dispensant des conseils, s'intéressant vraiment à eux, ils passent tous les quatre une excellente soirée. Elle est heureuse pour la première fois depuis de longs mois...même si Elle est bien consciente qu'il s'en va dans quelques jours.

Ils se séparent devant le restaurant et les enfants partis, il la prend dans ses bras et lui fait exécuter quelques pas de danse sur le trottoir. Ils rient, heureux, amoureux et s'engouffrent dans la voiture pour rejoindre l'hôtel, riant encore...

Une fois dans la chambre, il lui enlève délicatement sa belle robe blanche sous laquelle Elle était entièrement nue.

– Comme tu m'as excité ainsi, te savoir nue, pouvoir frôler tes seins, tes fesses, te caresser l'entrecuisse et sentir ton sexe tout chaud... comme c'était bon, c'est comme ça que je conçois les relations entre un homme et une femme, toujours dans la séduction de l'autre.

– Moi aussi ça m'a terriblement excitée, surtout que je n'y suis pas habituée, j'avais l'impression que tout le monde savait que je n'avais rien dessous, et c'est comme si j'avais été nue, du coup, je suis trempée et j'ai envie que tu me prennes là, debout contre le mur, tout de suite, sauvagement...

Et c'est ce qu'il fait sans attendre...

Elle a relevé ses longs cheveux blonds en une queue de cheval haute et il tire sur la queue pour lui placer la tête en arrière. Il l'embrasse dans le cou et comme à chaque fois, cela lui déclenche des frissons tout le long du corps, partant du cou, glissant sur son bras puis ses cuisses jusqu'aux pieds. Elle a envie de le mordre et entreprend de le mordiller sur tout son corps, le plaquant à son tour violemment contre le mur et descendant sur son ventre et la naissance de sa queue. Elle mordille légèrement son pubis et le haut de ses cuisses puis engloutit d'un coup son gland en lui donnant des pressions saccadées. Elle s'arrête d'un coup et plonge son regard à la fois amoureux et coquin dans ses yeux. L'envie qu'il lit dans ce regard lui procure une pulsion de désir et il la relève pour la retourner contre le mur et la pénétrer de nouveau d'un coup puissant.

Puis il la pousse sur le lit, à plat ventre, attrape ses deux mains pour les maintenir fermement derrière son dos et il s'enfonce ainsi en elle.

Elle adore son jeu et y prend beaucoup de plaisir, Elle essaye de se débattre, doucement, pour ajouter du piment dans la partie qui s'engage.

– Je t'interdis de bouger !

Elle fait exprès de remuer les reins.

– Stop ! Interdit j'ai dit !

Et il lui tire encore un peu plus les cheveux.

– Tu aimes ça, hein ? Dis-le que tu aimes ça !

Son ton s'est fait impératif.

Elle a instant d'hésitation… Est-il toujours dans le jeu ? Ou aime-t-il vraiment les relations un peu plus violentes, lui qui a toujours été si doux jusqu'à présent ?

Il sent son hésitation et immédiatement redevient plus tendre, il relâche son étreinte, se lève et se saisit de son IPad.

Il cherche une chanson et lui fait écouter "Elle est si touchante" de Jacques Higelin. Il la fait se lever du lit, la prend dans ses bras et ils dansent collés serrés sur ces paroles envoutantes. Il chante en même temps et Elle écoute attentivement :

"Elle est si touchante, qu'autour d'elle tout chante l'amour de la vie, si belle et si charmante.....
Elle est si jolie, craquante et sexy...qu'elle rugisse et qu'elle ose, suggérer par ses poses, la danse du Lion...rebelle... rebelle...
Elle est si vivante, drôle et désarmante qu'on toucherait du doigt, ce qui vibre en elle, la toute petite parcelle de l'art... universel.
Elle est si sublime, que c'est presque un crime, de vouloir l'enfermer parfois entre mes bras.
Elle est si volage, si libre, et sauvage, que la mettre en cage est juste impensable...
Moi je l'aime comme elle est, comme je la crois, comme je la sais... "

Elle ne connaissait pas cette chanson et Elle est sous le charme.
Il a fortement appuyé sur le "je l'aime" en lui lançant un regard plein d'amour.
Elle se serre contre lui, il la bascule sur le lit, sur le dos et lui fait l'amour tout doucement, très sensuellement, leurs corps n'en forme plus qu'un jusqu'à la jouissance qui les unit.

Le lendemain, jeudi, c'est l'anniversaire de son second fils et Elle l'invite au repas d'anniversaire familial à la maison. Il fait partie de sa vie désormais comme s'il n'allait jamais repartir.
Les enfants l'ont accepté car cet homme lui a redonné le sourire, le goût de la vie, l'envie de chanter à tue-tête sur les musiques qui passent à fond dans la maison.
Elle lui fait visiter son intérieur, il l'aide dans la cuisine à finir de préparer le dîner. A table, il discute avec les enfants comme s'il vivait avec eux depuis longtemps.
Les bougies du gâteau soufflées, et les cadeaux ouverts, Elle propose d'aller tous boire un verre au Perroquet bleu, un resto bar situé à Trou d'eau, face à la mer, qui fait venir un DJ tous les jeudi soirs, et où tous les gens qui aiment sortir se donnent rendez-vous pour prendre un verre sous les étoiles.

Il commande du champagne pour fêter l'anniversaire puis les enfants, fatigués, partent se coucher.

Pas eux. Tout à leur bonheur, ils ne sentent pas la fatigue malgré les nuits très courtes accumulées depuis six jours.

Il l'entraîne sur la piste et ils commencent à danser serrés dans les bras de l'autre. Il lui glisse à l'oreille :

– Je t'aime …

– Moi aussi, je t'aime !

Et ils passent le reste de la soirée à se murmurer des mots d'amour tendres et sensuels.

A minuit, quand le bar ferme ses portes, ils se retrouvent devant l'entrée toujours enlacés, se répétant qu'ils s'aiment les yeux dans les yeux.

Une femme passe à côté d'eux :

– C'est beau l'amour ! Leur glisse-t-elle avec un clin d'œil complice.

Ils éclatent de rire.

Il la ramène chez elle car Elle n'a pas pris sa voiture. Et Elle l'invite à entrer juste un instant car il est déjà tard.

Ils s'installent dans sa chambre, et il lui fait l'amour à la fois tendrement et passionnément.

Il part à cinq heures du matin, après avoir dormi quelques instants blotti contre son corps.

Le lendemain, il travaille toute la journée, et Elle pense avec tristesse déjà que c'est leur dernière soirée, leur dernière nuit. Elle a très envie de l'accompagner à l'aéroport, samedi, pour profiter de lui jusqu'au dernier moment. Mais comme Elle veut faire la route avec lui, Elle cherche parmi ses amis quelqu'un qui pourrait la ramener. Après plusieurs coups de fil, Elle finit par trouver un ami qui accompagne sa femme et rentre seul sur Saint Gilles. Elle est ravie. Elle part en ville lui acheter comme cadeau de Noel, une belle chemise qu'il portera en pensant à elle, à eux, à cette semaine de passion torride hors du temps. Elle lui envoie un texto :

« J'ai trouvé une personne pour me ramener, je pars avec toi à l'aéroport. »

« Je ne crois pas que ce soit une bonne idée, je t'en reparle ! »

Merde alors ! C'est quoi ce revirement de situation ?

Pourquoi il ne veut pas que je vienne avec lui ?

Quand il rentre le soir, ils se retrouvent pour l'apéro à son hôtel. Visiblement ennuyé, il lui explique qu'il va retrouver plusieurs autres hommes d'affaires à l'aéroport et qu'il n'a pas envie qu'Elle passe pour une sorte d'Escort dont il a usé et abusé pendant son séjour.
Elle comprend qu'il veuille protéger leur honneur réciproque mais trouve cela bizarre.
Ils vont dîner rapidement au "Chez Riz".
Ils dansent un peu mais ils ont surtout envie d'être seuls dans leur chère intimité pour partager un dernier moment d'exception.
Il n'y a personne chez elle ce vendredi soir, sa fille étant partie dormir chez une amie. La soirée est douce, il fait encore 28 degrés, il lui propose de se baigner dans la piscine qui frise les 33 degrés...
Nus, ils font quelques brasses puis il s'approche d'elle et la prend dans ses bras. Elle place ses mains derrière son cou et enroule ses jambes autour de sa taille. Portée par l'eau, Elle peut faire ce qu'Elle veut de son corps et Elle rapproche son pubis de sa verge déjà en érection au premier frôlement de leurs peaux. Elle s'empale sur lui tout doucement et ils font l'amour ainsi durant deux heures, collés l'un à l'autre, dans toutes les positions permises par l'apesanteur.
Elle s'accroche à l'échelle face à lui et enroule ses jambes autour de la taille de son amant. Dans l'eau, Elle est légère comme une plume et il peut ainsi la pénétrer et la faire coulisser sur son sexe au rythme des vagues créées par leur doux va-et-vient. Ils restent ainsi collés l'un à l'autre pendant de longues minutes, leurs bouches scellées dans un interminable et langoureux baiser. Elle desserre ses jambes et se retourne, s'accroche de nouveau à l'échelle et lui tend sa croupe pour qu'il s'enfonce en elle.
– Encore ! lui murmure-t-elle.
Oh que oui ! Il a encore envie d'elle, il a bien l'intention de lui faire l'amour toute la nuit...Et il s'enfonce en elle de nouveau. Il peut ainsi la pénétrer plus profondément et Elle jouit doucement, à la fois de la sensation provoquée par les doux mouvements de François et du bien-être ressenti par leur parfaite harmonie avec la nature en cet instant magique.

Il l'éloigne de l'échelle et la reprend face à lui en la portant dans l'eau et en marchant dans la piscine, Elle a enroulé ses bras autour de son cou et ils sont totalement imbriqués l'un dans l'autre en parfaite osmose. Elle jouit de nouveau puis encore et encore …

Ils ont l'impression que cette nuit ne s'arrêtera jamais, et en effet, dans leur esprit, cette nuit les unira à jamais ...

Elle n'a jamais ressenti autant d'amour dans une relation : symbiose physique, charnelle, intellectuelle, sensuelle…

Ils sortent à regret de la piscine, ils n'ont même pas froid et vont s'allonger sur le lit d'extérieur qui surplombe le bassin.

Quelques gouttes de pluie commencent à tomber et Elle va chercher une couette dans la maison pour les recouvrir.

Ils s'endorment ainsi blottis dans les bras l'un de l'autre, sous un plafond d'étoiles comme si rien ne pouvait jamais les séparer.

Le lendemain matin, la lumière du jour les réveille de bonne heure, François a des rendez-vous toute la journée, il doit rentrer à l'hôtel pour se préparer.

Mais il est étrange, lointain soudain, comme s'il était déjà parti…

– Tu es d'accord pour que je t'accompagne à l'aéroport ?

Il ne répond pas. Son regard est vide désormais, soucieux, il ne la prend plus dans ses bras pour la serrer contre lui…

– François ? Tu veux qu'on essaye de continuer notre belle relation à distance ?

– Non !

Elle sursaute étonnée et son cœur se serre :

– Non ! Mais pourquoi ? Je ne comprends pas ton brusque changement d'attitude…

Il ne répond pas et regarde, songeur, les lézards qui courent sur la trainasse, la pelouse des îles tropicales. Il se lève et part à ses rendez-vous sans lui confirmer s'il vient la chercher ou non pour aller à l'aéroport.

Elle est triste et se sent vide d'un coup, le soleil qui venait de recommencer à briller dans sa vie s'en va et la laisse sans vie.

Vers 11 heures, Elle lui envoie un texto :

« Ton mutisme ce matin face à tes exubérances nocturnes est une vraie torture pour moi. Moi, je suis la même au coucher comme au réveil. Et toi, qui es-tu vraiment ? Que veux-tu ? Notre histoire est si belle, si intense que j'ai du mal à la voir se finir par un ? Ma vie ici n'est pas figée et je te rencontre au moment où je la reconstruis. J'ai des choix à faire, des dates à programmer, j'aurais souhaité qu'on en parle sans engagement.

Cela me ferait vraiment plaisir de t'accompagner à l'aéroport, juste la route, personne ne nous verra ensemble.

Et de plus, j'ai quelque chose à te remettre avant ton départ.»

Il ne lui répond pas.

Vers 16h30 il l'informe qu'il part de Pierrefonds mais sans autre précision.

« Tu es ok pour que je fasse juste la route avec toi ? »

« Oui ! »

Elle prend sa douche pour être prête à son arrivée et Elle est en train de se rincer quand son téléphone sonne. Sûre que c'est François, Elle se précipite pour répondre.

– Allooo, tu m'offres un rosé ? Je suis devant ton portail…

C'est Pierre ! Ça alors, Elle ne s'y attendait pas du tout. Il vient de rentrer de métropole...

– Et moi sous la douche !!!

– Parfait, je viens la prendre avec toi…

– Non ! Ce n'est pas possible, je dois partir faire une course, je suis déjà en retard.

– Je suis devant ton portail, viens m'ouvrir !

– Tu es vraiment impossible, je viens de te dire que je n'ai pas le temps ! Et puis d'abord je te rappelle que tu m'as blacklistée...

– Mais non !!! Tu m'as manqué !

Elle se sèche, enroule la serviette autour de sa poitrine et descend au portail. Il se dresse devant elle tout sourire, l'attrape par la taille et l'embrasse fougueusement tout à la joie de la retrouver.

– Entre deux minutes, je n'ai pas plus de temps à t'accorder.

Elle pense que François peut arriver d'une minute à l'autre et n'ose imaginer la scène s'ils se retrouvaient tous les deux face à face...

Dès qu'il pénètre dans la maison, il l'attire dans ses bras et lui arrache sa serviette, il est grand et fort et il essaye de la prendre sans ménagement. Elle le repousse.

Il descend son pantalon de sport sur ses cuisses, sort son membre en semi érection, prend sa tête et essaye de la forcer à lui faire une fellation.

– Suce-moi ! J'en ai trop envie ! Tu m'as trop manqué.

Elle résiste mais il appuie sur son cou pour la faire mettre à genoux. Du haut de son un mètre quatre-vingt-cinq, il a beaucoup plus de force qu'elle. Il approche sa tête de sa queue qui bande fort désormais. Pour le narguer, Elle le prend dans sa bouche et commence à le sucer mais au bout de trois allers et retours, Elle s'arrête et lui remonte son pantalon.

– Ce n'est pas possible, j'ai un rendez-vous, rentre chez toi !

Et Elle le tire par la main de toutes ses forces jusqu'au portail.

Il comprend qu'Elle n'a pas envie de lui, n'insiste pas plus et s'en va en maugréant.

Elle n'est pas mécontente de son coup.

Merci François, tu m'as permis de le repousser, de le remettre à sa place et de lui rendre ainsi la monnaie de sa pièce.

Non mais qu'est-ce que c'est que ces hommes qui vous prennent comme des objets selon leur bon vouloir !!!

Sans plus s'attarder sur cet évènement, Elle se fait belle pour accompagner François et qu'il garde d'elle un très beau souvenir.

Cinq minutes à peine après le départ de Pierre, Elle entend la voiture de François.

Elle a eu chaud…

Elle attrape au vol la chemise enveloppée dans du papier cadeau qu'elle va offrir à François pour Noël et grimpe dans la voiture à ses côtés.

Elle profite de la route pour lui expliquer comment Elle envisage la poursuite de leur relation ; comme Elle est assez libre de ses mouvements, Elle lui propose de venir en métropole toutes les six semaines pour passer quelques jours avec lui. Se rajoutent les deux fois où lui vient à la Réunion pour son travail.

– C'est possible François, c'est tellement beau entre nous que ça vaut vraiment la peine d'essayer.

Elle met tellement de ferveur dans ses propos qu'il la regarde, prend dix secondes de réflexion et annonce l'air très sérieux :

– Ok, on fait comme ça !

Il lui fait son plus beau sourire avec son regard amoureux à la Nicholson et ils passent le reste du trajet collés l'un à l'autre à se caresser tendrement et à envisager leur belle vie ensemble.

Arrivés à l'aéroport, ils descendent de la voiture, il ouvre sa valise pour y ranger les letchis que son meilleur client lui a offerts pour son retour et Elle en profite pour lui tendre son présent. Etonné et ravi, il l'ouvre tout de suite et la regarde avec plein d'amour :

– Merci ! Elle est très belle, tu es adorable !!!

Il rend sa voiture de location et il l'entraîne avec lui dans l'aéroport.

– Tu n'as plus peur que l'on nous voit ensemble ?

– Non au contraire, je suis si fier de toi, de ta beauté, de ta classe que j'ai envie que tout le monde te voit à mon bras …

Il enregistre ses bagages et ils montent à l'étage prendre un verre au bar de l'aéroport.

Ils sont assis face à face et se disent combien ils s'aiment et sont heureux ensemble. Elle lui propose de prendre un calendrier pour fixer tout de suite la date de leurs prochaines retrouvailles à Paris afin de bloquer rapidement les billets d'avion. Il prend son agenda et commence à chercher une date possible pour le mois de février, entre les vacances scolaires avec ses 4 enfants et son travail, sachant qu'il revient fin avril à la Réunion et qu'avant il part en Martinique et Guadeloupe.

Tout d'un coup, il s'arrête, l'air de nouveau ennuyé :

– Mais il va falloir que je fasse du ménage avant ton arrivée…

– Du ménage ???

– Oui, je t'ai dit que j'étais en colocation avec une nana qui a quitté son mec et qui n'a pas réussi à se reloger…

– En colocation ? Non, tu ne m'as rien dit à ce sujet…

– Mais si ! Tu ne te souviens pas !!! Mais ne t'inquiètes pas ! Je vais lui demander de se trouver rapidement un autre logement.

Et il lui reprend la main de nouveau amoureux et heureux, semblant soulagé d'avoir pris cette décision.

Le haut-parleur annonce son proche embarquement et ils descendent dans le hall pour qu'il passe la douane.

Son cœur se serre à l'idée de cette séparation et de toutes celles qui vont suivre.

Il y a la queue pour le passage de la douane. A l'entrée de la file d'attente, il la prend dans ses bras et l'embrasse langoureusement. Les passagers autour d'eux les regardent en souriant avec bienveillance, une femme leur dit que c'est beau l'amour, une autre que c'est dur de se séparer…

Il s'engage dans la file et lui tient la main derrière la barrière, l'embrassant à chaque instant.

Elle se tient, courageuse, sur le bord des barrières et dès qu'il s'en rapproche, il se précipite sur elle pour la prendre encore dans ses bras. Chaque fois, il lui glisse à l'oreille qu'il l'aime comme un fou.

C'est une vraie scène de cinéma !!!

Arrivé devant le guichet du douanier, qui va le faire basculer irrémédiablement vers la porte d'embarquement, il lui fait signe qu'il ne part plus, qu'il ne peut pas la quitter, pas vivre sans elle, mais la foule l'emporte vers le passage. Il lui lance des baisers et Elle devine sur ses lèvres les milliers de "je t'aime" qu'il prononce. Et hop, il disparait derrière la porte.

Tous les passagers autour d'elle la regardent avec curiosité et envie. Il est vrai qu'elle-même n'avait jamais assisté à de tels débordements d'amour dans une gare ou un aéroport...

Elle lui écrit immédiatement un message pour qu'il puisse le lire avant d'embarquer dans l'avion :

« Bon voyage mon amour, je suis emplie de ton regard, de ton sourire, de tes attentions et des merveilleux moments partagés. On se retrouve en janvier, il ne peut en être autrement...

Love.

Mon ami a déjà embarqué sa copine, on part. »

Il ne lui répond pas….

Le lendemain matin, Elle lui envoie une photo du lit extérieur où ils ont dormi et de la piscine où il lui a fait l'amour comme jamais personne ne lui avait fait ou lui fera.

« Tu me manques grave !!! J'ai vu que tu avais bien atterri, bon retour chez toi dans le froid. »

Mais Elle n'obtient aucune réponse …

« Je t'appelle demain matin dès que je suis arrivé » lui avait-il promis avant d'embarquer.... Elle n'ose penser que la fameuse colocataire est peut-être plus qu'une amie…

Elle décide de regarder le profil Facebook de François et principalement ses amies.

Il lui a dit qu'il venait de se séparer d'une femme depuis quelques semaines qui était sa DRH. Elle recherche donc parmi ses amies femmes, une qui annonce cette profession et Elle la trouve.

Merde, elle est jeune et jolie, petite blondinette mais pas du tout sexy, commune, fade. C'est ainsi que l'on juge nos rivales, non ??? Fades...

Elle ne trouve pas de photos d'eux ensemble sur aucun des deux profils mais Elle sent, Elle sait...

Le soir, rongée par le doute, Elle lui envoie un texto :

« Merci de me rappeler. Je mérite mieux que ça par correction.

Trouve un prétexte pour t'éclipser cinq minutes, j'ai besoin d'entendre la vérité s'il te plait.

Tu me fais tant de mal. Pourquoi tu ne m'as pas dit que tu étais en couple ? Ça n'aurait rien changé à nos délires sauf que je ne me serais pas attachée, du moins pas autant...enfin j'aurais essayé....

Tu as tant joué les amoureux transis. Tu m'as tant répété " joue pas'' et toi, qu'as-tu fait ? Je n'arrive pas à y croire !!! »

Pas de réponse !

Elle dort très mal, se réveillant plusieurs fois, anéantie.

Le lendemain, elle rallume fébrilement son portable dans l'espoir d'un message, mais toujours rien.

Elle s'empare du clavier tactile et écrit :

« Je me réveille, douleur intense, aucun message de toi, aucune explication, je revois notre discussion sur la route de l'aéroport où l'on décide de vivre une relation à distance, Ton sourire, Ton regard si amoureux, Tes baisers, Tes bras qui me serrent si fort. Je te demande de m'appeler car j'ai besoin de te parler pour comprendre. Merci. »

Elle part faire des courses au supermarché en faisant un gros effort pour sortir de chez elle. Au moment où Elle charge ses courses dans le coffre de sa voiture Elle reçoit enfin une réponse :

« J'ai passé la journée et cette nuit au chevet de maman qui est hospitalisée depuis une semaine. Ton harcèlement et tes réflexions….Je n'en veux pas !
ADIEU ! »

ADIEU! Carrément !!!

Elle a l'impression de recevoir un coup de poignard en plein cœur. Cette belle romance qui se termine en une fraction de seconde, sans aucune explication …
Elle ne comprend pas ou plutôt commence à comprendre qu'il a certainement une relation avec sa "colocataire".
Sa mère serait hospitalisée depuis une semaine mais à chaque fois qu'il lui a parlé de ses parents, il n'a jamais évoqué la moindre maladie...
Doit-Elle lui accorder le bénéfice du doute ???
De nouveau, Elle est torturée, n'arrive plus à manger, plus à écouter quand on lui parle. Elle est de nouveau enfermée dans sa bulle de douleur dont elle n'est sortie qu'un court instant hors du temps.

Mais pourquoi n'existe-t-il pas de médicaments de l'âme, qui pourraient ôter ce poignard de votre poitrine et cet étau de votre ventre, vous redonner le sourire et l'envie de croquer la vie à pleines dents ?

Elle lui adresse plusieurs textos lui demandant de l'appeler pour lui expliquer ce revirement, mais il ne répond pas.
Dans son quatrième message, Elle lui demande des nouvelles de sa maman. Il daigne enfin lui répondre pour la remercier et lui indiquer que sa mère est sortie de l'hôpital.
Pleine d'espoir de par sa réponse tant attendue, Elle le texte de nouveau pour lui dire combien il lui manque et lui demander de l'appeler. Mais encore une fois, son téléphone reste vide.
Le jeudi soir suivant, jour du Perroquet Bleu, Elle se rend dans le bar discothèque, prend une photo de la scène et lui envoie avec un message :

« Bonsoir, il y a une semaine tu me criais ton amour de toute ton âme et j'y répondais avec toute ma passion. Je pensais sincèrement que tu étais mon âme sœur, mon double.

Huit jours après, nous sommes des étrangers par ta volonté d'arrêter toute communication entre nous.

Tu es libre François, engagé en rien, j'espère que ça t'apporte le bonheur. As-tu peur ou m'as-tu menti ?

Pour mes amis et malheureusement pour mes enfants que j'ai, à tort, impliqués dans notre relation, c'est la deuxième solution. Comme je suis une belle âme, je pense que tu as eu peur de te perdre dans notre histoire pourtant si exceptionnelle.

Je te souhaite bon vent ! »

Il ne répond toujours pas.

Elle passe sa soirée au Perroquet Bleu à essayer de se détendre, mais Elle tombe sur la pute d'Erwan qu'Elle défie du regard.

En tout cas, il n'est pas avec elle…

Elle suit des amis au "Chez Riz", le bar où ils se sont rencontrés et là, Elle ne peut s'empêcher de lui envoyer une petite photo du bar et du patron avec qui il s'entend très bien avec la mention :

« Il manque un couple dans le décor, non ? Putain, François, merde, réponds ! »

Et Elle lui rappelle la phrase qu'il lui a souvent répétée :

« La vie c'est ça ! »

Il répond juste par un mot :

« Bonjour. »

Elle fait des bonds au plafond. Il n'a pas pu s'empêcher, Elle est sûre que lui aussi, il ne peut pas oublier leurs moments de folie, il ne peut en être autrement.

Le lendemain, 24 décembre 2016, cela fait un an qu'elle apprenait les tromperies de son compagnon. Un an déjà et la douleur est toujours aussi présente…

Elle espère que François va lui souhaiter un joyeux Noël. Elle attend toute la journée mais aucun message.

A 21 heures, un peu pompette avec le vin bu au repas, Elle ne peut s'empêcher de lui adresser un nouveau message :

« François, il y a une semaine, nous nous quittions avec un regard déchirant, je te souhaite un joyeux Noël avec tes enfants. J'espère que la chemise que je t'ai offerte te va bien.

Belle soirée.»

Il lui répond deux heures après :

« Joyeux Noël à toi aussi, belle soirée avec tes amours. »

Mais de nouveau, il ne répond plus.

Les jours suivants, Elle s'est inscrite à la salle de sport d'un hôtel situé sur le lagon et elle lui adresse de belles photos de la plage et du restaurant où ils devaient aller dîner mais n'avaient pas eu de place.

Elle lui raconte qu'Elle y a fait une belle rencontre avec un homme qui courait sur la plage et qui, l'ayant remarquée, a fait demi-tour pour lui offrir un verre et solliciter un rendez-vous.

Elle lui explique qu'Elle aimerait qu'ils gardent une relation à distance en s'envoyant de temps en temps quelques messages et photos et qu'ils se revoient quand l'occasion se présentera, à la Réunion ou en métropole.

Contre toute attente, il répond :

« Continue avec ta belle rencontre de l'autre soir…Tu ne vas pas le tromper quand je viens ! »

Ah !!! Touché ! Faire jouer la jalousie a enfin déclenché une réaction…

Elle lui écrit de nouveau :

« Je te propose une relation à notre image, libre et passionnée. Je souhaite créer avec toi un lien unique. Dès que tu m'as prise dans tes bras pour danser, la Magie a opéré. Et cette sensation-là, si rare et si précieuse, je ne souhaite pas la perdre.

Je t'ai dit que je ne jouais pas, j'étais sincère, es-tu d'accord pour essayer ? Sans contrainte, sans engagement. Alors que décides-tu ? Stop ou Ok ? »

Il répond :

« Ok. »

Elle est tellement heureuse de savoir qu'Elle va le retrouver quand il va venir en avril et peut-être en mars quand Elle ira en métropole….

Comme convenu, ils s'adressent de rares textos, il n'oublie pas son anniversaire le 6 février.

Elle part en mars en métropole mais il est en Guadeloupe quand Elle atterrit à Paris…

Leurs échanges de messages et de photos s'intensifient pendant son séjour en métropole et il lui annonce :

« Fin avril à la Run ! »

Ce qu'il ne sait pas et qu'Elle ne lui dit surtout pas, c'est qu'entre temps, Pierre est revenu dans sa vie et qu'Elle a fait plusieurs autres rencontres...

NEXT !

CHAPITRE 3 : RETOUR DE FLAMME DE PIERRE 1

31 décembre 2016

Cela fait dix jours que François est parti, Elle ressent toujours un vide immense et une grande souffrance entre le départ d'Erwan et les démarches pour racheter la maison, et ses drôles de relations avec Pierre et François. Dans son désespoir, Elle a envoyé un texto à Pierre mais Elle s'est trompée de téléphone et l'a adressé à son numéro de métropole. Il le découvre donc plusieurs jours après mais lui répond immédiatement :

« Je viens de prendre connaissance de ton message sur mon mobile métro que je ne consulte pas régulièrement ! Désolé… »

Elle lui répond le lendemain :

« Coucou, suis sur la plage, si tu veux boire un rosé ??? »

Il répond de suite :

« Ok je passe pour te voir … et UN verre. »

Il arrive au bar par la plage, Elle est heureuse de le revoir. Il s'installe sur le transat à côté d'elle et ils commencent à discuter de tout et de rien.

Il lui demande de ses nouvelles, il tient à savoir si Elle va mieux suite à sa séparation. Elle lui répond que de ce côté-là tout va bien, qu'Elle apprend à vivre seule, que c'est parfois angoissant, surtout le matin au réveil quand Elle réalise toutes les tâches et toutes les responsabilités qui lui incombent.

Elle lui rappelle qu'il l'a "blacklistée" avant son départ et que ça, ça lui a fait du mal.

Il lui explique qu'il avait peur que sa compagne tombe sur les photos ou les mails compromettant, ce qu'Elle comprend très bien.

Tout en espérant inconsciemment que cela arrive ???...

Ils sont bien ensemble, mais aucun d'eux n'abordera ce sujet…
Ils prennent un verre puis chacun rentre à sa case.
Il l'appelle dans l'après-midi pour lui signaler qu'il sort du golf et qu'il va s'arrêter chez elle.
Par chance, tous les enfants sont occupés à l'extérieur de la maison. Elle va donc pouvoir le recevoir en toute tranquillité.

Ils s'installent dans sa chambre, il la déshabille précipitamment et se met nu à son tour. Elle est heureuse de le retrouver car cela lui ôte un peu sa peine d'avoir perdu François.
Pierre est beau, grand, musclé, intelligent et drôle et… particulièrement bien membré ce qui n'était pas le cas de François, et quoiqu'on veuille bien le dire…

La taille de cette affaire-là a quand même son importance !
Désolée messieurs mais toutes les discussions de filles sur le sujet arrivent à la même conclusion…Certes, cela ne fait pas tout et loin de là. Nous sommes bien d'accord qu'il faut savoir manier l'engin de levage, mais à première vue, un sexe volumineux attirera toujours les faveurs de ces dames…

C'est justement la réflexion qu'Elle fait à Pierre car Elle est toujours impressionnée par la taille de ce sexe, même au repos...
Ils s'allongent l'un à côté de l'autre et il commence à lui caresser le dos et les seins en pinçant fortement ses pointes entre ses doigts. Cela lui fait un peu mal mais lui procure en même temps une décharge de désir.
Il descend sur son sexe et découvre avec contentement qu'Elle s'est entièrement épilée comme il le lui avait suggéré. Il lui suce avidement son petit bourgeon et glisse un doigt inquisiteur dans sa fente déjà toute humide. Il l'agite fortement d'avant en arrière provoquant ainsi des ondes vibratoires qui déclenchent un plaisir intense immédiat. Elle se redresse aussitôt et descend le long de son ventre pour atteindre sa verge en semi érection. Elle la lèche à coups de langue puissants et l'enfourne dans sa bouche en la serrant très fortement avec ses lèvres pour accentuer les pressions. A son tour, il se dégage car l'envie de jouir est trop forte et il

brûle du désir de la pénétrer, de sentir son sexe tout chaud et ferme autour de sa bite.

Il l'allonge sur le dos et écarte ses cuisses fermement. Il attrape ses jambes par les chevilles et les placent au-dessus de ses épaules, ainsi il la pénètre au plus profond et jouit du spectacle de ses seins magnifiques qui s'agitent sous ses coups de boutoir. Le plaisir intense, brutal monte en eux mais il se retient et la fait changer de position en lui exerçant une forte pression sur les hanches pour la faire basculer et se mettre à quatre pattes au bord du lit afin qu'il puisse rester debout.

La vue de son petit cul, ferme et musclé qui s'agite sous ses yeux, l'excite au plus haut point :

– Hummm ! Celui-là il faut que je le sodomise !!!

Elle pense dans son for intérieur qu'avec la taille impressionnante de son membre, il n'est pas prêt de pouvoir entrer...

Il s'enfonce dans son sexe doucement, centimètre par centimètre, et pousse des soupirs de contentement. Il adore être en elle. Il ne s'explique pas pourquoi il n'y a qu'elle, et aucune autre femme, même la plus jolie d'entre elles, qui arrive à lui redonner sa libido.

Il est d'ailleurs tellement excité qu'il ne peut se retenir d'éjaculer en elle avant qu'Elle n'eût pris son plaisir mais c'est sans importance pour elle, satisfaite de l'avoir fait jouir ainsi, cela lui suffit.

Pour fêter ensemble la nouvelle année puisqu'ils seront séparés, ils boivent une petite coupe de champagne et se quittent avec un chaste baiser.

Arrivé chez lui, il lui envoie un dessin de Geluck :

"Je préfère vous dire bonne année tout de suite comme ça c'est fait", pour lui montrer pudiquement qu'il pense à elle.

Le lendemain, comme chaque matin, il lui envoie une photo sur Messenger, le texte qui est inscrit cette fois-ci sur le message l'intrigue : "Deux ans durant, il est resté fou amoureux de moi sans que je le susse (subjonctif imparfait)".

Drôle de message, comme il faut toujours comprendre le second degré dans son humour, Elle se dit que c'est une façon détournée de lui avouer ses sentiments à son égard.

Elle répond :

« J'adore… C'est délicieux cher Faust, je vous propose un stage intensif de trois jours à Maurice quand vous pourrez vous libérer… (Avant deux ans si possible). »
Il lui répond en lui envoyant de très belles photos d'animaux qui la font craquer.
En fin d'après-midi, invitée par des amis échangistes, Elle part à Saint Pierre à l'inauguration d'un bar restaurant libertin "le Boléro ".
Elle passe une excellente soirée, très festive et se fait dragouiller par un bel homme, grand mince, métisse, classe, très agréable. Ils dansent collés serrés une bonne partie de la soirée avec beaucoup de plaisir car il est très sensuel. Elle apprend qu'il est libertin lui aussi, bien sûr, et lui et ses amis s'évertuent à lui expliquer les bienfaits de leur mode de relations sexuelles notamment sur la fidélité ou la vie de couple. Or l'homme en question vient de se faire larguer par sa femme justement parce qu'elle ne supportait plus de se forcer à avoir des rapports sexuels avec d'autres hommes et femmes par la même occasion, pour la simple raison de faire plaisir à son mari…
Il semblerait que si nombre de femmes, souvent pourvues d'un mari avec qui elles s'ennuient au lit,

Et oui messieurs, il y en a beaucoup et vous savez bien que nous sommes très fortes pour simuler un orgasme

prennent un véritable plaisir dans l'échangisme, certaines ne s'adonnent à cette pratique que pour plaire à leur mari et le garder.
Pour les hommes, c'est une autre histoire, ils sont souvent bigames par nature voire plus si affinités...
Elle rentre seule, et son élégant cavalier l'appelle sur la route pour lui proposer de la retrouver immédiatement près de chez elle mais Elle décline gentiment l'invitation même après l'avoir écouté argumenter pendant près d'une heure.
    Le lendemain matin, Pierre s'enquiert de sa soirée :
« Ça va ? Soirée sympa à Saint Pierre ? »
Ah ah ! Il est un peu jaloux !
Il vient la retrouver sur la plage pour discuter et prendre un petit verre de rosé avec elle. Elle lui raconte l'étrange mais en même temps très

agréable soirée avec les échangistes et en rajoute une couche pour lui décrire les scènes hard qui se sont déroulées dans le bar.

Comme toujours quand ils sont ensemble, ils passent un très agréable moment à discuter puis rentrent déjeuner dans leurs demeures respectives.

– Je m'arrête chez toi quand je descends du golf en fin d'après-midi.

– Ok, mais appelle-moi un peu avant pour être sûr que je sois disponible.

Elle fait une petite sieste et vaque à ses occupations pour l'entretien de ses bungalows, le temps passe mais pas de message de Pierre. Elle se décide à lui en envoyer un pour savoir où il en est :

« Toujours au golf ? Ça va être trop tard pour ce soir, non ? »

« Je sors du golf, tu m'offres un verre en toute sobriété ? »

Leurs messages se sont entrecroisés…

« Oui si tu veux ! »

« Coming ! »

Il est déjà tard et ses enfants ne vont pas tarder à rentrer aussi dès qu'il arrive, Elle se jette sur lui fébrilement, lui ouvre la braguette de son jean et saisit son sexe pour le sucer avidement. Il la relève pour la prendre sauvagement par derrière et ils jouissent en quelques minutes. Ils ont juste le temps de s'assoir avec un verre de rosé à la main sur le canapé extérieur de la varangue quand les enfants arrivent.

Les jours suivants, ils s'envoient des vidéos plusieurs fois dans la journée, sur des sujets très divers puis il lui poste une vidéo d'une jeune femme devant un tableau de classe en train d'effacer une formule mathématique qui devient un message :

"I love you".

Elle est scotchée car Elle ne s'attendait pas à ça. Elle trouve cette déclaration très délicate mais ne répond pas.

Deux jours plus tard, il lui envoie trois ronds qui s'imbriquent : dans chacun des ronds il y un mot : amour - sexe - amitié.

A l'intersection d'amour et sexe on peut lire "couple", à celle de sexe et amitié on peut lire "plan cul" et entre amour et amitié "c'est compliqué" enfin, à l'intersection des trois réunis, il est inscrit « bonheur total ». Il n'ajoute aucun commentaire, seulement l'émoticône du bonhomme avec sa couronne d'ange et il lui demande si Elle est sur la plage. Il la rejoint pour prendre un verre de rosé, allongés sur les transats.

C'est le 14 janvier et deux jours avant, le 12, Elle a rencontré Max au Perroquet Bleu qui l'a bouleversée.

Elle a donc besoin d'éclaircir enfin cette relation avec Pierre et décide d'aborder le sujet :

– Pierre, nous n'en n'avons jamais parlé mais j'ai besoin de savoir ce que tu ressens vraiment pour moi…

Il se tortille sur son transat et avale d'un trait son verre de rosé visiblement mal à l'aise.

Il lui parle alors de sa compagne, pour la première fois comme d'une personne à qui il est très attaché et avec qui il se sent bien.

– Certes ! Mais tu n'as plus de désir pour elle et tu m'as envoyé le schéma du bonheur total qui comprend inévitablement le sexe, que tu ne pratiques presque plus avec elle… Avec moi, tu as les trois alors je ne comprends pas pourquoi tu y es si attaché. Par ailleurs, l'attachement est bien différent de l'amour mais souvent les gens se trompent et confondent les deux. Il lui explique qu'elle aime le foot et que quand ils regardent un match ensemble, elle commente encore mieux que le présentateur.

Il poursuit en lui avouant que leur relation cachée commence à lui peser et …

Elle l'interrompt.

Elle l'a écouté sans sourciller même si ses mots lui faisaient mal et Elle ne veut pas entendre la suite alors Elle prend les devants :

– Et bien c'est simple ! Nous allons arrêter de nous voir, c'est mieux ainsi pour tout le monde.

Il ne proteste pas et acquiesce, visiblement soulagé que ce soit elle qui ait pris la décision. Ce n'est pas sans lui rappeler le comportement d'Erwan, ils sont vraiment semblables ces deux-là. Ces hommes, tous des lâches !

Elle aimerait bien demander à sa compagne s'ils n'ont vraiment plus de rapports sexuels, Elle imagine déjà la tête de la jeune femme…

Elle regrette d'avoir parlé, Elle aurait dû le laisser s'empêtrer dans ses explications pour voir ce qu'il lui aurait sorti comme arguments. Elle est encore allée trop vite...

Elle se lève, il est 13 heures et Elle va préparer un tartare de thon pour ses enfants. Il la raccompagne à sa voiture :

– Nous restons bons amis ?

– Bien sûr ! Répond-Elle avec un sourire forcé.

Pour se donner du courage, Elle repense à sa soirée de Jeudi avec son bad boy en espérant qu'il va bientôt la rappeler. Le lendemain, Pierre lui envoie un nouveau dessin. Cette fois, il représente un loup et un renard qui discutent. Le loup dit au renard :

« Je me demande tout le temps comment aurait été ma vie si j'avais fait d'autres choix...et le renard répond : Tu serais en train de te demander comment aurait été ta vie si tu avais fait d'autres choix. »

Elle lui rétorque aussitôt :

« Tu aurais juste trouvé le bonheur. »

Elle aurait dû s'en tenir là mais bien sûr, il a fallu qu'Elle en rajoute une couche, celle de trop comme d'habitude. Elle le sait pourtant, ses amies le lui répètent fréquemment mais Elle ne peut jamais s'en empêcher. Alors Elle lui écrit :

« Entre le soleil et la lune, tu as choisi la lune

Entre la passion et la tendresse, tu as choisi la tendresse

Entre l'intensité et la modération, tu as choisi la modération

Entre une vie surprenante et une vie rangée, tu as choisi une vie rangée

Entre le plaisir et le foot tu as choisi le foot... »

Puis Elle lui envoie une citation de Léon Tolstoï :

« Le temps qui nous reste à vivre est plus important que toutes les années écoulées. »

Il lui répond par une vidéo "Le Diagnostic" où un couple vient consulter un médecin pour que celui-ci établisse le diagnostic de.... connerie du mari.

Vexée, Elle lui répond :

« Et bien ça prouve que tu n'as rien compris ! Arrêtons-là nos échanges!»

Et Elle le blackliste à son tour pour ne pas prendre connaissance de sa réponse qu'Elle attend, cinglante.

NEXT !

CHAPITRE 4 NUMÉRO 3 : MAX LE BAD BOY

12 janvier 2017

C'est jeudi soir, et le jeudi soir c'est ...Perroquet Bleu...

Elle est seule ce soir-là, aucune de ses copines n'a envie de sortir, il est vrai qu'elle n'en a pas beaucoup de célibataires à part Maria...

Depuis qu'Elle vit seule, Elle a du mal à rester chez elle dans son canapé devant la TV.

Elle étouffe !

Elle décide donc de partir seule au Perroquet Bleu. Elle est sûre d'y retrouver des amis.

Le bar est situé sur la plage de trou d'eau et depuis quelques mois, il s'est institué une habitude d'aller y prendre un verre en écoutant de la musique tout en admirant les reflets de la lune sur le lagon.

L'ambiance est bon enfant, et tout Saint Gilles s'y retrouve.

Elle enfile une robe moulante en suédine bleue qui met en valeur ses courbes parfaites. Elle arrive près du bar et aperçoit un couple d'amis homo qu'Elle affectionne. Elle se dirige vers eux et ils l'accueillent avec un grand sourire.

A côté d'eux se tient un homme grand, très fort, avec un visage enfantin et des yeux rieurs. Il porte un jean et une chemise bleue. Elle sent qu'il l'a remarquée immédiatement car il ne la quitte pas des yeux pendant qu'Elle discute avec ses amis.

Tom, ayant remarqué le manège, la met en garde :

– Méfie-toi de lui, Max est marié et c'est un grand coureur de filles ! Si c'est pour t'amuser une nuit, pas de problème, mais ne va pas plus loin !

Il est déjà minuit, Le bar ferme et Tom propose de poursuivre la soirée au Taï, un bar dansant situé dans la rue principale de Saint Gilles.

Ça la tente bien et elle décide de se joindre au groupe. Max annonce qu'il les suit et Elle est heureuse qu'il ait pris cette décision car cet homme l'interpelle.

Ils entrent dans le bar bondé de monde, la majorité des gens qui souhaitent poursuivre la soirée s'y retrouvant après la fermeture du Perroquet.

Ils sont accoudés au bar, une fille est placée entre eux aussi décide-t-Elle de la contourner pour pouvoir mieux discuter avec Max.

Il lui dit qu'il est jardinier et qu'il la trouve très belle. Tout d'un coup un mouvement de foule la pousse contre Max qui en profite pour la prendre dans ses gros bras musclés, la serrer contre lui et l'embrasser sur la bouche…Elle n'est même pas choquée par la rapidité de son baiser tant il lui semble naturel.

– Il y a trop de monde ici ! Viens on va au Carré Rouge.

Il propose de l'emmener dans sa voiture, un gros pick-up noir. Pour une fois, Elle accepte de laisser sa voiture et lui fait confiance.

Ils partent main dans la main comme s'ils avaient toujours été ensemble, comme s'ils se connaissaient depuis longtemps.

Il lui explique qu'il est particulier, qu'il n'est pas comme tout le monde, qu'il a beaucoup de maîtresses (Elle commence à penser qu'Erwan est vraiment un petit joueur par rapport à tous les hommes qu'Elle rencontre et Elle comprend mieux pourquoi il considérait que ce qu'il faisait n'était rien… Effectivement, à côté de tous ces queutards, il fait figure d'ange…)

Ils se garent devant la boite de nuit et il la prend dans ses bras pour l'embrasser et l'embrasser encore, Elle a l'impression qu'il est amoureux …

– J'ai eu une maîtresse pendant un an, elle était barrée et je l'aimais bien, j'adorais coucher avec elle, on se voyait presque tous les jours; mais là c'est fini depuis un moment et elle risque de se montrer jalouse voire un peu violente mais ne t'inquiète pas je suis là pour te défendre.

– Je ne m'inquiète pas ! Ce n'est pas une petite nana qui va me faire peur ! Et puis tu sais moi aussi je suis particulière, je ne fais rien comme les autres ou du moins, j'essaye.

Ils rentrent dans la boîte, vont s'assoir au comptoir et commandent un verre. Il la serre contre lui, l'enlace et l'embrasse fougueusement. Elle adore ses baisers si doux, si tendres et si passionnés. Cela contraste avec son apparence de Bad boy aux gros bras mais correspond à son regard d'enfant empreint de gentillesse.

Soudain il se raidit :

– Elle est là, de l'autre côté du bar avec le mec à la barbe grise !

– T'es jaloux ?

– Ça va pas ! Tu es bien plus belle, sexy et désirable qu'elle, je n'ai jamais eu une si belle femme dans mes bras, c'est complètement fini avec elle, en revanche elle va certainement se montrer jalouse.

En effet, la jeune femme essaie de rivaliser avec une démonstration de baisers passionnés avec son compagnon tout en jetant à Max des regards furibonds.

Elle n'est pas inquiète, Elle sait déjà que Max est sous son charme.

Il lui demande d'aller danser, il aime sa démarche chaloupée, son allure de reine quand Elle arrive sur la piste et que tous les hommes la regardent avec envie se déhancher dans un accord parfait avec la musique.

Son regard est rivé sur elle, il le détache uniquement pour balayer la salle et observer les hommes qui l'entourent et essayent d'attirer son attention. Elle leur sourit et agite la tête de droite à gauche pour leur signifier qu'Elle n'est pas intéressée, qu'Elle est accompagnée et quel compagnon, Quelle prestance ! Il est de loin l'homme le plus remarquable de la soirée, pour être particulier, c'est sûr, il l'est …

A un moment, Elle le voit se lever pour aller parler à son ex-maîtresse, Elle ne sait pas ce qu'il lui dit mais Elle sent que ce n'est pas trop sympathique à l'expression du visage de la jeune femme.

Il revient s'asseoir et Elle le rejoint, curieuse d'en savoir plus.

– Elle va arrêter son manège !

En effet, le couple se lève et sort de la discothèque. Elle se sent soulagée car Elle n'appréciait pas vraiment ce petit jeu, ne sachant si c'était leur manière de se rendre jaloux mutuellement.

– Et si on partait nous aussi ? Je ne voudrais pas me coucher trop tard.

– Ok ! Un dernier verre et on y va ! Danse encore pour moi s'il te plait, j'adore te regarder danser …

Ah oui ! Il a l'air bien accro à l'alcool, il descend les verres à une allure impressionnante, c'est vrai qu'il a le gabarit pour bien supporter l'alcool mais quand même…

Elle repart danser tout en plantant son regard dans le sien. Ils restent ainsi de longues minutes puis il vient la rejoindre sur la piste, la prend dans ses bras pour danser tout contre elle et Elle aime immédiatement cette sensation de bien-être ressentie quand leur corps sont collés l'un à l'autre comme s'ils ne pouvaient jamais plus se séparer.
– Viens, on s'en va ! Je t'emmène sur mon bateau.
Et il l'entraîne vers la sortie.

Ils montent dans le pick-up et il prend la direction du port, il se gare sur le parking des Brisants devant la Base Nautique.
Elle ressent un certain malaise car Elle a passé tant de temps ici, avec Erwan. Elle lui montre son bateau qui est garé là, devant eux. Toujours dans la voiture, il la prend dans ses bras :
– Chut ! Oublie tout ça, tu te fais du mal, il faut que tu tournes la page, ne pense plus qu'à nous.
Il l'enlace avec force comme s'il voulait que cette étreinte lui fasse oublier toute sa peine et en même temps, Elle sent son désir violent, animal, excitant.
Il glisse une main entre ses cuisses et remonte sa robe. Elle adore le contact de ses doigts sur sa peau et frémit.
– Enlève ta culotte !

C'est drôle, les filles ont depuis longtemps remplacé leur culotte par des strings mais les hommes aiment ce mot "culotte" ça fait partie du vocabulaire qui les excite.

Elle s'exécute et il remonte sa robe jusqu'à sa taille et place sa tête entre ses cuisses. Il glisse tout doucement sa bouche sur son clitoris :
– J'ai envie de te manger !!!
C'est étonnant cette grande brute de cent kilos qui la caresse avec cette infinie douceur… Et c'est délicieux. Elle se laisse faire un moment puis d'une main libre déboutonne sa chemise. Elle découvre son torse, ses

pectoraux légèrement enveloppés mais puissants et une pilosité parfaite. Il est viril et doux.

Elle le repousse et entreprend de le caresser à son tour, lui ouvre sa braguette et découvre que lui, il n'a pas de culotte !

– Je n'en porte jamais ! Lui souffle-t-il doucement à l'oreille.

Elle caresse son sexe doucement entre ses doigts, il commence à bander. Il n'est pas très volumineux paradoxalement. Elle s'attendait à un énorme calibre mais il est dans la moyenne, fort heureusement assez épais.

Elle le suce tout doucement, lui lèche le prépuce à petits coups de langue pour le faire languir, le caresse d'une main et l'enserre dans sa bouche en même temps. Il gémit, il est aux anges :

– Oh mon bébé, comme tu suces bien !!! J'en étais sûr ! Tu fais ça avec tellement de douceur... c'est trop trop bon !

Elle accélère un peu, pas trop, juste ce qu'il faut pour faire monter le plaisir. Il la supplie :

– Viens sur moi !

Elle lève la tête, regarde dehors, il est 5 heures du matin, c'est la pleine lune et comme c'est l'été, le jour commence à se lever. Il y a des pêcheurs sur le parking, tout près d'eux. Elle rit :

– On n'est pas tous seuls.

– On s'en fout, viens ! J'ai envie de toi, de te sentir, je veux être en toi et y rester toute la nuit.

Et il la soulève avec sa force herculéenne et la fait pivoter au-dessus de lui pour la pénétrer. Elle glisse ses jambes de chaque côté du siège et s'empale sur son sexe tout gonflé d'excitation. C'est leur premier contact, ils s'emboîtent parfaitement et ils se regardent joyeux, heureux, ressentant une irrésistible attraction.

Il bouge tout doucement, comme Elle aime. Il la serre fort contre lui. Elle cherche sa bouche et ils s'embrassent en enroulant leurs langues. Il lui dit combien il la trouve belle et désirable. Et c'est si bon à entendre après tous ces mois de souffrance.

Mais Elle sent le regard des pêcheurs à travers les vitres pourtant teintées du véhicule. Elle s'appuie sur les pieds, se dégage doucement et se rassoit sur le siège passager.

– Ils sont tout près, ça craint !

– Viens ! On va sur mon bateau !

Elle adore sa façon de s'exprimer, ses intonations si passionnées, il parle comme si sa vie dépendait de la réponse de sa partenaire. Chaque mot est vibrant et résonne dans son être provoquant une intense sensation. Elle se sent si vivante.

Elle repense à la chanson que François lui a fait découvrir, "Elle est si vivante" et Elle admet qu'elle lui colle parfaitement à la peau !

Il ouvre la portière, descend de la voiture et rajuste son pantalon. Il fait le tour du pick-up et l'aide à sortir du véhicule. Il répète :

– Viens on va sur le bateau !

Elle rit encore :

– Tu es fou, autant que moi, et j'adore ça !!!

Ils marchent bras dessus, bras dessous, collés l'un à l'autre, en se caressant et s'embrassant comme s'ils formaient un couple depuis toujours...

Il monte sur le bateau et lui tend la main pour qu'elle puisse grimper à son tour. C'est un cap Camarat de 6 mètres 25, le même qu'Elle avait ramené de métropole mais vendu car Elle n'avait pas réussi à obtenir une place de port. Il lui sourit, avec ce sourire magnifique, plein de confiance en la vie, qu'Elle retient comme étant le plus beau sourire du monde. Il lève les deux bras en l'air :

– Oui bébé ! Mais moi j'ai eu une place tout de suite ! N'oublie pas ! Je suis jardinier !

C'est drôle et émouvant cette façon qu'il a d'appuyer sur chaque syllabe, comme si il devait à chaque instant prouver son existence.

Sous la lumière de la pleine lune, ils s'embrassent comme des ados, il lui ôte sa robe, son soutien-gorge, Elle est entièrement nue et frissonne à la fois de froid et de plaisir.

– Viens !

Il l'attire à lui, l'embrasse. Elle adore ses baisers si doux, si tendres avec sa langue qui enveloppe ses lèvres, s'enroule autour de sa langue, frôle ses dents. Il lui mord la lèvre supérieure, fermement mais sans lui faire mal.

Elle le déshabille à son tour, déboutonne un par un les boutons de sa chemise, ouvre la ceinture de son pantalon avec les dents en lui donnant des petits coups de langue sur le ventre, Elle est experte à ce jeu, Elle avait oublié... Elle lui enlève son pantalon, ses chaussettes, ses chaussures.

Elle s'assoit à l'avant du bateau sur le rebord. Il s'agenouille devant elle et la lèche tout en douceur. Elle rejette la tête en arrière, regarde la lune et les étoiles, hume la chaleur de la nuit, les narines dilatées, il est si beau ce ciel réunionnais, il est fait pour abriter ses amours.

Il la prend tout doucement, Elle gémit et laisse le plaisir l'envahir comme une vague, bercée par le roulis.

Il la fait glisser dans le fond du bateau pour qu'Elle puisse s'allonger sur le dos, les jambes relevées sur la cabine et il reprend son doux va-et-vient. Elle voudrait que ça ne s'arrête jamais...

Mais le jour se lève, ils se relèvent et s'aperçoivent qu'il y a plusieurs pêcheurs sur le quai à côté. Ils se rhabillent et descendent du bateau toujours collés l'un à l'autre. Ils marchent vers la voiture et tout à coup, il s'arrête :

– Monte sur mon dos !

Il se baisse pour qu'Elle puisse grimper. Elle saute sur son dos et serre ses jambes autour de sa taille, il lui tient les mollets, et il l'emporte ainsi jusqu'à son pick-up en riant. Il la dépose à terre avec beaucoup de précautions et ils s'enlacent à nouveau toujours souriants, se sentant merveilleusement bien ensemble.

Il la ramène à sa voiture garée sur le parking des boîtes de Saint Gilles :

– Demain midi, je déjeune avec mon associé Brice, le copropriétaire du bateau, et Charles, le gérant de ma société, au resto "Le Vacoa", une rondavelle sur la plage à l'hermitage, viens ! Je veux te les présenter. Ce sont les deux hommes qui comptent le plus pour moi, je veux qu'ils te connaissent !

– Ok, midi, j'y serai !

Ils s'embrassent et se caressent encore, incapables de se quitter.

– Il est six heures, dans trente minutes je dois réveiller ma fille pour le collège et la déposer au car scolaire.

A contrecœur, Elle tire sur la poignée de la portière et remonte dans sa voiture garée juste à côté. Elle ne démarre pas tout de suite le temps de se remettre de ses émotions et le regarde. Il a pris son téléphone et semble tenir une conversation animée avec son interlocuteur ou son interlocutrice…

Elle ne peut s'empêcher de penser qu'il appelle son ex, celle qui était dans la boite, pour aller terminer sa nuit avec elle car Elle lui a refusé de venir dormir chez elle…

Elle est encore traumatisée par le comportement d'Erwan avec tous ses mensonges et toutes ses femmes et Elle se rend compte que désormais, Elle aura bien du mal à accorder sa confiance à un homme. Surtout que ces trois dernières rencontres sont des hommes en couple…

Elle démarre et rentre chez elle à peine fatiguée tellement cette rencontre avec Max a été riche en émotion, source de son énergie.

Elle entre tout doucement dans la maison, prend une douche, enfile directement ses affaires de sport et réveille sa fille.

Malgré l'absence de sommeil, Elle ne ressent bizarrement aucune fatigue, ses pensées étant concentrées sur Max et leur incroyable soirée ; Il lui manque déjà cruellement et Elle a hâte de le retrouver.

Elle pose sa fille au car scolaire et part courir au parcours de santé avec son chien. Son énergie est décuplée...

Elle réalise à quel point Elle s'est ennuyée précédemment dans ses vies de couple, Elle dormait, Elle n'avait plus envie de rien…

Elle comprend que ce qui la fait vibrer, comme Max d'ailleurs, c'est l'amour, la magie de la rencontre, des premiers instants partagés, des premiers mots échangés, le plaisir de découvrir l'autre...

Après sa balade sportive dans la forêt, Elle descend, comme chaque matin, se baigner dans le lagon. Ce lagon qui l'a sauvée de la dépression. C'est là qu'Elle se ressource, au contact de l'eau et en compagnie des poissons multicolores qui évoluent avec grâce tout autour d'elle. La meilleure des thérapies…

Il est bientôt midi, Elle se prépare pour rejoindre Max au restaurant. Elle enfile une robe noire, décolletée, coiffe ses longs cheveux blonds et se maquille légèrement.

Quand Elle arrive au restaurant, Elle ne voit pas le Pick-up. Elle entre quand même et demande à la serveuse si elle a vu Max.

– Non, je ne l'ai pas vu et il n'a pas appelé pour réserver. Oh tu sais Max, il est particulier, il est imprévisible !

Elle décide de commander un verre de rosé pour l'attendre un peu et essaie de l'appeler sur son portable mais Elle tombe directement sur le répondeur. Elle laisse un message pour lui dire qu'Elle est arrivée et qu'Elle l'attend. Mais il ne rappelle pas !

En l'attendant, Elle discute avec Elodie la serveuse qui connaît bien Max et celle-ci la met en garde :

– Ne t'attache surtout pas à lui, c'est un dragueur, il va de femme en femme tout en étant marié, tu ne peux rien attendre de lui.

Pourtant au fond d'elle-même, une petite voix lui dit qu'entre eux ce sera différent. Ils étaient trop en symbiose, ce ne peut en être autrement, ils sont liés depuis la nuit des temps.

Elle montre à Elodie la photo d'un jeune homme de 24 ans qu'Elle a rencontré chez Vanina, l'amie qui loge Erwan dans son bungalow sur le lagon.

– Waouh ! Quelle beauté !!! Tu es trop forte toi ! Si belle que tous les hommes sont à tes pieds.

– On commence à s'échanger des messages, je sens que je lui plais, quand on se regarde, il y a une flamme qui passe dans nos yeux, c'est drôle, je n'aurais jamais pensé plaire à un homme si jeune avec toutes les jolies filles qui lui courent après…

– Et toi ?

– Je le trouve craquant, il m'attire, j'adore ses yeux bruns pétillants, son envie de vivre, il y a un vrai jeu de séduction qui commence à s'établir entre nous, c'est très excitant… A suivre…

Elle attend Max encore cinq minutes mais sans nouvelles, Elle finit par s'en aller, dépitée.

Elle rentre faire une sieste bien méritée. Deux heures plus tard quand Elle se réveille, Elle rallume son téléphone et sa messagerie bipe :

« C'est Max, je suis au Vacoa. Viens, je t'attends !

Son cœur se met à battre à tout rompre, VIENS ! VIENS ! VIENS !

Ces mots résonnent dans tout son être et curieusement, Elle ne peut résister à cet appel comme si Elle était téléguidée. Elle s'habille rapidement et toute tremblante, fonce à vive allure vers la rondavelle.

Elle sort de la voiture et s'approche. Il est là, assis avec deux autres hommes. Il l'aperçoit et immédiatement son visage s'illumine de son magnifique sourire. Son cœur bat à cent à l'heure.

Il la présente :
– C'est mon bébé ! C'est la plus belle ! J'aime son sourire, Elle me fait vivre !

Waouh ! Quelle présentation ! Je ne suis pas sûre de mériter tout ça...

Il l'embrasse fougueusement, lui fait une place à côté de lui, et lui demande ce qu'Elle veut boire.
– Un verre de rosé s'il te plait.
Il l'embrasse encore, passe une main dans ses cheveux et les relève pour dégager sa nuque.
– Regardez comme Elle est belle ! Elle est magnifique !
Il termine chacune de ses phrases par un hochement de tête pour appuyer ses dires. Les deux autres la regardent avec curiosité, se demandant qui est cette femme qui a fait tant d'effet sur Max en si peu de temps... Ils sont habitués à ses coups de cœur, Max aime toutes les femmes mais ils sentent qu'avec celle-ci, ça va être différent.
Ils discutent tous les deux, en aparté. Il lui raconte sa vie, ses envies de voyage, de liberté, de folies...Il refuse de vivre dans la routine, ça lui donne l'impression d'étouffer et du coup, il a besoin de boire, beaucoup, pour sortir de son ordinaire déjà extraordinaire. Pendant qu'il lui parle il ne lâche pas sa main. Elle n'oubliera jamais cet instant, la lumière, la vision de la mer en arrière-plan, le vent dans les filaos, et cet Amour qui descend du ciel et enveloppe deux êtres avec une puissance palpable.
Ils sont amoureux, ils le savent d'instinct au même instant.
– Tu fais quoi ce soir ?
– Rien pourquoi ?
– Je t'emmène au restaurant ! Rien que nous deux ! Je rentre me changer à Saint Leu et je passe te chercher, je t'appelle.
Elle rentre et attend son appel mais il ne donne plus signe de vie. Elle lui envoie un texto pour savoir à quelle heure il vient la chercher mais il ne répond pas.

Ah oui ! Particulier.....

Le lendemain, samedi, Elle a un changement de locataire et Elle est bien occupée à préparer un bungalow mais Elle ne peut empêcher ses pensées de s'envoler vers cet homme qui l'intrigue. Il ne correspond pas à ses critères, c'est visiblement un bad boy qui boit, fume, se drogue, court les femmes et ne respecte pas grand-chose et pourtant, Elle sait qu'il a un bon fond, qu'il est extrêmement gentil et aimant.

Elle se sent possédée, habitée par sa présence.

Vers 17 heures, Elle s'apprête à monter dans sa voiture pour aller chercher sa fille au Poney Club quand son téléphone sonne :

– Salut, c'est le salopard !

Elle reconnaît la voix de Max.

– Je n'ai pas pu ressortir hier soir, ma femme faisait la gueule et après j'avais perdu ton numéro. J'ai appelé tous mes contacts pour te retrouver et je viens juste de l'avoir. Je suis au Vacoa. VIENS !

Elle est tellement heureuse de l'entendre et de la perspective de le revoir qu'Elle ferait des kilomètres pour se retrouver dans ses bras.

– J'allais monter dans ma voiture à l'instant, je suis là dans cinq minutes, j'arrive mais je ne pourrai pas rester longtemps.

Elle démarre en trombe et roule le plus vite qu'Elle peut tant Elle est impatiente de retrouver cet homme à qui Elle ne peut déjà plus résister.

Elle se gare et sort, tremblante de la voiture.

Elle l'aperçoit tout de suite, de dos, et lui, a senti son regard, il se retourne et lui sourit comme si il découvrait son cadeau de Noël sous le sapin.

Il se lève et l'embrasse sur les lèvres délicatement. Il la présente à ses amis, Brice, son associé et Brice également, son beau-frère.

Il la prend à part et s'excuse de n'avoir pu la joindre, lui explique qu'il n'a pensé qu'à elle depuis qu'il l'a rencontrée Jeudi.

– Qu'est-ce que tu es belle !

– Qu'est-ce que j'aime ton sourire !

Ils sont assis côte à côte, main dans la main, ils ont besoin de se toucher en permanence.

– Qu'est-ce que je suis bien quand tu es là !

Elle aussi se sent bien en sa présence, comme si une longue quête était enfin terminée. Soudain il la regarde avec insistance :

– Tu vas me détester ! Je pars mardi à Mada avec les deux Brice. Mon beau-frère possède un voilier à Nosy Be et on a l'habitude d'y aller de temps en temps passer un séjour hors des sentiers battus…Et je veux que tu viennes avec moi. Ne t'inquiètes pas personne ne te touchera.

Partir avec lui, à Nosy Be… Elle en meurt d'envie et pourtant Elle hésite.

– On sort avec eux ce soir comme ça tu vas pouvoir faire leur connaissance. On va chez un copain à Saint Gilles les Hauts. Viens !

– Il faut que j'aille chercher ma fille au Poney Club. Je me change et je te rejoins.

Partir avec lui, sur un voilier en plus, Le Rêve !

Elle se prépare pour aller le rejoindre, Elle choisit sa tenue avec beaucoup d'attention, Elle se veut terriblement sexy et choisit une robe noire à bretelles avec un croisillon dans le dos, en polyester très doux et très fin, très moulante qui la met parfaitement en valeur avec des sandales noires à talons, plus confortable que ses Louboutin vernies. Elle se coiffe, se maquille en se faisant des yeux très noirs. Et Elle part à la rondavelle où il est resté à l'attendre.

Quand Elle arrive, Il a entendu la voiture et s'est précipité à sa rencontre. Il a le souffle coupé :

– Tu es magnifique !

Il lui prend la main et se retourne vers ses amis.

– Vous avez vu comme Elle est belle ! C'est à moi ! C'est mon bébé !

Elle remarque son regard particulièrement brillant mais ce n'est pas dû à la passion qu'Elle lui inspire, c'est surtout qu'il a continué à boire en son absence. Son associé Brice est parti mais il reste son beau-frère qui la reluque avec appétit.

– Tu veux boire quoi ?

– Un rosé.

Il lui commande son verre et lui offre une cigarette, leurs doigts se frôlent, leurs cœurs s'emballent…

– J'ai envie de toi !

Elle lui répond par un sourire et un regard gourmand, lui caresse le visage et le bras avec son doigt :

– On a toute la nuit…

Les hommes discutent de leur prochain voyage à Nosy Be.

Beaucoup d'hommes se rendent là-bas pour profiter des très jeunes femmes qui s'offrent à eux pour quelques ariarye malgaches. Et Elle ne cautionne pas du tout cette attitude.

Max insiste :

– Viens avec nous à Mada, je ne m'occuperai que de toi et je te protégerai. Ils ne te toucheront pas !

Elle hésite, Elle a tellement envie de partir hors du temps, de prendre des vacances après tous ces mois de stress et de douleurs intenses, et surtout dans les bras de Max. Elle sent que ce serait quelques jours de bonheur mais il y a les autres...et ceux-là, Elle ne leur fait pas confiance du tout.

Elle s'imagine sur le voilier, tout le monde nu, ces hommes qui vont la mater, en n'ayant qu'une idée en tête, celle de la baiser...

Ce n'est absolument pas raisonnable. Une fois qu'Elle sera sur le bateau, Elle sera coincée et ne pourra plus rentrer !

D'ailleurs Brice, le beau-frère de Max, la regarde de la tête aux pieds et lui annonce :

– Toi ! Je vais te baiser !

– Alors là, même pas en rêve ! Tu ne me toucheras jamais !

Et Elle le défie du regard.

– On bouge chez Patrick...

– Viens, tu vas voir, on va bien s'amuser, il a une belle villa avec piscine à Saint Gilles les Hauts, je monte dans ta voiture ! Suis Brice, moi je n'y suis jamais allé, je ne sais pas où c'est...

Elle aurait préféré passer la soirée en tête à tête avec lui mais il tient à ce début de soirée avec ses potes.

Elle prend le volant et suit Brice jusqu'à un groupe d'immeubles.

– Tu es sûr qu'il a une belle villa avec piscine ? Parce que là, on arrive au milieu des HLM et je ne vois pas de maisons…

– J'n'en sais rien, je ne suis jamais venu chez lui.

Elle se gare et descend de la voiture :

– Attends deux secondes, je fais pipi entre les portières.

– Quoi c'est vrai ? Tu fais pipi dans la rue, toi ? Hummm, j'adore ! Je t'épouse !

Les hommes sont bizarres quand même, ils tombent parfois amoureux pour des raisons qui nous échappent, totalement à l'opposé de ce qu'on pensait.

Ils entrent dans l'appartement, un homme assez petit, mince et musclé vient les accueillir et leur propose de s'installer sur la terrasse pour boire un verre. Ils s'assoient côte à côte, serrés l'un contre l'autre. Patrick leur sert un verre de rosé et invite ceux qui veulent un petit complément à aller se servir dans la cuisine.

Les cinq hommes présents se lèvent précipitamment pour ...aller sniffer un rail de coke !

Elle qui est anti-drogue, et qui méprise les drogués, les regarde avec un certain dégoût.

Il se rassoit à côté d'elle, la serre dans ses bras et l'embrasse :

– Tu ne touches pas à ça toi, hein ?

– Non ! Je n'en ai pas besoin, la drogue, elle est dans ma tête, c'est mon imagination, mon énergie et ma folie, et je ne crains ni accoutumance, ni l'overdose !

Brice se tourne vers Max :

– Tu vois bien qu'on ne peut pas l'emmener, Elle ne va jamais supporter ! Puis il se penche sur elle :

– Si tu viens, je te baise ! Je vais te montrer la vidéo de notre dernier voyage comme ça tu vas comprendre …

Il allume son ordinateur portable et lui présente son film.

Effectivement, Elle comprend très vite comment ça se passe ; ils font monter à bord des jeunes malgaches, elles semblent avoir à peine 18 ans, les filles sont nues en permanence et ils peuvent ainsi en profiter à loisir.

– Les jeunes prostituées que vous montez à bord, effectivement ça me pose un problème, je ne peux pas cautionner ça, donc j'aurai des difficultés à supporter leur présence sur le bateau. Max, je suis désolée mais je ne pourrai pas aller avec toi à Nosy Be.

Il est déçu, il se colle à elle et l'embrasse dans le cou. Malgré la drogue ingurgitée quelques minutes plus tôt, son comportement n'a pas changé, il est doux, aimant, patient.

Les enfants de Patrick entrent dans la pièce, la jeune fille observe un moment leur couple et leur demande tout à coup :

– Il y a longtemps que vous êtes mariés ? Car vous semblez tellement amoureux...

Ils se regardent et éclatent de rire.

– Non, nous ne sommes pas mariés, on se connait depuis deux jours, mais amoureux... oui !

Et il se tourne vers elle et lui glisse à l'oreille :

– Je suis bien quand tu es là !

Et Max l'embrasse fougueusement en la serrant fort dans ses grands bras.

Et Elle aussi se sent bien dans ses bras-là, merveilleusement bien !

C'est si bon d'être amoureux, on est sur son nuage, tous les sens exacerbés, toutes les choses banales deviennent précieuses et chaque instant partagé est un pur bonheur.

Ils mettent de la musique et il lui demande de danser pour lui, il adore la regarder se déhancher et il aime encore plus observer les autres hommes qui la désirent et l'envient d'avoir une femme si belle à ses côtés.

Brice revient à la charge et s'approche d'elle :

– Toi, si tu viens sur mon bateau, je vais te baiser ! Et il tente de l'attraper par les hanches. Elle se dégage et se réfugie sur les genoux de Max qui l'entoure de ses grands bras.

– Ne t'inquiète pas, il ne te touchera pas !

– On s'en va ? C'est glauque ici...

– Ok ! J'ai envie d'être seul avec toi et de te faire l'amour.

Dès qu'ils sont installés dans la voiture, ils se jettent l'un sur l'autre, affamés de baisers et de caresses. Elle se dégage :

– Attends !

Elle démarre et emprunte la route tortueuse qui descend vers la mer scintillante de mille feux sous le ciel étoilé.

Tout d'un coup, Elle braque le volant pour emprunter un petit chemin qu'Elle vient d'apercevoir. Elle trouve un petit parking en terre et arrête le moteur. Il est minuit, il n'y a personne. Elle dégrafe les boutons du jean de Max et saisit son membre dans une main, Elle le caresse doucement et se penche pour commencer à le sucer. Il bande fort sous les caresses de sa langue qui se fait onctueuse. Il gémit :

– Oh mon bébé...j'adore ! Tu fais ça comme personne, tu es si douce, c'est exactement comme j'aime, tu es si sensuelle, si belle...

Il glisse une main entre ses cuisses et commence à la caresser. Il introduit ses doigts dans sa fente déjà bien humide et ça l'excite encore plus de sentir ce liquide tout chaud.

Elle gémit à son tour :

– Viens !

Il ouvre la portière, descend de la voiture et fait le tour pour l'aider à sortir. Il la plaque contre la voiture et relève sa robe sur ses hanches.

Il découvre le minuscule string noir et râle :

– Je t'avais dit pas de culotte !

Il lui enlève prestement son string et s'enfonce en elle. Il lui donne des petits coups brusques et saccadés et là, sous l'éclairage de la lune et dans la douceur de la nuit, Elle laisse monter son plaisir.

Tout à coup, ils entendent le bruit du moteur d'un gros camion qui vient de s'engager sur le chemin, les phares balaient la route et les éclairent.

Ils se rajustent à la hâte et remontent dans la voiture.

Ouf ! Il était temps, le camion passe juste à côté d'eux et le chauffeur ralentit à leur hauteur pour voir qui est à l'intérieur.

Un camion à minuit passé, faut vraiment ne pas avoir de chance !!!

Il lui demande de reprendre son sexe dans sa bouche pour le remettre de ses émotions, Elle s'exécute avec empressement et il recommence à bander bien fort.

– Je veux te prendre encore mon bébé et je veux rester en toi ! Et il ressort de la voiture, l'invite à le rejoindre dehors pour s'enfoncer en elle encore un peu.

Ils restent ainsi de longues minutes, l'un dans l'autre, dans le plaisir des sens mais sans aller jusqu'à la jouissance car sous l'effet conjugué de la drogue et de l'alcool, Max n'arrive plus à jouir.

Ils remontent dans la voiture enveloppés d'un désir puissant et inaltérable de l'un pour l'autre et décident d'aller prendre un verre au Taï.

Quand ils arrivent, le bar est bondé, ils commandent rapidement une bière et un verre de rosé.

– Il faut que j'aille aux toilettes ! Lui glisse Max.

– Moi aussi, je viens avec toi !

Et Elle s'engouffre à sa suite dans les toilettes situées au fond de la salle mais dont la porte est à la vue de tout le monde ! Elle le pousse dans la pièce et s'enferme avec lui à double tour.

Elle déboutonne prestement son pantalon et entreprend de le sucer avec avidité pour le faire bander de nouveau. Il la relève et la fait pivoter pour qu'Elle s'appuie sur le lavabo. Il remonte sa robe sur ses hanches et la prend sauvagement.

Quelqu'un cogne à la porte des toilettes, des clients les ont vu entrer tous les deux et essaient de les déloger. Cette situation incongrue exacerbe leur excitation et ils prennent encore plus de plaisir à faire l'amour ainsi dans cet endroit interdit.

Mais les coups redoublent sur la porte, ils se séparent à regrets, se rafraîchissent rapidement au lavabo, se rhabillent et sortent enlacés, le sourire aux lèvres sous le regard médusé des clients.

Elle a conscience qu'Elle franchit un peu, voire beaucoup, la ligne rouge de la bonne conduite et Elle comprend que son comportement est une réponse au traumatisme qu'Elle a subi avec Erwan mais Elle ne peut se raisonner.

Elle a envie de suivre Max sur le chemin de sa sexualité débridée. En revanche, Elle est persuadée qu'Elle n'ira pas au-delà de certaines limites. En même temps, ces instants de folie lui donnent l'impression de vivre à pleines dents car ils correspondent à son caractère fougueux et impulsif et c'est en ça que Max et Elle se sentent liés à travers le temps. Max ingurgite encore quelques verres, elle, une coupe de champagne.

A deux heures du matin le bar ferme et Max lui propose de poursuivre la soirée dans une boîte mais Elle refuse :

– Je suis seule ce soir à la maison, allons plutôt chez moi !

– Ok ! J'ai envie de toi mon bébé, j'ai envie d'être en toi toute la nuit…

Il n'a pas sa voiture donc Elle l'emmène chez elle avec la sienne :

– Il faudra que tu me ramènes chez moi à Saint Leu demain matin.

– Pas de soucis, je t'emmènerai, compte sur moi.

Elle ne peut s'empêcher de penser à la femme de Max qui, une fois de plus, doit l'attendre seule dans son lit, enfin l'attendre… Elle espère qu'il y a bien longtemps qu'elle ne l'attend plus et Elle se demande comment fait cette femme pour accepter ces nombreuses infidélités.

Pourquoi tant de femmes acceptent de vivre ainsi ? Est-ce la seule solution de survie du couple ?

Ils entrent dans la maison et Elle l'entraîne dans sa chambre. Ils se déshabillent mutuellement. C'est la première fois qu'ils se retrouvent entièrement nus tous les deux, dans un endroit protégé et calme, peau contre peau. Et là, dans le silence de la nuit, ils s'aiment avec une infinie douceur. Elle est allongée sur le dos et lui sur elle s'est enfoncé avec délicatesse dans son sexe humide.

– Tu es trempée, ça me rend dingue !

En même temps qu'il lui fait l'amour, il lui parle de sa vie, de ses projets, de ses goûts. Ce n'est pas un moment de sexe qu'ils partagent là mais de profonde intimité et de complicité.

Il est environ six heures du matin quand ils finissent par s'endormir ainsi, l'un dans l'autre.

Elle est réveillée une heure plus tard par la lumière du jour. Max dort tranquillement collé contre son corps. Elle l'embrasse délicatement sur les joues et les lèvres pour le réveiller en douceur et il lui sourit.

– Bonjour mon cœur, bien dormi ?

– J'ai dormi en toi et c'était délicieux, j'aime être en toi tout le temps.

Et à ces mots, il se remet à bander et la prend de nouveau. L'alcool s'étant dissipé, il arrive pour la première fois à prendre du plaisir et à jouir en elle.

– Tu veux que je te fasse un café ?

– Non merci ! Je prends une douche et on y va. Ma femme va encore me faire la gueule tout le week-end.

A ces mots, son ventre se tord, c'est ce qu'Elle avait entendu dire par Erwan à sa jeune maîtresse en parlant d'elle, alors qu'Elle lui demandait juste calmement s'il avait une aventure avec une autre femme.

Ils font les vingt minutes de route pratiquement sans se parler puis quand Elle arrive à proximité de sa maison, Elle se gare sur le bas-côté et il lui demande de nouveau de partir à Mada avec lui.

– Je réfléchis jusqu'à lundi et je te confirme.

Elle rentre chez elle, seule et se sent triste et vide après tous ces instants de pure folie. Elle erre comme un zombi dans la maison sans avoir envie de rien, l'air absent. Elle réfléchit à son départ pour Mada et a très envie d'accepter, malgré l'inconnu, malgré ses amis border line. Elle a besoin à la fois de se mettre en danger et de vivre intensément pour oublier sa tristesse, sa déconvenue, son calvaire des deux dernières années.

Sortir de sa zone de confort comme on dit aujourd'hui...

Le lundi, comme convenu, Elle envoie un texto à Max pour lui dire qu'Elle est d'accord pour partir avec lui. Mais comme à son habitude, il ne répond pas. Elle l'appelle mais il ne décroche pas plus. Il l'avait prévenue qu'il ne répondait jamais à son téléphone et qu'Elle allait le détester parce qu'il est … particulier…
C'est sûr qu'Elle va le détester et qu'Elle doit l'oublier celui-là aussi.
Elle est triste et déçue, une fois de plus, comme par Pierre et par François. Tous ces hommes mariés, qui tombent amoureux, s'emballent, font de belles promesses qu'ils se dépêchent d'oublier une fois rentrés auprès de leurs épouses.
Le dimanche précédent, Elle est allée au marché et y a rencontré une amie qui lui a conseillé de s'inscrire sur un site de rencontre, Attractive World :
– Tu verras, c'est un site un peu plus sélect. Moi j'y ai rencontré un homme qui habite en métropole, il est charmant, éditeur, il voyage beaucoup et du coup, vient de temps en temps à la Run, essaye.
Le soir même, seule dans son lit, Elle s'inscrit sur le site et commence à regarder les profils des prétendants. Effectivement, il y a des hommes charmants, d'un autre niveau et bien plus classe que ceux qu'Elle rencontre en soirée.
L'un d'entre eux, Pierre (encore un), attire son attention, à la fois par sa photo de profil et ses nombreuses photos de voyage et par sa description.

NEXT !

CHAPITRE 5 : NUMÉRO 4 : PIERRE 2 L'IDÉALISTE

Elle lui écrit :
« J'ai regardé vos photos, elles pourraient être les miennes, toutes...
J'ai lu vos messages, ils pourraient être les miens, tous.
J'aime vos livres, vos films, vos loisirs, Ama,
J'aimerais faire votre connaissance
Pour voir si 1+1=3 ? »
Puis Elle éteint son téléphone. Le lendemain, quand Elle le rallume, Elle voit que Pierre 2 a répondu :
« Bonjour et désolé pour ma réponse tardive, je rentre juste de
 Montréal ! Merci pour votre photo " tchin du lagon" mais pourriez-vous m'envoyer la vôtre pour faire plus ample connaissance svp afin de commencer à voir si 1+1=3 ? Dans l'attente, belle journée ensoleillée à Vous ...Pierre. »
Il écrit sans fautes d'orthographe et c'est un bon point...
Il est charmé par son message et aimerait faire plus ample connaissance. Il lui explique qu'il est en voyage pour trois semaines à Madagascar, perdu au milieu des terres, et qu'il n'aura pas de connexion souvent mais que dès qu'il en aura, il lui enverra des photos et des messages. Il commence avec de très belles photos de baobabs majestueux plantés de chaque côté d'une route en terre. Les couleurs sont magnifiques. C'est grandiose. Elle ne connaît de Mada que l'île touristique de Nosy Be, où les riches réunionnais possèdent des villas sur la plage dans un lotissement privé, entretenues par une horde de domestiques payés au bas prix. Elle n'avait guère apprécié son séjour dans une de ces villas où le luxe côtoie la misère. Elle se souvient d'une toute jeune femme aperçue le long de la route qui se lavait dans le ruisseau et qui avait pudiquement caché ses seins au passage de la voiture. Elle n'oubliera jamais ce regard

à la fois empreint de gêne et de fierté. Elle aurait voulu pouvoir apporter son aide à ce peuple qui vit dans le dénuement mais avait ressenti toute son impuissance à faire évoluer les choses dans le bon sens.

Elle lui raconte cet épisode et il apprécie qu'Elle soit différente et sensible à la pauvreté. Elle ne pourrait se satisfaire d'employer du personnel et d'apporter ainsi un travail honnête à tout un village. Certes, c'est un début mais si Elle avait les moyens de posséder une telle villa, Elle s'engagerait dans des actions de développement.

Il la félicite d'avoir ces bonnes pensées et Elle se sent rapidement en accord avec cet homme qui lui inspire confiance.

Pierre 2 cite des auteurs qu'Elle apprécie comme Paulo COELHO, des musiques, des films.

Il y a très peu de photos de lui, on le voit de loin, il est blond aux yeux verts, des bras musclés (il fait du kite lui aussi comme Erwan, d'ailleurs il lui ressemble un peu). Elle a commencé à apprendre le kite à Rodrigues lors du dernier voyage de reconstruction effectué avec Erwan...et le fait qu'il pratique ce sport aussi l'attire.

Elle lui répond :

« Bonjour Pierre,

encore un beau voyage. Il devait y faire très froid.

Je t'envoie un petit échantillon de photos, Je suis blonde, yeux noisettes, 1m70, mince et sportive (je fais du sport tous les jours).

Certaines photos sont extraites de l'émission de TV que je présentais et produisais sur une télévision locale.

A la Réunion, je loue des bungalows.

Je fais aussi bien de la moto que du bateau, de la rando, je plonge avec les baleines. J'adore les bons restos, les bons films, avide de nouvelles connaissances, je m'intéresse à tout.

Merci de m'adresser également quelques photos de vous.

A bientôt. »

Elle s'endort sur ces pensées et sur l'envie de rencontrer cet homme qui semble être une très belle personne.

Le lendemain matin, il lui a répondu. Elle aime son écriture posée, il est sensible, touchant :

« Hello Bella ...Super si tu es sportive et motarde... Tu seras certainement partante pour se tutoyer !?! Je prends justement l'avion cet aprèm pour

93

Morondava afin de m'amuser un peu sur la piste des Baobabs et suis également allé en Inde en 2016 où j'ai loué une Royal Enfield. Tu connais ? Huuuuuum c'était génial !

Je fais aussi du kitesurf, du parapente, de la plongée, du kayak... et "cinéphile" too (j'ai adoré "Captain Fantastic", tu l'as vu ?).

Coté professionnel, 'Il n'y a pas de hasard... que des RDV', j'envisage également depuis quelques années de construire sept bungalows sur mon terrain pour faire des chambres d'hôtes... on a quelques points communs on dirait !!! Tu habites dans quel coin de l'île stp, on est peut-être voisins ? »

"Il n'y a pas de hasard mais que des rendez-vous..." Elle adore cette célèbre maxime de Paul Eluard et la cite très souvent elle aussi. Encore un point commun avec cet homme, cela lui confirme qu'il a de belles qualités.

Elle lui répond aussitôt :

« Bon séjour sur cette terre sauvage. As-tu reçu mes photos cette fois ? Biz profite ! »

Pierre lui rétorque :

« Concernant tes photos, je n'ai rien reçu mais je t'envoie quelques-unes des miennes ! A l'occaz, refais un essai stp... je suis un peu curieux ! Au plaisir de faire plus ample connaissance à mon retour (début février) en grignotant quelques succulents mets à une bonne table...A plus, Pierre.

Et il lui envoie plusieurs photos pour illustrer ses propos :

« Une agréable "image" comme un heureux présage ...Un magnifique voyage vers une île "sage".

J'accorde une plus grande importance au langage du cœur qu'à celui du physique !

Tu es déjà allée à Madagascar ? La piste des baobabs de Morondava est superbe et la descente en pirogue de la Tsiribihina très "nature". A bientôt en image. »

Commence alors un balai de photos ; dès qu'il a du wifi, il lui envoie des tas d'images des paysages et de la faune et la flore qu'il rencontre.

Jours après jours, Elle effectue le voyage avec lui, se réveillant chaque matin avec les lumières de cette magnifique terre qu'est Madagascar. C'est tellement majestueux que toutes ces images la remplissent d'émotion. Au fil des jours, leurs messages deviennent très complices, plus intimes. Ils découvrent ainsi que leur chiffre fétiche commun est le 7.

Ils décident alors de se rencontrer pour la première fois le sept février, son avion atterrissant à la Run le six février, jour de son anniversaire.

Elle imagine un premier rendez-vous sympa dans un endroit original et Elle songe aux bulles en plastique transparent installées dans la montagne, aux Makes.

Au même instant, il lui envoie un message pour lui dire qu'il aimerait qu'ils se rencontrent dans un endroit atypique.

Cette synchronicité l'interpelle et renforce son impression que cet homme et elle sont connectés.

Elle appelle le service de réservation des bulles, il n'y en a qu'une de disponible, la numéro 7...

Rendez-vous est pris pour le 7 à 07 heures 07 du soir.

Il souhaite la découvrir là-bas, dans le noir. Il a envie de commencer leur relation par un éveil des sens. Elle trouve l'idée originale et y adhère complètement.

Le lendemain matin quand Elle se réveille, Elle trouve un message de lui où il lui a transmis une vidéo d'une chanson de Matt Simons "Catch and release" et Elle adore. Envahie par l'émotion, les larmes lui montent aux yeux. Elle a envie que Pierre l'emmène au bout du monde dans ses magnifiques voyages qu'il vit de l'intérieur.

Elle lui raconte tout son ressenti à l'écoute de cette magnifique musique qu'il vient de lui faire découvrir et lui aussi est ému par l'hyper sensibilité de cette femme si touchante dans son mélange de force et de fragilité. Il lui envoie une seconde chanson tout aussi romantique : The Aveners "Castle in the snow" et l'intensité de ses pleurs redouble à l'écoute de cette magnifique mélodie qui lui déclenche des frissons parcourant tout son corps.

Chaque matin, quand Elle va courir, Elle se passe en boucle ces deux titres et est de plus en plus impatiente de rencontrer cet homme qui lui fait partager autant d'émotions à distance.

Un soir, Elle sort prendre un verre avec Maria et Ophélie, la prof de yoga de son club de sport et Elle leur raconte son aventure.

Ophélie lui demande de lui montrer les photos car elle connaît un Pierre qui habite aussi à Saint Leu, qui part souvent à Mada et qui a ce caractère. Elle a fait plusieurs dîners avec lui et elle pense que c'est le même homme. À la vue des photos, elle lui confirme que c'est bien le Pierre qu'elle connaît. Il est sorti avec une de ses amies mais ça n'a pas duré longtemps car il s'est vite montré sous un autre jour et avait la particularité d'être très radin.

C'est vrai que quand Elle a réservé pour les bulles aux Makes, il ne lui a pas demandé combien cela coûtait ni parler de la rembourser...

Ophélie lui fait part de ses doutes quant à leur entente, elle la connait bien et elle pense que Pierre ne lui correspond pas et qu'Elle va vite déchanter.

Quand Elle rentre, Elle se connecte sur WhatsApp pour discuter avec Pierre. Au fil du temps, il est devenu de plus en plus amoureux, lui déclarant sa flamme plusieurs fois par jour et ce soir, plus amoureux que jamais il lui avoue qu'il a appelé sa fille pour lui raconter qu'il avait rencontré la femme de sa vie, son double au féminin et qu'il souhaitait l'épouser.

Ah ...là ! Ça se complique un peu car une demande en mariage à distance sans avoir jamais rencontré sa partenaire, non seulement ça ne lui était jamais arrivé mais ça l'inquiète fortement et la fait retomber de son romantique nuage.

D'autant plus qu'il ne lui a toujours pas envoyé de photos en gros plan de lui...On l'aperçoit juste de dos ou sur des plans lointains. Elle a peur que cela cache un physique peu agréable…

Il lui propose de partir à l'Ile Maurice dans la foulée de leur rencontre dans la bulle en allant directement à l'aéroport de Saint Pierre. Et il lui demande de réserver les vols qui sont à un prix attractif en cette période hors vacances.

Ses amies la mettent en garde :

– Ça va trop vite là, tu ne trouves pas ? Tu ne devrais pas partir à Maurice comme ça, avec un mec que tu n'as jamais vu ! Tu es complètement folle...

– Oui les filles ! Je sais ! Je vous dirais exactement la même chose si j'étais à votre place. Mais j'ai besoin de m'évader de ma vie que je ne supporte plus. J'étouffe chez moi. Je vois Erwan partout, je ressasse sans cesse ma lâcheté d'être restée avec un connard pareil, je me déteste d'avoir baissé les bras, de m'être laissée prendre au piège ainsi. Y'a pas à dire, ils sont trop forts ces pervers narcissiques...pour détruire leur proie et se nourrir de leur détresse tels des vampires. Donc j'y vais et je verrai bien, je ne suis pas perdue à Maurice, ce n'est pas le même cas qu'à Nosy Be avec Max. Là, ça craignait vraiment !

Ses copines haussent les épaules, vaincues, elles savent très bien qu'Elle n'écoute jamais personne quitte à se ramasser après…

Pierre a fini par lui révéler son métier. Il n'est pas enseignant en faculté comme il l'a mentionné sur le site de rencontres mais instit en maternelle remplaçant à mi-temps...

Oui ! Ça existe !...

Ça explique pourquoi il a autant de temps libre pour ses voyages...

Ces dernières informations sur son boulot et surtout cette légère omission l'ont encore fait redescendre d'un cran car un instituteur masculin, en maternelle, de surcroît remplaçant à mi-temps, ce n'est pas très courant, ni très charismatique. Aussi ses sentiments pour cet homme commencent sérieusement à s'émousser.

6 février, c'est son anniversaire et après avoir organisé une petite réception pour ses amis dans la villa en front de mer de Vanina, Elle décide de poursuivre la soirée au Maloya, une discothèque très sympa située sur le Port de Saint Gilles, au premier étage d'un bâtiment qui permet d'avoir une superbe vue sur le port et les bateaux tout en prenant un verre.

Pierre arrive ce soir et un cyclone est annoncé pour le 7, ce qui laisse présager que leur petite soirée romantique dans les bulles va être annulée...

Un signe ??? Elle le prend comme ça…

D'ailleurs, Elle reçoit un mail d'Air Austral pour l'avertir que son vol pour Maurice risque d'être reporté. Le sort s'acharne contre son beau rendez-vous...et la conforte dans son idée de rencontrer Pierre avant de faire quoique ce soit de plus engageant avec lui. Aussi, Elle lui envoie un message pour lui proposer de se retrouver le soir-même, pour fêter ensemble son anniversaire. Bien évidemment, il accepte.

Dans la boîte de nuit, Elle guette les messages sur son portable afin de savoir à quelle heure Elle rejoindra Pierre à son domicile.

Vanina lui offre une bouteille de Moët et Chandon et elles trinquent avec deux hommes très sympathiques accoudés au comptoir à côté d'elles. L'un d'entre eux est très attirant et la regarde danser. Il porte une chemise blanche cintrée qui laisse entrevoir sa musculature parfaite et de superbes tatouages. Il est rasé et a des yeux noirs perçants et pétillants. Il lui demande son prénom et lui dit s'appeler Fred.

Ils discutent un peu puis il l'informe qu'il doit aller voir un ami à l'autre bout de la boîte.

– Ne bouge pas, je reviens te voir !

Au même instant son portable bipe pour lui signaler l'arrivée d'un texto :

« Suis bien arrivé » et il complète son message de trois cœurs. Curieusement ce message l'agace, Elle n'a plus très envie de rencontrer Pierre sentant que cette relation ne va pas marcher.

Elle répond :

« Suis au Maloya, Vanina m'a offert une bouteille de Moët, on la finit et J'arrive. »

« Je vais prendre une bouteille d'eau nature, douche…Le ciel est magnifique !!! Tu me tel après l'avoir raccompagnée et je te guiderai… Tchin tchin ! » Et il accompagne son message de sept cœurs et bouches…« On est tout tout près... ».

Et il poursuit :

« Toi dans le monde de la nuit et moi avec la nature étoilée. Prends ton temps. Ne roule pas vite stp, certaines voitures zigzaguent déjà sur la route ! Je t'attends tranquillement. »

« Tu es un amour. »

« Ton Amour avec 2 cœurs. »

Et il lui indique la route pour se rendre chez lui.

Il est déjà trois heures du matin quand Elle dépose Vanina chez elle et prend la route de Saint Leu. Elle n'a pas revu Fred en quittant la boite mais son regard l'a touchée…et perturbée…

Elle arrive chez Pierre le cœur battant, tant d'échanges à distance si prometteurs... Va-t-Elle être déçue comme lui ont prédit ses copines ?

Prévenant, il l'attend sur la route devant son entrée et lui ouvre son portail. Elle se gare et descend. Il avance dans la pénombre, il n'y a pas d'éclairage et Elle a du mal à distinguer son visage. Il s'approche et la prend dans ses bras, la serre fort contre lui et l'embrasse doucement. Ce premier contact est très agréable, il est très doux, on ressent toute sa sensibilité dans ses gestes.

Il la guide vers la maison, il a éclairé des bougies et dans cette lumière tamisée, Elle n'arrive pas à deviner ses traits. Il est plus petit qu'Elle le pensait mais musclé.

Il lui offre un verre d'eau et l'attire vers sa chambre. Il la déshabille lentement avec une infinie douceur. Il l'embrasse tendrement et l'invite à s'allonger sur le lit. La baie vitrée est grande ouverte et du lit, on domine la mer.

Il la caresse sensuellement et le contact de ses doigts sur sa peau est très agréable, ses mains sont très douces et il la masse délicatement. Elle prend beaucoup de plaisir à se laisser toucher ainsi. Elle s'empare de son sexe qui est déjà en belle érection et l'empoigne doucement également, au même rythme que ses caresses à lui, Elle le prend dans sa bouche pour lui procurer un massage buccal des plus tendres.

Il apprécie :

– C'est un pur délice ! Tu es la femme la plus sensuelle que j'ai jamais connue et ton corps est si harmonieux et si doux !

Il l'allonge sur le dos et la pénètre toujours aussi délicatement mais avec force également et ce mélange des genres est particulièrement agréable. Il s'arrête, se retire et descend sa bouche le long de son ventre, s'attarde autour et à l'intérieur de son nombril et reprend sa course vers son bas-ventre pour la lécher délicatement.

Cette caresse dans la pénombre procurée par un homme qu'Elle connaît physiquement depuis dix minutes l'excite au plus haut point et lui fait rapidement atteindre un orgasme. La sentant partir dans sa jouissance, il se dégage rapidement pour s'enfoncer en elle et décupler son plaisir par une pénétration profonde dans ce sexe tout humide qui ondule sous des vagues de jouissance.

Les contractions de son vagin entourant puissamment son pénis lui déclenche à son tour une éjaculation qu'il essaie en vain de contenir.

– Oh je suis désolé ! Je n'ai pu te résister, il y a tellement longtemps que je rêve de te faire l'amour.

Il la tient serrée dans ses bras et ils regardent le ciel étoilé briller de tous ses feux. La vue sur la mer est tout simplement sublime et n'est pas innocente au plaisir qu'Elle a ressenti.

La soirée est magique et son cœur devrait battre à 1000 à l'heure. Mais il n'en est rien …

Tout juste un sentiment de quiétude, de bien-être.

– Tu dois être fatigué par ton voyage, allons prendre une douche…

Il se dirige vers la salle de bains et éclaire la lumière.

Depuis deux semaines qu'ils ont des échanges intenses, c'est la première fois qu'Elle distingue son visage.

Il est loin d'être beau, des marques de boutons ont creusé dans sa peau des cicatrices indélébiles qui le défigurent, son dos est également marqué. Elle comprend pourquoi il voulait tant la rencontrer dans le noir… Mais il fallait bien qu'il se dévoile un jour.

Elle ne sait plus trop quoi penser. Elle est fatiguée par toute cette pression des derniers jours qui retombe d'un coup. Elle avait tant espéré trouver l'homme exceptionnel qu'Elle recherche et qui doit bien exister quelque part mais où ???

En tout cas, ce ne sera pas lui. Il a de grandes qualités et une belle âme mais il lui manque cette capacité de séduction qui la ferait vibrer au moindre regard.

Elle se douche à son tour et il lui tend une serviette.

Il lui propose un verre d'eau, il n'a pas grand-chose à lui offrir, son frigo est vide comme il vient de rentrer d'un long voyage.

Il lui montre sa maison qu'il a fait construire selon ses plans.

Elle est sympa mais bizarrement conçue avec de très grands espaces perdus et les pièces de vie paradoxalement étroites comme sa chambre minuscule. Étroitesse d'esprit en ce qui concerne les relations intimes ???

Il lui propose de retourner dans la chambre et ils s'allongent sur le lit, Elle n'aime pas trop dormir avec un homme qu'Elle ne connait pas hors de chez elle mais Elle ne se sent pas le courage de reprendre la route, il est déjà quatre heures du matin et le jour ne va pas tarder à se lever.

Il la caresse doucement et Elle doit avouer qu'Elle aime bien le contact de ses doigts sur sa peau. Ils sont de nouveau dans la pénombre et Elle se sent enveloppée par tout l'amour que cet homme éprouve pour elle. Alors Elle s'abandonne dans ses bras, il la fait pivoter sur le ventre et lui masse la nuque, le dos, les fesses, ses douces mains sont très expertes, il glisse habilement ses doigts dans sa fente et masse les parois de son intimité. Elle est encore toute trempée par son sperme qui n'a pas fini de s'écouler et cette sensation les excite tous les deux :

– Prends-moi ! Encore !

Elle adore quand son partenaire lui refait l'amour après avoir joui en elle car cette lubrification lui procure d'extrêmes sensations.

Il regarde les courbes voluptueuses de cette femme qu'il a tant désirée au cours de son voyage et tremble de désir. Elle lui tend sa croupe pour qu'il s'enfonce en elle et c'est ce qu'il fait avec empressement et douceur. Il lui donne des coups de reins puissants, lents et longs, tout en la caressant et en l'embrassant dans le cou, son point érogène, et ce savant mélange l'entraîne vers une voluptueuse jouissance.

Il n'est peut-être pas très beau mais il sait comment donner du plaisir à une femme.

Elle va donc attendre un peu pour voir comment cette relation va évoluer avant de prendre la décision de le quitter.

Épuisée par toutes les émotions de sa soirée d'anniversaire, Elle s'endort paisiblement dans ses bras.

Elle se réveille deux heures après, il n'a pas de volets et le soleil illumine toute la baie de Saint Leu. La mer est d'un bleu limpide et Elle ne résiste pas au plaisir de sortir nue sur la terrasse pour admirer ce magnifique spectacle et sentir la caresse de la brise légère sur sa peau. Il est temps de rentrer chez elle. Il lui prépare une tasse de thé qu'Elle avale bouillant, enfile sa robe et remonte dans sa voiture.

– A tout à l'heure, je t'appelle.

– Je t'invite à déjeuner pour ton anniversaire.

– Ok c'est très gentil, on se retrouve au restaurant de l'hôtel sur la plage.

Quand Elle pénètre sur le parking de l'hôtel, Elle a un flash : "Erwan est là ! Cherche sa voiture".

Elle fait le tour du parking et effectivement sa voiture est garée là ! A la vue de son véhicule, Elle se met à trembler de tous ses membres et son ventre se tord en plusieurs nœuds. L'habitude du traceur…

Son sang ne fait qu'un tour ; il est gonflé ! Il sait qu'Elle vient tous les jours se détendre ici et particulièrement le week-end, ils y ont passé assez de temps tous les deux et Elle lui avait demandé de ne plus fréquenter cet établissement afin d'y venir en toute tranquillité…

Elle avance le cœur battant et Elle l'aperçoit attablé au resto du bar central en compagnie de sa dernière conquête, à la même place qu'ils avaient l'habitude d'occuper. Gonflé !

Mais quel connard !!!

Elle passe fièrement devant lui et jette un regard à sa compagne. Elle ne comprend pas ce qu'il peut bien trouver à cette malbaraise bien enveloppée qui fume vulgairement. Lui qui se targue d'avoir toujours eu de belles femmes élégantes, qu'est-ce qu'il peut bien fabriquer avec cette femme qui ne lui correspond pas ???

Certes, Elle gère un petit hôtel et du coup il est logé, nourri, blanchi, mais quand même, quel problème peut-il bien avoir pour ne pas supporter de rester seul à ce point ?

Elle aperçoit un jeune serveur avec qui Elle a sympathisé et lui explique qu'Elle est venue déjeuner pour son anniversaire, que son ex trône au milieu du resto avec sa nouvelle nana et qu'Elle n'a surtout pas envie de se retrouver à côté de lui…

– T'inquiète pas ! Va t'installer sur les transats sur la plage. Je vais te préparer un plateau, tu m'en diras des nouvelles !

Et il lui fait un clin d'œil complice.

Comme c'est bon d'avoir des personnes gentilles et attentionnées autour de soi.

Elle choisit le transat le plus proche du bar. Elle va déjeuner allongée avec en prime une belle vue sur le lagon et un homme galant à ses côtés. Pierre la rejoint et Elle intercepte le regard curieux d'Erwan à son égard.

En attendant son plat, Elle décide d'aller se baigner pour se rafraîchir et pour ne pas rester avec un haut de maillot mouillé, Elle choisit de l'enlever et d'aller se baigner seins nus.

Erwan et sa compagne l'observe du coin de l'œil, alors Elle se tourne face à eux et retire son maillot d'un geste sensuel. Elle reste ainsi plantée face à eux, les seins dressés vers le ciel pour que la grognasse puisse admirer sa superbe poitrine naturelle puis part se baigner…

Quand Elle revient, le serveur leur amène une belle salade sur un plateau accompagné d'un superbe bouquet de fleurs.

– Bon anniversaire ! lui lance-t-il, assez fort pour être entendu d'Erwan.

C'est une bien petite vengeance mais Elle la déguste avec plaisir comme sa délicieuse salade.

Ils passent un excellent moment et se quittent un peu après le déjeuner car ils sont fatigués de leur nuit écourtée.

– On se retrouve après la sieste si tu veux, je suis épuisée et je vais aller dormir chez moi.

– Ok, je viendrai te chercher en moto, appelle-moi quand tu seras réveillée.

Elle est contente de se retrouver chez elle, seule dans son lit. Pierre est très gentil et il a une façon particulière de voir la vie qu'Elle apprécie mais c'est désormais certain, ce n'est pas l'homme de sa vie.

Après sa sieste, il vient la chercher en moto. Elle est à peine montée derrière lui qu'il démarre en trombe et roule comme un fou jusqu'à sa maison d'une manière très nerveuse, accélérant d'un coup puis freinant brutalement. Quand il arrive chez lui, il descend de la moto et inspecte ses pneus pour constater qu'ils sont usés et même presque lisses.

Et ça, Elle n'apprécie pas du tout. La conduite est pour elle un reflet de la personnalité, et un partenaire qui conduit mal, c'est rédhibitoire…

Son téléphone sonne, c'est sa fille qui est au poney club et qui lui demande si Elle peut venir la chercher. Ouf ! Sauvée par le gong !

Il lui propose de l'emmener en voiture. Il passe par des petites routes sinueuses pour rejoindre Saint Gilles les Hauts et sa conduite en voiture est encore pire qu'en moto.

Ils récupèrent sa fille et sur la route du retour, Pierre lui parle et commence à lui faire la morale sur le fait que sa mère n'est pas à sa disposition pour aller la chercher et qu'elle devrait s'organiser pour assurer son retour du poney club. Même si il a raison sur le fond, Elle trouve que pour une première rencontre, il est bien indiscret et pas très sympathique, ce que sa fille ne manque pas de lui glisser à l'oreille dès son retour à la maison.

Elle l'invite à prendre un verre et ils s'installent sur le canapé de la varangue.

Ses trois enfants sont là et discutent avec eux, il lui tient la main amoureusement et lui caresse doucement le bras puis lui susurre à l'oreille :

– On va dans ta chambre, j'ai envie d'être seul avec toi !

Son sang ne fait qu'un tour.

Quoi mais je rêve ! C'est quoi ce mec ? Ça fait dix minutes qu'on discute avec les enfants, c'est la première fois qu'il les voit et il voudrait aller s'enfermer avec moi dans ma chambre !!!

Elle refuse fermement :

– Il n'en est pas question !

Vexé, il se lève d'un bond et s'en va sans même dire au revoir.

Ok ! Celui-là, il n'est pas prêt de me revoir !

Elle va immédiatement téléphoner aux bulles des Makes pour annuler son séjour. Ouf ! Grâce au cyclone invoqué, ils vont lui rembourser.

Elle fait de même avec les billets d'avion et pour le même motif, Elle obtient un avoir pour son prochain vol en métropole.

Elle l'appelle pour lui dire qu'Elle n'a pas du tout apprécié son comportement, qu'Elle n'a plus du tout envie de faire des compromis avec un homme et qu'en conséquence, Elle ne souhaite pas poursuivre cette relation. Elle est soulagée de s'être sortie rapidement de cette histoire qui, comme le lui avait prédit Ophélie, allait se terminer par un fiasco.

NEXT !

Elle repense à Fred, à son beau sourire énigmatique et à ses yeux inquisiteurs. Comment pourrait-elle le retrouver avec son seul prénom pour indice ? Elle songe à Facebook et dans la case de recherche, elle tape "Fred 974".

Le site lui sort une vingtaine de Fred mais, en huitième position, Elle reconnaît sa photo. Elle lui envoie une demande d'ami et un message :

« Salut Fred ! On s'est perdus de vue au Maloya samedi soir, je pense qu'il y a eu un feeling entre nous...et le fait de t'avoir retrouvé par hasard sur Facebook plus tes publications qui sont en accord avec les miennes me confirment cette belle impression, qu'en penses-tu ? »

Elle envoie le message et part à la gym où Elle va retrouver Maria.

Elle lui annonce rapidement la fin de sa relation avec Pierre 2 et lui raconte à voix basse et les yeux rieurs sa dernière aventure. Entre deux exercices, elle va voir dans son sac si son téléphone annonce un message et au bout d'une demi-heure, Elle perçoit le bip de la messagerie à travers le bruit des machines et de la musique de fond. Elle se précipite vers son sac, le cœur battant et c'est bien lui.

Facebook lui signale que Fred a accepté son invitation et il lui a même déposé un message...

CHAPITRE 6 : NUMÉRO 5 : FRED LE NAVIGATEUR SOLITAIRE

« Salut ma belle, oui c'était une soirée sympa je confirme… »
Elle exulte et fait des bonds dans la salle. Elle prend Maria dans ses bras et sautille autour d'elle en chantonnant :
– Il a répondu, il a répondu, il a répondu… Il est trop trop canon ! Regarde ses photos sur Facebook, il a le plus beau corps que j'ai jamais vu...
        Pierre 1 est dans la salle et Elle en rajoute un peu, exprès pour le faire marner.
A la fin de la séance, Elle relit le message de Fred.

Pff !!! Trois petits points encore ! Qu'est-ce qu'ils veulent bien dire encore ceux-là ???

Elle attend un peu pour voir s'il va saisir l'opportunité et engager la conversation mais rien ne vient.
Elle décide alors de prendre les choses en main et lui écrit de nouveau.
(Qui ne tente rien n'a rien ! se dit-Elle)
« Tu vis sur Saint Gilles ? »
Elle fait dans la sobriété juste pour relancer la conversation.
Il répond immédiatement :
« Oui ma base est là en tout cas… sinon je suis sur l'océan indien littéralement. »

« L'océan j'adore. J'ai un petit bateau et je suis dans l'eau dès que je peux, j'adore me baigner avec les dauphins et les baleines. Tu fais quoi ? Moniteur de plongée ? »

Il ne répond plus mais trois heures plus tard, lui envoie sa réponse :

« Je fais de l'apnée... en fait, j'ai un voilier qui est pour l'instant à Nosy Be, je suis en travaux actuellement et ensuite j'accueillerai des gens à bord pour des trips sur Mada, Mayotte, Les Comores selon... »

Un voilier à Nosy Be... Ben voilà... Elle va la faire sa belle croisière et Elle l'imagine déjà, magique...

« Génial !!! Le Grand Bleu est mon film préféré ce qui t'explique ma passion pour les cétacés. Je devais partir en voilier autour du monde dans trois ans mais je me suis séparée du skipper juste avant d'acheter le voilier, un Ovni qui est à vendre au Port... j'adore naviguer.

A Mada, j'aimerais aller aux Mitsio et j'aimerais aussi découvrir Mayotte par la mer. Moi, je loue des bungalows à la Saline les Bains. C'est pour ça que j'ai pas mal de temps libre. »

« Ah cool, je repars à Nosy Be le 16 février. »

« C'est quoi ton voilier ? »

« Une Goélette acier. »

Et il lui joint une magnifique photo de son voilier au loin dans une baie à l'eau turquoise et transparente et au sable blond.

« Superbe ! Tu as beaucoup de travaux à faire dessus ? Avant de pouvoir repartir en mer ? »

« Il y en a mais ça avance vite, de toute façon, c'est une histoire sans fin surtout en acier...Je pense être opérationnel d'ici un mois, peut-être avant... »

« Quelle taille il fait ? 14 mètres ? 16 mètres ?»

« Oui 16 mètres, bravo tu as l'œil.»

« C'est cool comme taille.»

« Ça dépend du programme j'ai envie de te dire...»

« Je trouve que c'est idéal, ni trop gros ni trop petit. Tu as déjà beaucoup navigué avec ? Ou tu restes dans la zone Mada Mayotte Comores ? »

« Pour l'instant dans la zone. »

« Et tu as pour projet de partir faire un grand trip un de ces quatre ?»

« Pour l'instant je vais bosser avec et bien vivre dans la zone océan indien puis la Polynésie, ça c'est clair. »

Ahhh, c'est là qu'Elle devait partir avec Erwan et qu'Elle n'ira sans doute jamais… à moins que…

« Ahhh, c'est là que je devais partir…»

Et Elle lui joint une photo prise en Polynésie d'un superbe voilier blanc semblant flotter sur la surface de l'eau transparente assorti d'un :

« Trop beau !!! »

Il est 20h45 et depuis trois heures, ils sont toujours en train de parler bateau…

Elle se décide à passer à l'offensive, il est peut-être timide…

« Dispo pour aller prendre un verre ce soir ? »

« Je ne peux pas bouger ce soir, on se contacte demain dans la journée si tu veux. »

Merde ! Elle est déçue, Il n'a pas l'air trop motivé le garçon…

« Ok ! Belle soirée à toi. »

« Merci toi aussi. »

Belle soirée, belle soirée, tu parles, Elle avait trop envie de faire sa connaissance...

Elle s'empresse d'appeler Maria sa confidente pour lui raconter l'évolution des choses.

Le lendemain, 7 février, le cyclone prévu arrive sur la Réunion. Fort heureusement, il a rétrogradé au stade de tempête tropicale, il n'y aura donc que de la pluie et peu de vent. Dès le matin, Elle attend un message de Fred pour lui donner un rendez-vous mais rien de vient. Vers midi, n'y tenant plus, Elle ne peut résister à lui envoyer un message :

« Coucou Fred, comment vas-tu dans cette tempête tropicale ? »

« Pour l'instant pas trop affecté par celle-ci, donne pas encore assez envie de se mettre sous la couette. »

« C'est vrai que c'est sympa de se blottir sous sa couette quand il pleut et qu'il vente fort. Trop bien au chaud dans son lit...Ça n'arrive pas assez souvent ici ! Le vent va forcir en fin de journée… Te sens-tu capable de l'affronter pour voir si l'intensité de nos regards est aussi puissante ? »

« Oui mais fin de journée je dois aller au Port… Je suis dispo maintenant si tu veux. »

« Ok, tu veux qu'on se retrouve où ? Sur la plage ? Ma fille est à la maison… Merci la tempête !!! »

« Ah oui et chez moi c'est le chantier ! »

« On peut peut-être déjà se retrouver dans un bar ? »

« Oui je te propose qu'on remette ça à demain ou jeudi. La perturbation sera passée, ce sera plus simple et plus sympa qu'en penses-tu ? »

Ah zut ! Elle n'a pas envie d'attendre pour le rencontrer, trop pressée comme d'habitude. Mais comment dire ? Déterminée ? Oui, c'est ça, déterminée.

« Moi, je trouvais ça sympa justement de se retrouver dans la tempête, style t-shirt mouillé et eau qui te coule dans le dos.

« Waouh, j'ai une piscine si tu veux. »

« C'est pas habituel et j'aime les extrêmes ! J'adore me baigner sous la pluie ! Alors ok pour la piscine ! Tu habites où ? »

« Ermitage, en face du score, carré Saint Gilles, tu connais ? »

« Non, mais c'est près de chez moi. »

Il lui donne son numéro de téléphone et quelques indications complémentaires pour qu'elle trouve l'appartement.

« Ok ! Je suis là dans vingt minutes. »

« Parfait, je t'attends. »

Elle file sous la douche, enfile une tenue simple : short en jean et t-shirt sur un maillot de bain, un coup de brosse et un maquillage léger et Elle est prête.

Elle se gare devant l'immeuble et l'appelle :

– Je descends, je viens t'ouvrir.

Ils montent à son appart, il la suit dans les escaliers et Elle sent son regard rivé sur ses fesses qui ondulent, moulées dans le short très ajusté.

Il lui présente sa chienne, un joli staff tout en muscle qui lui fait un tas de léchouilles puis il lui fait visiter son appartement qu'il partage avec une colocataire, une vraie celle-là...

– Tu veux toujours aller te baigner ?

– Ben oui, je suis venue pour ça à priori.

Et sur ces mots, Elle ôte prestement son short et son t-shirt et se retrouve uniquement vêtue d'un petit maillot de bain de rien du tout dans son appartement où ils sont seuls…

Il la déshabille du regard mais ne se déstabilise pas pour autant et lui propose de descendre à la piscine de l'immeuble.

Elle le suit jusqu'à la piscine. Il enlève son t-shirt laissant paraître ses beaux pectoraux musclés naturellement et ses nombreux tatouages.

Comme Elle sait qu'il fait de la plongée, Elle entre dans la piscine de l'immeuble avec un plongeon et nage vigoureusement sur plusieurs longueurs.

Lui qui est un excellent nageur la suit d'un regard amusé puis il se décide à nager à son tour.

Elle s'arrête pour le regarder. Il est beau, musclé, calme, posé.

Elle a envie de lui instantanément. Elle se rapproche de lui et, du bout des doigts, le frôle en bas du dos. Il frémit.

Il l'attrape par le bras et l'attire contre lui. Le temps étant particulièrement couvert, ils sont seuls dans la piscine et ils échangent un long baiser. Il glisse une main dans son dos, remonte le long de sa colonne vertébrale jusqu'au cou et s'attarde sur ce point qu'il ressent comme une zone érogène. Elle frissonne comme à chaque fois qu'une main ou des lèvres se posent à cet endroit et le caresse à son tour sur les cuisses. Puis Elle s'enhardit en promenant sa main à l'intérieur de ses cuisses en exerçant des petites pressions avec ses doigts. Il se laisse faire, l'encourageant d'un regard brûlant à aller plus loin. Elle effleure son sexe à travers le maillot de bain et comme Elle s'y attendait, il est déjà en érection.

– J'ai un peu froid, on sort ?

– Ok, on remonte à l'appart !

Ils se rincent rapidement à la douche de la piscine et il lui tend une serviette, se sèche et se rapproche pour la sécher en l'embrassant.

Il la prend par la main pour la conduire à l'appartement.

Elle ôte son maillot de bain mouillé et s'enroule de nouveau dans la serviette.

– Viens !

Il l'attire dans sa chambre.

– Ma coloc ne va pas tarder à rentrer.

Il s'allonge sur le lit, nu. Elle admire tous ses tatouages, Elle a l'impression d'être avec un vieux loup de mer…Ce n'est pas qu'une impression d'ailleurs…

Elle laisse tomber sa serviette à terre et s'allonge à côté de lui, sur le dos. Il se couche sur elle et la caresse sur tout le corps pour prendre connaissance de ses zones plus sensibles et donc plus réactives.

Il lui mordille le cou et immédiatement une myriade de frissons partent de son cou et la traversent jusqu'à la pointe de ses pieds.

Elle se dégage de son étreinte pour avoir la possibilité de rendre dingue cet homme aux multiples facettes.

Elle saisit son sexe entre ses doigts et commence à le caresser de bas en haut puis descend sa bouche pour un doux baiser qui ne tarde pas à se transformer en caresse coquine. Sa langue entreprend une exploration poussée de cette belle érection qu'Elle tient à faire durcir encore. Il ne bouge pas profitant de chaque coup de langue, de chaque pression des lèvres. Elle le suce maintenant plus intensément et son excitation atteint son paroxysme, il la repousse pour la caresser à son tour, effleurant son bouton du bout des doigts. Il pénètre dans son intimité et exerce une pression à l'intérieur de la paroi cherchant le point G. Elle bouge son bassin pour le guider et se laisse aller à cette ferme inquisition qui déclenche une lubrification intense.

Il retire son doigt et fait courir sa langue le long de son ventre, s'attarde autour du nombril pour le mordiller et reprend lentement sa course vers son bas-ventre. Elle a envie qu'il la pénètre tout de suite et le lui dit mais il n'en tient pas compte et poursuit sa douce caresse entre ses cuisses. Il s'attarde autour de son clitoris, y enroule sa langue puis l'introduit dans sa fente humide, la sentant prête et chaude, il se retire pour lui présenter sa verge puissante et s'enfonce profondément en elle. Tous ses muscles sont bandés dans cet effort et Elle les caresse avec ravissement. Cette vision exacerbe son désir pour cet homme mystérieux et discret qui la possède avec toute sa puissance et l'emporte rapidement vers un intense plaisir qu'il ne tarde pas à partager.

– Ta coloc ne va sans doute pas tarder…

– Oui en effet, il vaut mieux qu'on se rhabille !

Elle prend une douche rapide, remet ses vêtements et il la raccompagne en bas de l'immeuble. Ils restent un moment sur le trottoir à discuter de leur vie.

Lui aussi vient de se séparer d'une jeune femme qu'il a beaucoup aimée. Ce qui explique peut-être son apparent détachement dans ses relations intimes.

Il lui rappelle qu'il part bientôt pour Nosy Be et qu'il a beaucoup de choses à régler mais qu'il serait heureux de la revoir avant son départ.

– Ok, appelle-moi quand tu seras disponible.

Et Elle le quitte en l'embrassant furtivement sur les lèvres.

Le lendemain, Elle l'appelle pour qu'il la rejoigne sur la plage et qu'ils promènent les chiens ensemble. Contre toute attente, il la rejoint et ils se baladent côte à côte comme deux amis. Elle aime le regarder marcher, il se tient bien droit, fier de son physique et il a bien raison, il a une très belle allure, ce qui est rare. Elle lui propose de venir prendre un café chez elle, il n'y a personne, sa fille étant à l'école. Il accepte.

Quand ils arrivent à l'entrée de son chemin, Elle aperçoit un homme dans une voiture garée sur le bord de sa rue et elle tremble.

C'est Pierre 2 qui a dû venir déposer l'argent qu'Elle avait avancé pour prendre les billets d'avion pour l'ile Maurice.

Elle rougit et se sent fautive d'arriver chez elle avec un nouveau compagnon alors qu'Elle a plaqué Pierre 2 trois jours plus tôt. Mais après tout, Elle ne lui doit rien.

Son téléphone vibre, Elle vient de recevoir un texto. C'est bien lui :

« Désolé mais ton attitude est trop ignorante pour moi, ton argent est dans une enveloppe dans ta boite aux lettres. Adieu ! Prends soin de toi. »

C'est bizarre mais cet adieu-là n'a pas du tout le même effet sur elle que celui de François, au contraire il est complètement libérateur.

Elle lui répond :

« Suis vraiment désolée, je ne voulais pas que ça se passe comme ça. Merci encore pour ta magie, j'ai vécu un conte de fée quelques jours mais la réalité est toute autre et les sentiments profonds ne se commandent pas ! Bon voyage à Maurice. »

Elle se sent libérée et peut maintenant prendre le temps de discuter tranquillement avec Fred.

Ils s'installent sous la varangue et Elle lui prépare un café. Il lui parle de son beau projet de charter sur son voilier à Nosy Be et lui explique ce qui lui manque en matériel. Elle lui propose de se renseigner auprès de professionnels du bateau qu'Elle connaît ici, et en métropole puisqu'Elle va y aller en mars afin d'essayer de lui trouver les pièces qui lui manquent à moindre coût.

Il ne lui montre aucun signe de désir et lui parle comme à une amie ; il est vraiment timide ou quoi ?

Pour en avoir le cœur net, Elle se rapproche de lui et lui prend la main. Il ne la retire pas et la regarde avec ses grands yeux sombres qui la mettent dans tous ses états :

– Viens !

Il se laisse entraîner vers sa chambre, Elle se colle à son corps musclé qui la fait chavirer et l'embrasse sur les lèvres en glissant sa langue dans sa bouche entrouverte.

– Toi, tu es une sacrée coquine ! J'étais venu pour passer un moment calme avec toi, pas pour faire l'amour mais tu sais réveiller mes envies.

Sur ces mots, Elle lui ôte son t-shirt, il enlève son pantalon et ses baskets et la déshabille à son tour.

– Tu as un corps absolument magnifique, impossible de te résister !

– Toi aussi !

Il la pousse sur le lit et s'allonge à côté d'elle, caresse ses seins qui se tendent sous ses doigts. Elle ondule légèrement pour qu'il puisse mieux profiter de ses courbes et de sa musculature fine et parfaite. D'un coup son excitation devient pressante et il la prend directement, Elle allongée sur le côté, lui derrière elle pour ainsi la pénétrer au plus profond. Elle apprécie particulièrement cette position qui lui fait pleinement ressentir la pénétration et prendre du plaisir très rapidement. Placée ainsi, Elle peut glisser une main entre ses cuisses pour titiller son clitoris et atteindre ainsi un orgasme plus rapide et plus puissant, ce qui arrive très rapidement et qui manque d'entraîner Fred avec elle. Il se retire et lui demande de se placer sur le ventre pour la prendre par derrière toujours dans son sexe. Son pénis bien bandé la pénètre très profondément et continue de la faire jouir plus intensément. Il résiste encore et l'aide à se retourner sur le dos pour la pénétrer encore un peu. Il s'enfonce avec force, son beau regard noir planté dans le sien :

– Tiens ma belle, prends !

Et la puissance de son regard conjuguée à ses coups de boutoir font remonter son plaisir. Lui aussi sent la jouissance l'envahir et il se retire pour déverser avec force sa semence sur ses seins tendus.

Ils restent un instant dans les bras l'un de l'autre à se caresser doucement puis Elle se lève pour aller se doucher. Il doit partir car il a beaucoup de choses à régler avant son départ.

– A bientôt ! Appelle-moi quand tu auras un instant de libre.

Le lendemain, Elle lui envoie un texto pour savoir s'il a un moment pour qu'ils déjeunent ensemble.

« Impossible, je suis en mer pour trois jours, je t'appelle quand je reviens. »

Trois jours après, Elle reçoit un appel. Elle pense que c'est Fred, mais non, c'est Max qui arrive de Mada !

« Mon bébé, je viens de rentrer, tu m'as trop manqué ! Je suis au Vacoa, Viens ! »

Son cœur se met à battre à tout rompre, Elle avait tout fait pour l'oublier mais Elle ne peut pas contrôler son attirance pour cet homme si particulier et l'intensité qu'il met dans son "viens" comme si toute sa vie en dépendait.

Aussitôt, Elle choisit sa robe la plus sexy, se maquille et part le rejoindre. Dès que leurs regards se croisent, ils se sourient avec une telle intensité que toutes les personnes autour d'eux ressentent le plaisir de ces deux êtres à se retrouver.

Il la prend dans ses bras :

– Tu m'as manqué, je n'ai pensé qu'à toi ! Je viens juste d'atterrir et je n'avais qu'une envie, te serrer dans mes bras !

Elle est tellement heureuse d'entendre ces mots, cela conforte sa théorie qui stipule que quand on ressent un bien-être et une attraction physique aussi forte, les sentiments ne peuvent être à sens unique, l'autre ressent forcément quelque chose de particulier en retour.

– Toi aussi tu m'as manqué, lui avoue-t-Elle.

Comme c'est bon de retrouver son sourire, ses yeux rieurs, ses grands bras qui l'enveloppent d'un geste protecteur, sa bouche et ses baisers si doux, si plein d'amour…

Elle retombe amoureuse en une fraction de seconde car Elle n'a jamais cessé de penser à lui. Cet homme a trop de charisme, trop de bonté, de gentillesse...

Il veut l'emmener dîner au restaurant en tête à tête et choisit le Chez Riz, le restaurant qui fait bar dansant.

En attendant, ils prennent l'apéro au Vacoa, leur petit resto sur la plage de l'hermitage et après trois rosés, Elle commence à être un peu allumée. Ils partent au restaurant et il lui demande de l'emmener dans sa voiture. Il fait déjà nuit. Elle conduit le long de la route en sable désertée quand tout d'un coup, il la soulève et la fait pivoter sur ses genoux face à lui sur le siège passager. Elle ne sait comment mais Elle se retrouve la tête contre le pare-brise, ses jambes de chaque côté de la tête de Max et il entreprend de lécher ainsi goulument son sexe offert (Elle ne porte pas de culotte comme il aime).

Sans conducteur, la voiture avance tout doucement en première et ils roulent ainsi tout le long de la route en sable, elle, tenant le volant de sa main droite et regardant tant bien que mal la direction de la voiture pour éviter tout obstacle. Ils rient comme des fous tout en continuant leur route jusqu'à ce que la voiture se rapproche dangereusement d'un filaos planté sur le bord de la route.

Elle se dégage d'un coup brusque de son étreinte pour reprendre sa place de conductrice, juste à temps pour éviter l'accident.

– Tu es complètement fou !

– Oui de toi ! Tu me fais vivre et j'adore ça ! Promets-moi que tu seras toujours comme ça !

– Promis ! Je ne veux plus de ces vies de couple plates et sans intérêt où la routine a vite fait de gangrener toute passion amoureuse ! Je veux vivre pleinement chaque instant de ma vie et toi, tu as le don de les rendre plus intenses rien que par la vivacité qui se dégage de ton regard malicieux !

– Et moi, je ressens exactement la même chose avec toi. Tu as une puissance de vie bien supérieure aux autres et je la ressens quand je suis dans tes bras. C'est pour ça que j'ai besoin d'être toujours collé à toi.

Ils réajustent leurs tenues à la jonction du chemin avec la route goudronnée et prennent la direction du restaurant en se pelotant malicieusement. Elle se gare et ils pénètrent sur la terrasse du Chez Riz. Max hèle le chef de rang :

– Je veux la meilleure table avec des bougies ! Je suis amoureux et je veux une soirée romantique !

Mais le patron n'a pas de bougies, alors il leur en confectionne une avec des petites bougies chauffe-plat.

Ils dînent calmement. C'est la première fois qu'Elle est seule avec lui dans un lieu public sans toute une armada de copains. Et ainsi, pour la première fois, ils peuvent discuter sérieusement de leur vie.

A chaque phrase, il lui dit qu'il l'aime et Elle lui répond qu'elle aussi !

Elle passe un excellent moment hors du temps encore une fois car Elle sait très bien qu'il ne quittera pas sa femme pour elle et c'est très bien ainsi. Elle se dit que la vie de sa pauvre épouse doit être un enfer. D'ailleurs, des amis communs qui l'ont vue récemment confirment que c'est une jeune femme aigrie...Mais elle a le choix de partir ou rester, on a toujours le choix ! Après, c'est une question de courage pour avoir l'énergie de reconstruire sa nouvelle vie et perdre un certain confort à la fois matériel et moral...Mais combien de femmes, ou d'hommes aussi d'ailleurs, restent en couple pour une sécurité affective et matérielle bien rassurante face aux affres de la vie.

A la fin de leur dîner, il lui propose d'aller boire un verre au Bar Taï, le bar adjacent au Chez Riz. Ils entrent dans le bar et là, Elle aperçoit Fred, accoudé au comptoir avec des potes.

Aïe, ça va être compliqué, même si Fred ne l'a pas rappelée quand il est rentré …

Max se colle à elle et lui susurre des mots d'amour. Il faut qu'Elle lui explique :

– Max, tu vois l'homme rasé là-bas en chemise à carreaux ? Et bien c'est devenu un amant en ton absence...et j'aurais pu être avec lui ce soir si tu ne m'avais pas suppliée de venir te rejoindre !

Max fronce les sourcils, cette nouvelle lui fait mal mais en même temps exacerbe son désir car il trouve son plaisir dans une relation sentimentale douloureuse comme celle qu'il a connu avec sa mère, une prostituée...

Malin, il redouble d'attentions avec elle, sans se soucier de l'information qu'Elle vient de lui donner.

Il la prend par la main et vient se placer au comptoir à côté de Fred. Il commande un rosé et une bière, tout en lançant un regard de défi à Fred.

Bon ben c'est mort avec Fred, il ne me le pardonnera jamais !

Fred a commandé une bouteille de whisky et en parfait gentleman, il leur en offre un verre avec un sourire goguenard.

A son tour, il défie Max du regard et celui-ci ne baisse pas les yeux, au contraire, ce n'est pas le genre d'homme à se laisser déstabiliser. Et cette concurrence lui plait au plus haut point car c'est lui qui la tient dans ses bras !

Le Bar Taï ferme ses portes, il est déjà deux heures du matin et Max lui propose d'aller boire un verre au Tropicana, la boîte de nuit située juste à côté.

Quand ils entrent dans l'établissement, Elle aperçoit de nouveau Fred en train de boire un verre avec un ami. Il la regarde en secouant la tête. Elle aimerait aller le voir pour lui expliquer mais Elle a peur de la réaction de Max, surtout alcoolisé…

Au bout de vingt minutes passées à la regarder danser sur la piste, Fred s'en va et au moment où il passe devant elle, il lui montre un pouce baissé en signe de désapprobation de son comportement.

Elle finit sa soirée avec Max mais n'est pas très à l'aise.

Le lendemain, Elle envoie un message à Fred :

« Bonjour Fred, désolée pour hier, j'ai essayé de te parler mais n'ai pu t'approcher. Pas facile avec toi car je ne sais pas trop ce que tu attends de moi. Hier, j'étais avec un homme marié, plutôt bad boy et que je ne souhaite pas revoir. Il m'a embarquée dans une fête dès l'après-midi et je n'ai pu répondre à ton texto.

Ce n'est pas du tout mon genre d'agir ainsi. Appelle-moi ! »

Il lui répond juste :

« Ok. »

« J'aimerais te revoir avant ton départ….ça te dirait un petit dîner ce soir ? »

« Impossible je repars en mer quelques jours. »

« Ah, super ! C'est beau les nuits en mer, profite bien, bisous. »

Elle attend donc qu'il rentre et le recontacte :

« Coucou Fred, bien rentré ? Dispo ce soir pour un apéro ou un resto avant ton départ ? »

« Avec plaisir mais là je t'avoue qu'après trois jours de mer, suis rincé... »

« Et donc ? Tu vas te coucher ? »

« Non mais je vais rester caler à l'appart. »

« Avec moi ??? »

« Et avec ma coloc, on va former une bien belle famille ! On se voit demain dans la journée...si tu veux. »

« Ok ! On se fait une baignade au lagon et après je suis dispo. Bonne nuit de récup. »

« Merci bonne nuit. »

« Perso pour moi, c'est un peu tôt ! »

« LOL... »

« Je vais me baigner dans ma piscine et me faire un petit jacuzzi clair de lune avec un verre de rosé, tu viens ? »

« Je vais rester chez moi, j'suis dead, par contre ma coloc n'arrive que vers 21 heures, passe me faire un coucou ! »

Elle regarde l'heure sur son portable, il est tout juste 19 heures, ils ont le temps de passer un petit moment sympa ensemble...

« Ok, je sors de l'eau et j'arrive ! »

Elle sort prestement de la piscine, se douche rapidement, enfile une petite robe noire ultra sexy et part le rejoindre chez lui.

Il lui ouvre la porte et lui décoche son plus beau sourire, il ressemble à Pascal Obispo comme ça. Elle lui rend son sourire, se glisse dans ses bras et lui donne un profond baiser.

Il l'entraine dans sa chambre, au fond de l'appartement, la pousse sur le lit et commence à l'embrasser.

– Hummm ! Trois jours en mer, on dirait que tu as faim !

– Ouais, faim de toi ! C'est ça que tu veux entendre ?

– Oui j'avoue que ça me plait bien ! Nous les femmes, on a besoin de se sentir désirées...

– Viens-là tout contre moi et tu vas sentir comme je te désire...

Il se serre contre elle et Elle perçoit sa belle érection à travers le short.

Il l'allonge sur le dos et relève sa robe au-dessus de ses cuisses couleur de miel.

Il l'embrasse en bas du ventre et lui donne des petits coups de langue. Il lèche son doigt et le glisse dans son fourreau déjà bien humide. Il exerce des petites pressions et mesure très vite les effets que produit cette délicieuse caresse intime.

Elle se cambre pour qu'il puisse pénétrer plus profondément dans son intimité. Il glisse son autre main sous sa robe et repousse le soutien-gorge qui entrave son sein droit, se saisit de la pointe qui se dresse toute gonflée de désir et la pince délicatement entre ses doigts. Elle gémit :

– Prends-moi ! Tout de suite !

Elle le repousse et l'aide à enlever tous ses vêtements. Ils continuent de se caresser mutuellement.

Ils ont tous les deux une musculature fine, harmonieuse, aussi, le spectacle de leur deux corps réunis est particulièrement beau à regarder. Il entreprend de descendre son visage tout le long de son ventre et effleure son pubis.

Il écarte ses cuisses pour mieux admirer son sexe et y glisse une petite langue fouineuse. Elle profite avec délice de ses caresses buccales, sa langue se faisant toute douce pour exercer des pressions circulaires autour de son bouton. Elle saisit sa tête entre ses mains pour accompagner ses mouvements et ce geste accroît son excitation. Encouragé de la sorte, il enfonce sa langue à l'intérieur du fourreau de soie et goutte le liquide qui s'y répand avec une réelle gourmandise. Elle réitère sa demande de façon plus pressante :

– Prends-moi ! Viens !

Mais il ne bouge pas et continue sa caresse en appuyant sa langue encore plus intensément.

Elle se dégage et le repousse avec sa tête qu'Elle appuie fortement contre son ventre et, d'un coup, attrape et engloutit son sexe bien bandé.

Surpris par cette manœuvre passionnée, il se laisse emporter par le plaisir que lui procure cette caresse imposée. Elle lui inflige une fellation magistrale et le sent prêt à imploser alors Elle s'arrête aussi brusquement qu'Elle a commencé, le bascule sur le dos, glisse rapidement ses deux cuisses de chaque côté de son torse, s'enfonce d'un coup sur lui et commence à le chevaucher en alternant rapidité et lenteur. Elle s'arrête pour ne garder en elle que son prépuce et Elle effectue de petits va-et-vient sur le bout de sa queue puis, tous les dix coups, Elle s'enfonce entièrement d'un coup puissant. Sentant qu'il va jouir, cette fois c'est lui

119

qui la repousse et la fait pivoter sur le dos pour qu'Elle soit à sa merci elle aussi.

– Tu ne m'auras pas comme ça ! Attends que je te montre de quoi je suis capable, moi aussi !

Il a compris le rythme qu'Elle affectionne et la pénètre sur le même tempo. L'alternance de ses va-et-vient ainsi imposés lui procure des sensations intenses qui l'emportent vers un plaisir si puissant que Fred ne peut plus résister. Il se retire pour déverser sa semence sur son ventre et ses seins.

Ils reprennent leurs esprits et regardent l'heure, la coloc ne va pas tarder à arriver, Elle file sous la douche, se rhabille à la hâte et lui glisse un rapide baiser sur les lèvres.

– Au revoir mon beau navigateur, on se retrouve à Nosy Be pour une croisière inoubliable. Dès que je rentre de métropole, je t'appelle pour voir tes disponibilités et dis-moi si tu as besoin que je te rapporte du matériel.

NEXT !

CHAPITRE 7 : NUMÉRO 6 : PIERRE 3 L'HOMME D'AFFAIRES DÉLAISSÉ

Quelques jours plus tard, Elle reçoit un appel de son ami Martin. Il est médecin et ils sont assez complices. Récemment séparé lui aussi, ils échangent fréquemment des messages sur l'évolution de leurs amours :

– J'ai trouvé l'homme de ta vie !

– Ah bon ! Raconte, tu m'intéresses là !

– C'est un homme d'affaires, beau, musclé, intelligent, très bon poste à la Réunion. C'est un patient que j'ai soigné hier mais je ne connais pas sa situation maritale. Je veux bien te donner ses coordonnées mais à deux conditions :

1- Je n'apparaitrai jamais dans vos conversations,

2- S'il est marié tu laisses tomber !

– Ben oui évidemment ! Tu as quoi comme renseignements ?

– Son nom, son adresse, son téléphone portable.

– Cool ! Envoie ! Je vais me débrouiller avec ça.

– Il est souvent au Perroquet Bleu le jeudi soir, tu ne devrais pas avoir de mal à le reconnaître !

– Ok ! Je vais essayer de le rencontrer. Je vais faire une recherche sur le net pour en savoir plus et surtout trouver une photo de lui, je suis curieuse de voir à quoi il ressemble !

On est lundi, Elle a trois jours pour se renseigner sur ce prétendu bel homme et découvrir qui se cache derrière son nom.

Il se prénomme Pierre, encore un...

Elle tape son nom sur internet. Elle trouve son parcours professionnel, grandes études, gros postes de PDG et une photo, beau mec au regard bleu acier, à la mâchoire carrée, intéressant, captivant même. Elle regarde l'adresse, « zoreil land » bien sûr...

Ça, ça ne va pas beaucoup l'aider, Elle ne va pas faire le pied de grue devant sa villa pour une rencontre au hasard.

Tout d'un coup, Elle a une idée. Elle va l'appeler sur son téléphone portable comme si Elle s'était trompée de numéro.

Ça lui est déjà arrivé plusieurs fois de recevoir des appels d'inconnus qui se sont trompés et d'engager la conversation avec eux comme s'ils se connaissaient.

Le jeudi soir tant attendu arrive. Elle a revêtu une robe noire ultra moulante au décolleté profond, assortie de sandales noires à hauts talons. Ses amies sont déjà arrivées au bar et Elle saisit son téléphone pour leur demander où elles se trouvent. A cet instant, Elle songe à la façon dont Elle va l'aborder en toute sécurité. Elle opte finalement pour l'envoi d'un texto :

« Coucou suis arrivée au Perroquet ? Tu es où ? » Elle a pris soin de mettre un "e" à "arrivée".

Son cœur bat à 3000 à l'heure, "je suis complètement dingue" pense-t-Elle mais c'est follement amusant"...

La réponse arrive immédiatement :

« Hummm, qui est-ce ? »

Ah oui ! Quand même !!! Ça promet d'être drôle ! En même temps un peu facile non ces hommes ?

Et déjà Elle rit aux éclats face à cette réplique aussi gourmande.

Elle répond dans la foulée :

« C'est Moi ! Je t'attends au Perroquet mais je ne te trouve pas ! »

Il répond tout de suite, visiblement très excité par cet échange impromptu :

« Moi c'est Pierre. Enchanté ! »

Au moins, il donne son vrai prénom, c'est plutôt de bon augure.

Et Elle lui envoie sa réponse illico :

« Ah ! Désolée, je croyais parler à une nouvelle amie, j'ai dû mal enregistrer son numéro. Vous êtes au Perroquet Bleu aussi ? »

Petite Maline !

« Yes ! »
« Génial ! Tu es où ? »
« Scène à droite. Lol ! C'est vrai. »
« J'aimerais te rencontrer, c'est trop drôle. »
« Why not ? Comment tu es habillée ? »
« Blonde, cheveux longs, robe noire. »
« Chemise blanche rayée bleu. »
« On se retrouve devant le bar du haut ? »
« Ok ! »
« Je suis en haut des marches. »
Elle est encore le téléphone à l'oreille quand il se présente à elle tout sourire. Ils se font la bise comme deux connaissances.
Il lui parle un peu de sa vie : marié, quatre enfants, poste important, une femme australienne qui part souvent dans son pays et qui le laisse seul avec les enfants et le boulot, la routine, les sentiments qui s'étiolent, plus de passion, bref la vie normale des couples...
Il lui parle ensuite d'économie, de politique, l'interroge sur quelques problèmes économiques pointilleux, voit qu'elle a du répondant.
– Tu es belle, sexy, intelligente, cultivée, j'aimerais beaucoup passer la nuit avec toi ! J'ai envie de te faire l'amour passionnément, il y a tellement longtemps que ça ne m'est pas arrivé...On ne le fait pas souvent avec ma femme et quand on le fait il n'y a plus rien d'excitant.
Elle pense à Erwan...

Mais comment garder cette flamme des premiers instants ? Est-ce possible au moins avec l'Amour de sa vie ?

Pierre est sous le charme de cette rencontre improbable et dans un état d'excitation extrême exacerbée par l'alcool qu'il a plus que modérément consommé. Ses amies les ont rejoints, Elle les lui présente.
– On s'en va ! Tu rentres avec nous ?
Il l'entoure de ses bras puissants :
– Non ! Elle reste avec moi ! Je m'en occupe, je la ramènerai.

Ses copines sont soufflées ! Elles n'auraient jamais imaginé que sa stratégie fonctionne aussi bien et surtout si rapidement. En une heure, le gars était complètement subjugué.

Il est minuit, le bar ferme ses portes. Pierre 3 la prend par la main et la guide vers la sortie. Ils ont chacun leur voiture et il lui demande s'ils peuvent aller chez elle. Ce sont les vacances scolaires, sa fille dort chez une amie, il n'y a donc personne à son domicile.

Elle s'est prise elle-même à ce jeu de séduction et Elle trouve vraiment beaucoup de charme à Pierre. Elle a très envie, elle aussi, de passer la nuit avec lui. Il la suit chez elle. Elle lui propose de boire un verre d'eau ou de jus de fruit mais il se jette sur elle comme si il n'avait pas vu de femme depuis des années.

Il y a en lui un mélange de fougue et de douceur contenues qui lui correspond bien. Cela se ressent déjà dans ses baisers : Il enroule doucement sa langue autour de la sienne prenant le temps de déguster chaque centimètre de sa bouche mais lui mordille les lèvres avec appétit. Ça promet d'être intense... Et effectivement, Pierre va lui faire l'amour pendant six heures, ne s'arrêtant que parce que le jour se lève et qu'il doit aller travailler...

Elle doit avouer qu'il y a bien longtemps qu'Elle n'avait pas ressenti de telles émotions.

Elle en découvre même de nouvelles quand, aux milieux de leurs ébats, trempés de sueur, il s'arrête et se met à souffler délicatement sur tout son corps pour mieux la reprendre ensuite. La sensation de ce souffle chaud sur sa peau en fusion est extraordinairement délicieuse.

Il lui fait l'amour dans toutes les positions, tous leurs membres s'entremêlant en harmonie. Il la couvre de doux baisers sur la commissure des lèvres, le cou, les épaules, il a tellement envie de se nourrir de chaque millimètre de sa peau.

Il descend sur ses seins, s'y attarde, entoure sa langue autour de l'un et presse le téton de l'autre entre ses doigts. Cela lui procure immédiatement une fulgurante décharge entre les cuisses et Elle se jette sur lui pour qu'il la pénètre.

Il se lève du lit, l'attire à lui et la soulève comme une plume pour l'empaler sur sa verge. Debout, elle, ventousée à lui, ils baisent comme si c'était la dernière fois qu'ils pouvaient le faire avant de mourir.

Leurs corps se comprennent et s'épousent parfaitement, ils alternent les positions sans se parler, il est doux et fougueux et Elle ressent un immense plaisir extrêmement sensuel.

Il lui dit qu'il n'a jamais connu ça, une telle excitation, une telle intensité dans la jouissance et Elle doit bien admettre qu'elle aussi, Elle n'a pas ressenti autant de passion dans une étreinte depuis très longtemps.

Ils s'endorment dans les bras l'un de l'autre comme des enfants, en toute quiétude et ça ne lui était pas arrivé depuis une éternité. Leur petit somme est de courte durée, vingt minutes, le temps de récupérer après ces échanges torrides.

Ils se réveillent au même moment, mus par le désir de faire l'amour encore et encore. Ils se sourient, s'embrassent, se caressent et il bande fort à nouveau.

Il l'allonge sur le dos et se place au-dessus d'elle avec un air de conquérant. Il s'enfonce en elle avec gourmandise et c'est tout chaud, tout humide, sa semence étant encore en elle. Elle se colle à lui et ondule sur le même tempo, l'enserre avec ses cuisses pour mieux épouser ses mouvements, avide de ses caresses.

Il se retire et lui demande de se placer à quatre pattes sur le lit.

Il caresse ses fesses et leur donne une petite tape, alterne caresses et petites fessées. Elle cambre son buste pour lui tendre un peu plus sa croupe et il ne peut résister à cet appel de la chair, cette petite fente offerte dont il va se délecter encore.

Il la baise avec toute l'énergie qui lui reste pour qu'Elle se souvienne de cette étreinte comme une des plus ardentes de sa vie. Et il y réussit très bien.

Seul le jour qui se lève parvient à les séparer. Elle lui propose de prendre une douche mais il veut être rentré avant que ses enfants ne se réveillent.

– Je veux te revoir, vite !

– Pourquoi ne pas aller au cinéma ? Ils passent 50 nuances de Grey et je nous imagine très bien au fond de la salle en train de se peloter comme des ados tout en s'émoustillant des scènes érotiques du film.

– Pourquoi pas ? Ça peut être une expérience intéressante...

A cette idée, il est tout énervé et Elle sent que s'il n'était pas tenu par son travail, il l'aurait encore reprise... Mais contraint de partir, il se sauve au petit matin et lui envoie un texto :

« Bonne nuit »

Sympa !!! Combien de ces connards de mecs ne vous envoient même pas un petit émoticône après ...

« Merci toi aussi, je vais faire de beaux rêves. »
Le lendemain matin quand Elle ouvre les yeux, Elle a du mal à réaliser ce qui s'est passé la veille, tout est allé tellement vite ! Aussi ressent-Elle le besoin de lui écrire pour se rassurer :
« Bonjour, dur réveil ce matin... Existes-tu vraiment ou ai-je rêvé cette incroyable rencontre ? Bon courage pour ta journée. »
Il répond une heure après :
« Oui un peu dur, heureusement que c'est vendredi ! »
« Alors je n'ai pas rêvé cette nuit magique, tu es un amant exceptionnel ! »
« Merci, c'est gentil mais il faut reconnaître que tu es très inspirante... »
« Tu es toujours partant pour le ciné ? Il faudra qu'on réserve nos places si on veut être au fond de la salle...Ma fille ne sera pas là encore ce soir, si tu veux, tu peux venir... »
« Je vais peut-être au ciné avec les miens ce soir mais rien de confirmé encore. Je te dis dès que possible. J'essaye de me libérer après ! »
« Ok, super ! »
Au moment de la sieste Elle lui adresse un nouveau message :
« Je me glisse dans les draps frais pour une petite sieste réparatrice. Je la ferais bien avec toi... »
« Sois patiente ! »
« Non ! Jamais ! Au contraire, mon impatience fait grandir mon désir pour toi. Je repense à notre nuit torride et j'ai une folle envie de toi. »
Il lui répond en fin d'après-midi :
« Salut, je vais au ciné 19-21h00, peut-être après ? »
« D'accord, bon ciné avec tes enfants. Dors bien au ciné pour prendre des forces, je t'attends ! Tu dînes avec tes enfants après ? »
Il la recontacte à 22h30 :
« Film terminé. Vais rentrer me coucher. Désolé mais je n'ai pas beaucoup dormi depuis hier, suis HS. »
Elle est vexée mais n'en laisse rien paraître :

« Ok, bonne nuit. »

« Oui une bonne et longue nuit. A toi aussi. Désolé pour le changement… »

« Pas autant que moi ! »

En fin d'après-midi, Elle est à la salle de sport quand Elle reçoit un texto de …Pierre …1 :

« Quoi ?! Tu ne m'invites plus à prendre un verre ? C'est vrai désormais tu danses sur le bar du Chez Riz avec des vilains !!! La vie change... »

Ah ! Il fait référence à sa sortie quelques jours plus tôt avec Max où Elle a effectivement dansé sur le bar avec Maria. Elle avait bien remarqué la présence d'une amie de Pierre, Saint Gilloise de bonne famille, celles qui sont nées avec une cuillère en argent dans la bouche et qui n'ont jamais rien fait de leur vie à part s'occuper de celle des autres, la leur étant triste à pleurer. Elle la regardait de travers comme à chaque fois qu'elle la croisait, toujours avec des copines, jamais avec un homme…

« Ah ! Je vois que les Saint Gilloises bien pensantes sont égales à elles-mêmes, j'avais toujours refusé de monter m'exhiber sur ce bar mais ça, c'était avant, je t'envoie un aperçu. »

Et Elle lui poste deux photos d'elle dans une attitude lascive, dansant sur le bar, vêtue d'un short blanc et d'un top en cuir lacé dans le dos, tout sourire. Elle les accompagne de ce message :

« Pour ce qui est de prendre un verre, tu es toujours le bienvenu. »

Il répond tout de suite :

« Pffffff...T'as pas honte ?? T'es chez toi là ? »

« Non, je suis à la gym et non, j'ai pas honte. Honnêtement je ne fais rien de mal et ça fait du bien de dépasser un peu ses limites. »

Car oui, il faut un certain courage pour s'exhiber ainsi sur un bar, un peu comme un artiste qui monte sur scène avec tous les regards rivés sur vous.

« Dépasser ses limites en s'exhibant sur un bar, ça donne une idée du périmètre concerné ! Garde ton rang ! »

« Tu sais, il y a un tas de femmes rangées de Saint Gilles qui montent sur ce bar. »

« Oui, les douairières ivres et, ou délaissées ! »

« C'est aussi ce que je pensais et ce pourquoi j'avais toujours refusé d'y aller mais l'ambiance est bon enfant et c'est vraiment sans équivoque. Pourquoi ? Je te déçois d'avoir fait ça ? Ou tu trouves ça excitant quelque part et tu es jaloux d'avoir raté le spectacle, fort agréable du reste ? »

« Surtout quand on est senior et en main… peu de chance que ça dérape. A mon niveau rien d'excitant... seulement un peu de compassion…Suis dans le coin… tu fais du sport jusqu'à quelle heure ? »

« J'ai rendez-vous avec des copines au nouveau bar des brisants. Promis, même avec trois rosés, je serai sage. J'aimerais quand même voir ta réaction si je dansais devant toi en te plantant mon regard plein de désir dans les yeux, j'espère que tu ressentirais un frisson de désir. »

« Fais ce que tu crois bon pour toi et ce que tu peux assumer ! Pour ma part je rentre, il pleut ! »

« Oui, ici aussi ! Là, je suis sur le stepper et le mec à côté me mate les fesses un truc de malade, je suis beaucoup plus mal à l'aise que sur le bar, plus dénudée, plus désirable ? Compliqué tout ça … »

« Arrête de te faire des idées pareilles et d'attirer les vilains … concentre-toi sur tes exercices... »

« Il a les yeux tellement rivés sur moi que ça me brûle… »

« Une romance peut-être ou une saillie telle que tu les aimes ! »

« Pas autant que toi….Donc non, ni romance, ni saillie. »

« Bon arrête de faire du sport et rentre chez toi pour m'offrir un verre…Bon... elle préfère se faire mater… »

Il est jaloux et ça lui fait plaisir.

« Non, j'étais sous la douche... Ça aurait été avec plaisir mais j'ai rendez-vous avec deux copines. Je t'embrasse là où tu aimes. »

Le fait que Pierre 1 soit revenu avec tant d'insistance l'amène à se reposer la question de l'éventualité d'une vie de couple avec lui s'il se décidait à quitter son amie qu'il trompe allègrement sans vouloir le reconnaître. En même temps, il a bien le même profil qu'Erwan et ce serait, à coup sûr, replonger dans le même style de relation toxique…

On attire toujours le même genre de personne...

Elle part prendre l'apéro avec Maria sur la plage des brisants et Elle tombe sur Martin qui lui demande immédiatement le résultat de sa rencontre au Perroquet bleu jeudi dernier.

– Un pur instant de bonheur, merci mon Martin, même si ce n'est pas l'homme de ma vie, ça aura été l'homme de ma nuit …

Elle retourne s'assoir à côté de Maria et, à cet instant, son téléphone lui indique l'arrivée d'un message.

C'est lui !

« Coucou, ça va ton week-end ? »

« Coucou oui et toi ? Bien dormi ? »

« Oui 10h30 non-stop, dure semaine ! »

Il fallait bien ça pour récupérer d'une nuit aussi torride !

« C'était bien ton film ? Tu as pensé à nous j'espère…Qu'as-tu de prévu ce soir ? 50 nuances plus torrides ? »

« Peut-on se voir ? »

« Avec grand plaisir, que proposes-tu ? Ce sera possible chez moi après 23 heures. »

« Mon emploi du temps ce soir est plutôt compliqué en début de soirée. »

« Mais encore, tu es dispo vers quelle heure ? »

« Je ne sais pas encore, c'est bien le problème, peut-être tard ce soir ? »

« Pas peut-être, sûr ! Excuse-moi, je suis aux Brisants et j'ai bu un peu trop de rosé et j'ai envie de toi mais grave ! »

Apparemment ce petit bout de phrase a un pouvoir magique sur la libido de ces messieurs car il répond de suite :

« Dis-moi où et à quelle heure ! »

« Chez moi vers 23 heures, ça te va ? »

« Oui, mais c'est loin ça… »

Elle lui ressort ce qu'il lui a écrit la veille :

« Ah ah ! Sois patient… J'ai envie de toi, de tes lèvres, de ta langue, de tes mains, de ton souffle chaud sur ma peau qui me fait vibrer, de ton sexe en moi ! 23 heures chez moi ? Ok ? »

« A très bientôt ! »

Il ne répond plus, sans doute n'est-il plus disponible ...

" Ne pas faire de suppositions" disent les accords Toltèques. Ça, Elle a du mal.

Elle est toujours aux Brisants et comme Elle n'a plus de news, Elle propose à Maria d'aller manger un petit tartare de thon dans leur resto préféré.
Elles s'attablent au comptoir et demandent au gérant d'être servies rapidement car Elle a un rendez-vous. Et le tartare arrive quand son téléphone bip à nouveau :
« Suis sur la route. Là dans cinq minutes. Ça te va ? »

Aïe ! Déjà ? Il aurait pu me prévenir avant quand même...

« Je suis à Saint Gilles, dans vingt minutes devant chez moi.»
Elle est toute excitée et oblige Maria à finir son poisson le plus rapidement possible, désolée de ce contretemps.
Elle pose Maria devant sa résidence et roule à vive allure pour rejoindre Pierre numéro 3.
Quand Elle arrive devant l'entrée de sa maison, Elle aperçoit un gros pick-up garé au début de son impasse.

Encore un pick-up, décidément, ils ont tous des pick-up...

Il descend de la voiture, tout impatient de la serrer dans ses bras.
– Reste garé là et suis moi.
Elle l'entraîne sans bruit à l'intérieur de la maison et l'invite à rentrer dans sa chambre.
Il la déshabille avec empressement mais tout en douceur et commence à l'embrasser fougueusement dans le cou tout en lui caressant les seins.
Mais curieusement, il ne lui fait pas le même effet que Jeudi soir, Elle pense à Max qu'Elle a revu la veille et avec qui Elle a passé une excellente soirée à se dire des mots d'amour et son désir pour Pierre est émoussé. Elle fait l'amour avec lui mais ne ressent plus la même excitation, le même désir ni le même plaisir et Elle a l'impression que c'est la même chose pour lui.

Une semaine après, Elle part en métropole, il s'en souvient et il lui envoie un texto pour lui souhaiter bon voyage. Elle lui répond :

« Merci Pierre, je te souhaite de repartir sur de bonnes bases avec ton épouse et beaucoup de bonheur. Au cas où votre situation ne s'améliorerait pas tu sais où me trouver. »

NEXT !

CHAPITRE 8 : NUMÉRO 7 : RODOLPHE LE COMÉDIEN SYMPATHIQUE

SÉJOUR EN MÉTROPOLE

Quelques jours après sa rencontre avec Pierre, Elle est dans l'avion en direction de Paris où l'attend bien au chaud, tapi dans son lit, Rodolphe, un beau brun aux yeux noirs, acteur qu'Elle a connu il y a plusieurs années sur Facebook au moment où Elle était productrice et animatrice d'une émission de TV.

Quand Elle était rentrée en métropole avec Erwan, au mois d'août précédent, Elle l'avait rencontré pour discuter des éventualités de tournage d'une série TV à la Réunion que Rodolphe souhaitait réaliser avec son aide. Le feeling était bien passé. Si bien même, que très vite, ils s'étaient raconté leur vie et Elle, en particulier lui avait confié tout ce qui se passait à cette période avec Erwan. Elle lui avait expliqué qu'Elle n'avait pas dormi de la nuit tellement la douleur du souvenir du séjour d'Erwan à Paris avec son ex maîtresse en février dernier, alors qu'ils étaient en pleine reconstruction, lui était douloureux. En effet, fin février, Erwan était rentré tout sourire d'une semaine en métropole qu'il avait mise à profit pour réfléchir à leur avenir et lui avait fait part de son intention de repartir sur des bases de confiance mutuelle. Elle avait particulièrement soigné sa tenue pour aller le chercher à l'aéroport le samedi matin : nouvelle robe en soie rouge, ongles manucurés en french comme il affectionnait, très hauts talons, il avait apprécié...Ils avaient passé le samedi à roucouler et Elle pensait qu'Elle l'avait enfin retrouvé et qu'ils allaient désormais couler des jours heureux en toute complicité jusqu'à leur départ pour la Polynésie en voilier.

Mais, le lendemain matin à cinq heures, Elle s'était levée pour aller accompagner sa fille et deux autres jeunes filles à un concours de poney au Tampon. Sa fille lui avait demandé de la monnaie pour pouvoir s'acheter de quoi déjeuner et n'ayant rien dans son porte-monnaie, Elle avait pris celui d'Erwan pour lui emprunter dix euros.

Elle avait reposé le porte-monnaie et à cet instant, une petite voix lui avait dit : « fouille dans le porte-monnaie ». Il y avait là plusieurs tickets de carte bleue dont un des Galeries Lafayette à Paris, en date du 18 février, au nom de Kim Boulanger, l'ex qu'Erwan avait trompé avec elle et quitté pour elle.

Une extrême douleur l'avait poignardée en plein cœur, il avait donc passé trois jours à Paris avec cette salope et il était là, en train de dormir paisiblement dans leur lit, comme si de rien n'était.

Cette douleur-là, immense, jamais Elle ne pourrait l'oublier.

Elle l'avait réveillée d'une voix ferme, en lui jetant le ticket et il avait avoué en criant :

– Oui, je l'ai revue ! Et oui ! J'ai recouché avec Kim, je voulais savoir si je pouvais reconstruire quelque chose avec elle mais j'ai vite compris que non, elle est complètement barrée et loin d'être aussi agréable à vivre que toi.

Mais il est complètement taré ce type, perdu, malade !!!

Elle avait pris la route pour le concours de poney complètement hagarde, retournant les derniers événements dans sa tête, n'arrivant pas à écouter les jeunes filles qui stressaient pour leur concours.

Au retour, Elle s'était arrêtée au bord de la mer pour respirer un peu et reprendre ses esprits avant de se retrouver face à Erwan. Elle était dans une impasse et ne voyait pas d'issue car pour l'instant, Elle ne savait pas comment lui racheter ses parts de leur maison…

Elle était donc restée avec lui et avait vécu un enfer jusqu'au mois d'octobre où la décision de se séparer avait enfin été entérinée.

C'est pourquoi cette nuit à l'hôtel, au mois d'août à Paris, avait été aussi difficile, ne pouvant empêcher ses pensées d'imaginer Erwan avec cette salope de Kim à l'hôtel, six mois plus tôt. Mais quelle douleur autant de tromperies, de mensonges, de dissimulations tout en rejetant la faute sur elle…

Elle voulait être en forme pour son rendez-vous avec Rodolphe et n'arrivant pas à dormir tant la douleur lui tordait le ventre, Elle était allée s'installer dans la baignoire exiguë de la salle de bains. Mais Elle n'avait pas mieux réussit à s'endormir dans cette inconfortable position.

C'est donc dans cet état d'esprit et le regard bien triste qu'Elle avait fait connaissance avec Rodolphe. Il lui avait bien sûr conseillé de quitter Erwan au plus vite, ce qu'Elle avait promis de faire... et c'est en partie grâce à son inconditionnel soutien à distance qu'Elle y était arrivée.

Depuis leur rencontre parisienne, ils s'échangent régulièrement des messages qui, au fil du temps sont devenus de plus en plus coquins, agrémentés de quelques photos érotico-suggestives. Ils ont créé une relation complice et se racontent leur quotidien. Il l'appelle mon cœur et se montre très prévenant avec elle, toujours à l'écoute de ses soucis et Elle lui rend toute cette attention.

Ainsi quand Elle lui a annoncé qu'Elle allait venir en métropole, c'est sans surprise que Rodolphe lui a rétorqué tout de go :

– Le soir même tu dors dans mes bras !

– Dormir ? Tu rêves !

Ils se chauffent depuis plusieurs mois, aussi est-Elle pressée de le retrouver enfin…

Elle avait commencé par lui envoyer une photo d'elle en sous-vêtements et sa réaction avait été immédiate :

« Hummm !! Tu m'excites !!! J'aimerais que tu me dises tes envies, tes fantasmes, les scénarios que tu veux faire. »

« Que tu m'embrasses tout doucement avec ta langue entre mes lèvres, et puis intensément, qu'elle pénètre dans ma bouche, qu'elle me montre tout ce que ton sexe va me faire, que tu mordilles mon cou… »

« Arrête ! Je vais bander… »

« Et là, je serais couverte de frissons, qu'elle descende sur mes seins, entre mes seins en va-et-vient, qu'elle s'enroule sur les pointes, les fasse durcir… »

« Hummmmm ! »

« Tu les mordilles, me fais gémir. »

« Ma queue commence à durcir, je vais être obligé de me branler chérie ! »

« Je commence aussi à être humide et chaude ! »

« Je vais te lécher partout... »

« Je sens ton sexe sur mon ventre... »

« Tes seins, »

« Tu te colles, »

« Ta chatte, »

« Tu te frottes, »

« Ton cul, »

« Dur, je te caresse doucement pour t'énerver, tu viens placer ta queue entre mes seins en va-et-vient, je te suce quand je peux t'attraper mais tu te retires. »

« Tu te mettras à genoux pour sucer ma queue, je te veux déchaînée, soumise, salope, chienne, pute, entièrement à moi. »

« Je te suce goulument et te caresse les couilles. »

« Hummm !!! »

« Je glisse un doigt entre tes fesses. »

« Hummm, j'aime ça !! »

« Et promène ma langue partout. »

« J'adore ! »

« En te faisant bander encore plus fort, je serre... »

« Envie de la sentir partout, ça m'excite beaucoup. »

« Je frotte ma chatte humide sur ta queue, je meurs d'envie que tu me pénètres mais je te fais languir et moi aussi, pour décupler le plaisir... »

« Je veux que tu frottes ton cul sur mon visage et ta chatte aussi, je veux te goûter, te lécher... »

Elle lui avait alors envoyé une photo d'elle en soutien-gorge et bas, sans culotte, cuisses écartées laissant entrevoir son sexe...

« Humm, oui, j'aime ! Encore !!! »

Puis une photo de gros plan de sa chatte, ses doigts titillant son clitoris :

« Je me caresse et tu me regardes, tu te caresses aussi, ton regard plein d'envie me fait chavirer. »

« J'aimerais me branler en te regardant te caresser et jouir là où tu veux, montre-moi comme tu peux être salope pour moi. »

Ces mots crus ne l'avaient pas choquée, plus rien ne la choquait maintenant depuis qu'Elle avait découvert la bite en gros plan d'Erwan et les photos torrides de sa maîtresse. Le choc qu'Elle avait ressenti à cet instant lui avait curieusement ôté toute inhibition.

La complicité qui l'unissait à Rodolphe de par leurs nombreux échanges sur leurs problèmes de gestion du quotidien la rassurait sur leur relation. Chaque fois qu'Erwan se comportait mal, à chaque nouvelle découverte de ses trahisons, Elle appelait Rodolphe, toujours très disponible et à son écoute et il prenait tout son temps pour lui parler, la rassurer, la calmer, l'aider à avancer vers l'inévitable séparation.

Ainsi, Elle savait qu'il la respectait et que leurs échanges étaient un jeu complice qu'Elle poursuivait avec délice :

« Tu t'introduis en moi tout doucement, tu bouges à peine, tu t'enfonces millimètre par millimètre puis d'un coup brusque, tu te retires pour me faire languir et me reprends pour m'emmener à la jouissance. »

« Je vais te prendre.»

« Et toi, tu viens aussi et tu jouis dans ma bouche, entre mes seins, sur mes fesses, en moi, partout, j'aime tout. »

« Je veux jouir sur ta bouche et voir ta langue goûter ma semence ! »

« Dans un mélange de douceur, tendresse et passion… »

« Trooooopppppp envie... »

« Encore, toujours... »

« Ouiii... »

« Se reposer et recommencer avec toujours plus de désir et d'intensité ! »

« Ouiiii…. Je veux faire tout ce dont tu as envie ! »

Au fil des semaines, leur complicité se renforce et Rodolphe ose aborder un sujet encore tabou bien que beaucoup de couples le pratique : l'échangisme.

Un samedi matin, ils sont au téléphone et Elle lui demande ce qu'il va faire de sa journée. Il lui avoue qu'il va se rendre dans une boîte échangiste parisienne très cosy où l'on peut profiter de jacuzzis entièrement nus et ainsi donner et recevoir des caresses d'inconnus. Et il aimerait beaucoup qu'Elle l'accompagne quand Elle sera à Paris. Il lui vante les qualités de ces rencontres où il ressent beaucoup de piment.

« Désolée Rodolphe, ce n'est pas mon truc mais alors pas du tout.

Le sexe pour le sexe, sans un minimum de sentiments, ce n'est pas possible, j'ai testé mais je ne ressens rien. J'ai l'impression d'être une poupée gonflable et ça a tout l'effet inverse sur moi. Alors que, quand tu as une attirance, des échanges de regards brillants de désir, une alchimie, le plaisir est décuplé voire centuplé et si tu es très amoureux, alors là, pour moi, c'est le Nirvana, le moindre frôlement de peau me met en émoi. Je viens d'avoir, juste avant de partir de la Run, une aventure d'un soir avec un homme rencontré une heure avant dans un bar dansant (Elle parle de Pierre 3 au Perroquet Bleu) et ça a été ultra torride mais il y avait toute une histoire autour de cet homme et il y a eu une véritable alchimie qui, j'en suis sûre, se reproduira le jour où on se recroisera. »

Elle lui détaille sa nuit torride et toutes ses chaudes expériences murmurées à son oreille font exploser Rodolphe de désir.

« Oh mon cœur, j'adore quand tu me racontes tes aventures, tu me fais bander comme jamais ! Dis-moi encore tout ce qu'il t'a fait et surtout, ce que toi, tu lui as fait. Je suis encore sous ma couette et je me caresse en t'imaginant en train de sucer cet homme ou de te faire sauvagement démonter. »

Alors Elle raconte à Rodolphe qu'Elle n'a encore jamais rencontré comment Elle a fait l'amour cette nuit-là pendant que tout doucement il se caresse jusqu'à la jouissance.

Quelques temps plus tard, dans l'intimité de leurs conversations, il lui avoue qu'il a une relation sérieuse avec une femme mais qu'ils vivent chacun chez eux.

Ah ! Lui aussi ! Décidément, ils sont tous en couple et tous à la recherche de sensations fortes.
Existe-t-il encore un homme en couple qui ne ressente pas le besoin d'une autre relation avec une femme voire avec un homme car ses amis homo lui ont raconté le nombre impressionnant d'aventures qu'ils ont avec des hommes mariés. En reste-t-il encore qui ne franchisse pas la ligne rouge comme ils disent ?...

Elle est à l'aéroport et lui envoie un petit message avant de décoller :
« J'aurai peu de temps à Paris avant de prendre mon train pour Nantes mais j'ai envie d'une prise rapide, comme ça, sans préliminaire, juste

pour connaître le goût de l'autre, l'odeur de ta peau, sa douceur, la courbe de tes fesses, la forme de ton sexe, sentir ta chaleur, te faire bander, me pénétrer. Suis impatiente de te retrouver, cette perspective alléchante va pimenter mon vol. »

« Douce nuit ma chérie, je t'attends blotti sous ma couette, trop impatient de te serrer dans mes bras, et plus si affinités, ah ah ! A très bientôt, enfin !»

C'est donc dans cet état d'esprit, libérée, délivrée (oui comme la reine des neiges) qu'Elle s'envole pour Paris retrouver Rodolphe. Il est convenu qu'il laisse la porte de son appartement ouverte et qu'Elle se glisse sous sa couette.

En songeant à ce qui l'attend, c'est avec le sourire aux lèvres qu'Elle franchit la douane, ce qui lui vaut de se faire mater par tous les hommes de l'aéroport qui semblent ressentir ses phéromones.

L'avion atterrit à l'heure à Paris. En revanche, Elle attend près d'une heure sa valise qui arrive en dernier. Ça va être chaud car Rodolphe habite à Boulogne et son train repart de la gare Montparnasse à 10H20. Malgré l'heure matinale, les premiers bouchons commencent à se former sur le périphérique parisien et il lui faut encore une heure pour rejoindre l'appartement de Rodolphe. Elle s'engouffre dans l'ascenseur avec ses deux valises et pousse la porte d'entrée laissée ouverte comme convenu. Son cœur bat la chamade.

Elle entre, repère la salle de bains, prend une douche rapide et se glisse dans le lit. Rodolphe lui ouvre les bras et la couvre de tendres baisers.

– Je t'avais dit que je voulais que ce soit rapide et bien, ça va être très rapide. On a une heure car il faut que tu m'emmènes prendre mon train…

– Oh non ! Je voulais profiter tranquillement de toi toute la matinée, je m'étais libéré exprès …

– Je m'arrêterai plus longtemps au retour. Là, j'ai beaucoup de boulot pour rénover ma maison en Vendée et je suis pressée de commencer pour être sûre de finir dans les temps.

Et pour se faire pardonner, Elle entreprend de lui embrasser le torse, Elle descend rapidement sur son sexe car Elle sait qu'il attend ça avec impatience depuis des mois :

– Oh chérie tu fais ça bien ! Exactement comme je me l'étais imaginé.

A ces mots, Elle redouble d'ardeur et il s'agrippe à sa tête pour se retenir. Il la repousse et l'allonge sur le dos à côté de lui pour lui caresser les seins.

– Tu as des seins magnifiques, c'est un vrai plaisir de les embrasser, de les lécher, de les caresser…

Il saisit un préservatif sur sa table de nuit, déjà sorti de son emballage.

– Et bien, tu avais tout prévu !

Il le déroule sur son sexe bien bandé et la pénètre d'un coup comme Elle le lui avait demandé dans leurs messages.

Il lui fait l'amour comme il le lui avait décrit, avec toutefois un rythme plus soutenu. Elle apprécie cet instant spécial mais garde l'esprit préoccupé par l'horaire rapproché de son train. Aussi, Elle accélère le rythme des mouvements de son bassin et donne des coups de reins pour lui procurer un plaisir intense et plus rapide. Il atteint ainsi la jouissance mais pas elle, trop inquiète à l'idée de rater son train et ainsi de décaler tous ses rendez-vous.

Elle est désolée d'avoir brusqué un peu leur premier tête à tête mais lui promet qu'à son retour, Elle sera plus disponible. Ils s'habillent à la hâte et foncent dans le garage prendre la voiture de Rodolphe. C'est dans une belle Mercedes décapotable grise qu'il l'emmène à toute vitesse dans les rues de Paris jusqu'à la gare Montparnasse. La circulation est dense et Elle surveille l'heure avec inquiétude alors il lui raconte des blagues pour la détendre un peu.

Ils arrivent devant la gare cinq minutes avant le départ du train et Elle a juste le temps de gravir en courant les escaliers en traînant sa grosse valise et de sauter dans le premier wagon quand le train démarre. Elle cherche sa place mais ne la trouve pas, le contrôleur lui explique que ce train se divise en deux à la gare du Mans et qu'Elle n'est pas dans le bon. Elle devra descendre sur le quai pour remonter la file de wagons et reprendre le train de tête.

Et bien ! Quelle aventure ! Son séjour en métropole promet d'être intense ! Surtout qu'Elle a aussi rendez-vous à son retour à Paris avec Clément, un journaliste parisien rencontré avec Erwan sur des régates. Il se montre très prévenant depuis l'annonce de son nouveau célibat et il lui a proposé de passer deux jours chez lui avant de s'envoler pour la Run.

Elle arrive en train à la Baule, récupère la voiture qu'un ami lui prête, passe voir une petite mamie pour déjeuner avec elle puis prend enfin la route de sa maison en Vendée.

Là, un peu découragée, Elle trouve une maison totalement vide qu'il va falloir repeindre et remeubler en quinze jours. Elle récupère dans le grenier le lit électrique avec les matelas qu'Elle avait heureusement conservés et s'installe un petit nid douillet avec de grosses couettes pour enfin se reposer de cette longue et éprouvante journée.

NEXT !

CHAPITRE 9 : NUMÉRO 8 : CLÉMENT LE MYTHOMANE

Clément est un journaliste parisien spécialisé dans les reportages de voile. Ils ont fait connaissance six ans plus tôt, à l'île de Noirmoutier, au cours de régates de voiliers auxquelles participaient des navires prestigieux.

Erwan, bien sûr, avait navigué sur un des vieux gréements et Elle l'avait accompagné. Sachant qu'Elle était productrice et animatrice d'une émission de TV, Clément s'était très rapidement rapproché d'elle, discutant beaucoup de ses activités professionnelles et l'interrogeant sur ses futurs projets d'émission.

Ils s'étaient revus plusieurs fois à Paris avec Erwan, lors de leurs passages en métropole et très vite, une douce complicité s'était installée entre eux. Ils s'envoyaient souvent des messages pour se donner des nouvelles de leurs vies et commentaient des publications sur les réseaux sociaux.

Aussi, au moment de sa séparation avec Erwan, Elle l'avait appelé pour l'informer de sa nouvelle situation et particulièrement de l'odieux comportement d'Erwan tout au long de leur période de reconstruction qui l'avait considérablement affaiblie psychologiquement.

Elle lui avait raconté comment Elle avait découvert sa liaison avec Magalie, la fille d'un navigateur célèbre, âgée de 25 ans au moment où ils s'étaient rencontrés.

C'était au début de leur rencontre, Elle avait intercepté quelques messages et coups de téléphone suspects mais Erwan avait nié avec véhémence (une fois de plus) clamant bien fort qu'âgé de plus de 40 ans, il ne s'intéresserait jamais à une gamine de 25, ajoutant même tout le mépris qu'il éprouvait pour les hommes qui se conduisaient ainsi puisque bien sûr, lui, il était exemplaire...

Elle avait remémoré à Clément la fois où ils s'étaient rencontrés au Salon du Nautisme à Paris. Elle vivait avec Erwan depuis deux mois, où plutôt c'était lui qui vivait avec Elle car, en bon pervers narcissique qui se respecte, il s'était installé chez Elle après seulement sept jours de fréquentation.

Ben oui ! Ne soyez pas étonnés, c'était la femme de sa vie et réciproquement...

Magalie, navigatrice elle aussi, était arrivée sur le Salon avec un grand sourire et s'était jointe à leur groupe sans y être invitée en demandant ce qu'on faisait le soir. Erwan s'était tortillé et Elle avait bien remarqué le regard interrogateur de la jeune femme. Les autres amis l'avaient conviée à se joindre à leur dîner au restaurant.

Magalie avait réussi à monter à l'avant de la voiture dans laquelle Elle avait pris place à l'arrière avec Erwan. Elle en profita pour l'embrasser langoureusement tout le long du trajet sous l'œil médusé de la navigatrice qui, une fois arrivée à destination, sortit en furie de la voiture en claquant la portière et lança à Erwan très en colère :

– Erwan, je t'appelle tout à l'heure !

Et elle partit en claquant les talons.

Tous les convives qui attendaient sur le trottoir devant le restaurant avaient assisté à la scène médusés.

Quand Elle avait interrogé Erwan sur la nature et la durée de sa relation avec cette fille, il avait bien sûr tout nié en bloc.

Ce n'est qu'un an plus tard, en fouinant dans son ordinateur,

(Et oui déjà ! Mais Elle n'aurait jamais dû arrêter de fouiner ...Elle n'aurait pas perdu sept ans de sa vie...) qu'Elle découvrit les textos et mails échangés avec la jeune fille. Il était évident qu'ils avaient eu une relation même si celle-ci était simplement évoquée.

Elle en parla le soir même à Erwan en prêchant le faux pour savoir le vrai.

– Erwan, j'ai appris que tu avais couché avec Magalie. Je ne t'en veux pas car c'était avant moi. Je veux juste que tu me dises ce qui s'est vraiment passé.

Ils étaient dans le lit, prêts à s'endormir et Erwan, fatigué, avait lâché :

– Oui, bon, c'est vrai, mais c'était rien !

Ben oui, c'est jamais rien ça avec lui…

Il poursuit :

– C'était à Monaco, la régate qu'on avait gagnée face au Prince et on avait bu un peu trop de champagne. Pfff ! Ça a duré vingt minutes dans sa chambre et je suis parti.

Il s'était retourné dans le lit et aussitôt endormi.

Ben, vingt minutes quand la routine s'est installée et qu'on baise en cinq minutes ça peut énerver, non ???

C'était un soir de forte tempête et la pluie et le vent faisaient un vacarme assourdissant sur le toit et les baies vitrées. Effondrée et abasourdie par l'indifférence d'Erwan, Elle n'avait pas réussi à se rendormir et avait songé à le quitter sur le champ. Ses deux plus jeunes enfants dormaient profondément au rez de chaussée de la maison et Elle n'avait pas eu le cœur de les réveiller pour partir s'installer dans son studio. Alors pour calmer sa colère, Elle était partie faire un tour de voiture dans la tempête. Elle avait roulé pendant deux heures, la voiture secouée par les puissantes bourrasques puis, épuisée, avait fini par rentrer se coucher auprès d'Erwan qui dormait paisiblement sans s'être le moins du monde aperçu de son absence.

Le lendemain, Erwan l'avait pris dans ses bras et lui avait répété combien il l'aimait et lui avait assuré que depuis qu'il la connaissait, il n'avait jamais touché une autre femme. Et Elle l'avait cru une nouvelle fois…

Clément n'en revient pas. Même si Magalie a la réputation d'être une fille facile, très facile même, la rumeur disant que les marins qui souhaitent embarquer sur son voilier doivent coucher avec elle, il n'aurait jamais cru qu'Erwan en fasse partie.

– Et bien si !!! Lui aussi ! Et il n'a pas dû se faire trop prier maintenant que je sais quel queutard c'est ! Et attend, ce n'est pas tout ! Tu sais qu'il aime tout ce qui brille. Et bien il a aussi baisé avec Kim, l'ex de Bernard Le Guen, navigateur bien connu lui aussi. Il l'a chopée dès que Bernard l'a plaquée pour une autre et ça a duré pendant les sept années qu'il était avec moi. Il l'a retrouvée à Paris en février pour la Saint Valentin alors qu'on était en pleine période de reconstruction. Il ne m'a rien dit bien sûr ! J'ai trouvé par hasard tous ses tickets de cartes bleues. En plus, Monsieur a joué les grands seigneurs, l'a pourrie de cadeaux et l'a emmenée dîner au Georges V alors qu'à moi, il me reprochait d'avoir des goûts de luxe !

Oui, cette découverte avait été une des plus dures épreuves qu'Elle n'ait eu à endurer. Même quand Elle avait appris le décès accidentel de son père en Martinique, Elle n'avait pas ressenti une douleur aussi cruelle qui vous déchire les entrailles, vous étouffe, vous noie. Cette affreuse douleur due à la trahison quand on vient de redonner sa confiance à un être aimé qui vous bafoue à nouveau.

Elle avait eu l'impression de sombrer tout au fond de l'eau sans plus pouvoir respirer et sans avoir la possibilité de donner le coup de pied salvateur pour remonter.

Et Elle avait sombré…

Tout ceci, Clément l'avait parfaitement compris.

Il s'était montré très compatissant et l'avait tout de suite invitée à le contacter si elle venait seule à Paris.

C'est donc tout naturellement, au moment de la programmation de son voyage en métropole, qu'Elle l'avait appelé pour lui annoncer son arrivée prochaine. Il lui avait immédiatement proposé de séjourner chez lui à Paris et de l'emmener voir une pièce de théâtre jouée par sa sœur, une actrice bien connue. Il avait même terminé sa phrase par « Baisers », ce qui l'avait étonnée car « baisers » n'a pas la même connotation que « bisous »…

Elle l'avait remercié de son invitation et lui avait dit qu'elle ne voulait pas le déranger. Mais il avait répondu qu'au contraire, C'était un réel plaisir de passer quelques moments avec elle. Il ajoutait à présent à chacun de ses textos des émoticônes envoyant des baisers, des bouches, des fleurs…

Dès son arrivée en Vendée, il avait commencé à lui envoyer des messages très réguliers puis à lui téléphoner. Il l'encourageait dans ses travaux de peinture et d'aménagement de sa maison et se montrait très tendre.

Elle était touchée par sa sollicitude. Elle se sentait si seule devant l'étendue de la tâche : la peinture et tout l'ameublement et la décoration de sa grande maison, sans compter le jardin, tondre la pelouse, tailler les arbres, débâcher et remettre en eau la piscine…Comment dire…

Elle se levait à six heures du matin, allumait la radio et mettait la musique à fond pour se donner la pêche, déjeunait rapidement et attaquait tout de suite son travail.

Elle n'avait aucune nouvelle de Max qui devait être au ski avec sa petite famille mais recevait quelques textos de Fred et de Pierre 1.

Elle avait de surcroît beaucoup de souvenirs avec Erwan dans cette maison. Bref, Elle était un peu désemparée…

Aussi, les gentils messages de Clément qui prenait de ses nouvelles tout au long de la journée lui mettaient du baume au cœur. De fil en aiguille, une vraie relation de complicité s'était installée se transformant peu à peu en amitié amoureuse, les messages de Clément se faisant de plus en plus caliente.

A tel point qu'il commençait à évoquer l'éventualité de partir s'installer avec elle à Cuba, une île en plein essor qu'il venait de visiter et où il estimait qu'il était opportun d'investir rapidement.

Elle avait examiné sur internet les biens à vendre mais n'avait flashé sur aucun. En revanche, la vie sur cette île lui semblait assez proche de celle à la Réunion et peut-être encore plus attractive par la proximité des États-Unis. A creuser, pourquoi pas ?

Il était prévu qu'Elle séjourne dans son appartement, situé dans le 16ème arrondissement de Paris. Elle avait trouvé ça bizarre car la dernière fois qu'Elle l'avait rencontré avec Erwan, il leur avait demandé de le rejoindre près de son lieu d'habitation à Boulogne. Elle lui demande l'adresse dans le 16ème et vérifie sur l'annuaire, son nom n'apparaît pas. Bizarre…

Échaudée par les tromperies d'Erwan et par tous les mensonges des différents hommes mariés qu'Elle a rencontrés ces derniers mois, Elle

145

consulte son Facebook. Il n'y a pas grand-chose, il se montre très discret sur sa vie privée et, en bon journaliste, relaie plutôt des informations politiques ou économiques.

Elle continue de faire dérouler le fil très dense des publications :

Tiens, tiens, deux semaines auparavant, il y a une photo de lui avec une femme et quatre ados, à Paris, au théâtre, à la représentation de la pièce jouée par sa sœur, avec la mention : « Super weekend à Paris en famille. » Ce n'est pas lui qui a publié mais il a été identifié par Annie Le Garrec, la femme qu'il tient par le bras, et les photos paraissent ainsi sur son journal.

Waouh ! Son cœur bat à 10000. Serait-Elle en présence d'un nouveau menteur ? En tout cas ça y ressemble…

Prise d'une inspiration subite, Elle cherche sa date de naissance sur internet. Ah ! Vous voulez rire, Vierge aussi !!!

Comme Erwan et Pierre 1…

Pas de suppositions ! Oui, oui, les Toltèques, mais moi, j'en fais dix à la seconde des suppositions…

Elle est brusquement interrompue dans ses pensées par la sonnerie de son portable. C'est lui justement et il a l'air très contrarié :

– Comment va ma douce ce matin ?

Moi je ne suis pas très en forme, de mauvaises nouvelles : La sœur de mon père vient de décéder et toute la famille éloignée va venir à Paris pour l'enterrement. C'est un vrai bordel ! Je dois libérer mon appartement pour les loger et du coup, je ne pourrai pas te recevoir chez moi. Et pour couronner le tout, ça va juste tomber quand tu seras à Paris...

Comme par hasard mais il parait que le hasard n'existe pas !

– Oh ! Je suis désolée pour ta tante, tu étais proche d'elle ?

– Non pas tellement, elle était très acariâtre mais mes enfants l'aimaient bien. Les filles sont en pleur. Je suis vraiment dégoûté car du coup il va falloir que je fasse des allers et venues entre toi et la famille et je vais moins pouvoir profiter de toi. J'ai tellement hâte de vous tenir dans mes bras, jolie madame…

Elle aime bien quand il la vouvoie, ça donne un aspect suranné mais du coup très romantique à leur relation.

– Et bien ce sont les aléas de la vie, je vais chercher un petit appartement à louer dans ton quartier, le 16ème, c'est bien ça ?

– Oui si ça ne t'ennuie pas et je viendrai te rejoindre le plus souvent possible.

Profiter de moi... C'est drôle mais ça me parle ça, pas vous ?

Elle interrompt sa peinture pour rechercher un appartement sympa à louer qui ne soit pas trop cher pour ses deux derniers jours dans la capitale.

Après vingt minutes de recherche, Elle trouve et réserve un joli duplex très bien décoré situé tout près de l'adresse supposée de Clément. 250 euros quand même qui n'étaient pas prévus dans son budget mais d'un côté, Elle préfère être indépendante chez elle et ne rien lui devoir. Et puis au cas où leur premier rendez-vous ne serait pas au top…

Cette histoire de décès soudain et d'enterrement qui tombe juste au moment de son arrivée l'intrigue quand même et la pousse à continuer ses investigations.

Elle ouvre le Facebook d'Annie Le Garrec. Il n'y en a qu'une qui habite en Bretagne et qui travaille dans le milieu de la voile.

C'est elle, une petite rousse aux cheveux lisses et coupés au carré, de grands yeux verts, la cinquantaine, et trois grands enfants.

Elle fait défiler ses photos et Elle en trouve plusieurs de Clément dont deux où ils sont ensemble au soleil sur une plage, en vacances, dans les bras l'un de l'autre, les yeux dans les yeux, visiblement amoureux…C'était au mois d'août, nous sommes fin mars ….

Pas de suppositions… Comment vous dire les Toltèques …

Elle décide d'aborder le sujet et l'appelle :

– Coucou toi, comment ça va ?

– Bof, bof, pas terrible, il faut que j'organise tout autour de l'enterrement donc pas top et toi, tu as bientôt fini ?

– Oui, peinture finie, décoration aussi, la maison est toute belle et je pars demain pour La Baule avec mon amie, puis je te retrouve.

– Hummm ! Comme ça va être bon de passer de doux moments avec toi, tu vas être mon rayon de soleil dans toute cette grisaille.

– En parlant de rayon de soleil, j'ai vu sur mon mur ce matin une publication où tu apparais avec une certaine Annie Le Garrec et vos enfants, à Paris, à la sortie de la pièce de théâtre de ta sœur, la semaine dernière...

Il prend un temps pour répondre, visiblement ennuyé.

– Oui, c'est mon ex.

– Ton ex ? Mais tu ne m'en as jamais parlé...Je comprends mieux pourquoi tu pars aussi souvent en Bretagne...

– Nous nous sommes séparés en Octobre nous aussi et on avait, nous aussi, acheté une maison ensemble. C'est compliqué pour la maison et pour que tout se passe bien, on fait tout pour rester en très bons termes. Donc elle vient parfois à Paris pour que les enfants qui s'aiment beaucoup continuent à se voir. La pièce de ma sœur, c'était l'occasion pour qu'on fasse un truc sympathique tous ensemble. Je te raconterai tout ça quand on se verra. Je te laisse, j'ai encore dix mille choses à régler. Mille baisers jolie madame.

Ne jamais faire de suppositions...

Elle passe le week-end à la Baule avec Carole, son amie nantaise et envoie à Clément un petit texto auquel il ne répond pas. Elle lui en renvoie un second mais toujours pas de réponse.

Les Toltèques ?

On est dimanche, vu les circonstances, il doit être en famille, oui en famille mais quelle famille ?...

Il ne répond que le lundi matin.

« Bonjour toi, insomnies à répétition, mes enfants tristes... Bref que cela va être bon de te voir. Des baisers partout ! »

Hum ! Un peu laconique pour un amoureux transi... Non ? Lundi ? Madame ne serait-elle pas rentrée en Bretagne ???

Elle arrive à la Gare Montparnasse par le TGV de 14h07.
Il lui envoie un message pour l'informer qu'il a un peu de retard.

Pfff, comment peut-on avoir du retard quand on attend fébrilement une personne sinon aimée mais du moins désirée ?

Elle sort de la gare en traînant péniblement sa grosse valise et commence à marcher sur le trottoir quand Elle l'aperçoit.
Elle a un mouvement de recul : Il a pris un sacré coup de vieux, cheveux blancs, un bon petit ventre qui tend le pull, les traits tirés, rien à voir avec le Clément qu'Elle avait croisé à Paris deux ans auparavant...
Et oui, tout le monde vieillit, plus ou moins bien, il va falloir qu'Elle se fasse une raison, les hommes qu'Elle fréquente approche de la soixantaine et ont de plus en plus souvent des cheveux blancs et du ventre...
– Bonjour jolie madame, comme c'est bon de vous voir enfin.
Et il l'embrasse doucement sur les lèvres. Son baiser est très tendre et doux...
Le ton est donné.
– Je pensais qu'on allait voyager en bus, je n'ai pas de voiture à Paris, je n'ai pas pensé que tu avais une valise.
– Oui et bien lourde en plus.
Il prend son téléphone et appelle un taxi.
– Il sera là dans deux minutes, il y en a un juste à côté.

Il n'a pas de voiture à Paris, ça veut dire qu'il en a une ailleurs, où ? En Bretagne ? ...Ben oui les Toltèques, je suppose, j'adore supposer...

Le taxi arrive et les conduit à l'appartement qu'Elle a loué.
C'est un très joli deux pièces avec une petite mezzanine, décoré avec beaucoup de goût dans les tons de gris et blanc très tendance avec de très belles photos de Paris en grand format. Elle se sent chez elle immédiatement.

Comme ils n'ont pas déjeuné, il l'invite au petit resto du coin, sans prétention, en bas de l'immeuble. Elle qui avait envie de profiter des beaux établissements parisiens comme le restaurant du Grand Palais qui est majestueux, est très déçue de déjeuner dans un endroit sans aucun charme.

Ils prennent une petite salade puis remontent à l'appartement pour faire une sieste.

Au cours du repas, Elle a essayé d'en savoir plus sur sa relation avec Annie mais il est resté très évasif, lui expliquant qu'il la connaissait depuis deux ans, qu'ils se voyaient d'abord de temps en temps, souvent au cours de régates, puis plus fréquemment et que finalement ils avaient décidé d'acheter une maison ensemble en Bretagne où il se rendait la moitié du temps quand il n'était pas en tournage. Très rapidement, la vie en commun s'était révélée compliquée comme souvent dans les familles recomposées où il faut gérer les habitudes de vie de chacun et souvent des modes d'éducation opposés. Ils avaient donc décidé de se séparer tout en restant amis et en continuant de passer de bons moments ensemble.

Elle prend une petite douche rapide et se glisse sous la couette, il fait de même. Elle le regarde rapidement finir de se sécher et ôter sa serviette. C'est sûr, il n'a rien d'un apollon mais il s'est montré extrêmement gentil et prévenant et leur complicité est bien réelle. Cependant, Elle doit bien s'avouer que la relation qu'Elle a établie avec cet homme ressemble plus à celle avec un père qu'avec un amant …

Œdipe quand tu nous tiens…

Il se glisse sous la couette à ses côtés et la prend dans ses bras pour un câlin très apaisant. Il la caresse doucement et le contact de ses doigts est très agréable. A tel point qu'Elle sent déjà le désir inonder ses cuisses. Elle le caresse lui aussi et promène sa main sur son sexe mais à son grand étonnement, il ne bande pas.

– Tu as un corps sublime, tu es douce et magnifique et tu dégages un érotisme torride mais j'ai un vrai problème, récurrent depuis plusieurs mois.

Peut-être la raison de sa récente séparation…

Il est bien rare qu'un homme lui résiste, ça ne lui est d'ailleurs jamais arrivé. Elle promène doucement ses mains sur son torse, lui fait de petits massages titillant ses zones érogènes et il gémit d'aise :

– Hummmm ! Comme c'est bon ! J'adore ta peau, ton odeur, ton extrême douceur, tu es tellement sensuelle...

Elle prend son sexe dans sa bouche et commence à le lécher délicatement avec la pointe de sa langue, le parcourt de bas en haut alternant caresse légère et appui plus fort de la langue puis Elle l'enfourne dans sa bouche, exerce des pressions alternatives avec ses lèvres, y joint la caresse interne de la langue, prend la base de sa verge avec sa main et l'enserre de deux doigts pour suivre le mouvement de sa bouche. Elle sent un début d'érection et il se dégage rapidement pour la pénétrer mais, au moment crucial, il débande et n'y parvient pas.

– J'espérais qu'avec une aussi belle femme que toi j'y arriverais...

– Tu as sans doute trop de soucis en ce moment, trop de stress, ce n'est pas grave, ça n'a pas d'importance.

Mais alors, aucune importance, au contraire...

Il la pousse pour qu'Elle s'allonge sur le dos et se place au bout du lit pour glisser sa tête entre ses jambes et la lécher délicatement.

Ses lèvres sont sensuelles et sa langue très habile. Il appuie doucement sur son clitoris et ne le secoue pas comme une brute comme la plupart des hommes qui prennent ça pour un starter.

Au contraire, il place dans ses attentions beaucoup de tendresse, s'en délecte, l'effleure de la langue, des lèvres, des doigts. Cette caresse est absolument délicieuse. Elle a l'impression qu'il est entré dans son cerveau et qu'il ressent exactement les sensations qu'il lui procure car il agit au moment où Elle en a envie et de la façon dont Elle en a envie.

De plus, quand Elle relève la tête et qu'Elle regarde cette masse de cheveux blancs entre ses cuisses, son excitation redouble et cette sensation la trouble énormément...

A tel point qu'Elle jouit fort, rapidement, intensément. Avec une intensité jamais égalée surtout lors d'une première relation intime.

Et, comme un homme, Elle s'endort paisiblement...

Il a lui-même été étonné par la puissance de ce plaisir car il y a bien longtemps qu'il n'avait pas fait jouir une femme aussi violemment.

Heureux de leur premier contact, il s'endort contre son corps tout chaud et tout soyeux tout en regrettant amèrement d'avoir été dans l'incapacité de la pénétrer.

Il se réveille une heure plus tard et se remémore immédiatement leurs caresses. Elle lui tourne le dos, couchée en chien de fusil et il l'embrasse dans le cou pour la réveiller en douceur.

– Bonjour Madame, bien dormi ? Il ne faut pas trop qu'on tarde pour être à l'heure au théâtre. Et j'ai encore envie de vous gâter.

Il lui caresse les seins du bout des doigts et aussitôt ses pointes durcissent et se tendent vers sa bouche, avides d'une langue toute chaude et de petites morsures bien appuyées.

– Suce-les !

Il se met à les téter comme un bébé. Retrouvant les sensations de l'allaitement, ses seins se mettent à gonfler sous la succion, son excitation est à son comble.

Elle aimerait bien qu'il la pénètre, il bande légèrement et Elle le renverse sur le dos pour se placer à califourchon au-dessus de lui. Il réussit à la pénétrer mais Elle ne ressent rien, Il a joui en deux secondes !

Record battu ! Cette position est décidément imparable !

– Hummm !... Comme c'était bon !!! Il y a si longtemps que ça ne m'était pas arrivé. Et je sais comment te remercier.

Il l'allonge délicatement sur le dos, effleure son corps de douces caresses qui la font frissonner des cheveux jusqu'à la pointe des pieds. Ses mains se promènent sur son bas-ventre et un de ses doigts se glisse dans sa fente humide. Il malaxe doucement la paroi de son intimité appuyant plus intensément sur le fameux point G.

Les yeux fermés, la tête renversée en arrière, Elle tend son ventre vers sa bouche, appelant ses douces lèvres.

Il fait glisser sa langue sur son petit clitoris durci par le désir et s'en empare goulûment avec sa langue fouineuse.

C'est aussi bon que la première fois, peut-être encore meilleur.

Elle ouvre les yeux et regarde, la vision de cette abondante chevelure blanche entre ses cuisses lui procure de nouveau une décharge d'excitation qui décuple les sensations de la bouche de Clément sur son clitoris et lui déclenche immédiatement une jouissance fulgurante.

Bon, aussi intense, jamais, et deux jouissances clitoridiennes aussi rapprochées, très très rarement...
Va falloir que je leur achète une perruque blanche...Pfff !

Ils prennent une douche rapide, s'habillent et foncent vers la bouche de métro la plus proche, bras dessus, bras dessous.
Clément s'arrête à l'entrée du métro, cherche un ticket dans son porte-monnaie et se retourne vers elle :
– Prends tes tickets au distributeur là.

Ah oui ! Comment dire... Déjà, tu payes l'appart', et en plus, il faut acheter les tickets de métro... Plutôt pingre ? Non ?

Arrivés au théâtre, il se présente à la caisse et tend un bon de réduction pour deux personnes.

Tiens, nous ne sommes pas invités par sa sœur...

Il ne lui demande pas de payer sa place mais Elle sent que c'est tout juste.
La pièce est sympa et Elle passe un très bon moment car Elle affectionne cette actrice qui a une belle présence sur scène.
La représentation terminée, ils vont boire un verre au bar en face du théâtre.
Sa sœur arrive entourée de quelques fans et Elle espère qu'il va la lui présenter car Elle aimerait beaucoup échanger avec elle.
Au lieu de ça, Clément se fait tout petit et l'actrice passe devant eux sans les voir.
– Clément, tu penses qu'on va pouvoir aller lui parler quand ses fans seront partis ?
Il se tortille sur sa chaise...

– Heuuu, là, elle est avec sa bande de potes en fait et je ne veux pas la déranger. D'ailleurs, on va rentrer, on mangera une petite salade dans le quartier en bas de l'immeuble.

Elle aurait préféré dîner dans un endroit plus vivant du centre de Paris au lieu de s'enfermer dans un petit restaurant de quartier, histoire de profiter un peu des soirées parisiennes...

Ils dînent rapidement et montent se coucher.

Elle est un peu déçue de sa soirée, s'étant imaginé la prolonger avec la sœur de Clément et ainsi lui parler de son projet de film.

A peine sous la couette, Clément percevant son désappointement entreprend de lui redonner le sourire en lui faisant des câlins.

Et bien, il rentabilise ces trois jours...

Elle est fatiguée et se laisse faire, sans rien donner pour une fois...

Clément se montre très tendre, il la couvre de caresses et de baisers et arrive une nouvelle fois à déclencher un désir indécent, et une jouissance particulière.

Et de trois... Remarquable ! L'engouement des hommes mûrs pour les femmes plus jeunes voire beaucoup plus jeunes n'aurait-il pas ce petit côté incestueux ?
Et vice-versa...

Elle passe sa première nuit avec lui, à l'autre bout du lit pour ne pas être trop gênée par les ronflements, légers heureusement, de son invité.

Le lendemain matin, Elle se réveille de bonne heure et sort tout doucement du lit pour ne pas réveiller Clément. Elle se glisse dans la salle de bains et reste un long moment sous la douche pour effacer son ressentiment de la veille.

Quand Elle en ressort, Clément est parti chercher de quoi déjeuner et il remonte avec du jus d'orange frais bio, une baguette toute chaude, du beurre et de la confiture.

Il doit aller à une réunion ce matin et passer voir sa famille et il lui propose de la rejoindre pour le déjeuner.

– Pas de soucis, je vais, tu t'en doutes, en profiter pour faire les boutiques. On s'appelle pour voir dans quel quartier on se retrouve.

Elle prend beaucoup de plaisir à se promener ainsi, seule, dans Paris sous un soleil printanier, et ce malgré des températures un peu fraîches encore. Elle achète des t-shirts pour ses enfants et trouve pour elle de belles tenues sexy, une robe en faux cuir noir et une autre asymétrique qui feront sensation lors de ses soirées réunionnaises. Quel bonheur de pouvoir porter des tenues légères pratiquement toute l'année…

Tout sourire, Elle s'engouffre dans une bouche de métro. Un homme en sort et la croise. Elle sent son regard sur ses fesses, Elle est vêtue d'un jean ultra moulant, d'un pull et d'une doudoune courte.

Elle se retourne, il la regarde, lui sourit et fait demi-tour :

– Vous êtes magnifique, vraiment, je peux vous offrir un verre ?

Il est beau, grand, brun ténébreux, yeux noirs de braise. Il porte un jean et un blouson de cuir et a un casque de moto accroché au bras.

– Non désolée, je suis de passage, je repars ce soir.

Elle lui sourit et commence à descendre les marches vers le métro, le cœur battant, chavirée par son regard.

Mais t'es trop bête ma pauvre, tu ne pars que demain, rien ne t'empêche d'aller juste prendre un verre avec lui ce soir…

Elle fait volte-face et remonte les marches en courant. Il est loin déjà, Elle court derrière lui.

– Eyh, je ne pars que demain …

L'inconnu se retourne et un large sourire illumine son visage.

– Non seulement belle mais aussi incroyable ! Incroyablement belle !

Elle arrive à sa hauteur. Il lui prend la main et la porte à ses lèvres.

– Tu vas être à moi jusqu'à demain...

Elle frissonne d'envie.

Mais ça, même si c'est très prometteur, ça ne va pas être possible…

– Je suis chez des amis, Elle regarde l'heure sur son portable, j'ai juste une heure.

Il l'entraîne vers le premier café.

– Que veux-tu boire ?

– Une coupe de champagne.

– Ok ! Deux ! Tu t'en vas où demain ?

– Loin, très loin ! A la Réunion, je vis là-bas.

– Quelle chance, tu m'emmènes ?

– Chiche ! Plus sérieusement, tout le monde, et particulièrement à Paris, m'envie de vivre dans cette île, paradisiaque il faut bien l'avouer. J'ai un cadre de vie merveilleux, je nage tous les matins dans le lagon au milieu des poissons tropicaux, je plonge avec les dauphins et les baleines mais j'ai parfois l'impression de vivre dans une prison dorée. C'est parfait si on a les moyens financiers pour en sortir deux à trois fois par an. Et toi ? Que fais-tu ?

– Je suis photographe. J'arrive d'un shooting et j'avoue que j'aimerais bien te prendre en photos... sous toutes les coutures...

Photographe... Il en a bien le look. J'adore, ils ont une sensibilité particulière...

– Dès que je t'ai croisée, avec le soleil qui jouait dans ta chevelure blonde, j'ai eu envie de te photographier. Je suis sûr que tu as un corps magnifique et que tu ferais des photos de charme sublimes.

Elle pense à toutes les photos qu'Elle a faites pour Erwan au moment où Elle a bêtement essayé de reconstruire leur relation et où Elle s'était prise au jeu avec bonheur. Elle avait décidé d'imiter les célèbres pubs de la lingerie Aubade, de la leçon numéro 1 (lui offrir un peu d'ivresse) jusqu'à la dernière, la leçon numéro 169 (redonner un second souffle à votre couple) qui, comme une prémonition, présentait pour la première fois deux femmes sur ses affiches publicitaires.

Chaque jour, elle choisissait les sous-vêtements qui ressemblaient à ceux de la pub, se prenait en photo dans la même pose et les envoyait à Erwan, qui n'en avait strictement rien à faire…

Elle n'avait pas encore compris que lui, il n'y a que les gros plans pornographiques qui lui font de l'effet !!!

– Si tu veux, je n'habite pas très loin, on fait quelques clichés.

Au même instant le bip de son téléphone l'avertit qu'elle vient de recevoir un nouveau message. C'est Clément, il est coincé pour le déjeuner et ne peut donc pas la rejoindre.

Il n'y a pas de hasard, que des rendez-vous...

– Tu as de la chance, toi, dans la vie en général, non ?
– Et bien aujourd'hui, en tout cas, je trouve que j'en ai beaucoup ! Et je suis très heureux que tu aies changé d'avis et fait demi-tour.
Et je suis impatient de te découvrir, viens !
Il se lève précipitamment dans l'excitation d'emmener sa belle inconnue dans son loft et la tire par la main.
Effectivement, l'appartement de Marc est tout près, situé au fond d'une impasse, au dernier étage, tout vitré sur la cour, avec des poutres métalliques et de très hauts plafonds, particulièrement lumineux. Sublime, comme lui !
Il attrape son appareil photo :
– Déshabille-toi !
Elle s'exécute et enlève son pull, son jean, ses bottines, ses chaussettes et se plante devant lui avec ses sous-vêtements en dentelle grise.
– Waouh ! C'est bien ce que je pensais, tu es faite pour porter de la lingerie et tes courbes sont tellement sensuelles. Prends la pose !
Elle n'a jamais fait ça de sa vie, juste chez elle avec son téléphone portable et n'est pas très à l'aise.
Marc la guide :
– Cambre les reins, tends tes seins, parfait !
L'appareil photo crépite, Elle sent un frisson courir le long de sa colonne vertébrale, cette situation est particulièrement excitante...
Elle fait glisser une des bretelles de son soutien-gorge, puis la seconde et laisse s'échapper un téton.
– Hummm ! C'est bon ça ! Beau et très sensuel. Continue ! Joue !
Elle lui fait une moue coquine et prend des positions lascives. Et malgré son habitude de photographier de jolies filles, il sent son désir monter pour cette femme mûre dotée d'un corps de jeune fille.
Il pose son appareil photo et se rapproche d'elle. L'ambiance est électrique.

Il passe une main sur sa nuque et l'attire à lui pour lui prendre la bouche sauvagement. Leur baiser se prolonge, Elle sent son sexe durcir et pointer contre son ventre dénudé et une douce chaleur se propage entre ses cuisses.

Il la plaque contre le mur et d'une main habile dégrafe son soutien-gorge qui tombe sur le sol, la présentant pointes dressées, avides de caresses. Il se penche pour les saisir alternativement entre ses lèvres, les suçant et les mordillant légèrement.

Elle soupire d'aise et pousse son pubis contre le ventre de Marc l'appuyant sur son sexe en érection qu'Elle sent, comprimé dans le pantalon.

Il fait glisser son string le long de ses jambes et recule un peu pour l'admirer. Il soulève une de ses cuisses et s'agenouille devant elle pour goûter son musc et glisser sa langue dans son entrejambe.

Elle vacille et ferme les yeux un instant pour mieux apprécier cette caresse coquine.

Il se relève et ouvre sa braguette en la regardant bien droit dans les yeux pour qu'elle puisse y lire tout son désir.

Waouh ? Quel feu dans ses yeux sombres…

Il s'enfonce en Elle avec toute sa fougue puis soulève sa deuxième cuisse pour la porter et la prendre debout, le dos appuyé contre le mur, sa position préférée…Elle accroche ses mains derrière son cou et donne de légers coups de bassin pour accroître son plaisir.

Il y a un grand miroir accroché au mur qui lui fait face. Et Elle regarde les fesses musclées de Marc qui s'agitent entre ses jambes enroulées autour de ses hanches. Les sensations sont si intenses ainsi qu'Elle jouit rapidement et il se délecte des vagues qui enserrent son pénis sans toutefois se laisser emporter. Il se retire et la repose à terre puis la retourne face au mur. Mais Elle se détache de lui et court face au miroir pour qu'il puisse, lui aussi, avoir une vision érotique de leurs ébats. Il en profite pour se déshabiller entièrement. Elle détaille son corps superbe, à l'opposé de ce pauvre Clément. Adepte de salle de sport, il est parfaitement proportionné ; des pectoraux bien dessinés, un ventre plat et musclé laissant apercevoir d'appétissantes tablettes de chocolat qu'Elle va s'empresser de croquer, des jambes magnifiques et un sexe tellement parfait qu'on croirait un godemiché avec une bague épaisse et renflée qui vous déclenche une jouissance en trente secondes chrono.

A côté, Christian Grey fait pâle figure...

Marc la suit et s'enfonce de nouveau en elle. Cette puissante pénétration la fait frissonner, Elle se sent possédée par cette queue comme jamais, chaque millimètre de son vagin l'épousant parfaitement. Il mate ses seins dans le reflet du miroir, obnubilé par leurs rebonds à chacun de ses coups de reins et il les malaxe d'une main. Cette vision le fait redoubler d'ardeur, il s'emballe et ne peut plus arrêter le rythme de ses coups.

Cette vue plongeante provoque une excitation telle qu'il ne peut se retenir et il se retire précipitamment pour répandre sa semence sur sa chute de reins. Il l'attire à lui, la prend dans ses grands bras musclés pour la câliner et l'embrasser à pleine bouche. Ce baiser torride rallume aussitôt leur désir si puissant que sa verge redevient toute dure au contact de son ventre. Il l'allonge sur le sol, sur le dos et suce ses tétons en érection eux aussi. Il descend sur son ventre, le lèche et le mordille, et dirige ses lèvres gourmandes sur son clitoris, le suce, l'entoure de sa langue pour lui procurer la plus douce, la plus excitante des caresses. Il sait qu'Elle veut sa bite encore mais il la fait attendre, gémir, se tortiller pour quémander. Alors n'y tenant plus, il la possède, s'enfonce, la pilonne comme Elle aime car il sait déjà d'instinct ce qu'Elle attend de lui. Et il la prend, la retourne, la prend encore dans tous les sens pour la faire crier, supplier et jouir avec elle, en elle dans un spasme puissant.

Une porte claque la tirant de son sommeil réparateur.

– Et bien jolie madame, vous semblez avoir fait de jolis rêves...je t'entendais gémir du bas de l'escalier...

Clément vient de rentrer dans son appartement...

Zut, j'ai rêvé... il y a parfois des instants magiques que l'on ne sait pas saisir à temps et que l'on regrette toute sa vie d'avoir manqués...
J'aurais dû faire demi-tour...

Elle n'a croisé cet homme au regard de braise que quelques secondes mais Elle sait pertinemment que cette rencontre restera gravée à jamais dans sa mémoire.

– Que souhaites-tu faire cet après-midi, jolie madame ?

– Il faut que je retourne faire des achats vers les Champs-Élysées, ma fille souhaite que je lui ramène une paire de baskets que je n'ai pas trouvée ce matin.

– Ok, ça me va bien, j'adore me promener dans les rues de Paris avec toi. On en profitera pour dîner mais je ne pourrai pas dormir ici, mes parents sont arrivés et on fait une petite réunion de famille pour organiser l'enterrement de ma tante.

– Oh ! Quel dommage !

Il est vraiment énigmatique ce Clément, il lui parle de partir s'installer avec elle à Cuba dans quelques temps et en même temps il ne reste pas beaucoup avec elle…

Pfff, si j'avais fait connaissance avec l'inconnu du métro, j'aurais pu passer ma dernière soirée avec lui et ça aurait certainement été torride...

Ils dînent dans un petit restaurant près des Champs où Clément lui reparle de son envie de s'installer à Cuba dans un an ou deux et lui exprime son souhait d'y aller avec elle.

Elle lui rappelle qu'Elle a trois enfants à la Réunion et que ce serait compliqué pour elle d'émigrer là-bas même si l'emplacement géographique de Cuba lui convient parfaitement par sa proximité avec les États-Unis et toutes les îles magnifiques des Caraïbes.

– Demain matin, je t'emmène au Louvre, on déjeunera là-bas et l'après-midi je dois malheureusement rejoindre la famille.

– Pas grave, mon taxi arrive à 15 heures. J'ai pu garder l'appartement jusqu'à cette heure-là...j'aurai juste le temps de me reprendre une petite douche et de tenter de boucler ma valise avec tout ce que j'ai acheté ces derniers jours…

Il la raccompagne en bas de l'immeuble mais ne monte pas et part d'un pas pressé après avoir juste effleuré ses lèvres d'un chaste baiser.

Vraiment bizarre pour un homme qui me propose de partir vivre avec lui dans quelques mois au bout du monde, non ?

Elle se couche tranquillement dans son grand lit en repensant à son inconnu du métro avec la nostalgie de l'instant magique qu'Elle aurait pu partager avec lui.

Clément arrive de bon matin avec un croissant, lui dépose un doux baiser sur les lèvres et s'installe dans le canapé pour lire son journal en attendant qu'Elle se prépare.

Quelle drôle d'ambiance… Elle n'arrive pas à le cerner…

Ils prennent le bus pour aller au Louvre, se baladent bras dessus, bras dessous dans les jardins et font le tour des boutiques de la galerie.

Ils s'arrêtent au Starbucks pour prendre un chocolat chaud accompagné d'un délicieux cake au chocolat.

Il lui reparle de son envie d'aller s'installer à Cuba et lui demande de l'accompagner la prochaine fois qu'il y retournera en repérage.

Mais, comme à chaque fois que Clément parle d'un projet, rien n'est clair.

Ils rentrent à l'appartement et il la laisse se préparer en lui demandant de bien prendre soin d'elle. Il lui dépose un doux baiser sur les lèvres et s'en va.

Elle reste désappointée par son comportement.

Rachelle, son amie taxi, vient la chercher pour l'emmener à l'aéroport et elles passent tout le trajet à commenter leurs déconvenues avec les hommes.

Quand Elle entre dans l'aéroport, Elle reçoit un gentil message de Clément :

« Je pense fort à toi, bon courage pour ta reprise. Prends soin de toi, tu vas sortir grandie de tout cela. Profite de ta jeunesse de vie, des baisers partout. Clément. »

Grandie, grandie, pas si simple ! Plus je côtoie les hommes et moins j'ai confiance en eux. Ils ont l'air si mal à l'aise dans leur relation avec les femmes comme s'ils ne trouvaient plus leur place et du coup, ils se montrent égoïstes et irrespectueux sous des airs séducteurs.
Que cherchait Clément ?

Espérait-il simplement retrouver sa libido avec une femme plus sexy que la sienne ?

Trois jours après son retour, Elle tombe sur une nouvelle notification de Facebook où Annie, la compagne de Clément, pose blottie dans ses bras avec le commentaire affiché dans les à propos : « En couple avec Clément ».

Ben voilà, on l'a la réponse, monsieur n'était pas très disponible à Paris parce que madame avait débarqué dans son appartement pour l'enterrement...
Vierge aussi celui-là ? Oui c'est ça...

Elle met un « j'aime » sur la photo et inscrit dans la partie commentaire : « Quel joli couple ! ».
Clément la blackliste aussitôt de ses contacts Facebook et Messenger.
Ça la démange d'appeler Annie pour la prévenir du comportement infidèle et complètement mytho de Clément mais à quoi bon !!! Elle sait parfaitement comment ce genre de type fonctionne :
Il va mentir encore, dire que c'est elle qui lui a couru après mais qu'il a résisté à ses assauts et c'est elle qui va passer pour une salope.
Elle est encore une fois bien déçue par le comportement de cet homme qui semblait si sincère mais dont les agissements étaient dictés par l'unique désir de la posséder. Et avec sa faiblesse actuelle, Elle avait été une proie facile même si Elle n'avait pas été dupe longtemps des intentions de Clément.

NEXT !

CHAPITRE 10 : CROISIÈRE AVEC FRED

Pendant son séjour en Vendée, Elle écrit de temps en temps à Fred pour prendre de ses nouvelles ayant appris qu'un cyclone avait touché Madagascar et l'île de Nosy Be.

Ils se souhaitent mutuellement bon courage et s'envoient régulièrement de petits messages de soutien.

Un jour, Elle est sur la plage de Saint Gilles Croix de Vie où Elle a fait sensation en se baignant dans les rouleaux à la mi-mars et Elle lui envoie une photo de ses jambes encore perlées d'eau de mer. Fred réagit immédiatement :

« Montre m'en pas trop, je suis un peu à fond là, avec ma vie d'ascète...»

« Tu n'as pas trouvé le bonheur sur place ? »

« Non carrément pas et ça me fait pas envie, je te raconterai. De plus, je reste focus sur les objectifs. »

Du coup, Elle lui envoie une photo de ses fesses en gros plan à peine couvertes par un joli string en dentelle gris foncé.

« Un petit souvenir pour occuper tes soirées. »

« Parfait ! Encore ! ».

Elle lui envoie une photo très coquine d'elle entièrement nue, en train de s'épiler puis une autre en porte-jarretelles et bas noirs.

« Et moi ? Je n'ai pas droit à une petite photo ? »

« J'ai pas mais je vais y penser si tu m'en envoies encore plus... »

Alors, enhardie par ces paroles, Elle lui envoie une photo d'elle entièrement nue, allongée sur un transat : on aperçoit ses seins, son ventre et une main qui est posée nonchalamment sur son pubis :

«Je t'avoue qu'hier, au soleil sur ma terrasse, je n'ai pas pu résister à l'envie de me caresser. Tu sais que j'aime être nue au soleil, d'ailleurs en parlant de ça, je viens te voir quand ??? »

« Bon arrête ! Je vais éclater là ! »

Mais au lieu d'arrêter, Elle continue de lui envoyer des photos de plus en plus osées et de plus en plus suggestives.

« Dès que tu rentres, quand tu veux, dis bonjour à tes chiens et arrive ! Ah, ça devient bon là... »

Elle continue de lui envoyer des photos, cette fois à caractère plutôt pornographique. Et elle ajoute :

« J'espère que tu te caresses, je pense à ta queue ! »

« Je suis dans un bar pour capter Internet donc…Si tu en as d'autres, je prends. Je dois filer, je te bouffe le… »

« Moi de même ! »

Quand Elle arrive à la Réunion, Elle se sent un peu perdue après son séjour en métropole et surtout son aventure minable avec le journaliste foireux.

Elle a travaillé dur pour repeindre et remeubler sa maison dans les temps et, épuisée physiquement et moralement, Elle a besoin de partir se ressourcer dans un endroit hors du temps. Et Madagascar est l'endroit idéal. Elle envoie un message à Fred :

« Coucou Fred, de retour, un peu perdue, besoin d'un break de cinq jours, tu es toujours ok pour m'accueillir ? Le bateau peut naviguer ou tu es en plein boulot ? Dis-moi quand, je prends mon billet et J'arrive. Bisous. »

Il lui répond immédiatement :

« Hey coucou, je te dis ça très vite. Je pars tester le bateau avec mon marin vers la baie des Russes pendant quelques jours, je n'aurai plus de connexion donc tu n'auras plus de news... Biz. »

Dix jours plus tard, à son retour de croisière, il l'informe qu'il a encore un petit problème de moteur mais que ça devrait fonctionner mi-avril. Elle se connecte à internet pour se renseigner sur les vols disponibles à cette période et la compatibilité avec ses locations et l'emploi du temps de ses enfants et réserve son trajet. Elle le prévient aussitôt, toute excitée à l'idée de ce séjour en tête à tête avec lui qu'Elle imagine déjà très caliente :

« Coucou billet pris, arrivée samedi 15 avril à 11h10 vol UU 203 et retour jeudi 20 à 12h20. Dis-moi ce que tu veux que je t'apporte, en bouffe ? En alcool ? Et ce dont tu as besoin. Ravie de passer ces quelques jours avec toi dans ton paradis. Bisous. »

Il lui envoie une petite liste de trois bricoles à lui rapporter, lui signale qu'il repart pour quelques jours, qu'il ne sera plus joignable et qu'il l'attend avec impatience.

Il ajoute :

« Ah oui, un autre détail, ne te rase pas trop, le mode petite fille de cinq ans ça ne me fait pas tripper... »

« Ok ! Je vais laisser repousser mais en une semaine ce sera juste. Tu n'as pas besoin de trucs que tu ne trouves pas à Mada ? À part moi ??? »

Aïe ! Pas de chance. Elle vient de s'épiler entièrement pour Pierre 1 avec qui les relations ont repris dès son retour de métropole car il n'a pas cessé de lui envoyer des messages au cours de son séjour et à son arrivée. Il est fan des sexes totalement imberbes et lui avait demandé à maintes reprises de se raser entièrement, ce qu'Elle vient de se résoudre à faire...

Et voilà que Fred, lui, préfère les poils, ça va être compliqué...

Le jour du départ tant attendu arrive enfin !

De l'aéroport, Elle lui envoie un petit message pour savoir s'il a besoin de quelque chose au duty free.

« Non merci, tu sais, je ne bois pas trop ici, une petite caïpi ou une bière... et hop ! Au lit. Donc à part toi, je ne vois pas... »

« Disons que tu vas être juste légèrement perturbé... »

Il est l'heure d'embarquer pour Nosy Be.

C'est la première fois de sa vie qu'Elle voyage seule vers une destination touristique et ça lui procure une étrange sensation de liberté et d'aventure jamais éprouvée auparavant.

Elle observe les passagers, il y a un peu de tout, des couples d'amoureux de tout âge, des jeunes routards, des familles et...des hommes seuls, d'un certain âge, équipés de matériel de pêche au gros...

No comment comme on dit...

L'avion atterrit à l'heure et après avoir passé les nombreuses étapes d'entrée sur le territoire malgache dans la moiteur de l'aéroport non climatisé, Elle franchit enfin la porte de sortie sur le parking.

Un jeune malgache brandit une pancarte avec son nom et Elle s'approche de lui tout sourire. Il lui dit s'appeler Andry, ce qui en malgache signifie "celui sur qui on peut compter" et ça tombe plutôt bien pour un chauffeur de taxi.

Il prend son sac de voyage et le fourre dans le coffre poussiéreux de son véhicule. Comme toutes les voitures locales de l'île, le taxi d'Andry affiche plus de 400 000 km à son compteur, les amortisseurs laissent danser la voiture sur les nombreuses ornières qui jalonnent la route et le moteur a bien du mal à fournir l'énergie nécessaire pour grimper les côtes. Mais Andry conduit prudemment ce qui n'est pas coutumier à Nosy Be.

Le port de Cratère est à l'autre extrémité de l'île et il faut presque une heure pour y arriver. Le taxi quitte la route bitumée pour s'engager sur un chemin parsemé d'ornières et Elle s'étonne que la route du port soit dans cet état.

Andry ralentit, Elle aperçoit sur sa droite un bar avec un toit en tôle et quelques sièges en rondin de bois, et à gauche un bâtiment qui pourrait correspondre à une capitainerie.

Elle descend, Andry appelle Fred pour lui signifier que « son colis » est bien arrivé mais déjà Elle l'aperçoit qui s'extirpe de l'annexe du bateau et se hisse sur le vieux ponton en bois.

Il arrive à sa rencontre, tout sourire, très bronzé, musclé, un corps parfait qu'Elle détaille avec gourmandise.

Il lui plaque deux bises sur les joues, bourru comme à son habitude :

– Tu as bien voyagé ? Tu es prête à embarquer ? Alors on y va ! Ne perdons pas de temps si on veut sortir du port et atteindre un mouillage avant la tombée de la nuit.

Il paie le taxi puis attrape son sac et s'engage sur le ponton.

Elle le suit et saute à sa suite dans l'annexe.

Il lui fait signe de s'asseoir à l'arrière sur le boudin, démarre le petit moteur et fonce droit sur son voilier.

En approchant, Elle découvre son nom « Huna »...

Elle grimpe à bord, attrape les sacs.

– J'ai eu le temps de faire les courses ce matin, le plein d'eau et de gasoil, nous sommes prêts à partir...

Il lui fait faire le tour du bateau, lui montre sa cabine.

Ouf ! Quoiqu'il se passe entre nous, je ne dormirai pas avec lui....

Elle lui demande si Elle peut prendre une douche rapide, Elle a tellement eu chaud à l'aéroport et sur le trajet avec son jean...
– Ok ! Dépêche-toi ! La douche est là.
Elle ressort une minute après, nue sous sa serviette et le frôle en passant derrière lui pendant qu'il est penché sur la table à carte en train de regarder où ils vont aller dormir. Ce léger contact ne l'a pas laissé indifférent. Il se retourne et la prend dans ses bras bronzés, musclés, tatoués, et l'embrasse fougueusement.
Elle passe ses mains derrière son cou, la serviette tombe au sol.
Lui qui n'a pas touché une femme depuis plusieurs semaines devient fou d'excitation au contact de cette peau douce, bronzée et légèrement parfumée. Il la plaque contre la table et la prend d'un coup.
Il se retient pour ne pas la déchirer, pour la laisser s'exciter, mouiller mais dès qu'il sent le liquide lubrifier les parois de son sexe, il accroît l'intensité de ses coups et jouit avec elle dès qu'il la sent partir.
– Et bien capitaine ! Cette croisière commence bien... Je sens que nous allons vivre d'amour et d'eau fraîche...
– Si tu veux dormir dans un endroit de rêve, il est temps de partir, viens m'aider à relever l'ancre, je n'ai pas de guindeau électrique, il faut le faire à la main et tu vas voir, c'est du sport ! En effet, lui, utilise une grosse tige en métal pour remonter l'ancre par un mouvement de balancier pendant qu'Elle range la lourde chaîne en fer dans une caisse.
Il enclenche le moteur qui ronronnait doucement et les voilà partis à la recherche d'une crique de rêve pour abriter leur première nuit.
Ils se dirigent vers la réserve de Lokobe. De l'autre côté, en face de Nosy Be, se dresse la magnifique île de Nosy Komba.
Elle est allongée sur la banquette du carré, fume une cigarette et admire ces paysages verdoyants, d'une beauté à couper le souffle.
Ils longent la côte et il n'y a plus personne, ils ne croisent pas un bateau et n'aperçoivent pas âme qui vive le long de la berge.
Ils naviguent ainsi pendant une heure, bercés par le bruit du moteur, les voiles pliées car il n'y a pas un souffle de vent.

Pour la première fois depuis très longtemps, Elle se détend. Après tous ces mois de souffrances, Elle peut enfin respirer et prendre le temps de se retrouver. Et pour ça, il n'y a rien de mieux qu'un bateau qui vous berce comme quand vous étiez dans le ventre de votre mère.
Fred n'est pas bavard et ils parlent peu.
Elle préfère admirer le paysage, s'en imprégner, respirer l'odeur du large, ressentir l'air sur son visage, admirer le soleil qui a amorcé sa descente.

– On va bientôt arriver, prends la barre pour sentir le bateau, c'est toi qui maintiendras le cap pendant que je descendrai l'encre.
Elle adore piloter, Elle agrippe la roue et la tourne doucement pour voir comment le voilier réagit, un peu à droite puis à gauche.
Il est imposant, seize mètres, et lourd car sa coque est en acier mais il prend bien la mer.
Ils s'arrêtent dans une crique magique, moteur coupé. Il n'y a pas un bruit à part quelques cris d'oiseaux ou de makis, les petits lémuriens qui peuplent l'île ou le clapotis d'un poisson qui saute près du bateau.
Comme à la Réunion, le soleil descend très vite.

– Je te propose un petit apéro ? Une petite caïpirinha maison ?
– Hummm ! Oui, avec plaisir...
Ils sont assis face à face à l'arrière du bateau, il a allumé des bougies et ils discutent de leur vie en sirotant leur verre.
Elle a enfilé une robe légère et courte et il regarde ses longues jambes musclées qu'Elle caresse distraitement d'une main.

– Tu es vraiment bien gaulée pour ton âge... Tu fais beaucoup de sport ?
– Comme toi, pas à outrance mais régulièrement, chaque jour un peu de muscu, de cardio et de natation mais surtout j'ai modifié mon alimentation.
Je ne mange plus de viande, je prends beaucoup de graines de chia pour les protéines, de courge, de lin, du quinoa et du boulgour, du curcuma et du gingembre, de l'Aloe Vera, des fruits et des légumes frais, si possible sans pesticides mais ça, ça devient mission impossible. Et puis de la gelée royale, de la spiruline, des baies de gogie, du sélénium, de l'eau de mer, bref que du super carburant ...

On ne met pas du diesel dans une Ferrari....

168

– On va bien s'entendre car j'ai la même hygiène de vie que toi...

– En parlant de sport, je ferais bien un petit plongeon !

Elle se lève, ôte ses vêtements et plonge de l'arrière du bateau. Quelle surprise ! La nuit est tombée et dans l'eau, son corps brille de mille feux ! Le plancton devient phosphorescent au moindre bruissement d'eau. Elle se met à nager et c'est encore plus magique, le plancton l'entoure et illumine sa nage, c'est magnifique.

– Fred ! Regarde ! C'est trop beau ! Viens !

Il enlève son caleçon et saute à l'eau lui aussi, nageant vigoureusement pour la rattraper, provoquant à son tour un halo lumineux tout autour de son corps.

Elle rit comme une gamine :

– C'est bien plus magique que n'importe quel manège d'un parc d'attractions. Ça c'est le bonheur à l'état pur !

Elle s'est rapprochée du bateau, pas trop rassurée par les bruits de gros poissons qu'Elle devine à proximité.

Il la rejoint et embrasse son cou, la pointe de ses seins qui se dressent dans l'eau pourtant à 28 degrés. Elle accroche ses mains au bout de l'annexe et enroule ses jambes autour de ses hanches. Elle sent son sexe tout dur, tout chaud et Elle hisse son bassin pour qu'il puisse la pénétrer. Il la prend doucement, la tenant par les hanches, porté par l'eau salée, embrassant goulûment ses seins qui sont à la hauteur de sa bouche gourmande. Il lui fait l'amour tout doucement et leur jouissance est feutrée comme l'atmosphère qui les entoure.

Elle remonte sur le bateau en soulevant son corps à la force de ses bras prenant appui sur une barre qu'il a installé à l'arrière du bateau car il n'a pas eu le temps de mettre l'échelle en place. Il est frappé par son agilité et sa force pour une femme de plus de 50 ans.

– Ah ! Je ne pensais pas que tu arriverais à remonter sans l'échelle !

– Tu vois que tu as une mauvaise image des vieilles...

Comme la plupart des hommes qui approchent de la cinquantaine, Fred souhaite se mettre en couple avec une femme plus jeune que lui, voire beaucoup plus jeune. Il la veut brune, petite, menue mais sportive, bref tout son contraire. Et c'est pour cette raison qu'il est sûr de ne pas tomber amoureux d'elle.

Ils se rincent avec la douchette à l'arrière du bateau. Il attrape une serviette et l'essuie délicatement puis se sèche à son tour.

Ils s'installent à nouveau dans le carré extérieur. Il lui a préparé le dîner pendant qu'Elle se baignait, il lui ressert une petite caïpirinha et met une musique d'ambiance.

Ils dînent en philosophant sur la vie et en exprimant tous les deux leur bonheur de jouir de tels instants simples et vrais, le mode de vie qu'il a choisi désormais.

Elle ne peut s'empêcher de penser que c'est la vie qu'Elle aurait dû mener dans quelques années avec Erwan mais dans quelles conditions ???....

Le dîner terminé, Elle se lève pour débarrasser la table et faire la vaisselle mais il lui intime l'ordre de se rassoir.

– Tu ne fais rien ! Je m'occupe de tout ! Je veux que tu profites à fond de ton séjour.

Et bien ! Quel bonheur !!!

Pendant qu'il s'affaire dans la cabine, Elle regarde le ciel empli d'étoiles. Sans les éclairages des villes, on peut en distinguer des milliards.

– Tu fumes une petite cigarette avec moi ? Avec un dernier verre ?

– Ok ! Avec plaisir ! D'habitude, je dors depuis longtemps et je me lève à cinq heures avec le soleil.

– Moi aussi je me lève très tôt ! J'adore voir le soleil se lever et la mer aussi calme qu'un lac.

Il lui tend son verre, il a remplacé le traditionnel cachaça brésilien par du rhum local et Elle commence à avoir les joues en feu, pas que les joues d'ailleurs...

– A ce rythme, je n'aurai pas assez de citrons.

– On en trouvera bien à terre, ce n'est pas ce qui manque ici !

Ils trinquent, reprennent une cigarette et se laissent bercer par le léger tangage et la musique. Elle fait glisser sa serviette sur la banquette et dirige un pied entre les cuisses de Fred assis sur la banquette d'en face pour lui caresser le gland.

– Encore ? Tu es insatiable !

– Je croyais que tu étais en manque ? Profite ! Je ne suis là que cinq jours...

Et sa caresse se fait plus pressante. Il saisit son pied, le caresse et remonte le long de sa jambe, tout en haut. Il se glisse sous la table, se retrouve à quatre pattes entre ses cuisses et commence à la lécher doucement, comme un chaton qui lape son lait.

Elle renverse la tête en arrière et gémit.

Il n'y a personne autour et Elle adore faire l'amour dans la nature.

Ses gémissements courent sur l'eau jusqu'à la forêt qui lui répond en écho.

– Prends-moi !

Il relève la tête, Elle saisit son sexe pour le caresser, le faire durcir, Elle l'humecte avec sa salive sur ses doigts et le branle plus fort.

Son pubis presque imberbe est tout doux et Elle guide son gland tout dur vers l'entrée de son vagin qui ne demande qu'à se contracter sur lui.

Elle le laisse aller et venir ainsi un instant puis se dégage pour se placer à genoux sur la banquette et lui tendre ainsi sa croupe illuminée par la lune.

Cette vue plongeante excite Fred au plus haut point et il la prend ardemment. Elle regarde le ciel, la mer qui scintille de mille feux et c'est dans cet état d'émerveillement qu'Elle jouit de plus belle entraînant Fred dans son plaisir.

– Il est l'heure d'aller nous coucher…

Elle prend une douche rapide et se glisse dans sa grande couchette.

Il vient lui déposer un doux baiser sur les lèvres.

– Dors bien !

Habituée à peu dormir, Elle est réveillée à cinq heures le lendemain et monte sur le pont. Tout est magique, les couleurs, les odeurs, les bruits ou plutôt l'absence de bruit, ce calme qui vous enveloppe et vous transporte dans une autre dimension sensorielle.

Le soleil va bientôt se lever et les oiseaux commencent à chanter.

Elle se glisse tout doucement dans l'eau pour ne pas réveiller Fred et prend avec délice son premier bain matinal.

Quand Elle remonte à bord, Fred est réveillé et lui a préparé son thé et ses fruits. Elle aperçoit une maison au loin sur la rive à la proue du bateau.

Son emplacement est parfait : plage déserte de sable blanc, noyée dans une végétation luxuriante, vierge de toute vie humaine, un véritable éden…Elle la montre à Fred :

– Ça, c'est la maison de mes rêves ! Si tu es d'accord après notre petit déjeuner, on prend le kayak et on va la voir de près, je suis sûre qu'Elle est juste magnifique.

– Ok ! Bonne idée, je ne connais pas ce coin et il faut que j'aille en repérage pour mes futurs clients.

Aussitôt dit, aussitôt fait ! Ils sautent dans le kayak accroché à l'arrière du bateau et rament vers la plage.

L'endroit est paradisiaque, la maison est en bois avec un toit en chaume local, Elle est totalement ouverte sur la mer, ni mur, ni fenêtres sur cette façade. En s'approchant, Elle rencontre Florentine la femme de ménage, Elle se présente, lui fait son plus beau sourire et lui demande si cette superbe maison est à louer et si Elle peut la visiter.

Elle n'est pas à louer, son propriétaire, un journaliste parisien y vient quelques semaines chaque année et elle et son mari y vivent toute l'année pour assurer l'entretien et le gardiennage.

Comme il n'y a pas de route pour atteindre la maison mais seulement un petit chemin qui demande deux heures de marche pour rejoindre le premier village, le couple ne voit jamais personne et Florentine est toute heureuse de pouvoir discuter un peu. Elle les fait entrer et leur présente la maison comme s'ils venaient s'y installer.

Les sols sont en béton ciré gris très foncé presque noir, et tout est en matériau local, bois et paille pour les murs et plafonds, coquillages pour les vasques, sols de douche en galet, tout est parfaitement décoré.

La chambre principale donne sur la plage aussi et avec une large ouverture sur cette façade, ainsi, du lit, le regard plonge dans la mer, déserte, comme cette partie de l'île.

– Je viendrais bien y passer quelques jours hors du temps, pas toi Fred ?

– La maison est très belle mais je préfère le bateau car quand tu es coincé ici, tu n'en bouges plus !

Ils remercient Florentine de sa gentillesse et continuent leur balade sur la plage, ils se baignent et retournent au bateau afin de partir à la découverte d'autres endroits magiques.

En remontant à bord leurs corps se frôlent, Elle ne porte qu'un maillot de bain et il sent la douceur de sa peau. Il l'attrape et la serre contre lui :

– J'ai voulu aller te saluer ce matin mais tu étais déjà levée, tu es vraiment surprenante...

Il tire sur la ficelle de son haut et ses seins se dressent, pointes tendues vers le soleil. Sa bouche s'en empare et ses doigts l'accompagnent. Elle lui caresse le dos, massant ses muscles, tourne vers son ventre et glisse sa main sous le short de bain.

Il bande, Elle s'agenouille pour le lécher en plein soleil et la sensation de chaleur accroît son excitation. Lui aussi apparemment car il la relève, enlève son bas de maillot, lui fait effectuer un demi-tour pour qu'Elle lui présente sa croupe. Elle appuie ses mains sur le capot du cockpit et, complètement trempée, Elle s'offre à lui.

Il la prend d'un coup et la baise furieusement, profondément.

Le plaisir monte, impérieux. Encore une fois, la beauté des lieux et la chaleur du soleil confèrent à leur jouissance une puissance envoûtante.

Ils se douchent à la poupe du voilier, avalent une gorgée de thé, démarrent le moteur et unissent leurs efforts pour remonter la lourde chaîne.

– Essaie de manipuler le guindeau pour apprendre.

Ah ouais ! Malgré son entraînement quotidien en musculation, Elle a bien du mal à donner un mouvement régulier au balancier.

Il la regarde forcer en souriant, la laisse souffrir un peu et finit par lui proposer de la remplacer.

– Non ! Je veux y arriver seule !

Il apprécie sa ténacité et sa rapide adaptabilité aux conditions de vie spartiates sur le bateau qu'il n'a pas fini de rénover.

Ils partent dans le sens inverse, vers la grande île, direction la baie des Russes. Ils laissent Nosy Be sur tribord et au bout de deux heures, se retrouvent en pleine mer. Avec le large, le vent commence à se lever et Fred décide de hisser la grand-voile. Elle prend la barre et lui propose de dormir un peu pendant qu'Elle pilote.

– Alors là, ça m'étonnerait que je m'endorme en te confiant le voilier !

Elle lui sourit sans rien dire, combien d'hommes lui ont déjà dit ça en lui confiant le volant et ont dormi très rapidement...Et bien ce sera pareil en bateau. Dix minutes après, il dormait profondément.

Elle apprécie particulièrement ce moment magique où Elle a l'impression d'être le maître du monde. Elle maintient la barre avec ses pieds et saisit son téléphone portable pour filmer cet instant d'intense bonheur.

Fred dort pendant une heure. Heureusement qu'il n'allait pas réussir à dormir...

Ils arrivent à proximité d'un gros rocher, Nosy Ankivongy qui lui fait penser au rocher du Diamant en Martinique. Elle ne sait pas si Elle peut passer entre le rocher et la côte, aucune balise ne signalant un danger et Elle réveille son skipper pour avoir son avis.

– Tu peux passer où tu veux.

– Je préfère passer au large, par précaution.

Après avoir contourné le rocher, Elle lui confie la barre et prend sa place sur la banquette pour faire un petit somme à son tour.

Ils longent désormais la grande terre, on aperçoit une plage à perte de vue sans âme qui vive.

Il est 18 heures quand ils arrivent dans la baie des Russes, de gros nuages sont accrochés au-dessus de la grande terre mais il ne devrait pas pleuvoir. Ils descendent l'encre et font un petit plongeon avant de prendre l'apéro.

La nuit est tombée, ils dînent à la lumière d'une grosse bougie, Elle a enfilé une longue robe noire hyper moulante mais dans un tissu élastique très confortable.

Au loin, à terre, au-dessus de la montagne, les nuages se sont amoncelés et le tonnerre gronde, des éclairs zèbrent le ciel et donnent mille couleurs aux nuages. Le spectacle est fascinant, un véritable son et lumière avec un feu d'artifice naturel.

Elle a placé les coussins de la banquette sur le roof et s'allonge pour fumer une cigarette en admirant le spectacle.

Fred finit la vaisselle et la rejoint sur les coussins. Il la trouve très désirable ainsi moulée dans sa robe noire qui appelle les caresses.

– Tu veux voir un vrai feu d'artifice ?

Il s'allonge à ses côtés et commence à la caresser. Il s'aperçoit alors qu'Elle est totalement nue sous sa robe et cette sensation l'excite immédiatement.

Au loin, les éclairs et le tonnerre redoublent d'intensité, la pression des mains de Fred sur sa peau aussi, il lui retire entièrement sa robe et prend un temps pour admirer ses courbes sublimées par la lumière des éclairs. Elle le déshabille aussi. C'est la première fois qu'ils sont allongés côte à côte sur le bateau et ils prennent le temps de se caresser pour savourer chaque seconde de ces instants magiques. Il lèche son corps et descend entre ses cuisses. Elle se laisse faire, détendue, et commence à gémir de plus en plus fort. Il glisse une main sur sa bouche pour l'empêcher de faire trop de bruit.

– Chut, doucement, les sons portent sur l'eau...et il y a trois autres bateaux amarrés non loin de là.

– Je m'en fous !

Elle est allongée sur le dos, Elle écarte grand les cuisses et a très envie qu'il la pénètre.

– Viens !

Il la prend, doucement, intensément, puissamment. Ils sont dans un état second comme suspendus entre la terre, l'eau et le ciel sur le roof du bateau. Chacun de leur mouvement est accompagné par un roulement de tonnerre et un éclair, Elle a l'impression de faire l'amour avec l'Univers. Il la possède ainsi longtemps, sans bouger autre chose que son sexe, leurs deux corps collés et ils jouissent à l'unisson sous la voûte céleste éclairée de mille feux.

Pour couronner le tout, l'iPad diffuse à cet instant sa chanson préférée du moment, The Aveners, « Castle in the snow...I can see the sky... ».

Ah ça ! Le Sky, je l'ai bien vu, allongée sur le roof....

Elle est tellement émue par l'intensité de cet instant que des larmes coulent tout doucement le long de ses joues.

Fred la serre contre lui :

– Tu pleures ? Mais pourquoi ?

– Trop d'émotion, trop de beauté, ce n'est rien, tout va bien, c'est juste que c'était très fort cette communion avec la Nature...

Pour sublimer l'instant, Elle se glisse dans l'eau pour voir s'il y a autant de plancton dans la baie des Russes et la magie de la veille se reproduit. Elle nage avec délice un long moment tout autour du bateau entourée de ces éclats de diamants puis remonte, se rince à la douche extérieure et rejoint Fred. Ils fument une dernière cigarette et vont se coucher bien sagement chacun dans leur couchette, épuisés.

Le lendemain matin, il vient se glisser dans ses draps, colle son corps nu contre elle et la caresse sensuellement pour la réveiller en douceur. Il lèche ses seins, en mordille la pointe qui se dresse et descend le long de son ventre. Il introduit un doigt dans sa fente au plus profond dans son sexe pour le rendre humide. Elle aime le contact de ses doigts, la douceur de sa peau bronzée, le galbe de ses muscles. Elle descend entre ses cuisses pour le sucer avidement maintenant tout à fait réveillée puis Elle se couche sur le côté pour lui tendre sa croupe humide. Il s'enfonce en elle et leurs corps prennent le même rythme puis Elle se dégage et l'allonge sur le dos pour pouvoir le chevaucher tout en frottant ses seins sur sa bouche.

Il lui a attribué la grande cabine propriétaire et la couchette est assez spacieuse pour laisser libre court à leurs ébats. Elle s'accroupit au-dessus de lui pour le maîtriser et faire monter son plaisir. Et il ne résiste pas longtemps.

– Bonjour, tu viens te baigner avec moi ?

– Vas-y, profite, je vais te préparer le petit déjeuner.

Elle plonge dans l'eau calme et transparente et nage un long moment. Quand Elle remonte sur le bateau, Elle sent la bonne odeur des crêpes en train de cuire dans la poêle, une l'attend déjà sur la table du cockpit avec son thé.

– Quel bonheur ! Tu me gâtes ! J'adore les crêpes.

– Après le déj, on descend sur la plage et on va faire un peu de sport, il faut que j'entretienne mes muscles, je n'ai pas eu beaucoup de temps pour ça ces derniers jours avec les travaux de rénovation du bateau. Et après, on ira de l'autre côté de la baie avec l'annexe, je vais essayer de te pêcher un poisson pour notre repas.

– Cool, quel meilleur programme ?

Ils embarquent sur le kayak pour aller sur la plage. Elle est magnifique, sable blanc et fin, eau turquoise et limpide, pas âme qui vive, le Paradis... Ils exécutent ensemble leurs mouvements de gym, se baignent et repartent au bateau.

Il s'équipe pour la pêche, grandes palmes, gants, couteau, harpon, lunettes, Elle prend ses palmes et son masque tuba, lui n'en a pas besoin, il plonge en apnée…

Après vingt minutes dans l'annexe, Fred s'arrête à un endroit près de la côte que son marin lui a recommandé pour la pêche. On y distingue de très grosses patates de corail. Il plonge et Elle l'observe du bateau, admirative.

Il reste longtemps sous l'eau sans respirer, si longtemps qu'Elle s'inquiète même de ne pas le voir remonter et plonge à son tour pour le rejoindre.

Sous le bateau, il y a des milliers de poissons, souvent les mêmes qu'à la Réunion mais plus gros que dans son lagon.

Elle ressort la tête de l'eau et aperçoit Fred au loin qui reprend sa respiration avant de replonger. Ses longues palmes s'enfoncent doucement sous l'eau, Elle a l'impression d'être dans le film « Le Grand Bleu » qu'Elle a tellement aimé et c'est vrai que Fred, avec son crâne rasé, son corps parfait et ses beaux yeux noirs, a des airs de Jean Marc Barr…

Il nage vers elle avec un magnifique poisson Perroquet rouge au bout de son harpon.

– Voilà notre dîner ! On peut rentrer.

Arrivés sur le voilier, Fred vide et écaille le Perroquet et le place dans le frigo.

Ils prennent un déjeuner frugal de tomates, œufs, concombres aromatisés de quelques herbes, quelques tranches d'ananas en dessert puis Fred part faire une petite sieste dans sa cabine, fatigué par ses apnées prolongées.

Elle préfère S'allonger sur le pont, mi ombre-mi soleil.

Elle est toujours étonnée par le temps qu'on passe à dormir en bateau, le corps ralentit son rythme naturellement.

Quand Elle se réveille une heure après, Fred dort toujours, Elle hésite à aller se coucher à côté de lui et à le réveiller en douceur comme il l'a fait ce matin mais n'ose pas et opte finalement pour une balade en kayak vers la rive, seule.

Elle accoste et rencontre un vieux malgache assis sur le sable qui lui dit garder la plage.

Elle lui demande si il sait où Elle pourrait trouver des petits citrons galets car ils n'en n'ont plus à bord.

Il l'emmène dans la forêt. Il avance péniblement car il a mal aux jambes, il est très maigre et n'a plus de dents. Ils marchent dix minutes et Elle commence à s'inquiéter car Fred ne sait pas où Elle est et qui sait ce qui pourrait lui arriver dans cet endroit peu fréquenté. Ils arrivent enfin au citronnier couvert de fruits. Elle n'avait pas prévu de faire son marché et n'a pas de récipient alors Elle enlève son t-shirt pour en faire un baluchon et le remplit de citrons.

Sur le chemin du retour, le vieil homme lui explique où sont les makis et Elle écarquille les yeux pour tenter de les apercevoir cachés dans les branches d'arbres. Mais Elle n'entend que leurs cris.

Elle se baigne au bord de la plage et repart vers le voilier.

Elle aperçoit Fred qui la surveille avec les jumelles.

– Regarde tous les citrons que j'ai trouvés !!! Pour la caïpi et le poisson.

Le soleil commence à descendre aussi Fred s'affaire en cuisine pour lui préparer le poisson du jour pendant qu'Elle va prendre une vraie douche. Elle se crème car sa peau a bien pris le soleil, et se parfume légèrement, un vrai luxe…

Elle enfile un t-shirt à manches longues noir et une jupe courte et rejoint Fred sur le pont. La caïpi l'attend et le poisson cuit dans le four.

Bonheur !

Petite musique douce, cigarette, ciel étoilé tout est parfait…

Le poisson est délicieux, Fred cuisinant divinement.

Il lui explique leur trajet du lendemain, ils vont continuer leur progression vers l'île de Nosy Iranja, deux petits îlots reliés par un banc de sable blanc qui se découvre à marée Basse. Ils s'arrêteront pour la nuit dans une autre baie à mi-parcours, comme il n'y a pratiquement pas de vent, ils n'avancent qu'au moteur et ne vont pas très vite même quand ils peuvent sortir les voiles.

Fred s'apprête à se lever pour aller se coucher. Elle le stoppe avec ses pieds :

– Tu n'as pas envie de moi ce soir ?

– Là, je t'avoue que je suis cassé.

– Ah oui ! Dommage... Je vais devoir me débrouiller seule alors…

Et aussitôt, Elle se déshabille, s'allonge sur la banquette et commence à se caresser.

L'effet sur Fred est immédiat. Ses yeux brillent d'envie.

– Ah ouais ! T'es comme ça, toi ?

Il s'approche d'elle et embrasse ses seins, descend sur son ventre, le mordille un peu, puis prend la place de ses doigts. Elle gémit de plaisir. Sa main libérée glisse entre ses cuisses et saisit son membre déjà tout gonflé. Elle le branle doucement d'abord puis resserre la pression de ses doigts et augmente le rythme de ses va-et-vient.

Elle se place à quatre pattes sur la banquette et frotte ses fesses sur sa queue tendue. Il s'enfonce d'un coup dans sa fente trempée et la baise furieusement.

– Et bien, pour quelqu'un qui n'avait pas envie...

– Au lit ! On part tôt demain lui répond-il en lui donnant une claque sur les fesses.

Et chacun va dormir profondément dans sa cabine.

Le lendemain, il fait toujours un temps magnifique, ciel pur, soleil de plomb et après avoir pris un bon bain de mer et leur petit déjeuner, ils appareillent vers une nouvelle crique. Il n'y a toujours pas de vent, le voilier avance tranquillement au moteur. Elle lit, allongée sur la banquette pendant que Fred tient la barre.

– Tu n'as pas de pilote automatique ?

– Si ! Je viens d'en acheter un et je ne l'ai encore jamais essayé.

– Et bien vas-y ! C'est l'occasion, on a du temps !

Il bricole un moment, fait quelques essais et constate avec contentement qu'il fonctionne. Il laisse un moment le bateau se diriger seul, tout va bien, il suit parfaitement son cap. Comme ils longent la côte mais d'assez loin et qu'ils ne croisent aucun bateau, il n'y a pas de risques. Fred vient s'allonger à côté d'elle sur le roof où Elle s'est installée, nue, pendant qu'il bricolait.

– Tu as bien mérité une petite récompense !

Il écarte ses cuisses, et commence à la lécher très délicatement.

Elle pose son livre et dirige une main vers son sexe en érection. Elle le branle aussi délicatement qu'il la lèche. Puis Elle s'assoit et lui demande de se mettre à genoux pour le sucer. Elle se délecte de cette fellation en plein soleil, avec le vent qui caresse sa peau. Elle imagine des hommes sur la rive qui les observent et ça l'excite encore davantage !

Elle a envie qu'il s'enfonce en elle, là, tout de suite. Elle se relève et plaque sa colonne vertébrale contre le mat, les mains accrochées derrière son dos, offerte.

Il se dresse face à elle et lui suce le bout des seins durcis par l'excitation.

– Mords-les !

Il joue d'abord avec sa langue, l'enroule doucement autour du mamelon, exerce des pressions et enserre la pointe entre ses dents.

– Hummmm, c'est trop bon, j'adore !!! Tu peux serrer encore un peu !

– Qu'est-ce que t'es bandante comme ça, contre le mât...

Il aperçoit un bout enroulé à l'avant, le saisit et s'en sert pour l'attacher au mât. Elle se laisse ficeler par les poignets puis il passe la corde autour de son ventre et entre ses cuisses.

– Tu es mon esclave ! Je viens de t'acheter au marché aux épices et tu vas exécuter tous mes désirs !

– Oui maître ! Commande, j'obéis !

– Écarte tes jambes ! Plus que ça ! Je veux voir ta chatte !

Elle s'exécute illico.

Il s'agenouille devant elle et joue avec ses doigts autour de son sexe puis pénètre à l'intérieur, caresse son anus et glisse tour à tour ses doigts dans l'un puis l'autre des orifices qui s'ouvrent à lui. Il ajoute sa langue et cette caresse multiple, conjuguée à cette situation extrêmement excitante, lui déclenche une puissante jouissance, là, attachée au mât d'un bateau qui navigue tout seul dans l'océan indien, en plein soleil.

Il soulève ses jambes et s'enfonce en elle pour ressentir toutes les contractions de son vagin autour de sa queue. Elle n'arrête plus de jouir, la pénétration renforçant encore l'intensité de son plaisir. Il la pilonne avec force et Elle crie son plaisir au vent, à la mer, sans limite.

Ses poignets qui la maintenaient en l'air attachée au mât commencent à rougir et il repose ses cuisses à terre pour relâcher la pression, il enlève la corde autour de son ventre et son sexe et la retourne face au mât toujours attachée par les poignets.

– Recule tes pieds, tends-moi ton cul !

– Oui maître ! Tout de suite !

C'est drôle mais rien que le fait de prononcer ces mots accroît encore son excitation.

Il caresse ses fesses, joue avec la corde et lui donne un petit coup sur les reins.

Il le fait doucement, pour jouer mais assez fort quand même pour qu'Elle ressente une petite douleur.

– Continue ! Tu m'excites grave !

Il la fouette légèrement sur le dos, les épaules, les jambes, les fesses et même sur le sexe. Elle a lu plusieurs ouvrages sur le masochisme et s'était toujours demandé quelle sensation de plaisir et de jouissance Elle pourrait bien éprouver dans la douleur.

A petite dose, effectivement, c'est très excitant, mais si un coup devient trop fort, son esprit indépendant réagit immédiatement et transforme le plaisir ressenti en rébellion, l'excitation cesse immédiatement. Mais dans cette situation, attachée au mât de ce voilier qui avance doucement, bercée par les vagues et léchée par le vent, en compagnie d'un magnifique skipper, l'excitation est à son comble.

– Maître, prends-moi !

Il la pénètre d'un coup, lui donnant de petites tapes sur les fesses, maîtrisant tant bien que mal son plaisir jusqu'à ce qu'Elle jouisse à nouveau. Il ralentit le rythme, se retire, détache ses poignets, la prend par les cheveux et la force à s'agenouiller pour le sucer.

Elle s'exécute sans broncher, le sexe encore secoué d'ondes de plaisir, étourdie et avide de le faire jouir dans sa bouche. Toute excitée, Elle se délecte de sa semence...

Ils prennent une douche rapide à l'arrière du bateau puis Fred reprend la barre tandis qu'Elle se rallonge, toujours nue, sur son matelas posé sur le roof.

Ils arrivent à l'entrée de la baie. Elle n'est pas très large mais en revanche très profonde. Sur bâbord, Elle distingue des constructions en bois, ce qui doit correspondre à un village. Elle remet son maillot de bains et rejoint Fred dans le cockpit pour mieux profiter du paysage.

Un homme vient à leur rencontre dans une pirogue fabriquée dans un tronc d'arbre, Fred coupe le moteur et le voilier glisse lentement sur l'eau calme de la baie. Le Malgache s'accroche au voilier et leur demande des médicaments pour son fils qui a une grosse toux qui ne passe pas.

Mais quelle idiote !

Elle n'a pas songé un instant à ramener les médocs dont Elle ne se sert jamais. Eux qui n'ont rien, Elle s'en veut à mort…
– Fred ! Tu aurais dû me dire…
– C'est vrai, je n'y ai pas pensé.
Elle fouille dans sa trousse de toilette et trouve quelques antalgiques qu'Elle lui donne.
Il se confond en remerciements et Elle est se sent impuissante face à l'injustice des écarts de richesse sur cette planète.
Le voilier longe la plage devant le village. Elle a l'impression d'être dans un parc d'attractions tel le Puy du Fou, où les villages d'autrefois sont reconstitués. Mais non, on est en 2017 et ce peuple vit dans des huttes en bois de 4 mètres sur 4, sans eau et sans électricité…
        Ils continuent leur route tout au fond de la baie pour être au calme et s'installent pour la nuit.
Fatigués par leur traversée, ils dînent en discutant tranquillement et vont se coucher chacun de leur côté après avoir échangé un chaste baiser...
    Le lendemain, Fred part pêcher et Elle l'accompagne dans le zodiac.
Ils vont d'abord jusque sur la plage pour repérer des lieux de promenade puis se mettent à l'eau au retour.
L'endroit est moins poissonneux ou les poissons plus craintifs. Il remonte plusieurs fois bredouille mais il n'est pas du style à capituler.
A la cinquième plongée, il remonte un Perroquet, bleu cette fois.

Ah! Ah! On n'est pas jeudi soir…

Ils retournent à bord, Fred nettoie rapidement le poisson et ils lèvent l'ancre vers Nosy Iranja.
Il est près de midi quand ils arrivent en vue des deux petites terres.
Fred a parfaitement calculé l'heure de la marée pour que le magnifique banc de sable blanc qui rejoint les deux îlots soit découvert.
    – Ah oui ! Ça en jette !
C'est de loin l'endroit le plus paradisiaque qu'Elle n'ait jamais vu...

Ils jettent l'ancre et Elle se jette dans cette eau turquoise et limpide pour admirer les poissons tout autour du bateau.

Elle remonte aussitôt, ébahie :

– Fred viens vite ! Il y a une multitude de gros poissons et surtout deux tortues énormes !!!

Il attrape son masque et se met en l'eau en douceur.

Bien sûr, lui, en apnée, peut se permettre d'approcher les tortues et de nager en profondeur en leur compagnie. Comme Elle aimerait être aussi à l'aise que lui dans l'eau...

– Allez viens, on prend le kayak et on va à terre avant que la marée ne recouvre le banc de sable.

– Attends ! Je prends des sous, je t'invite au petit resto qui est sur la plage...

L'eau est cristalline et comme il y a beaucoup de sable blanc, sa température atteint au moins 32 degrés. Le ciel est tout noir sur la Grande Terre mais totalement bleu au-dessus de l'île et ce contraste de noir au-dessus de la verdure de la Grande Île accroît encore la pureté de l'eau.

Elle emplit ses yeux de ce magnifique spectacle. Tout est parfait.

Dieu existe...

Ils marchent sur le banc de sable pour rejoindre le petit village et le seul restaurant de l'île, typique, tout en bois et toit en palmes.

Il n'y a qu'un seul menu, poisson grillé accompagné de riz et de légumes et fruits en dessert (ça ne va pas trop les changer) mais c'est délicieux et le cadre est tellement magnifique.

Après le repas, ils profitent un peu de la plage, se baignant à plusieurs reprises puis ils rejoignent le bateau pour rentrer dormir à la baie des Russes, l'endroit n'étant pas assez abrité pour y passer la nuit.

Ils l'atteignent au coucher du soleil. Fred prépare le poisson Perroquet et pour la première fois, ils dînent à l'intérieur du bateau, un peu frileux d'être restés toute la journée entre le soleil et la mer et pour changer un peu de cadre aussi.

Le repas terminé, Fred fait la vaisselle comme à l'accoutumée et Elle en profite pour se glisser derrière lui.

– Je vais t'aider...

Il bougonne, mais pas longtemps.

Elle lui masse le dos, les épaules, le cou, le crâne, puis redescend sur ses fesses. Elle tire sur la ficelle du short qui glisse le long de ses jambes. Toujours derrière lui, Elle s'agenouille et lui embrasse les fesses, les lèche, introduit sa langue dans sa raie tout en le branlant d'une main. Elle se relève et recule pour s'assoir sur le bord de la table, cuisses bien écartées.

– Viens !

Il lâche l'assiette qu'il était en train de laver, se retourne et lui présente sa bite turgescente, s'approche prestement de la table, attrape ses cuisses et s'enfonce en elle avec un râle de plaisir.

Elle a placé ses mains en arrière sur la table afin d'avoir un appui lui permettant de lui tendre son sexe, puis Elle s'allonge complètement sur la table, cuisses relevées, totalement offerte, abandonnée à ses coups. Il la prend ainsi jusqu'à ce qu'il sente la jouissance monter en elle puis se retire et l'oblige à se retourner et à allonger son torse sur la table, ses fesses ainsi ouvertes, offertes...

Il caresse son dos, joue avec sa colonne vertébrale, lui masse les fesses, lui donne une petite tape et la prend à nouveau, tout doucement cette fois, pour laisser monter son plaisir.

– Plus fort !

Il se penche sur elle et lui mord le cou.

Ça c'est le détonateur ! Ça la rend chienne et il le sait. Elle bouge son bassin de plus en plus vite pour l'entraîner dans un rythme effréné. Il tient quelques secondes sans accélérer puis donne toute la puissance à ses va-et-vient. Elle gémit de plus en plus fort, puis Elle se met à crier. Il ne peut résister plus longtemps et se répand en elle.

– Hummm ! J'ai adoré le dessert...

– Moi aussi ! J'avoue que c'est la première fois que je fais la vaisselle comme ça. Je ne l'ai pas terminée d'ailleurs, je ne sais plus pourquoi, coquine...

Et pendant qu'il finit de nettoyer la cuisine, Elle part se doucher puis se glisse dans ses draps. Il vient lui déposer un chaste baiser sur les lèvres pour lui souhaiter une bonne nuit.

– Merci Fred, j'ai passé une journée merveilleuse...

Elle se réveille de bonne heure comme toujours, c'est sa dernière journée. Ils vont faire route vers le port du Cratère dans l'après-midi pour qu'Elle soit à l'heure pour son avion le lendemain.

Elle prend son bain de mer en songeant que c'est peut-être son dernier plongeon du pont d'un voilier avant bien longtemps et la nostalgie l'envahit.

Quel dommage que cet Erwan se soit révélé un taré, ils auraient vécu tant de moments extraordinaires....

Fred apparaît à ce moment sur le pont et plonge pour la rejoindre, il lui fait un bisou furtif et percevant sa tristesse lui glisse avec un grand sourire :

– Ton thé et tes crêpes toutes chaudes t'attendent...

Elle s'agrippe à son coup et l'embrasse, lui rendant son sourire.

– Oh merci ! J'ai trop faim !!!

– Toi ? Faim ?...

Ils remontent prendre leur petit déjeuner.

– Tu veux aller faire un tour au village ?

– Non, je suis trop sensible et j'ai du mal à gérer mes émotions face à ces populations démunies alors que nous sommes dans l'opulence. Je n'accepte pas ces écarts de richesse sur cette planète alors qu'il serait simple de mieux la répartir. Les gens sont tellement égoïstes et mon impuissance m'est difficilement supportable. Allons plutôt essayer de pêcher un petit poisson pour notre dernier repas à bord... si tu veux bien...

– Ok ! On prend le kayak, petit tour sur la rive en face du village et plongée pêche au retour.

Cette fois, c'est une belle Carange que Fred remonte au bout de son harpon, il la nettoie et la place au frigo pour la déguster ce soir quand ils seront au port.

– Il faut qu'on y aille ! Il n'y a pas de vent et la route va être longue au moteur...

– Longue ???... Elle lui sourit.

– Ok ! Toi je te vois venir.... Eh ! Je ne suis pas un mec facile...

– Pfff ! J'ai vu ça !!! Ah ! Ah !

– Bon finis ton ananas, le guindeau nous attend !

Ils ressortent de la baie, Elle imprime dans sa mémoire tous ces paysages magnifiques. Magnifiques parce que quasiment vierges de toute présence humaine…

Fred est à la barre, Elle s'allonge pour une petite sieste et en profite pour se faire bronzer nue, c'est tellement agréable de sentir la chaleur du soleil associée au doux souffle du vent sur sa peau, agréable et excitant.

Elle s'endort paisiblement sous l'œil goguenard de Fred.

Il a envie d'aller la réveiller, de caresser ses belles fesses toutes bronzées qui s'offrent à son regard, et pas que…

Elle dort sur le côté, les jambes l'une sur l'autre, Elle lui tourne le dos.

Il imagine qu'il glisse un doigt humide dans sa fente, qu'il s'agenouille et enfonce sa langue à l'intérieur de son sexe déjà trempé. Il commence à devenir tout dur et se caresse d'une main, l'autre accrochée à la barre pour maintenir le cap.

Elle bouge et se retourne, lui présentant ses seins, son ventre, une jambe allongée et l'autre repliée, il entrevoit son sexe et son excitation redouble.

Elle ouvre un œil et le voit en train de se caresser en la matant.

– Ah ah ! Monsieur profite du spectacle…C'est plus intéressant que les paysages autour de toi ?

– J'avoue que tu es très jolie quand tu dors, très sensuelle, très inspirante...

– Continue ! Continue de te caresser ! Tu m'inspires toi aussi.

Et Elle associe son geste à sa parole en posant délicatement ses doigts sur un mamelon pour le faire durcir tout en le regardant droit dans les yeux. L'excitation de Fred est à son comble. Il sent qu'il va beaucoup aimer ce jeu.

– Regarde-moi dans les yeux ! Pas le droit de regarder ailleurs !

Et Elle glisse son autre main entre ses cuisses, un doigt préalablement humidifié avec sa langue, enroulé sur son clitoris.

De temps en temps, Elle enfonce un doigt dans sa fente humide tandis qu'un autre joue avec l'entrée de son anus. Elle commence à gémir, doucement puis de plus en plus fort.

Ils sont les yeux dans les yeux, le regard brillant de désir et ils se sourient. Un sourire très coquin.

Cette situation est tellement excitante :

Elle, allongée nue au soleil sur la banquette, les cuisses grandes ouvertes, en train de se caresser face à ce magnifique skipper, nu lui aussi, accroché d'une main à la barre à roue et de l'autre à sa barre franche...qu'Elle sent monter son plaisir illico. Il le voit dans son regard qui prend un air salope et qui dit : « baise-moi ».

Il a envie de jouir lui aussi mais se retient.

– Baise-moi !

Elle jouit la salope, Elle jouit devant lui, il lâche la barre qui est en pilote automatique et s'allonge sur elle sur la banquette pour la pénétrer. Il sent les contractions de son vagin, son sexe est trempé de plaisir.

– Fort ! Plus fort ! Vas-y plus fort ! Encore, fais-moi jouir encore, encore plus fort !...

Il va jouir aussi et ralentit.

– Nonnnnn !!! N'arrête pas, je vais jouir encore !!!

Et Elle serre ses cuisses autour de son torse et rapproche et colle son bassin à lui pour le forcer à continuer. Il capitule, accélère son rythme, lui donne des coups d'une rare intensité et se retire pour se répandre sur son ventre et entre ses seins.

– Tiens ! Prends ça ! Chienne !

Elle rit à gorge déployée :

– J'adore jouer avec toi ! Tu vas me manquer...

Elle se lève pour se doucher à l'arrière du bateau, se sèche et allume une petite cigarette.

– Tu veux un petit truc à boire ? Une petite caïpi ?

– Prends la barre, je vais la faire.

Le soleil va bientôt se coucher, ils ont encore une bonne heure de navigation avant d'arriver au port du Cratère. Fred est inquiet car ça va être compliqué de retrouver la bouée d'amarrage sans éclairage et de manœuvrer au milieu des nombreux bateaux dans la pénombre.

Soit c'est lui qui barre et elle qui attrape la bouée, soit l'inverse.

Dans les deux cas, l'opération va être délicate.

Ils arrivent dans le port, Fred place le voilier dans l'axe de la bouée puis il lui confie la barre et fonce à la proue avec sa gâche. Il a du mal à distinguer la bouée à la seule lumière de sa lampe de poche mais finit par l'apercevoir.

– Un peu plus à droite, remets-toi en ligne et enclenche la marche arrière dès que je te le dis. Parfait, marche arrière.

Il a réussi à s'amarrer au corps-mort du premier coup, soulagé.

Ils vont pouvoir dîner tranquillement pour leur dernier repas à bord.

Ils dégustent la carange pêchée par Fred le matin même, qu'il a fait cuire en papillotes.

Elle débloque son internet quelques instants pour voir si il n'y a pas de mails importants et mieux recevoir ses messages en textos.

Le téléphone bipe.

– Tiens, j'ai un message de François ! Il me dit : « 9h50 Demain matin.» Ça doit être son heure d'arrivée à la Réunion demain matin.

C'est drôle, on arrive le même jour, je ne l'ai pas fait exprès.

Au cours de leurs longues discussions, Elle lui a confié ses différentes aventures et lui a beaucoup parlé de François et de la peine qu'Elle avait ressentie à cause de tous ses mensonges.

Malgré toutes leurs affinités et les bons moments passés ensemble, ils ne sont pas tombés amoureux, ils se sont beaucoup appréciés, ils ont passé du bon temps ensemble mais vont se quitter sans regrets.

La vie est bizarre parfois, vous côtoyez une personne avec qui vous avez plein d'affinités, qui vous plaît physiquement, avec qui vous aimez faire l'amour mais les sentiments amoureux ne naissent pas... et puis une autre personne qui vous exaspère, ne vous plait pas forcément au premier abord, celle-là, vous en tombez éperdument amoureux...

– Lui, il a juste envie de te tirer !

– Ah bon ! Tu vois ça comme ça toi !

– Ben c'est évident, mais il ne veut pas plus !

– Ben comme toi en fait ! Ha ha !!!

– Moi c'est différent, je t'apprécie beaucoup et je te respecte.

– Lui aussi je pense mais t'inquiète, je suis guérie et je vais avoir ma revanche sur le mal qu'il m'a fait et la façon inadmissible dont il m'a traitée. Son « Adieu ! » il va le regretter...

Elle est contente que François lui montre son envie de la revoir. Elle sait qu'entre eux c'est plus qu'une simple histoire de cul mais cette fois-ci,

Elle est détachée. Elle lui envoie une photo d'elle sur la plage de Nosy Iranja :
« Moi je rentre à la Run demain à 15 heures. »

CHAPITRE 11 : UN RETOUR ÉTONNANT

Elle arrive chez elle le jeudi soir à 18 heures seulement, un gros bouchon dû à un accident s'étant formé une nouvelle fois sur la route du littoral.

Après cinq jours d'immersion totale dans la nature, sans un bruit, le retour à la civilisation est un peu rude, et encore, Elle n'a pas atterri à Paris...

En descendant de l'avion, Elle a rallumé son portable, pas de nouvelles de François, ni de Fred, ni de Pierre, ni de Max...

Elle se sent déphasée, fatiguée. Elle pose ses valises, se prend une vraie douche.

Le confort ça a du bon quand même…

Elle trouve sa maison immense par rapport à l'espace réduit du bateau.

Elle prépare le repas et n'a pas envie d'aller au Perroquet Bleu ce soir.

Elle se couche de bonne heure, toute heureuse de retrouver son grand lit au matelas à mémoire de forme bien confortable.

Le lendemain matin quand Elle ouvre les yeux, l'espace d'un instant, Elle ne sait plus si Elle est chez elle ou encore sur le bateau. Elle pense à Fred et à leur merveilleux séjour et lui envoie un texto :

« Petit coucou pour ton réveil, je préfère les réveils en bateau. C'était magique. Encore 1000 mercis pour ces merveilleux moments, bisous. »

Il ne répond pas mais Elle sait maintenant qu'il regarde peu son téléphone de la Réunion.

A 17 heures, Elle reçoit un message de François :

« Rentrée? »

Son cœur bat à tout rompre, Elle a tant souhaité ce message, si seulement il était arrivé quelques mois plus tôt…

« Oui hier. »

« Je t'invite à dîner ce soir, là où nous nous sommes rencontrés, 20 heures au Chez Riz ? »

« Ok ! A tout à l'heure... »

Elle enduit ses cheveux d'huile, s'épile, se fait les ongles, prend sa douche, fait un gommage pour avoir la peau toute douce et étale sur son corps un lait à l'Aloe Véra qui met en valeur sa peau magnifiquement bronzée par le soleil de Nosy Be.

Elle essaie plusieurs robes et se décide pour une robe en faux cuir évasée et très courte avec un très beau décolleté dos à larges bretelles qu'Elle vient d'acheter à Paris.

Très très sexy.

Comme chaque fois qu'Elle rentre de voyage, bronzée, reposée, Elle se sent particulièrement belle et dégage une aura particulière qui fait se retourner toutes les têtes sur son passage. Ce sont de rares moments qu'Elle adore.

Elle se gare de l'autre côté du restaurant et traverse la rue principale de Saint Gilles pour rejoindre François qui est déjà arrivé.

Les hommes qu'Elle croise dans la rue lui disent qu'Elle est magnifique et les voitures ralentissent pour la laisser passer, les chauffeurs lui souhaitant une bonne soirée.

Elle approche du restaurant et aperçoit Pierre 1 en compagnie de sa chérie et d'un couple installés à la table juste à côté de celle de François.

Elle sourit, excellent !

Comme s'il avait senti sa présence, Pierre lève la tête et l'aperçoit. Il ne l'a jamais croisée en soirée et donc jamais vue habillée sexy, coiffée et maquillée.

Il en reste bouche bée et son air surpris la fait rire. Elle lui fait un signe de tête convenu sans s'approcher de sa table.

François l'a vue arriver également et il se lève pour la prendre dans ses bras, avec son regard plus amoureux que jamais. Il porte la chemise qu'Elle lui a offert pour Noël. Il l'embrasse sur les lèvres, force l'entrée de sa bouche avec sa langue pour un doux baiser langoureux de retrouvailles, sous le regard médusé de Pierre.

Elle rit dans son for intérieur, merci l'Univers de remettre les choses en place !

François passe tout le repas à s'excuser de son comportement au mois de décembre. Il lui explique que tout est allé trop vite entre eux et que quand il a atterri à Paris, il a pris peur, ne voyant pas de solutions pour vivre leur amour avec cette distance et ses quatre enfants et que le seul moyen qu'il a trouvé était de lui dire cet adieu qu'il pensait définitif.

Il lui avoue qu'il n'a pas cessé de penser à elle et qu'il s'est retenu de ne pas l'appeler pour lui dire qu'il arrivait.

Elle lui explique toute la souffrance qu'Elle a ressenti quand Elle a reçu ce terrible message et essaie de lui faire comprendre que le mal qu'il lui a fait à ce moment-là et les jours suivants quand il a refusé de lui répondre a mis fin aux sentiments qu'Elle éprouvait pour lui.

Pierre, qui est placé face à elle, essaie d'entendre ce qu'ils se disent mais avec le brouhaha du resto, de plus ouvert sur la rue, il ne peut saisir que quelques bribes. En revanche, il voit les gestes tendres de François qui lui caresse le bras, la joue, lui prend la main et perçoit son regard amoureux et son attitude séductrice. Leur complicité est évidente comme celle de deux amants qui se sont passionnément aimés et Elle sent qu'il est jaloux car il fanfaronne à sa table avec de grands gestes comme pour attirer toute l'attention sur lui.

Elle se délecte de cet instant.

Pierre a fini son dîner, il se lève, lui fait un discret signe de la main qui ressemble à un « Je t'appelle» et s'en va.

François lui propose de se partager un dessert puis ils décident d'aller prendre un verre au bar qui jouxte le restaurant.

Ils pénètrent au Bar Taï. Comme tous les week-ends, l'établissement est bondé. Ils se frayent un passage jusqu'au comptoir et là, son cœur s'emballe.

Il est là !

Celui qui lui manque terriblement quand Elle ne l'a pas vu depuis une semaine, le Bad boy qui ne répond jamais aux messages de personne même pas à elle…

Max !

Bien entouré comme d'habitude, une blonde frisée grande et maigre habillée d'un simple jean et d'un t-shirt accrochée à son bras. Vulgaire !

Ça, ça lui retourne le ventre. Elle lui lance un regard furibond.

Il l'a vue, lui aussi, décroche la blondasse pendue à son bras, fonce sur elle et lui glisse discrètement à l'oreille en la croisant sans s'arrêter un menaçant :

– Ne m'approche pas !

Elle fronce les sourcils, ne comprenant pas.

François n'a rien remarqué et, arrivé au comptoir il lui demande ce qu'Elle veut boire :

– Une coupe de champagne s'il te plaît, pour fêter nos retrouvailles.

Ils trinquent et portent leur coupe à leurs lèvres quand ils sont interrompus par Max qui leur tend son verre pour trinquer avec eux.

– A la vôtre les amoureux !

Aïe ! Ça va dégénérer ! Je le sens arriver ...

François l'interroge :

– Tu le connais ?

Elle joue franc jeu :

– C'est un ex. Je l'ai rencontré juste après toi. Une très belle histoire, très passionnée aussi, un peu comme avec toi.

– Tu es sûre que c'est fini ? Parce qu'il te regarde comme si tu étais à lui.

– Et bien je ne l'ai pas vu et je n'ai pas eu de ses nouvelles depuis un moment...

Elle sait que pendant qu'Elle était en métropole, il y était aussi, au ski, avec sa femme et sa fille. Il était à Paris en même temps qu'elle et Elle lui avait envoyé un message pour qu'ils se retrouvent mais bien sûr, comme à son habitude, il n'avait pas répondu.

Elle sait qu'un seul homme lui a manqué pendant tout son séjour en métropole, c'est lui, Max.

Il est revenu s'installer au comptoir à côté d'eux et il interpelle François :

– Elle est très belle votre femme ! Vous avez beaucoup de chance !

Il se place entre elle et François et lui glisse à l'oreille :

– Tu es très belle ce soir, tu es de plus en plus belle.

– Je n'ai pas compris tout à l'heure pourquoi il ne fallait pas que je t'approche ?

– Parce que je te déteste ! Tu m'as manqué comme jamais. Je n'ai pas arrêté de penser à toi, tout le temps ! Ça craint ! Et tu sais quoi ? Un truc incroyable ! A l'aéroport, j'étais dans l'escalator quand j'ai entendu ton rire à l'étage du dessus. Et là, j'ai tout planté : femme, enfant, valises pour remonter l'escalator en courant et je t'ai cherchée partout... Ça craint je te dis !

Et il lui plante son regard brillant d'enfant dans les yeux, ce regard unique qui l'émeut tant.

François n'apprécie pas cette intrusion et le pousse légèrement pour que Max retourne à sa place. Heureusement, il n'a pas encore beaucoup bu et il reprend sa place de l'autre côté du bar.

Il est 2 heures du matin, l'établissement ferme et Elle propose à François d'aller danser au Maloya. Dans la bousculade de la fermeture, Elle a perdu Max de vue.

Ils pénètrent dans la discothèque, s'installent au comptoir au fond du bar et commandent deux coupes de champagne. Elle lève les yeux et regarde autour d'elle, Max est juste en face, à l'autre bout du bar et il lui décoche son plus beau sourire.

François qui commence à être un peu alcoolisé la titille.

– Alors comme ça, tu te fais énormément draguer ? Genre tu vas sur la piste et hop un homme te saute dessus ?

– Oui, c'est un peu comme ça...

– Et bien vas-y ! Fais voir ! Va danser !

Elle est étonnée par son œil lubrique et son air allumé, l'alcool sans doute…

– Bon ok !

Elle ne prend pas grand risque avec Max juste en face qui la reluque comme un fou…

Et effectivement, dès qu'il la voit seule sur la piste de danse, il la rejoint et la prend dans ses bras pour danser collé-serré.

– Tu es à moi ma belle !

Ils sont les yeux dans les yeux, et trois tonnes d'amour passent dans leur regard comme s'ils se connaissaient depuis toujours.

Ils s'embrassent longtemps, sensuellement, langoureusement. Le désir monte en eux.

Max lui glisse à l'oreille :

– Je t'aime.

– Moi aussi Max, je t'aime !

Ils savent tous les deux que c'est sans lendemain, que c'est un lien incompréhensible, très fort, très particulier, indestructible, au-delà du temps qui les unit. Quand ils sont ensemble, rien ne peut leur arriver et personne ne peut se mettre en travers de leur route.

– J'ai envie de toi ! Je vais te faire l'amour toute la nuit, j'ai envie d'être en toi toute la nuit !

Elle lève la tête pour voir comment réagit François. Il est parti….

Merde...et puis zut, après tout le mal qu'il lui a fait, c'est parfait.

Elle n'a pas fait exprès mais rebouter Pierre et François le même soir c'est quand même extraordinaire, tout en retrouvant son Max tout amoureux...Cette soirée restera longtemps gravée dans sa mémoire.

Max l'entraîne vers la sortie, il est déjà trois heures du matin. Ils grimpent dans le pick-up et roulent un instant. Max se gare d'un coup sur une place le long de la rue ayant trop envie de la prendre dans ses bras.

Il fait encore nuit et la rue est pratiquement déserte. Il la déshabille, l'embrasse, la lèche partout.

– Qu'est-ce que tu es belle ! Je n'ai jamais eu une femme aussi belle que toi et j'en ai eu…

Elle adore le contact de sa peau, de ses doigts, de ses lèvres.

Il dépose un doux baiser dans son cou et tout son corps se couvre de frissons. Il est clair que ces deux-là sont unis par un lien magique, particulier…

Il s'enfonce en elle et ils restent ainsi, à bouger tout doucement, soudés l'un à l'autre, bouche contre bouche, yeux dans les yeux, main dans la main à se murmurer des "je t'aime" jusqu'au petit matin.

Elle lève les yeux, le soleil commence à éclairer le ciel.

– Max, il va bientôt faire jour, il faut que tu me ramènes à ma voiture.

– Nonnnn ! Je n'ai pas vu le temps passer, je suis tellement bien avec toi, j'adore être en toi, tout le temps.

Ils se rhabillent, se serrent encore une fois très fort dans les bras et repartent chacun dans leur voiture. Sans savoir quand ils se reverront mais avec la certitude qu'ils se retrouveront.

Quelle soirée !!!

Rendre la monnaie de sa pièce à François en lui faisant comprendre qu'Elle n'est pas un jouet à sa disposition.

Montrer à Pierre 1 qu'il n'est pas le seul à avoir ses faveurs et le rendre jaloux.

Retrouver son Max, avec qui Elle a ce merveilleux lien indéfectible et le rendre un peu jaloux, lui aussi, juste pour raviver sa flamme. Et quelle flamme….

Elle se demande comment François va réagir…

Elle va le savoir très vite.

Dans l'après-midi il lui envoie un texto :

« Dîner ? »

« Ok ! Où ? Quelle heure ? »

« La Maison Blanche, 20h00 ? »

« Parfait, j'adore, tu sais bien, j'y ai d'excellents souvenirs avec toi. »

Elle enfile une robe asymétrique noire qu'Elle vient d'acheter à Paris, longue jusqu'au genou d'un côté et s'arrêtant en haut de la cuisse de l'autre, ce qui nécessite une mini-jupe dessous…et une manche d'un côté et une bretelle de l'autre. Très originale, tout à son image, et très sexy.

Elle arrive au restaurant et marche sur le deck en bois blanc qui longe la maison, Elle passe ainsi devant les bureaux et aperçoit une forme se lever. Un homme arrive à sa rencontre, il se présente, Fabrice Dos Santos, propriétaire du restaurant. Il lui explique qu'en la voyant passer devant sa fenêtre, il a été subjugué par sa beauté, sa classe, sa sensualité et qu'il souhaite faire sa connaissance.

Et bien ! Elle est soufflée, rapide le mec, mais en même temps, Elle apprécie. Elle se dit que si Elle avait été un homme, Elle aurait agi ainsi. Ça correspond à son caractère franc et cash.

– Dos Santos…Tu ne serais pas le mari de Lorena Nabilo ?

– Si, enfin l'ex-mari...

– Ahhh ! Et bien on va avoir beaucoup de choses à se raconter car elle a dragué mon ex quand j'étais encore avec lui.

Il lui tend sa carte et lui demande son numéro de portable.

– Je te laisse aller rejoindre ton compagnon, je t'appelle très vite.

Elle rejoint François qui est déjà assis à leur table dans le très beau jardin exotique et qui a observé toute la scène.

– Et bien ma belle, quel succès ! Tu te fais vraiment draguer toutes les cinq minutes…

– Trop drôle ! C'est l'ex-mari d'une grosse salope qui a essayé de me piquer Erwan alors que j'étais encore avec et que je soupçonne de vouloir lui mettre le grappin dessus, maintenant qu'il a beaucoup de cash sur son compte en banque. Elle est connue pour ça ici !»

Ils dînent tranquillement en tête à tête.

– Je suis désolée pour hier soir, Max compte beaucoup pour moi et je ne l'avais pas revu depuis deux mois. Et entre lui et moi c'est particulier.

– Comme entre toi et moi ! Je suis toujours amoureux de toi et si tu vivais en métropole nous serions ensemble, tu le sais.

Là, Elle n'en est pas sûre du tout, comme ses enfants le lui avaient prédit en décembre, il semblerait que François ait un petit côté pervers...

Il continue à la complimenter sur sa beauté, sa gentillesse, sa vivacité d'esprit, mais cette fois Elle prend du recul. Elle sait qu'il est vexé d'avoir été plaqué hier soir pour un autre voire même légèrement excité… et il veut sa revanche ce soir.

Ils ont bu une bouteille de rosé et le vin commence à lui tourner la tête. François voit que ses yeux brillent et qu'Elle rit plus bruyamment.

Il prend sa main, la caresse du bout des doigts, remonte le long de son bras. Il se fait tendre, charmeur avec ses grands yeux amoureux qui la dévorent.

– J'ai très envie de toi ! Tu sais que je n'ai pensé qu'à ce moment depuis que je suis rentré, l'instant où tu seras dans mes bras, où je pourrai sentir ton odeur, caresser ta peau douce, tellement envie de te faire l'amour, de te retrouver.

A force de jouer sur le souvenir de leur relation, Elle commence à sortir de sa réserve et à répondre doucement à ses avances.

Elle avait tellement imaginé cet instant où ils se reverraient…

– Viens dans ma chambre ce soir, j'ai tellement de choses à te dire encore...

Et bla-bla-bla et bla-bla-bla...Elle n'est pas dupe cette fois mais Elle a envie de passer à nouveau un moment avec lui car toutes leurs nuits avaient été extraordinaires.

François règle le repas à la caisse du restaurant et Fabrice les apercevant, sort de son bureau.

– J'espère que vous avez bien dîné, permettez-moi de vous offrir une petite coupe de champagne...

– C'était parfait ! Comme d'habitude. Merci beaucoup Fabrice.

Il retourne dans son bureau, les laissant déguster tranquillement leur champagne et lance à son attention avec un sourire charmeur :

– On se voit très bientôt !

Elle suit François jusqu'à son hôtel.

C'est le même qu'au mois de décembre et quand Elle franchit le portail, le souvenir de toutes leurs extraordinaires nuits d'amour ressurgit.

Elle se gare au même endroit et entre dans sa chambre. Ce n'est pas la même mais la déco et la disposition sont absolument semblables.

Elle se retrouve projetée plusieurs mois en arrière...

Il s'approche d'elle, la prend dans ses bras et l'embrasse langoureusement enroulant sa langue autour de la sienne, la promenant dans sa bouche, sur ses dents, ses lèvres, les mordillant faisant naître le désir au plus profond de ses entrailles. Elle lui rend ses baisers le mordillant à son tour, glissant dans son cou, alternant coups de langues et morsures légères.

– Hummm, comme c'est bon de te retrouver, je n'ai rien oublié de ta peau, de ton odeur, de ta façon si animale de faire l'amour...

Elle aussi n'a rien oublié.

Il lui ôte sa robe, et la regarde, debout, plantée sur ses hauts talons avec ses sous-vêtements en dentelle noire, sa peau bronzée, ses longs cheveux blonds qui font ressortir le noir profond de la dentelle, terriblement sexy...

Ils retrouvent les sensations de leur première nuit.

Il l'allonge sur le lit et promène sa bouche, sa langue et ses mains tout le long de son corps qui se tend sous ses caresses.

Elle gémit, il sait être si doux et si fougueux à la fois. Elle sent la puissance de son violent désir sous la douceur de sa paume de main dont la pression se fait plus intense.

Il attrape ses longs cheveux dans une main et tire un coup sec :

– Dis-moi que tu aimes ça !

Elle perçoit dans son regard une once de violence.

– Tant que tu ne me fais pas mal et que ça reste un jeu, oui !

Il la griffe légèrement et lui donne une petite claque sur le haut de la cuisse.

Elle est surprise, il ne l'a pas habituée à ça !

Il sent son corps se raidir légèrement et cette manifestation de résistance accroît son excitation. Il s'enfonce en elle d'un coup puissant et la prend brutalement tout en pinçant fortement un de ses tétons.

– Non François ! Pas comme ça !

– Ah oui, tu n'aimes pas ça, salope ?

Son regard est devenu lubrique voire légèrement sadique et Elle n'apprécie pas ça du tout.

– Non, arrête ! C'est pas mon truc !

Elle l'a dit sur un ton péremptoire et il relâche la pression pour la caresser doucement.

– Moi c'est ça que j'aime et c'est ce que tu sais si bien faire.

François la regarde de nouveau amoureusement et recommence à la prendre avec douceur.

Elle essaie de se laisser aller mais Elle n'arrive pas à oublier ce qu'Elle a lu dans le regard de François.

Un instant, Elle se demande s'il baise comme ça avec sa compagne...

Il lui fait l'amour langoureusement et Elle finit par se laisser aller sous ses caresses mais le charme est définitivement rompu.

Comme toujours, Elle rentre dormir chez elle car Elle n'arrive plus à dormir avec un homme. Elle ne supporte plus leur présence, leurs ronflements.

Elle sait désormais que son histoire d'amour avec François est bien finie.

Elle ressent encore une profonde amitié pour lui mais rien de plus.

Le lendemain soir, il l'appelle pour prendre un apéro mais Elle lui répond qu'Elle a déjà un engagement avec ses copines.

– Et bien si tu le permets, je me joins à vous, je ne suis là que quelques jours et je veux passer le maximum de temps avec toi.

– Ok ! Je vois avec elles si ça ne les dérange pas et je te confirme. A tout !

Pfff ! Fuis moi, je te suis… terrible, mais imparable !

Ils passent une agréable soirée les pieds dans le sable. François se montre très amoureux avec elle et très agréable avec ses amies. Il fait son numéro de charme.

– Je te comprends mieux maintenant que je le connais, lui glisse Maria à l'oreille, il sait y faire avec les femmes avec son sourire ravageur et ses yeux qui lancent des éclairs.

– On est d'accord.

Il fait bon sur la plage et la soirée se prolonge. Maria qui habite juste à côté leur propose d'aller prendre un dernier verre chez elle. Ils discutent encore un peu puis se séparent pour rentrer se coucher.

Dehors, devant sa voiture, François la prend dans ses bras et l'attire à lui pour un long baiser.

– Tu étais magnifique ce soir, avec cette longue robe noire qui met parfaitement ton corps en valeur.

Tu me suis à l'hôtel ? J'ai tellement envie de te serrer dans mes bras.

– Non désolée, pas ce soir, il est déjà minuit et je dois me lever très tôt demain matin, je fais de la figuration dans un film et ça va se terminer tard le soir car on tourne une scène de nuit dans un restaurant. Appelle-moi demain soir, travaille bien demain et merci pour cette très agréable soirée.

Elle l'embrasse tendrement, il essaie de la retenir et de lui faire changer d'avis mais Elle est déterminée à rentrer. Elle se dégage et se dirige vers sa voiture. Il la rattrape, la prend dans ses bras et lui fait exécuter quelques pas de danse sur la route, en chantant.

Elle rit. Elle aime son côté fougueux et fantasque mais Elle ne change pas d'avis.

– Bonne nuit ! A demain, bisous.

Le reste de la semaine de François à la Réunion se passe ainsi. Ils continuent de jouer au chat et à la souris, ayant du mal à mettre un terme définitif à leur histoire mais sans avoir non plus le goût de la poursuivre.

Elle, parce qu'Elle sait qu'il vit toujours avec sa compagne à Paris (sa coloc comme il l'avait appelée lors de son départ à l'aéroport).

Lui, parce qu'il s'attache trop à son goût à cette femme qui le trouble et qui habite bien trop loin de Paris.

Ils dînent en tête à tête tous les soirs, s'embrassent comme deux amoureux, apprécient les moments de complicité passés ensemble mais ne vont pas au-delà.

Le jour de son départ, Elle le rejoint pour un dernier instant avec lui sur la plage. Ils se remémorent son précédent départ et leur douleur lors de la séparation à l'aéroport.

Il lui réaffirme qu'il a toujours été sincère, qu'il n'a jamais voulu lui faire de mal, qu'il s'excuse encore pour son comportement maladroit et qu'il a de vrais sentiments pour elle qui ne s'éteindront jamais.

– Je serai toujours là pour toi ! Tu peux m'appeler quand tu veux.

Ils se serrent bien fort dans les bras et il s'en va.

Elle ressent un petit pincement au cœur comme à chaque fois qu'un ami rentre en métropole après avoir passé de bons moments ensemble mais Elle sait désormais qu'Elle n'est plus amoureuse de François.

Il lui envoie un dernier message avant de décoller :

– Je t'embrasse.

Pfff ! Encore un mytho...

NEXT !

Le lendemain, Elle reçoit un texto de Fabrice Dos Santos, le patron du restaurant :

« Je n'arrive pas à oublier l'apparition de cette belle femme à la démarche si élégante sur le deck de mon entrée...Quand es-tu disponible pour dîner avec moi ? »

« Ce soir ! »

« Parfait, je suis ravi, je t'attends à 20 heures. »

« Ok pour moi ! A ce soir ».

Oui parfait ! Cette invitation tombe à pic pour lui changer les idées et Elle sent que ce rendez-vous va être très instructif. Pour l'instant, Erwan vit avec la malbaraise de l'hôtel mais c'est impossible qu'il reste avec une femme aussi peu avenante. Il est en attente d'une nouvelle proie et son petit doigt lui dit que ça va tomber sur l'ex de Fabrice, la Lorena Nabilo…

Elle arrive avec un peu de retard, vêtue de sa robe en cuir noir légèrement évasée, au décolleté carré et croisée dans le dos. Il jauge et apprécie :

– Sublime ! Très très sexy ! J'adore ! Tu me fais beaucoup d'effet…

Il lui saisit la main et la baise du bout des lèvres puis la conduit vers leur table dressée au bord de la piscine du restaurant.

– Champagne ou rosé ? Que préfères-tu ?

– Plutôt champagne, merci !

Ils trinquent les yeux dans les yeux.

– A ta beauté et à notre rencontre !

– Tchin ! Merci du compliment ! Et merci pour ton invitation.

Il l'interroge sur sa vie à la Réunion et Elle lui fait part de sa mésaventure avec Erwan.

– Tu vas certainement en entendre parler car ton ex lui tourne autour depuis un moment. Elle a dû apprendre que désormais il a du cash et Elle ne va pas le lâcher.

– Ah celle-là, c'est une sacrée salope ! Plus vénale qu'elle il n'y a pas ! Et en plus tarée du cul. Il faut qu'elle se fasse sauter trois fois par jour, elle est insatiable ! Moi, je t'avoue que je n'en pouvais plus, je ne suis pas si demandeur, je n'assurais pas. Il lui en faut toujours plus, elle est devenue adepte du fist-fucking !

– Euh...je vais te paraître bien innocente mais c'est quoi cette pratique ? Jamais entendu parler...

Il la regarde dans les yeux pour voir si Elle ne se moque pas de lui mais Elle lui semble sincère.

– Ben c'est une pratique où tu fais pénétrer ton poing dans le vagin ou l'anus ou les deux !

Elle écarquille les yeux.

– Non ! Je n'y crois pas ! Je me souviens de la douleur de l'accouchement et j'ai du mal à imaginer que l'on peut prendre le moindre plaisir ainsi.

– Et bien si et des deux côtés...

– Alors là ! Erwan va être aux anges, lui qui aime les situations bien trash sans oser se l'avouer...

– Il n'y a que comme ça qu'elle prend son pied !

– Là, j'avoue que j'ai du mal à imaginer comment on peut prendre du plaisir avec cette pratique, ça me laisse dubitative…

– Et attends ! Tu ne sais pas la meilleure !

– Euh, je t'avoue que je m'attends à tout avec cette dingue !

– Tu sais qu'elle était avec un grand black ?

– Oui, je l'ai aperçue avec lui deux ou trois fois au Perroquet Bleu et aussi lui au volant de la M6 de Lorena.

– Euh, non ma chère, simplement une M4, tu ne m'en voudras pas, mais je sais, c'est moi qui l'ai payée. Et bien figure-toi qu'il y a quinze jours, elle est venue me trouver en pleurs parce qu'elle était enceinte et qu'elle ne s'en était pas aperçu à temps pour se faire avorter en France aussi elle me réclamait de l'argent pour pouvoir partir se faire avorter à l'étranger !

– Ah ouais quand même !!! …Que ça arrive à une gamine ce genre de situation je veux bien, mais à 45 ans passés, aujourd'hui, avec toute l'information dont on dispose sur le sujet… Ça montre le niveau de la nana ! Excuse-moi Fabrice, mais elle ne me semble pas très intelligente...

– C'est vrai, tu as raison, en revanche elle est très futée. Mais tu sais, c'est moi qui l'ai formée. Quand je l'ai rencontrée sur un salon de l'immobilier, elle était simple vendeuse. Elle a tout de suite repéré que j'avais de l'argent et m'a mis le grappin dessus. Elle était pourtant en couple avec le père de son deuxième enfant qu'elle avait fini par ruiner et l'a plaqué pour moi du jour au lendemain !

– Hum ! Hum ! Exactement comme Erwan, même comportement ! Et bien sûr, elle était folle de toi, tu étais l'homme de sa vie, elle n'avait jamais connu ça avant, vous alliez faire de grandes choses ensemble etc…Voici donc deux pervers narcissiques ensemble usant des mêmes stratagèmes, chacun utilisant l'autre, je me demande comment ça va finir, très mal sans doute, lequel va gagner ? Je parie sur Erwan, il est rodé.

– Oui ! Ça s'est passé comme ça ! Le coup de foudre ! Et je lui ai monté cette agence immobilière dont j'ai gardé la moitié des parts mais qu'elle gère très mal donc je suis obligé sans arrêt de réinjecter de l'argent dedans pour lui éviter la faillite.

– Et bien, si comme je le pense, Erwan rentre dans le jeu, tu as intérêt à te dégager de tout lien financier au plus vite !

– Tu as l'air bien sûre de toi ! En même temps, pas plus tard qu'hier elle m'a demandé de me renseigner sur ce que faisait Erwan à la Réunion. Je lui ai répondu : ''Il n'est rien.''
– Oui, c'est bien ça ! Et c'est ce qu'il ne supporte pas !

J'avais donc raison, ils se sont recontactés ! Comme ça fait mal encore !!!

Fabrice voit bien qu'Elle est affectée par cette information et change de sujet de conversation.
– Mais parlons plutôt de toi ! Que fais-tu dans la vie ?
Elle lui raconte son parcours et le roman qu'Elle a en projet et qu'Elle a commencé à écrire sur papier.
Quand Elle en parle ses yeux tristes s'animent et il la trouve vraiment désirable.
Il se lève et fait le tour de la table pour se placer derrière elle. Il attrape ses longs cheveux dans une main et les tire en arrière d'un coup sec.
– Je sens que tu vas aimer ça !

Euh! Comment dire...Non ! Mais alors pas du tout ! Et avec lui, même pas pour jouer !
Elle est vraiment affamée la Lorena pour s'être tapé et avoir épousé ce mec-là, Erwan doit être ravi ...

Il enfonce légèrement ses doigts à la base de son cou puis relâche aussitôt sa discrète pression pour aller se rassoir en face d'elle.
– Tu l'as compris, je suis adepte de BDSM.
– Euh… c'est quoi exactement ?
– Bondage, Discipline, Sado Masochisme.
– Heuuu ! Le bondage, je vais te paraître idiote mais tu peux m'expliquer ?
– Ah, je pensais que tu savais et même que tu pratiquais quand je t'ai vu arriver avec ta robe en cuir...
– Ah ! Les clichés toujours ! Surtout sur les apparences vestimentaires… Ben non ! Moi je suis très classique, je fais l'amour avec

un homme parce que j'ai une vraie complicité affective avec lui. Je n'apprécie pas une relation qui serait uniquement basée sur le sexe, c'est impossible pour moi.

J'ai à maintes reprises été approchée par les couples échangistes de Saint Gilles pour que je participe à leurs soirées mais ça ne me dit absolument rien ! Soixante couples qui baisent tous ensemble, désolée mais moi, je trouve ça glauque, voire pitoyable, la décadence et la perte de toute valeur.

Faire l'amour, ça dit bien ce que ça veut dire, make love, c'est la matérialisation d'un sentiment, rendre l'amour, le plus beau des sentiments, réel. Donc évidemment pour moi, l'amour ça se fait à deux, point ! C'est une alchimie entre deux corps et entre deux êtres, et c'est déjà tellement difficile de l'obtenir à deux, alors à plusieurs... De plus, je ne suis absolument pas partageuse.

–Tu as tort, je suis sûr que tu adorerais ça, il faut juste que tu goûtes.

–Tu faisais ça avec Lorena ?

– Bien sûr ! Elle est très demandeuse, elle a besoin de sexe trois fois par jour ! Et moi, je ne suis pas très porté sur la chose. Paradoxalement, deux à trois fois par semaine me suffisent largement !

Ah ouais ! Trois fois par jour quand même ! Je comprends mieux que son agence immobilière soit en perdition !!! Ça prend du temps tout ça...quoique cinq minutes plaquée contre un mur...

– Tu vas en métropole parfois ?

Sa question la tire de ses pensées qui s'étaient envolées vers l'image d'un corps à corps torride entre Erwan et Lorena, sauvagement baisée dans les couloirs de son agence et sa jalousie était encore vive malgré tous les mauvais moments passés avec lui et après son départ.

– Oui, une à deux fois par an.

– Il faut qu'on se retrouve dans mon loft. J'ai une table spéciale pour attacher les jeunes femmes...

– Ahhh ! Comme dans 50 nuances de Grey ?

– La même !

Et bien voilà les filles ! Je l'ai trouvé mon Christian...Bon ok ! Il n'a pas vraiment son physique...Oui ? Mais non !

Il entreprend de lui raconter ce qu'il va lui faire sur cette table :

– Tu vas commencer par te déshabiller et tu seras inspectée dans tes moindres recoins par ma femme de chambre, une soumise qui est dédiée à cette tâche car elle sait exactement ce que j'attends d'une femme sur son apparence physique.

Tu seras épilée entièrement, puis elle te fera un gommage sur tout le corps suivi d'un bain de lait d'ânesse, ce qui va rendre ta peau extrêmement douce et soyeuse...

Elle te choisira ensuite une parure ultra érotique, souvent en cuir rouge, ma matière préférée. Il y a toujours des anneaux sur le soutien-gorge et les hanches pour pouvoir te ficeler.

Elle t'attachera sur la table et tu resteras ainsi, seule de longues minutes pour que l'attente dans cet accoutrement sexy accroisse ton désir.

Elle imagine la scène et essaie d'y déceler un indice d'excitation. Jusque-là, c'est vrai que ça lui plaît mais Elle n'est pas sûre d'avoir envie d'entendre la suite, surtout dans ce cadre romantique et en particulier dans la bouche de Dos Santos, dont le regard lubrique qu'il pose sur son décolleté lui provoque un début de nausée.

– Ne me dis rien de plus, je ne veux pas savoir la suite, je préfère laisser travailler mon imagination.

Ils arrivent au dessert et Elle choisit un moelleux au chocolat. Il a envie de lui raconter tout ce qu'il lui ferait une fois qu'il l'aurait attachée et bâillonnée mais il sent que ce n'est pas le moment. Il sait que dans ce domaine particulièrement, il faut savoir se montrer très patient.

– J'ai vraiment envie de te revoir très vite, tu m'inspires, tu dégages une sensualité hors du commun…

– Je suis désolée mais je ne dois pas tarder à rentrer, j'ai pas mal de boulot demain avec mes bungalows…

– Appelle-moi vite, je suis impatient de te tenir dans mes bras et de te faire découvrir mon monde, je suis sûr que tu vas adorer…

Et moi je suis sûre que non ! Pas avec toi en tout cas ! C'est vrai que son histoire de m'attacher m'excite, je l'avoue, mais pour le jeu et avec un homme que j'aime...

– Laisse-moi le temps d'y réfléchir.
Il la raccompagne jusqu'à sa voiture et la prend dans ses bras, l'attire à lui pour l'embrasser mais Elle détourne la tête et son baiser atterrit sur sa joue.
– Bonne nuit Fabrice et merci pour ce délicieux dîner, j'ai passé un moment très ...instructif !
– Bonne nuit Beauté ! Je t'appelle demain.

Il a vraiment l'air sûr de lui, mais c'est mort, il n'a aucune chance avec moi.
Et ces hommes qui croient qu'ils peuvent avoir toutes les femmes parce qu'ils ont un peu de pouvoir...Et bien non messieurs ! Il reste encore des femmes qui ne sont pas vénales, si, si ...

Dès le lendemain matin, il lui envoie un texto pour savoir si Elle a bien dormi et quand Elle sera disponible pour le rencontrer mais Elle ne répond pas tout de suite.
Elle attend la fin de la journée pour lui signifier qu'Elle a passé une très bonne soirée mais qu'Elle ne souhaite pas aller plus loin. Vexé, il ne lui répond pas.

NEXT !

CHAPITRE 12 : NUMÉRO 9 : LOUIS-MARIE LE PILOTE SURBOOKÉ

Quelques temps plus tard, Elle est chez son amie Vanina avec Maria et elles arrivent d'une belle balade en mer où elles ont pu admirer de superbes sauts de baleines.

Elles prennent un petit verre de rosé sous la varangue face à la mer.

Vanina l'interroge :

– Alors tu en es où côté cœur en ce moment ?

– Calme plat ! J'ai eu une petite aventure avec un homme qui est venu travailler ici. Il souhaite qu'on garde une relation à distance, que je vienne le voir à Paris et qu'on se voie quand il vient travailler ici deux fois par an mais j'ai eu l'impression bizarre d'être une escort girl, sans être payée et c'est fort désagréable. Donc j'arrête toute relation avec un homme qui vient de Métropole pour travailler ou alors je vais tarifer mes services et ce sera très cher...

En revanche, depuis quelques temps, je perçois des flashs d'un cœur dans les nuages, je dois rencontrer un homme sous un cœur dans les nuages…

Au même instant, la sonnerie d'un site de rencontre retentit pour l'avertir qu'Elle vient de recevoir un message d'un nouveau prétendant.

Elle lit le message à ses copines :

« Hello, je te trouve charmante et J'adore ton look sur tes photos, j'aimerais beaucoup faire connaissance avec toi... »

Elle se connecte sur son site, regarde ses photos et les montre à ses copines :

– Il est mignon lui, et en plus il est pilote de ligne, j'adore…

Les échanges commencent et ils découvrent qu'ils étaient tous les deux en mer cet après-midi à admirer les baleines...

Ils semblent en phase sur plusieurs domaines et il lui propose de continuer leurs échanges par WhatsApp qui est plus rapide que le site de rencontre et qui permet de s'envoyer de nouvelles photos. Il lui donne son numéro de portable. Elle l'enregistre dans ses contacts et lance la recherche sur WhatsApp.

Son nom apparaît avec une petite icône le représentant. Elle clique dessus pour l'agrandir :

– Non les filles vous n'allez pas me croire !!! Regardez sa photo de profil...

Elle leur tend son téléphone…Un cœur dans les nuages...

Il est donc représenté sous un cœur dans les nuages.

– Waouh ! C'est fou ça !!!...

Maria renchérit :

– C'est vrai que tu me répètes ça depuis dix jours, c'est drôle !

– Et bien du coup je suis pressée de le rencontrer ...

Il lui donne rendez-vous pour un petit apéro le lendemain soir.

Ils se retrouvent sur la terrasse d'un bar tranquille mais il lui fait la surprise de ne pas arriver seul…Dans ses bras, il tient un adorable petit garçon de… quatre ans…

Leurs yeux se croisent, complices. Elle sent tellement d'amour dans le regard qu'il porte sur son enfant qu'Elle lui fait un accueil bienveillant et n'a aucun mouvement de recul.

Ce doit être une de ses tactiques pour analyser la réaction face à la présentation de l'enfant.

C'est vrai qu'un homme d'une cinquantaine d'années, seul avec un tout jeune enfant, il n'y en a pas tant que ça ! Quoique... En y regardant de plus près, la tendance est à la hausse avec tous ces hommes qui quittent leur femme pour une beaucoup plus jeune qui, bien sûr, n'a pas encore d'enfants mais va rapidement leur en faire un...

Et comme ils se retrouvent ainsi dans le même schéma de couple enfant routine qui n'a plus rien à voir avec la relation passionnelle et torride des débuts, ils se séparent souvent à nouveau et se retrouvent en prime avec un tout jeune enfant sur les bras.

Comme Louis-Marie avec Tom.
Ils discutent à bâton rompu de leur travail et de leurs loisirs tout en sirotant leur jus de fruit et posant quelques questions à Tom pour qu'il ne sente pas mis à l'écart. Elle le trouve très agréable et passionnant par toutes les activités qu'il pratique. Le moins qu'on puisse dire c'est qu'il a une vie intense et ça laisse présager qu'il en sera de même au lit.
Ils finissent leur verre et terminent leur entrevue en se donnant rendez-vous pour le lendemain au restaurant, Tom devant dormir chez sa maman.
Le soir en se couchant, Elle lui envoie un gentil message :
« Tellement d'amour dans ces regards échangés avec ton fils, belle rencontre, hâte d'être à demain, bonne nuit avec ton petit loup. »
Il lui répond aussitôt :
« Merci, très belle rencontre également pour moi, impatient d'être à demain. J'aimerais que tu m'envoies quelques photos de toi pour faire de beaux rêves. »

Ah décidément, ils sont tous branchés photos ! Ça tombe bien j'ai du stock...

Et Elle commence par les toutes premières qu'Elle avait prises pour Erwan, avec le body en dentelle noire.
« Magnifique ! Très belle carrosserie ! Je ne sais pas si je vais réussir à dormir du coup ! »
Joueuse, Elle lui en envoie trois autres, en maillot de bains et en robe très décolletée, accompagnées du message :
« Envie que tu glisses tes mains sous ma robe. »
Il répond aussitôt :
« Mes mains dessineront les belles courbes de ton corps et ma langue prendra le relai sans oublier chaque recoin... »

Ouh là là ! Ça démarre fort tout ça !

Elle se prend au jeu et lui écrit :

« Je me cambrerai sous tes caresses en gémissant doucement sous la chaleur de ta langue qui lape la pointe de mes seins. »

« Oufff ! J'ai la pression qui monte, tes photos m'excitent autant que tes mots...Je sens que nous n'allons pas manquer de scénarios car je ne manque pas d'imagination et je suis plutôt coquin...mais tu m'as l'air coquine aussi donc encore un point commun entre nous et pas des moindres... »

Elle lui envoie une photo de sa croupe très légèrement vêtue d'un string.

« Hummm ! Magnifiques ces belles courbes qui n'en finissent plus...Je veux en faire le tour avec ma langue et imprimer les dessins de ton corps pour pouvoir le reconnaître les yeux fermés. »

« Waouh ! C'est très beau et très sensuel, j'adore !!! Bonne nuit Captain.»

« Bonne nuit ma belle sirène. »

« Ah ah ! Tout le monde m'appelle comme ça, c'est drôle ! Je vais finir par croire que j'en suis une ! »

« Ah ! Alors je vais te trouver un autre surnom à moi ! A demain. »

Leur nuit est agitée, parsemée de rêves érotiques.

Il l'emmène dîner à la Maison Blanche. Elle décide donc de porter une belle robe blanche, moulante à souhait qui lui fait un corps de sirène justement et Elle complète sa tenue par des très hautes sandales en cuir noir.

Il l'a invitée à passer d'abord à son appartement, situé sur sa route, pour lui offrir un verre de champagne.

« Désolé pas très glamour le deux pièces qu'on me prête... »

« Peu importe le flacon pourvu qu'on ait l'ivresse... »

Elle monte l'escalier le cœur battant car Louis-Marie l'a beaucoup touchée avec son jeune enfant dans les bras.

Ben oui, les jeunes papas esseulés, on ne peut pas résister, c'est trop ''chou''.

Elle frappe à la porte, il lui ouvre tout sourire et l'embrasse d'entrée de jeu, sur le palier, sans la laisser respirer. Un baiser fougueux qui dure une éternité.

Waouh ! Ça s'annonce torride !

Il la relâche enfin, la prend par la main et l'attire dans l'appartement. Il lui fait visiter rapidement puis l'invite à s'asseoir dans le canapé. Il a allumé des bougies, une douce musique sort de la baffle pour smartphone.
– Champagne ?
Cet homme est classe et vraiment attirant. On sent qu'il est habitué, de par son métier de pilote, à maîtriser les situations. Il a de surcroît été pilote de chasse dans l'Armée avant d'être pilote de ligne et on sent que tout cogite à deux cent pour cent.
– Oui merci, c'est parfait pour moi ! Bougies, musique douce, champagne, tu me gâtes...
– Tu me plais énormément, je te trouve classe et d'une beauté naturelle si rare aujourd'hui, tu mérites le meilleur. Je veux que tout soit parfait.
Elle se sent très à l'aise avec lui comme si Elle le connaissait déjà depuis longtemps. Ils trinquent à leur belle rencontre, se regardent et restent un instant les yeux dans les yeux. Le désir passe. Il a des yeux noirs, pétillants de malice, qui la transpercent.

Touchée, coulée !

Il pose une main sur son genou et, à travers la robe, exerce une légère pression qui se transforme en douce caresse descendant vers son pied.
Il remonte le long de ses jambes douces et bronzées et n'a qu'une envie, la tenir entièrement nue entre ses bras.
Comme si Elle l'avait entendu, Elle laisse glisser la robe blanche le long de son corps, tout doucement, pour lui révéler petit à petit ses formes harmonieuses.
Il la découvre, ravi. Cette femme est une véritable bombe et Elle vient de lui mettre le feu. Il se retient de la prendre tout de suite et écarte ses cuisses avec douceur pour aller fourrer sa langue sur ce petit clitoris qui s'offre à lui.
Il la lèche avec précaution et Elle se cambre sous sa caresse. Il est très doux, très attentionné. Elle est allongée sur le canapé et relève son buste. Dans le mouvement, sa bouche se retrouve à la hauteur de sa braguette. Elle l'ouvre précautionneusement, fait semblant d'hésiter à se saisir de

son sexe qui appuie fermement sur la fermeture éclair puis, d'un coup, l'entoure de sa langue.

Elle y joint les lèvres qu'Elles serrent fermement autour de son prépuce et attend sans bouger. Juste une ondulation de sa langue.

Elle glisse un doigt entre ses fesses à l'entrée de son anus. Il soupire d'aise…

Oui mesdames ! Ils aiment tous ça ou presque ! N'est-ce pas messieurs ?

Elle commence à le sucer fougueusement tout en faisant pénétrer son doigt plus avant. Il gémit :

– Hummm, j'adooorreeee ! C'est trop bon ce que tu me fais là…

Elle continue tout en accentuant ses mouvements.

– Stop ! Arrête ! A ce rythme, je ne vais pas pouvoir te résister plus longtemps.

– Ah ? Je ne vois absolument pas de quoi tu parles…

Il la pousse sur le dos sur le canapé, s'allonge sur elle et la pénètre tout doucement.

– Viens plus fort !

– Non ! Tu vas attendre un peu…

Alors Elle enserre son torse avec ses cuisses et utilise ses muscles pour le forcer à accélérer son rythme. Elle fait onduler son bassin pour lui montrer le tempo qu'Elle affectionne et il accorde aussitôt ses va-et-vient. Elle le repousse et se place à quatre pattes sur le canapé lui présentant sa croupe, offerte…il la pénètre de nouveau avec fougue et ne peut se retenir plus longtemps.

– C'était juste une mise en bouche…Viens je t'emmène dîner !

Ils passent une excellente soirée au restaurant, Louis-Marie se montrant très attentionné. Il lui explique qu'il envisage de vivre à la Réunion à mi-temps pour profiter de son fils et que son boulot de commandant de bord va lui permettre d'être là et disponible. Comme la maman de Tom est hôtesse de l'air, ils s'arrangeront avec leurs plannings pour la garde de leur fils et il devrait avoir pas mal de temps libre pour elle. Il envisage de passer de bons moments avec elle à faire du bateau, du Paddle, de profiter de tous les avantages de cette île magnifique.

Tout en l'écoutant, Elle repense à son cœur dans les nuages, serait-ce l'homme de sa vie ?

Faut-il croire aux signes que vous envoie l'Univers ?

Elle a tendance à penser que oui…

Ils rentrent à l'appartement de Louis-Marie et il l'entraîne dans la chambre. Il fait glisser les fines bretelles de sa robe sur ses épaules et commence à la faire descendre le long de son buste découvrant ainsi ses seins qui pointent sous le frottement du tissu.

– Tes seins n'ont pas arrêté de pointer sous ta robe et tu m'as grave énervé pendant tout le dîner...Cette robe est incendiaire...

– Oui ! Je ne peux la porter qu'ici, le climat s'y prête parfaitement et je suis consciente qu'elle me fait un corps de sirène un peu trop sexy…

– Perso, moi j'adore mais j'aime encore plus ce qui se cache dessous.

Et il joint le geste à la parole en finissant de faire glisser la robe incendiaire jusqu'à ses pieds. Il lui caresse le dos, la masse en peu et Elle s'étire de bien-être sur le lit.

– Viens-là ! J'ai envie de te prendre tout de suite.

– Et bien vas-y, prends-moi ! J'adore comme ça !

Il plonge son beau regard sombre dans ses yeux bruns et la pénètre doucement. Ils se regardent et font monter le désir ainsi liés l'un à l'autre sans bouger.

Elle entrouvre ses lèvres et les ourle avec sa langue. Il s'approche de son visage et lui lèche les joues avant de se saisir de ses lèvres à pleine bouche.

Il émane de lui un érotisme particulier qu'Elle n'arrive pas à définir...mais très communicatif. Ils font l'amour joyeusement dans une harmonie de mouvement, intense et doux à la fois comme un couple qui se connaît bien déjà. Ils prennent du plaisir en même temps et Elle s'endort dans ses bras, ce qui ne lui arrive jamais.

Elle dort profondément et se réveille au bout de deux heures, collée contre le corps tout chaud de Louis-Marie qui est allongé sur le côté. Et instantanément, Elle a envie de lui, encore...

Elle approche son visage de sa verge qui repose sur son bas ventre, la saisit entre ses lèvres et commence à le sucer lentement pour le réveiller tout en douceur.

Encore endormi, il commence à bander et encouragée par cette semi-érection, Elle intensifie sa caresse buccale. Il gémit :

– Mais quelle heure est-il ?

– L'heure de faire l'amour Captain !

Et Elle continue de l'exciter jusqu'à le sentir très dur entre ses lèvres. Alors Elle le fait basculer sur le dos et passe ses jambes autour de ses hanches pour pouvoir s'empaler sur son érection. Elle lui transmet son excitation par de doux va-et-vient tout en immisçant sa langue entre ses lèvres pour l'embrasser langoureusement. Elle fait onduler son bassin d'avant en arrière et de droite à gauche donnant ainsi plus d'ampleur à son érotique manœuvre. Peu à peu, il se réveille, s'agrippe à ses hanches et ondule à son tour sur le même tempo.

– Hummm !!! C'est bon ainsi ! J'adore la nuit, les sensations sont exacerbées par une sensibilité à fleur de peau, j'avais oublié…

Fred, je crois que tu as raté quelque chose à vouloir à tout prix dormir seul dans ta couchette...

– Tu es dingue ! Je n'aurais jamais cru bander ainsi aussi vite, on a déjà fait l'amour deux fois ce soir et…

Elle ne lui laisse pas le temps de finir sa phrase et enfourne sa langue dans sa bouche à la recherche de son homologue avec qui elle veut effectuer quelques pas de danse. Et, tout en l'embrassant voluptueusement, Elle remonte ses jambes en position accroupie et le chevauche intensément. Le plaisir monte. Il la sent partir, accroît ses mouvements de bassin pour lui procurer une puissante jouissance et dès que ses gémissements ralentissent, il la repousse et la fait se placer à quatre pattes, la croupe bien offerte.

– Mais quel cul ! Tu me fais trop bander comme ça !

Et il s'enfonce de nouveau en elle d'un puissant coup de rein. Il la prend furieusement et sa jouissance monte, extrême…

Repus, il s'allonge contre elle en posant une main sur son sein et s'endort du sommeil du juste.

Pas elle, Elle se lève délicatement sans le réveiller, attrape sa robe, passe aux toilettes, se rhabille dans le salon, sort à pas de loup de l'appartement et rentre chez elle.

Une fois dans son lit, Elle lui envoie un petit texto :

« Merci pour cette délicieuse soirée, j'ai adoré. »

Il lui répond le lendemain matin :

« Bonjour ma sirène, bien dormi ? Tu m'as lâchement abandonné et mes mains t'ont cherchée partout dans le lit à mon réveil, pas que mes mains d'ailleurs…Je suis dispo aujourd'hui. On se fait une sortie en mer pour voir les baleines ? Et après je t'invite au resto sur la plage pour le déjeuner.

Y'a pire comme programme, non ?

Ils partent en bateau tous les deux à la recherche des baleines et naviguent vers la baie de Saint Paul. Nous sommes Jeudi et il n'y a pas grand monde sur l'eau.

Très vite, ils aperçoivent le jet d'un souffle. Ils réduisent la vitesse aussitôt et se dirigent tout doucement vers la baleine et son petit. Il n'y a aucun autre bateau. Bonheur ! Pas de cris, de hurlements de touristes à la moindre apparition d'un dos ou d'une queue.

Eux, ce qu'ils aiment, c'est se mettre à l'eau et nager doucement vers la baleine qui, selon son bon vouloir, leur tournera le dos ou viendra les frôler de sa nageoire.

L'un des deux doit rester dans le bateau, Elle se met à l'eau en premier ne pouvant, comme à son habitude, pas résister au besoin de s'immerger. Équipée de palmes et d'un masque tuba, Elle nage calmement vers la baleine accompagnée de son petit. Le baleineau se retourne et l'aperçoit et, curieux, se dirige vers elle. Cool !!!

Il approche tout près et Elle recule à présent vers le bateau. Il continue de se rapprocher, la dévisage avec son œil énorme à l'échelle humaine. Elle ressent une sorte de vibration à travers son corps et a l'impression d'avoir été radiographiée comme pour détecter le moindre signe de danger.

Elle reste calme et nage toujours doucement vers le bateau. Il continue de la suivre. Mais Elle ne voit pas maman. Elle doit être dessous…et Elle n'aimerait pas être prise pour un danger pour son bébé.

Pour l'instant, il n'y a jamais eu de problèmes avec les baleines, peu de gens osant se mettre à l'eau par peur d'une mauvaise rencontre avec un requin.

Dans les eaux réunionnaises, on trouve soit des requins Bouledogues, soit des requins Tigres, pas de Grands Blancs fort heureusement...Et ces derniers temps on a déploré plusieurs accidents mortels sur des surfeurs mais aussi de simples baigneurs tout près du rivage.

Elle est maintenant tout près du bateau, le baleineau passe dessous pour jouer.

– Mets-toi à l'eau, vite ! Il est dessous ! Viens avec moi !

Louis-Marie qui les avait vus arriver, s'était préparé et avait déjà enfilé ses palmes et son masque. Il se glisse tout doucement dans l'eau à son approche.

Ils se tiennent la main et regardent évoluer le baleineau qui tourne autour d'eux, visiblement très curieux. La mère remonte à la surface et semble agacée par cette proximité. Elle étend sa nageoire caudale pour écarter le baleineau vers le large et l'entraîne à ses côtés.

Ils remontent sur le bateau, tout chamboulés par cette merveilleuse et impressionnante rencontre.

Il saisit une serviette pour la sécher et la serre tout contre lui. Elle frissonne de froid et de bonheur à la fois :

– C'était magique ! Mille mercis pour cet instant hors du temps !

– De rien ! Tu sais, c'est une des raisons pour lesquelles je vis à la Réunion. Pendant la saison des baleines, il faut que je sois sur l'eau une à deux fois par semaine. Mais là, franchement, c'est ma plus belle rencontre avec ces animaux. D'habitude elles sont beaucoup plus furtives.

Et Elle se colle à lui de bonheur.

Il l'embrasse, l'enlace et détache son haut de maillot pour attraper un sein entre ses dents. Il la mordille doucement d'abord puis plus fort. Aussitôt, Elle sent une douce chaleur inonder son bas-ventre.

Elle s'agenouille et extirpe son gland de son short de bain. A peine l'a-t-elle introduit au fond de sa gorge qu'il enfle et durcit de désir. Elle continue sa caresse pour lui procurer un intense plaisir, là, en pleine mer, nus, léchés par le soleil. Il s'assoit sur la banquette du cockpit, démarre le moteur et enclenche la marche avant, la bite dressée vers le ciel.

– Viens t'asseoir sur moi !

Elle s'exécute, prend le volant du bateau et, lui tournant le dos, se colle à lui. Il n'y a aucun bateau autour d'eux et ils voguent vers le large.

Louis-Marie caresse ses seins nus qui se dressent sous les rayons ardents du soleil, les saisit à pleine main et les malaxe en prenant soin de faire rouler délicatement la pointe entre ses doigts puis de les pincer légèrement. Elle gémit de plaisir et sent des effluves coquines inonder son entrecuisse. Elle tient le volant d'une main et de l'autre se saisit de la verge qu'Elle sent durcir contre ses fesses.

Il fait glisser le bas de maillot le long de ses cuisses et introduit un doigt dans sa fente pour accentuer son désir d'être pénétrée. Il dirige ses doigts au bon endroit. Il paraît qu'il s'appelle le point G. Et il est vrai que sur la paroi avant de sa caverne, se trouve une zone plus sensible qui, sous l'effet de la pression des doigts, déclenche des ondes de plaisir.

Il a senti son excitation et la pénètre aussitôt. Elle s'accroche au volant pour répondre à ses va-et-vient par des coups de reins. Elle regarde la mer, sent le chaud soleil sur sa peau et cette nature qui l'enveloppe, comme à Nosy Be, lui déclenche une jouissance particulière, profonde, intense, sensuelle…

Il ralentit le rythme pour ne pas être entraîné avec elle. Il n'y a aucun bateau à l'horizon alors Elle se détache de lui, se retourne et grimpe sur la console, face à lui, jambes écartées, pieds en appui sur le siège avant. Il n'a plus qu'à se glisser entre ses cuisses…ce qu'il s'empresse de faire… Elle adapte la hauteur de son bassin en pliant davantage les genoux ce qui l'oblige à se tenir en équilibre sur les avant-bras. Position inconfortable mais oh combien excitante ! Sa verge, tendue par l'excitation que lui procure cette vision surréaliste de cette femme, nue, offerte en pleine navigation, s'enfonce avec délice dans cette petite fente humide et s'agite avec ferveur pour l'amener à une seconde jouissance encore plus intense que la première.

Elle repose ses pieds sur le pont et grimpe à quatre pattes sur les fauteuils avant, croupe tendue vers le ciel.

– Prends-moi encore ! Comme ça ! Viens !

– Tu es tellement excitante, j'ai très envie de toi encore moi aussi !

Il l'attrape par les hanches et s'enfonce en elle en lui donnant de grands coups de boutoir. Ce n'est pas le rythme qu'Elle préfère. Aussi, Elle le freine et bouge son bassin de façon à ce que son sexe glisse doucement sur sa queue et quand Elle arrive près du bout, Elle donne une impulsion brutale qui fait monter son plaisir. Après une vingtaine d'aller-retour à ce rythme, Elle lui déclenche une profonde éjaculation.

– Waouh ! Quelle sensation ! J'ai rarement joui aussi fort, c'était très intense !

– Oui, c'est ça ! Intense ! C'est l'adjectif qui me qualifie le mieux…

Ils stoppent le bateau et plongent dans l'eau limpide pour se rafraîchir.

Ils remontent sur le bateau et partent à la recherche d'une autre baleine qui voudra peut-être les gratifier d'un beau spectacle de sauts pour finir en beauté cette merveilleuse sortie en mer.

Chanceux, après un quart d'heure de navigation, ils tombent sur un groupe de trois mâles adultes qui se défient pour courtiser une femelle en sortant entièrement leurs corps de l'eau. Quelle puissance ! C'est impressionnant.

Ils restent une bonne demi-heure à les admirer puis font route vers le port de Saint Gilles afin d'aller déjeuner au restaurant. Ils passent tout l'après-midi allongés sur les transats à discuter, s'embrasser et de temps en temps vont se baigner main dans la main pour se rafraîchir.

Il doit ensuite rentrer pour récupérer son fils qu'il garde jusqu'au lendemain soir.

– Je t'appelle demain quand j'aurai déposé Tom chez sa mère, tu pourras me rejoindre chez moi dans la soirée ? Je repars après-demain pour quatre jours.

– Bien sûr, je vais m'arranger pour passer te dire au revoir demain soir. Profite bien de ton petit bout.

Elle rentre chez elle un peu décontenancée par la tournure que prend leur relation, il a l'air de vouloir la fréquenter régulièrement et Elle en a envie, elle aussi.

Le lendemain soir pour leur rendez-vous, Elle se fait fatale, robe décolletée ultra moulante noire et sandales noires à très haut talons Guess. Ses longs cheveux blonds ajoutant la touche sexy à cette tenue.

Elle sonne et il se jette fougueusement sur elle pour l'embrasser et la serrer dans ses bras. Elle adore son sourire et son regard brun chaleureux et Elle se sent bien dans ses bras. Il l'attire dans l'appartement et la détaille des pieds à la tête.

– Tu es trop canon comme ça ! Je suis sûr que tu es nue sous ta robe…

– Regarde !

Il glisse une main sous la robe et remonte le long de ses cuisses jusqu'à son entrejambe. Un sourire coquin illumine son visage.

– Hummm comme j'aime ! Tu es trop bandante comme ça !

Le style change déjà par rapport à notre première fois, son regard est quelque peu lubrique ! Qu'est-ce qu'il va me sortir ?

Il la reluque des pieds à la tête ou de la tête aux pieds plutôt.

– J'adore tes chaussures ! Tes talons fins et vertigineux, c'est vraiment sensuel.

Il lui ôte sa robe mais tient à ce qu'Elle garde ses escarpins et il l'entraîne vers le lit. Allongée à ses côtés, il lui caresse le dos, le ventre et s'attarde sur ses seins, pressant fermement la pointe entre ses doigts.

– Tu sais, mon ex était une folle de cul, on a fait des trucs de dingue ensemble, Elle savait comment exacerber mon plaisir...

– Ah oui comment ? Raconte ! Je suis curieuse de savoir…

– Et bien tu vois ton talon là ? Elle me l'enfonçait dans l'urètre ! Et contrairement à ce qu'on pense, ça ne fait pas mal du tout ! C'est même excitant…

Et son regard se porte rêveur sur les talons de sa partenaire.

Elle passe une main sur le talon de sa chaussure. Il est plat d'un côté et en arrondi de l'autre, ce qui signifie qu'il y a deux arêtes bien dures de chaque côté. Elle les effleure du bout des doigts, c'est presque tranchant…

Elle doute un instant de la véracité de ses dires mais il lui donne des détails :

– Il faut commencer par agrandir le trou avec la langue, tu l'enfonces de plus en plus profond puis tu introduis ton petit doigt et tu commences de très légers va-et-vient. La peau est élastique et ce petit orifice finit par accepter d'être violé.

Ah ! Il a quand même fallu que j'attende cinquante ans pour entendre ça et savoir que ça existe ! Je me demande si c'est une pratique courante chez les amateurs de SM …Ils appellent ça un sodurètre.

Christian ? Ça te tente pour les cinquante nuances plus torrides ???
Fist-fucking, bondage, sodurètre, c'est quoi la prochaine pratique ?

Intriguée et, il faut bien l'avouer, légèrement excitée par cette histoire, Elle entreprend d'ouvrir sa braguette, curieuse de voir de plus près l'aspect de ce petit orifice. C'est quand même très étroit. Elle caresse ce sexe qui revêt désormais des aspects mystérieux et dépose un doux baiser sur son prépuce comme pour lui dire pardon, désolée. Elle le caresse du bout de la langue et se présente à l'entrée.

Et en effet, sous la légère pression de sa langue pointue, Elle sent le bout de l'urètre s'écarter pour la laisser pénétrer. Elle ressent alors une impression bizarre, à la fois troublée et excitée. Elle pose son auriculaire sur le bout de son sexe et mesure combien il manque pour qu'il puisse pénétrer.

Heu ! Beaucoup ! Ça paraît incroyable ce truc-là...

Elle arrête là son expérimentation, le caresse doucement avec sa langue pour l'engouffrer ensuite dans sa bouche gourmande. Visiblement très excité par ses attouchements particuliers, il la fait basculer sur le dos pour la pénétrer immédiatement. Il bouge d'une façon très sensuelle, alternant les rythmes, stoppant ses accélérations pour lui permettre de faire redescendre la pression, puis augmentant d'un coup le tempo de ses pénétrations. Il sent l'arrivée imminente de son plaisir, hésite et finalement se retire.

– Non !!! N'arrête pas ! Continue comme ça c'est trop bon !

– Tourne-toi et mets-toi à quatre pattes ! J'ai envie de me délecter de ta croupe magnifiquement cambrée !

Elle s'exécute et tend ses fesses ouvertes vers Louis-Marie qui s'enfonce aussitôt en elle. Après quelques va-et-vient bien appuyés, son plaisir remonte et Elle l'entraîne dans sa jouissance.

Le lendemain soir, il s'envole pour Paris aux commandes d'un triple 7. Elle lui a proposé d'aller prendre un verre avant son départ mais, distant, il a refusé sous prétexte qu'il était trop fatigué... Elle est tranquillement installée dans son lit et regarde son FB (fesses bites), euh, non ! Facebook. Le site lui propose des amis qu'Elle pourrait connaître, souvent des amis de nouveaux amis ou des personnes dont Elle vient d'enregistrer le numéro de téléphone dans ses contacts. Elle fait défiler distraitement la liste, toujours curieuse de voir à quel point ce site peut s'immiscer dans la vie privée de ses abonnés. Tout d'un coup, un profil attire son attention, "Skyfall", le même pseudo que celui utilisé par Louis-Marie sur Adopte un mec... Elle ouvre le profil et trouve quelques photos de lui, mais surtout de femmes très très sexy avec leurs coordonnées, donc des prostituées. Mais aussi des messages d'autres personnes visiblement échangistes et très libertines...

Encore un échangiste ! C'était trop beau ! Il avait l'air tout mignon celui-là avec son bébé dans les bras !!! Il cachait bien son jeu encore ! Je me demande comment il va aborder la chose...

Elle qui commençait à s'attacher à cet homme qu'Elle trouvait charmant et avec qui Elle avait beaucoup d'affinités est, une fois de plus, bien déçue.
Elle appelle aussitôt Maria pour lui confier sa déconvenue, lui raconter le truc étonnant du talon dans l'urètre et Elle lui envoie les photos qu'Elle vient de découvrir.
– Quoi ? Un talon aiguille dans l'urètre !!! Ah oui quand même ! On n'aurait jamais cru avec sa gueule d'ange...
– Ben tu vois, je crois que ce sont les pires ! Regarde Erwan, avec ses boucles dorées et ses yeux bleus délavés, on a l'impression qu'il est tout doux, tout gentil, tout mignon...Ben non ! C'est même tout le contraire...
– Qu'est-ce que tu vas faire ?
– Je vais le questionner en douceur. Déjà, j'ai remarqué qu'il est connecté en permanence sur son site "adopte un mec" alors que théoriquement, il ne devrait plus être en recherche, ensuite, il répond très tardivement à mes messages...A suivre, je te tiens au courant mais je crois que c'est mort, merci l'Univers, je te retiens avec ton cœur dans les nuages...Et attends ! Pas plus tard qu'hier matin, suite à l'excellente soirée passée avec Louis-Marie, je suis partie courir au parcours de santé et, arrivée dans la clairière, j'ai levé les yeux vers le ciel. Il n'y avait aucun nuage sauf un... je te le donne en mille, en forme de cœur parfait. Attends ! J'ai fait une photo, je te l'envoie.

– Incroyable ! C'est vrai qu'il a une forme parfaite de cœur, tout seul planté au milieu de ce ciel bleu...

– Oui mais là, j'y crois plus…

Elle attend un peu après l'atterrissage de Louis-Marie pour l'appeler. Ils discutent un peu de tout et de rien et Elle l'emmène progressivement sur le terrain de ses sorties à Paris.

– Tu connais la boîte échangiste "Les Allumettes'' à Paris ?

Il n'a pas l'air surpris, au contraire et lui répond d'un air très naturel :

– Bien sûr, les patrons sont de très bons amis et c'est même moi qui ai refait leur déco quand j'avais une boîte de décoration à Paris.

Ah oui, Ce sont ses amis, et bien ça promet...
Mais il a fait combien de métiers, lui ?

– Je t'emmènerai si tu veux quand on se retrouvera sur Paris.

– Oh tu sais, ce n'est pas mon truc l'échangisme et le libertinage mais j'avoue que je serai curieuse de voir ce qui s'y passe et comment ça se passe. J'ai une copine qui y est allée le mois dernier et elle m'a dit que c'était très bien fréquenté, beaucoup de beau monde de la TV, du cinéma...

– Sur le même sujet, je passe près d'un sex-shop et j'ai bien envie de te ramener des petits cadeaux sympas.

Glurp ! Ça se corse !

– Et bien pourquoi pas ? Je ne demande qu'à voir ! Fais-moi la surprise.

– Je te rappelle plus tard, je conduis dans Paris et j'ai rendez-vous avec des potes pour le dîner.

Mais il ne la rappelle pas.

Il doit être bien occupé et Elle se demande à quoi en réalité. Il est toujours connecté en permanence sur Adopte et quand Elle se connecte sur son profil pour essayer de voir avec qui il discute, le site informe Louis-Marie de chacune de ses visites. Ça va paraître bizarre.

Deux jours passent sans nouvelles. Elle ne sait pas s'il est à Paris ou en Bretagne. Il ne juge pas nécessaire de l'en informer.

Le troisième jour, il la contacte de sa chambre d'hôtel. Il est à Paris en attente du décollage ce soir pour son retour à la Run.

Il est allongé, nu dans son lit et lui envoie une photo.

« Je pense à toi et à nos retrouvailles, hâte de te retrouver, regarde ! »

Elle le découvre entièrement nu sur son lit, une main caressant son sexe en érection.

« Prends-toi en photo dans ton uniforme et ce qui me ferait le plus triper c'est que tu te caresses dans le cockpit et que tu m'envoies la photo. »

« Au secours ! Cette fille est dingue...encore plus dingue que moi...Ok ! Je vais te faire ça, ça m'excite aussi terriblement !»

Et peu de temps après, Elle reçoit les photos demandées...

Ah ouais ! Il l'a fait ! On peut leur demander n'importe quoi en fait en matière de sexe ! Tout les excite !

« Merci pour ces belles photos ! Ne te trompe pas de manche !»

Mais il ne répond plus. Pourtant il dispose d'un grand moment encore avant que tous les passagers aient embarqué.

Elle lui renvoie deux messages, un en texto et un en WhatsApp :

« Bon vol Captain, je penserai à toi au milieu des étoiles cette nuit et heureuse de te retrouver et de découvrir les jouets que tu m'as rapportés. »

Il ne répond plus. Et Elle ne peut s'empêcher de penser qu'il a croisé la route d'une sympathique hôtesse de l'air ou d'une jolie passagère toujours attirée par le prestige du commandant de bord...

Difficile désormais de refaire confiance à un homme après toutes ces années de mensonge et toutes ses dernières rencontres avec des hommes mariés et un peu déjantés.

Son téléphone sonne et Maria toute essoufflée semble très pressée de lui raconter les derniers news :

– Tu devineras jamais...Je viens de quitter Sabrina en pleurs.

– En pleurs ?!!! Là, je ne comprends pas, elle est en love total avec son pilote de ligne, il doit lui racheter sa maison, ils ont prévu de partir à Bali la semaine prochaine...

Maria la coupe :

– Ben non justement, tout ça c'est fini !

– Comment ça c'est fini ? Ils vivent une belle histoire d'amour depuis un an !

– Tu sais que Patrice, son pilote, était à Las Vegas la semaine dernière avec ses enfants...

– Oui et alors...

– Il a posté sur son Facebook une photo de lui et son fils dans une limousine mais il y avait la signature d'un photographe en bas de la photo. Sabrina a trouvé ça bizarre et elle est allée voir sur le site internet du photographe en question et là, tiens-toi bien, elle est tombée sur les photos de mariage de Patrice avec la mère de ses enfants, sa soi-disant ex...

– Quoi ??? Il vient de se marier alors qu'il devait racheter la maison de Sabrina le mois prochain ? Mais il est taré encore celui-là !!! Je comprends mieux pourquoi Erwan disait que ce qu'il avait fait était insignifiant...Quand on regarde tous les cas de tromperies autour de nous, c'est affligeant...

– Tu as des news de LM ?

– Il est en vol de retour pour la Run, il devait m'appeler avant le décollage mais il a sans doute eu d'autres choses à faire... Mais je ne vais pas aller plus loin, trop tordu pour moi !

Elle raccroche et rédige un texto à Louis-Marie pour lui signifier qu'Elle ne souhaite pas poursuivre cette relation mais qu'Elle l'apprécie beaucoup et souhaite conserver une belle amitié.

« Je t'emmènerai avec ton fils plonger avec les baleines quand tu voudras. »

Il lit le texto à son atterrissage et lui répond :

« Pas de soucis, tu as bien senti que de mon côté je ne suis pas prêt à m'investir dans une relation et je ne vais pas rester à la Réunion, je m'y ennuie et je suis trop loin de mes affaires. Je te reverrai avec plaisir quand je viendrai voir mon fils. Je t'embrasse ma sirène.»

Voilà une histoire qui se termine posément.

Effectivement, à chaque fois que Louis-Marie revient, il lui envoie un gentil message pour lui dire qu'il pense à elle et à son corps de rêve…

Un mois plus tard, en Juin, Elle repart dix jours en métropole pour régler les derniers problèmes sur la location saisonnière de sa maison vendéenne.
Elle ne contacte pas François quand Elle s'arrête à Paris, ni Clément, ni Rodolphe dont Elle n'a plus de nouvelles, vexé qu'Elle ne l'ait pas rappelé quand Elle est repassée à Paris lors de son dernier voyage, ni Louis-Marie qui doit être entre deux continents.
 A part Pierre 1 et Max qui lui envoient régulièrement des textos et la sollicitent pour des rendez-vous qu'Elle décline, Elle n'a plus d'amoureux dans sa vie, calme plat...Et ça fait beaucoup de bien !

NEXT !

CHAPITRE 13 : NUMERO 10 : YANN L'HOMME IDÉAL

26 Juin 2017
Elle vient de rentrer de métropole.
Sa fille qui s'est inscrite à la même salle de gym qu'elle et qui s'est entraînée en son absence, est toute pressée de l'informer :
– Tu devrais aller à la salle plus tard le soir, il y a un homme très beau, de ton âge, yeux noirs, cheveux bruns grisonnants, je te verrais bien avec lui...
– Ah bon ? Et bien on va y aller dès ce soir, j'ai hâte de le voir et je te fais confiance …
Elle est sur le stepper quand il entre dans la salle…

Ah ouais !!! En effet, ça le fait !!! Cet homme, c'est La came de toutes les femmes !

Il la regarde, lui dit bonjour avec un de ces sourires séducteurs dont vous avez du mal à vous remettre. Elle est immédiatement sous son charme, il est de loin le plus bel homme qu'elle ait connu ces derniers temps. Un corps parfaitement musclé, des yeux noirs qui vous transpercent. Il est avec un ami et ils discutent à bâtons rompus tout en faisant leurs exercices.

Et après on dit que les filles sont bavardes…

Il reste une petite heure et repart avec son pote.

– On vous confie la salle, faites-en bon usage... quoique vous n'en avez pas besoin, vous êtes parfaite !

Et il accompagne ses mots d'un regard scrutateur qui la balaye des pieds à la tête et qui la laisse pantoise.

A partir de ce jour-là, Elle va tous les jours tardivement à la salle, en prenant bien soin d'être toujours dans une jolie tenue et légèrement maquillée.

Au début du mois de juillet, ils se retrouvent un soir tous les deux, seuls dans la salle, et lui, particulièrement bavard, s'approche d'elle pour lui parler. Il lui raconte qu'il va bientôt quitter l'île avec sa femme et partir en voilier pour plusieurs années. Il est très prolixe, lui raconte sa vie et notamment qu'il aime se baigner dans le lagon. Il a eu la chance d'habiter dans le bungalow d'une amie qui a une belle maison sur la plage.

– Au numéro 40 ? demande-t-Elle.

– Oui. Comment tu sais ?

– Un flash ! Chez Vanina ? C'est là que mon ex a habité quand on s'est séparé.

– Oui, c'est une amie.

Il est tard et il est attendu à un dîner. Il prend congé en lui souhaitant une bonne soirée.

Elle a justement rendez-vous avec Vanina chez qui Elle va régulièrement prendre un verre pour lui remonter le moral.

Elle lui parle de sa rencontre.

– Ah ! Tu as rencontré Yann, c'est un homme extraordinaire ! Ça ne m'étonne pas qu'il te plaise, c'est tout à fait ton genre. Vous allez bien ensemble, vous avez beaucoup de points communs, vous êtes pareils !

– Ça tu n'as pas besoin de me le dire. Tu pourrais me donner son numéro de portable, j'aimerais l'appeler. Tu penses qu'il est fidèle ?

Question bête « homme » et « fidèle » ça fait deux non ???

– Non ! Quand il logeait dans mon bungalow il y avait une femme qui le rejoignait parfois…

Ben voilà, qu'est-ce que je disais ???

Elle a maintenant son nom et Elle regarde sur internet les informations disponibles à son sujet.

Il est discret, pas de photos, rien que ses mandats comme chef d'entreprise et sa date de naissance. Et bien sûr, il est du signe de la Vierge comme Pierre 1, Erwan et Clément, Elle l'aurait parié...

A croire que tous les hommes nés sous ce signe sont des infidèles, à moins que ce ne soit tous les hommes tout court...

Le lendemain matin, Elle se décide à lui envoyer un message, Elle sait qu'il part demain en Grèce où est basé son voilier pour un mois, Elle n'a pas de temps à perdre si Elle veut faire plus ample connaissance. Elle lui propose de prendre un verre le soir même.

Il répond que ça va être juste, qu'il a un dîner prévu, mais qu'il va essayer d'y aller tôt pour pouvoir prendre un verre avec elle après.

« Pas de soucis, je dois sortir au Perroquet Bleu avec mes amies, je serai dans le coin, appelle-moi. »

A 19h45, il lui envoie un texto pour l'informer qu'il quitte son chantier et il lui propose de se retrouver devant un verre vers 20h30, dans un endroit plus tranquille que le Perroquet.

« Tu choisis et tu me dis. »

« Et bien je te propose l'Acropole ou le Bellevue, en général il n'y a personne. »

« Va pour l'Acropole à 21 heures, je vais découvrir de nuit. »

Elle se prépare le cœur battant, Elle est seule chez elle, sa fille étant partie dormir chez une amie. Elle enfile sa robe noire asymétrique avec une seule manche et un côté court et un côté long, laissant voir très haut sa longue cuisse musclée.

Elle arrive la première. Comme souvent le bar est désert, parfait pour leur rendez-vous. Elle s'installe dans une profonde banquette sur la terrasse au bord de la piscine et l'attend en tirant longuement sur une cigarette histoire de profiter de cet instant.

Elle l'aperçoit, il gravit quatre à quatre les marches qui montent sur la terrasse. C'est la première fois qu'Elle le voit en dehors de la salle de sport et Elle apprécie son style casual chic décontracté : jean, polo, blouson de cuir.

Il la cherche du regard et Elle se lève pour aller à sa rencontre et dans le mouvement sa robe fendue dévoile très haut ses longues jambes. Yann n'a pas loupé le spectacle et lui décoche un regard si gourmand que des ondes de désir descendent immédiatement le long de sa colonne vertébrale.

Ils discutent avec ferveur pendant deux heures assis l'un contre l'autre, de temps en temps leurs mains se frôlent. Plus ils se découvrent et plus ils s'apprécient, chacun d'eux ayant connu des parcours professionnels éclectiques et brillants.

Il y a un léger vent et cette soirée d'hiver austral bien qu'étoilée, est un peu fraîche. Elle frissonne et, galant, il enlève son blouson de moto pour le placer sur ses épaules dénudées. Leurs yeux sont rivés et brillent tout autant que la mer sous cette pluie d'étoiles. Leurs visages se rapprochent et tout naturellement, ils s'embrassent. Et dieu que ce voluptueux baiser est délicieux, prometteur d'un plaisir sensuel et érotique, empreint d'un désir fougueux. Ils ne peuvent plus s'arrêter et commencent à se caresser par-dessus leurs vêtements.

– On peut aller chez toi ?

– Oui, on y va.

Ils entrent dans sa chambre et il la déshabille doucement tout en l'embrassant, il la caresse délicatement comme si il avait peur de la faire disparaître si trop il la brusquait. Ils profitent de chaque instant, de chaque seconde, de chaque millimètre de peau, de chaque odeur. Elle parcourt son torse magnifique avec sa langue et descend tout doucement vers son bas-ventre, le lèche et remonte, redescend puis remonte encore pour le faire languir un peu. Elle prend son sexe dans sa bouche avec une infinie douceur. Elle lui prodigue ainsi la plus sensuelle des caresses et le sent prêt à exploser à la première pression de ses lèvres.

Mais il veut faire durer le plaisir et la repousse sur le lit pour faire redescendre la tension et ne pas jouir immédiatement dans sa bouche tant cette caresse buccale est enivrante. Il la lèche à son tour, enfonce sa langue doucement à l'intérieur de sa grotte et revient sur son petit bouton, glisse un doigt fouineur et malaxe sensuellement les parois de son intimité. Elle aussi se retient de jouir immédiatement, Elle veut laisser monter le plaisir encore et encore.

Elle promène sa bouche et ses mains partout sur son corps, alternant douce caresse et légère pression des doigts, se délectant de son odeur.

N'y tenant plus, il la pénètre et dès que ce sexe s'enfonce dans le sien, Elle sait que c'est celui qui lui correspond, celui qui a été créé pour elle. Il est parfait : longueur, épaisseur, courbure légèrement inclinée qui fait frotter son prépuce tout contre son point G. Leurs peaux s'accordent à merveille, leurs odeurs s'entremêlent comme leurs deux corps qui prennent naturellement, dans une symbiose de mouvements, des positions indescriptibles, bras et jambes entremêlés, leurs sexes en toute circonstance collés et jamais séparés.

Elle n'a jamais fait l'amour de cette façon, pas besoin de se parler, ils se fondent l'un dans l'autre pour ne former plus qu'un, en total accord sur les accélérations de tempo. Chaque mouvement est d'une telle intensité qu'il leur procure un plaisir proche de la jouissance.

Il tient merveilleusement la distance car ils sont collés ainsi l'un à l'autre depuis plus d'une heure. Et Elle ne s'en lasse pas, bien au contraire. Elle l'allonge sur le dos, place ses jambes de chaque côté de son torse et s'enfonce sur lui. Elle sait que dans cette position il ne pourra pas lui résister.

Elle exerce ses va-et-vient rapidement en contractant son vagin puis d'un coup s'arrête sur son prépuce et stoppe ses mouvements saccadés sur le bout de sa queue. Quand il est bien excité, Elle s'enfonce d'un coup sur toute la longueur de son gland et lui inflige ainsi un intense massage pelvien. Elle sent qu'il est prêt à jouir alors Elle se place sur les pieds, toujours de chaque côté de son torse pour pouvoir donner plus d'intensité à ses pressions. Comme prévu et malgré ses efforts pour se retenir, il capitule et jouit dans un profond râle de plaisir.

Ils restent un long moment dans les bras l'un de l'autre sans plus avoir envie de bouger. Il lui caresse le dos, les hanches, les bras tout en lui parlant de ses projets, de sa vie. Il est très tard quand il regarde sa montre et se contraint à se rhabiller. Ils n'ont pas vu le temps passer...

Elle le raccompagne puis se recouche en serrant contre elle l'oreiller sur lequel est imprégné son parfum. Elle s'endort paisiblement, son sourire imprimé sur ses lèvres.

Cet homme-là, c'est Son Homme.

Le lendemain matin, il lui envoie un texto au moment où Elle pense que si c'est un gentleman, il va lui laisser un message :
« Même pas eu le temps de tartiner une figue aux noix ce matin ! Thanks pour l'Acropolanight, c'était cool. Bonnes vacances et lâche pas la plume. Bizzzz »
« Je vais déguster ma tartine ce matin en pensant à toi. Très belle soirée hier, hors du temps comme je les aime. Belles vacances à toi aussi et au plaisir de se recroiser en août. Bisou sucré. »
Le lendemain, Elle lui adresse un nouveau message :
« Je viens d'avaler ma dernière bouchée de confiture de figue, goût de trop peu...Je serai à Paris du 18 au 21 juillet. On peut s'y croiser avant ton retour à la Run si tu as un peu de temps et l'envie d'un moment particulier. Bonne journée. »

Il ne répond pas, ni le jour suivant. Pourtant Elle veut le voir à Paris. Elle le veut de toutes ses forces, Elle imagine la scène des dizaines de fois dans sa tête. Leur première rencontre a été si exceptionnelle qu'il ne peut en être autrement.
Quand Elle se réveille le lendemain, Elle a enfin sa réponse :
« Hou là là, avec mon escapade plus que chargée les chances d'un stop à Paris sont quasi nulles ! Te ferai signe si jamais j'ai de l'avance ! Un bacio. »
Cette fois, Elle attend deux jours pour lui écrire de nouveau. L'affaire n'est pas gagnée mais Elle y croit toujours. Elle est déterminée à le voir à Paris.
Cela fait cinq jours qu'il est parti mais il est toujours aussi présent dans son esprit, encore plus même ! Et Elle souhaite par-dessus tout le voir à Paris pour un rendez-vous torride qu'ils n'oublieront jamais.
Alors Elle demande à l'Univers :
« Univers, je veux voir Yann à Paris et que ce soit torride ! »
Et Elle écrit à Yann :
« Ce serait une rencontre improbable mais plus elles sont furtives et plus c'est excitant...Je suis sûre que tu apprécies aussi ces rares instants si intenses qu'ils deviennent caliente.
Je n'aurais pas dû être à Paris ce jour-là... »
Il attend un jour pour lui répondre :

« Furtive, excitante, improbable, voir même insolite ! Hummm que d'adjectifs attractifs qui laissent place à l'imaginaire dans leurs imprécisions. Mais malgré ça, je ne pense pas être à Paris avant le 25, en transit. »

Ok ! Alors il va falloir employer les grands moyens, ceux qui font craquer ce genre d'hommes à femmes et qu'Elle a appris à manier ces derniers mois.

Elle lui adresse un nouveau message :

« J'ai envie de ta bouche sensuelle. »

Accompagné d'une photo d'elle de dos en body noir en dentelle lacé dans le dos et lui présentant de belles fesses musclées.

Il répond trois jours après :

« Vu ton ti côté coquin ce matin, émoustillant clin d'œil sensuel lors d'un réveil tardif ! Suis souvent loin de mon téléphone en vacances...Un bacio »

Dix jours plus tard, Elle est à son tour à l'aéroport, direction Paris et Elle lui renvoie une photo d'elle de face cette fois représentant son buste en soutien-gorge blanc en dentelle très sexy assortie de ces mots simples :

« doué bacios. »

Il répond immédiatement :

« Alors là, tu me chopes en pleine manœuvre de port, si un truc se coince dans ma barre ce sera de ta faute !!! Un truc à moi of course ! »

Elle lui répond illico :

« Ah ah ! Je me doute et j'imagine la scène... tu rentres dans quel port ? »

Et Elle lui joint une photo d'elle de dos à la plage en Corse le mois précédent avec juste un bas de maillot très très échancré mettant en valeur ses belles fesses bronzées.

Il répond de suite :

« Ah ben voilà bravo, le truc s'est coincé. C'est malin, vais devoir appeler une doctoresse ! Allez vais bientôt être hors réseau quelques jours bizzzz.»

Ils ne le savent pas encore mais ils sont tous les deux au début d'une relation érotico-épistolaire qui va les entraîner dans des échanges d'une extrême intensité.

Il est chaud, c'est le moment de passer au stade ultérieur :

Elle lui envoie cette fois trois photos beaucoup plus suggestives mais très sages encore, une de sa croupe en gros plan tendue vers lui, une de ses fesses justes vêtues d'un mini string et une allongée sur le côté, en porte-jarretelles et bas sans culotte, mettant en valeur ses courbes sublimes.

Et Elle les accompagne de ce message :

« Et moi vais bientôt décoller, alors je t'en envoie quelques-unes pour ta petite croisière. J'attends tes caresses.»

Il rétorque en lui envoyant une photo de son bateau :

« C'est ce que j'ai de plus sexy en magasin.»

« Waouh ! Superbe ! Bye je décolle.».

Elle n'a pas encore obtenu son rendez-vous à Paris mais Elle avance, millimètre par millimètre...

Paris me voilà !...

Elle loge dans le magnifique appartement de Vanina, leur amie commune, un 200 mètres carré dans le 16ème. Elle est en vacances avec sa fille et elles vont consacrer trois jours pour des visites et du shopping dans Paris.

Quand Elle se réveille le lendemain matin, Elle lui envoie une photo d'elle, seins nus à la plage en Corse avec ce message :

« Petite baignade avec toi, bonne nav, bacio. »

Pas de réponse. Il doit être hors connexion...

Le lendemain, Elle lui adresse une photo de son pied tenant la barre du voilier de Fred lors de sa croisière à Mada, accompagnée du message :

« Va faire une petite sieste, je prends la barre. »

Il répond le lendemain avec deux photos, une de son bateau dans une mer démontée et une de deux dauphins faisant un magnifique saut au-dessus d'une mer d'huile qu'il commente par :

« La Méditerranée dans tous ses états ! »

Elle rebondit immédiatement en établissant une métaphore entre eux et le couple de dauphins :

« Toi et moi dans tous nos états ! »

Du calme à la tempête pense-t-Elle...

Puis Elle ajoute une photo de son propre bateau, un petit zodiac, sur lequel on la voit allongée, seins nus.

« Mon bateau est beaucoup plus petit que le tien !»

Enfin, Elle lui envoie une photo d'elle en train de conduire son bateau avec un gros plan sur ses fesses et Elle lui indique :

« En fait, je préfère que tu prennes la capitaine plutôt que la barre, avant la sieste, ou après, ou les 2... »

Une heure après, il lui rétorque :

« Ou les 3 mon capitaine pourrait répondre le téméraire matelot, un rien prétentieux. »

« Hum ! J'ai constaté que tu n'es pas prétentieux et que tu sauras combler tous mes désirs... »

« Une caresse du matin, puis rendors-toi sur cette pensée, il est tôt ! »

Leurs échanges deviennent réguliers, il est temps de passer à la vitesse supérieure...

« Une caresse du matin » a-t-il dit, et bien on va lui montrer comment on se caresse le matin quand on se réveille...

Et Elle lui envoie une photo d'elle en train de se masturber. On ne voit que son buste et ses jambes bien écartées.

« Une caresse ne suffira pas à calmer mon désir pour toi et je ne pourrais me rendormir que si tu étais encore en moi. »

« Hummmmm ! J'ai de nouveau un problème de barre. »

Elle lui adresse une photo de son cul habillé d'un string rouge :

«Suis la ligne rouge ! »

Et Elle rajoute aussitôt une photo de son buste où on voit pointer ses seins.

« Fais pointer mes tétons avec le bout de ta langue. »

« Oulàlà, il y a plein de stop possible. »

Elle lui envoie une photo de son dos avec ses fesses portant un autre string :

« Suis la courbe de ma croupe qui se tend vers ton sexe que je sens déjà très dur....Ah ! Ah ! Tu as réussi à faire lever le soleil cool... »

« Et toi pas que le soleil ! Vais devoir prendre la chose en main. »

« Je la glisse dans ma bouche, je suis dans l'ascenseur extérieur, il y a huit étages... »

« Je reviens vers tes tétons et les mordille délicatement. »

« Gag ! L'ascenseur vient de tomber en panne ! »

« Tu tiendras pas jusqu'au dépannage sinon heureux dépanneur. »

« Si tu étais avec moi, je te sucerais goulûment. »

« Je suis derrière toi, mes mains se pressent sur ton sexe déjà très humide et nous aurions tout le temps de... et là stop... ça se réveille autour de moi, vais devoir... allez je te pénètre avec mes doigts avant de filer, pas de fuir ! »

« Je relève ma robe, je suis nue dessous et je frotte mes fesses sur ta bite qui bande dur, je vais penser à toi très intensément, bonne journée ! »

« Oui plutôt bien dur, belle journée à toi aussi ! Allez encore une caresse et bye ! »

Hop ! L'ascenseur redémarre. Elle va acheter des croissants pour le petit déjeuner et remonte à l'appartement en prenant les escaliers quatre à quatre tant cette chaude discussion lui a donné des ailes. Sa fille réveillée, Elle part sous la douche pour se préparer pour leur journée de shopping et visites dans Paris.

« Je sors de la douche, j'ai fait longuement couler l'eau sur mes seins, mes reins, en imaginant tes mains, ta bouche, ta langue, chaude et humide, c'est délicieux… »

Et pour illustrer ses propos, Elle se prend en photo sous la douche et lui envoie ses seins en gros plan où l'on voit l'eau couler sur sa poitrine pigeonnante et pointer ses tétons.

Il répond trois heures plus tard :

« À chaque fois que je retrouve du réseau, une agréable mais énervante image de toi apparaît. Si je t'avais sous la main, c'est contre la cloison du mât que je te prendrais ! Ensuite, seulement, je viendrais passer ma langue entre tes fesses pour enfin l'introduire entre tes lèvres luisantes de plaisir. Quant à mes mains et leurs doigts hors de contrôle, ils pourraient librement explorer toutes les zones de ton corps en fusion. Ça y est, le boat se vide, vais pouvoir me caler à la sieste ! Una bacio. »

« Oh nonnnnn ! C'est un supplice ! Pas la sieste sans moi… Je vois très bien la scène, mes bras levés, mes poignets attachés au mât pour être immobilisée et que tu puisses profiter de moi à loisir, ma croupe offerte au soleil, trempée par le désir et l'attente de ta puissante pénétration. »

Et Elle lui joint une magnifique photo de son corps avec une fesse en gros plan, la hanche découpée par un string et un sein penché en avant.

« Please, envoie-moi une petite photo de toi... »

Il lui envoie une photo du bout de son sexe en érection.

« L'anatomie masculine ne peut égaler la vôtre... »
Elle est en train de faire du shopping dans Paris pendant leurs échanges et cette conversation l'excite tellement qu'Elle ne peut s'empêcher de rentrer dans une boutique de lingerie un peu originale où Elle a aperçu en vitrine un body en résille noir qu'Elle imagine déjà porter dans quelques jours quand Elle le retrouvera à l'aéroport.
Elle l'essaye. Waouh ! L'effet est détonnant ! C'est parfait, il va exploser en la voyant ainsi c'est sûr ! Le tissu en résille met en valeur la courbe de ses seins, c'est sexy à souhait.
Dans la cabine, Elle lui écrit :
« Suis tellement chaude que j'ai acheté de la lingerie très provocante, tu auras la photo ce soir. Au fait, tu es quand à Paris finalement ? »
« Paris ? Sais pas encore, sors tout juste de sous les fesses du canot, vais finir par la faire cette sieste ? »

20 juillet - 22h30
Elle lui envoie la photo du body en résille.
« Tu aimerais prendre une jolie sirène dans tes filets beau navigateur à la turgescence incandescente ? »
Puis à minuit passé,
« Aurais-tu envie d'une prise éphémère à l'aéroport ? »

21 juillet - 04h41
« Le 25 après 13h00. »

Est-ce que vous imaginez son état d'excitation quand Elle allume son portable ce matin-là ?

« Orly ou CDG ? » lui demande-t-Elle seulement.
« Hello ma chère, très très excitante en sirène...Vers 12h30 à CDG et décollage à 19h30. Ça va faire short mais ça pourrait être cool dans le genre improbable. La vie est belle. Bizzz. »
En voilà un homme heureux de ce rendez-vous impromptu...

C'est fou l'effet de la résille, non ?...

« Ohé matelot, je partirai de Vendée et je ferai l'aller-retour Nantes Paris en avion, juste pour quelques heures dans tes bras mais c'est tellement excitant…

Oui la vie est belle ainsi !... Imprévue et intense !»

Et Elle lui envoie une photo de son buste et de ses seins, habillés d'un superbe soutien-gorge blanc en dentelle avec le message :

« Fais de beaux rêves, un ange veille sur toi. » et Elle éteint son portable pour la nuit.

Quand Elle le rallume le lendemain matin, un doux message de Yann l'attend.

« Wahoouu, je me demande quand même quelle diablesse se cache derrière cette parure d'ange. Je devrais être à CDG vers 13h45, pas très raisonnable pour toi mais si tu confirmes, je nous réserve un petit nid tout proche de ton terminal. Et si je peux attraper un vol plus tôt, te le dirai lundi ! »

Et bien voilà ! Elle a fini par l'obtenir son rendez-vous torride à Paris…

Et il a l'air d'en avoir très très envie lui aussi… Toute excitée, Elle lui répond immédiatement :

« Ok, je vais prendre le dernier avion, tant pis si j'ai de l'attente, j'aime écrire dans les trains ou les aéroports et je serai très inspirée donc prends un nid en terminal 3, moi j'aurai tout mon temps. »

Elle se dirige vers la Gare Montparnasse en Métro et garde les yeux rivés sur son portable, ce qui fait beaucoup rire sa fille.

– Pfff ! On dirait une ado ! Tu es pire que nous encore…

– Tu ne peux pas comprendre ! C'est très très très important !

– Si bien sûr que je comprends ! Tu es amoureuse mais grave là !

Bip, la sonnerie particulière de WhatsApp retentit à nouveau :

« Hihihi...Citizen M à 200 mètres du terminal 3 à partir de 14 heures. Si tu peux te poser avant, je peux essayer pour 13 heures, Una carezza. »

Et bien le voilà très pressé maintenant…

Le train va bientôt entrer en gare de Nantes et jamais ce trajet de deux heures ne lui aura paru aussi court. Elle est connectée sur le site internet de la compagnie aérienne et regarde les différents horaires correspondants à ses dernières informations. Elle finalise son billet au moment où le train commence à ralentir.

« Moi j'atterris à 12h30. Ouf ! Billet réservé, j'arrive en gare de Nantes. Ravie de cette escapade improbable... »

Trois heures plus tard, il lui répond :

« Top cette escapade coquine qui se profile à l'horizon. J'ai bien vu ton programme en rébus mais plus de détails seraient bienvenus pour entretenir le suspense. J'ai déjà quelques indices en photo. Et tiens voici un dos.

Et il lui adresse une photo de lui, de dos, sur son bateau qui regarde au loin l'horizon. Puis il en envoie une autre de face, vêtu uniquement d'un short noir, tenant d'une main la barre de son bateau accompagné de l'inscription suivante : « Toujours je chérirai la mer. »

Comme il est beau !!! Il approche les 60 ans mais il a le corps d'un homme de 45 ans. Sportif accompli, il est parfaitement proportionné.

Elle lui envoie alors une photo très coquine, cuisses écartées, en train de se caresser d'une main. Et Elle inscrit : « Et là, c'est moi que tu vas chérir. »

Il répond immédiatement :

« Tu comprends vite ! »

« Maître, il faut que tu me donnes quelques leçons... »

Elle est arrivée en Vendée, dans la maison d'un ami et Elle prend un bain pour se reposer, après ses trois jours de marathon shopping dans Paris, Elle est explosée.

Dans la baignoire à remous qui lui masse agréablement le dos et les fesses, Elle pense à son prochain rendez-vous à Paris. Comme Elle est impatiente de le retrouver...

Elle saisit son téléphone portable et se prend en photo dans le bain. On distingue ses seins ruisselants qui dépassent de la mousse provoquée par les jets.

Il est tard et Elle va se coucher en relisant tous les messages qu'ils se sont échangés dans la journée. Impressionnant ! Elle n'a jamais connu de tels échanges aussi enflammés.

Quand Elle allume son portable le lendemain matin, Elle découvre avec délices le message de Yann envoyé vers minuit :

« Hummm, je ferais bien une courte apnée en recherche d'orifices... »

Encore dans son lit, Elle lui répond :

« Et moi, j'aurais bien fait glisser ta queue entre mes seins pour la guider jusqu'à ma bouche, ma langue prête à se délecter de ta semence. »

Il lui répond vers 10 heures :

« Le temps va devoir s'arrêter si nous devons approfondir toutes ces perspectives. En attendant, j'ai les mains dans le cambouis, c'est la grande révision. Quant à ta visite technique, elle arrive à grands pas ! »

« Hummm ! Je languis que tu glisses ton tournevis dans tous mes orifices et que tu astiques mes cuirs avec ton huile de coude. Sans oublier de vérifier le bon fonctionnement de la machine à plaisir. »

Et Elle illustre ses propos coquins par deux photos de son buste, une en soutien-gorge et bas gris et l'autre, allongée nue au soleil.

Sa réaction ne se fait pas attendre :

« Merci pour ces échanges virtuels. Nouveau pour moi, ce type de « mise en bouche », si j'ose dire, est bien distrayant, voire même un peu excitant. Aïe aïe aïe, le programme s'étoffe, ça me fout la trouille, sais pas si je vais venir. Mais bon, rien que pour les coups de tournevis partout partout, vais me faire violence. Zut, le tournevis qui grossit à vue d'œil ne rentre plus nulle part, que faire ??? »

« Ah ah ! J'allais t'écrire la même chose. Notre insolite rendez-vous m'émoustille au plus haut point, j'adore que tu joues le jeu. »

« Ouais ! Je m'amuse bien aussi, mais je traîne dans mon labeur. »

« Attends ! Je vais te redonner un peu d'énergie. »

Elle vient d'arriver dans sa maison, en train de préparer l'arrivée de ses locataires en fin d'après-midi, et n'arrive pas à se concentrer sur son travail. Son histoire de révision et de tournevis l'inspire.

Elle prend un tournevis dans le garage et l'appuie sur son mamelon, le sein s'échappant du soutien-gorge et Elle fait une photo ainsi commentée:

« Les air bag, Ok !»

Puis Elle glisse le tournevis entre ses fesses, nues :

« Le train arrière, Ok ! »

Enfin, Elle appuie le tournevis sur son clitoris, entre ses grandes lèvres, et, en bon mécano, lui donne quelques précisions sur ce moteur :

« Le moteur a besoin d'une grosse révision. Il manque d'huile mais surtout de liquide de refroidissement. Je compte sur mon matelot mécano pour me remettre en parfait état. Moi aussi, c'est la première fois que je vais aussi loin dans ce genre d'échanges… Et surtout, je n'ai jamais pris un vol aller-retour juste pour un rendez-vous amoureux mais c'est bien plus excitant que pour un déjeuner d'affaires… je pense que je vais dégager tellement de phéromones que tous les passagers masculins vont me bouffer des yeux et les femmes me lancer leur regard de tueuses. Déjà à Paris, j'étais très convoitée. Je dois avoir une lumière coquine au fond des yeux. L'ami de Vanina m'a même dit :

– Je ne sais pas ce que tu as mais tu dégages quelque chose de spécial.
« Ah ah, je ne vois pas quoi ??? »
Il répond aussitôt :
« Dans le plus simple appareil, je suis penché vers le moteur. Tu arrives sans bruit, glisses ta main entre mes fesses pour me flatter les bourses. Très vite, ta langue prend le relais pour suivre ma raie, s'attarder en route, puis glisser avec grande souplesse jusqu'à un outil devenu inutilisable pour régler le ralenti.
Et bravo pour le cours de mécanique, je commande le bouquin. »
Son excitation est à son comble et Elle lui écrit fébrilement :
« Je te lèche avec une infinie douceur et je descends sur tes testicules pour les enfouir dans ma bouche. Tandis que je saisis ta queue entre mes mains pour la faire grossir et l'enfoncer dans mon gosier. Je te suce intensément et arrête au moment où tu vas jouir pour te tendre ma croupe que tu agrippes à pleines mains pour pénétrer brusquement mon sexe chaud et humide. »
«Et là, en ce moment, il est comment, très humide ? Je n'avance pas vite, il me manque des mains… »
« Je suis toute excitée par nos propos très intimes. J'ai envie de ta queue dans ma bouche, de tes mains sur mes seins, de tes doigts qui pincent mes tétons jusqu'à me faire mal mais qui amènent mon excitation à son paroxysme. Et moi non plus, aujourd'hui, je n'avance pas bien vite dans mon travail. Besoin de carburant.»
« Ah bah voilà, je ne tiens plus, le moteur va être ensemencé sous peu, une seule main va suffire.»
« Je t'imagine en train de te caresser, je te regarde et me caresse à mon tour. Tu n'as pas le droit de toucher, juste me regarder me donner du plaisir. Et quand la jouissance m'envahit, tu me pénètres pour exacerber mon plaisir. »
« Je ne demande qu'à voir, mais t'es peut-être pas cap. »

« Ah, ah, ah !»
« Hi, hi, hi !»
« Moi pas cap ? Cap de tout avec toi !!! »
Quelle rapidité d'évolution de leur intimité alors qu'ils ne se sont vus que quelques heures…

Il est vrai que bien à l'abri derrière un écran, on se sent beaucoup libre de dire tout ce que l'on ressent sans affronter le regard de l'autre, comme si on était seul et que l'on pouvait aller au bout de ses retranchements.

Ça fait deux heures qu'ils échangent ainsi à bâtons rompus, vacant tant bien que mal à leurs occupations mais aucun des deux n'a envie de stopper ce ping-pong érotique. D'ailleurs Yann rebondit déjà :
« Pfuiiitt, cinq tables s'offrent à toi. Sur l'une d'elles, je te poserais, relèverais ta jupe, écarterais ta fine culotte pour lécher très très très doucement ton sexe brûlant, lèvres après lèvres, puis ma langue tournerait autour de ton petit bouton tel un hélico en perdition. Peut-être même qu'un ti doigt entreprenant irait titiller ta délicate rosette. »
Et il lui envoie la photo de l'intérieur de son bateau, magnifique au demeurant.
« J'adore, je choisis la table bar, j'écarte les cuisses pour te libérer le passage et je frotte mon sexe contre ton visage. Je prends appui avec mes pieds sur l'évier en face pour me soulever et que tu puisses profiter de moi en lévitation. Tu places tes mains sous mes hanches pour me faire coulisser sur ton sexe. »
« Bonjour, ici la NASA, on vous écoute depuis quelques jours et ça ne va plus du tout, nous n'arrivons plus à bosser tant on est chaud nous aussi !!! »
Elle lui envoie trois émoticônes de la tête de bonhomme avec un grand sourire.
Il lui joint une photo de lui, nu, accroupi sur son moteur. Elle peut ainsi admirer son dos magnifiquement musclé.
Elle lui répond aussitôt :
« Hummmm, ce dos magnifique m'inspire au plus haut point. Je déguste une glace au soleil et je pense à autre chose dans ma bouche. »

Et Elle complète son message par une photo d'elle, nue, en train de lécher une glace au chocolat.

Il lui rétorque en lui envoyant une photo de son sexe en érection sous son caleçon. Et l'informe :

« La mienne ne sera pas à la même température. »

« Tu me rends dingue ! Tellement envie de glisser mes doigts sous le tissu tendu par ton érection, et pas que mes doigts... »

« Je sens presque tes doigts sous mon caleçon. »

Il est 19 heures, ses locataires anglais arrivent et heureusement qu'ils avaient du retard car leur jeu érotique lui a pris beaucoup plus de temps qu'Elle ne le pensait et Elle a eu bien du mal à finir de préparer la maison dans les temps.

A 23 heures, ils sont toujours en train d'échanger en alternant photos et commentaires.

Il part chez des amis et lui demande de nouvelles œuvres d'art surprises pour son retour.

A deux heures du matin, Elle n'arrive pas à dormir et lui envoie une photo de ses jambes sur son zodiac :

« Sur ce bateau-là, on n'aura pas besoin d'attendre pour expérimenter les sensations marines. »

Puis Elle lui adresse une très jolie photo d'elle, en sous-vêtements, string noir et soutien-gorge à plusieurs bretelles mettant en valeur la courbe de ses reins et ses petites fesses musclées, accompagnée d'un chaud message :

« Envie de tes doigts sur ma peau, le long de ma colonne vertébrale, qui, après avoir joué dans mon cou, se faufilent sous le string et s'invitent dans chacun des orifices qui s'offrent à eux. Mords-moi le bas du ventre, fais-moi frissonner de désir. Caresse-moi là (et Elle lui joint une photo en gros plan de son sexe qu'Elle caresse avec un doigt) avec tes doigts, avec tes lèvres, avec ta langue, avec ta bite...Je te sens en moi ! Bonne nuit. »

Il lui répond à 6h30 du matin :

« Sleep well ! Avec ma langue ! »

Elle reprend la conversation vers 11 heures en lui envoyant une photo de son buste et particulièrement de ses seins qu'Elle vient de masser avec de l'huile et lui joint un message très suggestif :

« Je caresse mes seins enduits d'huile et les presse pour faire une alcôve sensuelle à ta queue que je vais caresser ainsi par un doux va-et-vient, c'est excitant au plus haut point. »

Il renchérit trois heures plus tard :

« Rendu fou d'excitation par ce va-et-vient sensoriel, j'entreprends tes tétons avec ma bouche, mes mains, mes dents…Puis avec mes lèvres, je m'égare sur ton ventre jusqu'à ton entrejambe qui s'ouvre miraculeusement pour que ma langue puisse glisser tout le long de tes lèvres. Tu te cambres, je glisse un, deux doigts dans ta chatte, mordille et aspire ton clito tout en le massant de l'intérieur.

Toujours enduite d'huile, tu pivotes de 180° pour te retrouver face à ma bite que tu suces goulûment. Je te lèche en lent va-et-vient du clito jusqu'au petit trou, glisse un doigt dans ce dernier. Tu gémis et mouilles de plus en plus…

Hurlant de plaisir, tu essayes de te dégager de mon emprise buccale pour que je te pénètre. Je t'en empêche en suçant ton clito encore plus fort. »

Elle poursuit :

« Tout en te suçant goulûment, je glisse un doigt humide entre tes fesses. Tu essayes de te dégager mais je te retiens en te mordillant la queue. Attention, si tu bouges, je croque ! Je te pénètre tout doucement avec mon petit doigt et tu trouves ça plutôt agréable. Je te caresse les couilles à pleine main, les effleure et joue avec ma langue. Tu veux me pénétrer mais je t'en empêche :

« Attends ! »

Et elle lui envoie trois photos d'elle en train de se caresser le clitoris avec la mention : « Tu m'excites grave ! »

Il lui répond tout de suite :

« Tu te retournes et m'offres ta croupe, avec mes grandes mains j'empoigne tes fesses, les écarte, les resserre, les écarte… Me délectant du spectacle ainsi offert. Tu t'agites et je te bloque pour présenter mon sexe devant ta petite chatte toute mouillée, trop peut-être... »

« Waouh ! Je n'arrive plus à respirer. »

Et il lui envoie une photo de son gland en érection et en gros plan. Elle lui répond aussitôt :

« Je viens de terminer mon déjeuner par des fraises à la crème chantilly. Je te recouvre le gland de crème et la lèche délicatement en enroulant ma langue autour de ton prépuce. Je te suce goulûment, j'ai faim de toi, de ton sexe dur et chaud, de ta langue, de tes baisers, de tes doigts qui explorent toute mon anatomie. J'ai envie que tu t'enfonces en moi, que tu me prennes avec violence et que tu ralentisses le rythme et même que tu t'arrêtes. Ne bouge plus du tout.

Sens ! C'est bon, c'est excitant. J'essaye de remuer les hanches mais tu m'en empêches fermement : non ! Je t'interdis de bouger ! Cela fait redoubler mon envie de caracoler sur ton sexe et je te retourne, te plaque dos au sol et t'enfourche.

C'est moi qui mène le jeu désormais et qui choisis le tempo. J'ai envie de te faire languir aussi.

Je me retire, je me place debout face au mur, j'écarte les cuisses, je suis nue mais j'ai gardé mes talons hauts pour avoir ma croupe juste à la hauteur de ta bite.

Prends-moi !

Encore !

Encore !

Encore. »

« Ouuuf quel infernal rodéo ! Et quelle plume ! Pas sûr que mes dix doigts, ma langue et ma queue suffisent à l'ouvrage. »

« Oh que si ! Et je vais m'en délecter. Je te sais connecté sur l'écran de ton téléphone et j'imagine ton doigt qui effleure les touches pour m'exprimer tout ton désir alors que je suis juste derrière le mien avec le même désir exacerbé par l'intensité qui se dégage de tes mots et de ta prose si enivrante. »

Ils ont commencé leurs échanges à 14 heures, il est désormais 20h30. Il lui envoie deux photos de la mer et de la plage où trois biquettes se reposent.

« Je m'égare en vélo, trois biquettes me font de l'œil, si tu continues à m'exciter tout peut arriver ! »

« Waouh ! C'est juste magnifique ! J'aimerais être sur le cadre de ton vélo avec une jupe courte évasée qui se soulève sur mes cuisses avec le vent et révèle à ton regard mon entrecuisse dénudée pour mieux t'exciter. Nul doute que tu ferais une halte salvatrice derrière un buisson pour me butiner car j'aurais profité de tes mains accrochées au guidon pour glisser les miennes sous ton short et faire enfler ton sexe alangui. »

« Là, tout de suite, je ne prendrais pas le temps d'un burinage, je sors mon dard directo. »

« Je te tends mes fesses. »

« Alors je les burine et c'est plus léger que j'enfourche mon vélo. »

« J'aimerais bien être à la place des chèvres, te regarder passer, te jeter un regard effarouché et t'inviter à t'arrêter en entrouvrant mes cuisses à ton passage. »

« Ouf ! Quel nouveau pic d'excitation incroyable !!! »

« Je t'emmènerai en moto, toi derrière moi, agrippé à mes hanches et me caressant à loisir, les seins libres sous le t-shirt. Je sens ta queue gonflée contre le haut de mes fesses et je m'arrête pour que tu prennes le guidon. Je colle mes seins contre ton dos, nos deux t-shirts relevés et je descends ta braguette pour attraper ta queue que je caresse jusqu'à la jouissance. »

« Pour le moment, la selle martyrise mon fondement, sûr que j'aurais préféré tes mains expertes. »

« Je vais faire un hammam seule pour faire encore monter la température, dommage que je ne puisse emporter le téléphone avec moi. Ça va être chaud, je ne vais penser qu'à toi. Envie de caresser tes jolies fesses. »

« Mais quelle prose, si l'inspiration te vient aussi facilement pour ton bouquin, tu seras publiée avant la fin de l'année. Bon hammam ! Lâche-toi en pensant à moi. Je file sous la douche, mes mains seront les tiennes. Ou plutôt tes mains seront les miennes. »

24 juillet

Il est 2 heures du matin, Elle n'arrive pas à dormir.

Elle attrape son portable sur la table de nuit et lui raconte son hammam :

« Le hammam... comment dire... j'avais oublié cette sensation de moiteur, cette eau qui s'écoule le long de ton corps nu allongé, cette vapeur qui trouble ta vision et tes sens. Comme j'aurais aimé ta présence sur le banc en face du mien...

Je me suis allongée dans la vapeur et me suis doucement caressée de mes joues jusqu'à mes genoux en imaginant que mes mains étaient les tiennes... effet impuls garanti.

J'ai joué un instant entre mes jambes mais sans aller plus loin car je veux laisser intact le désir jusqu'au moment où ce seront tes doigts qui me pénètreront.

Puis j'ai pris une douche tiède, j'ai placé mes deux mains sur mon visage pendant que l'eau caressait mon corps. J'ai sucé mes doigts en imaginant que c'était ta queue et je ne pouvais m'arrêter tant l'envie de la sentir grossir dans ma bouche était pressante. J'associais la sensation de l'eau sur ma peau à tes caresses et j'avais très envie que tu me pénètres ainsi, le cul offert à tes assauts. »

Elle prend l'Audi R 8 de son ami pour aller dans la forêt faire son jogging. Elle adore conduire les voitures de sport et ressent une impression de puissant bien-être qu'elle souhaite lui faire partager :

« Coucou, suis dans mon bolide qui va me conduire à toi demain. 550 chevaux sous le capot qui vont ronronner sous mes doigts et me procurer les premières sensations intenses de cette journée très particulière. Musique à fond, les basses résonnent dans ma poitrine. J'ai une pêche d'enfer, je pars courir dans la forêt, et dès mes premiers pas, je t'imagine à mes côtés me prenant sauvagement contre un arbre après avoir sucé mes tétons pour rendre ma chatte toute humide.

Il n'y a personne et on peut laisser libre cours à notre imagination et à nos envies.»

Et elle lui envoie une photo d'elle en tenue de sport, le t-shirt relevé, en train de caresser le bout de son mamelon puis une seconde, le short baissé lui présentant sa croupe.

« Prends-moi. »

Il est 10h24, il se réveille, vient d'allumer son portable, se dirige dans la cuisine pour se faire un café, nu.

Et il lui joint une photo de la machine à café et de son sexe à peine réveillé.

« Veux te voir aux commandes du bolide, les doigts sur le bouton du booster. »

Elle rentre à la maison, gare la voiture dans la propriété et referme le portail. Elle est seule et elle en profite pour se mettre nue sur les sièges en cuir de la R8. Elle se prend en photo et lui en envoie une en lui demandant :

« Tu parles de quel bouton ? »

« Tu me prends en stop, ton air lubrique m'intimide, ça sent l'amour dans l'habitacle, je ne sais plus quoi faire. Tu m'expliques la magie de la boîte auto qui te laisse les mains libres… »

Elle lui envoie une photo de son petit bouton sur lequel elle appuie délicatement du bout d'un doigt.

« Une immense raideur qui n'a rien à voir avec l'âge apparaît à mon entrejambe, c'est grave docteur ? »

Elle lui envoie de nouveau une photo d'elle, nue, une main sur le volant, l'autre sur son sexe, les seins qui pointent sous sa chevelure dorée.

« Passez demain après-midi à mon cabinet, je vous ferai un check-up complet. Cela me paraît inquiétant, en effet, mais je pense avoir de quoi vous soigner et vous soulager très rapidement. Plusieurs séances seront nécessaires alors prévoyez plusieurs heures.

Si je te prenais en stop, je commencerais à caresser ta main l'air de rien, juste l'effleurer et puis je t'enverrais un regard de braise qui en dirait long sur mes intentions. »

« Continuuuue ».

« Ensuite, j'ouvrirais ta braguette et saisirais ton sexe encore mou pour l'enserrer entre mes doigts. »

« Suis au bar de la marina et pas sûr qu'il soit si mou que ça. Encore ! »

« Si ! Parce que tu es intimidé. Je ferais coulisser ma main et là tu deviendrais dur en une fraction de seconde. On est sur une belle route dans la forêt. »

« Oui c'est vrai, Hummm, tu as la main chaude ! »

« J'appuie sur l'accélérateur et l'Audi rugit pour te donner d'autres sensations, une main agrippée à ta queue. »

«Quelles vibrations, ça vaut tous les vibros. »

« Je te branle et, de temps en temps, lèche mes doigts pour t'humidifier avec ma salive. »

« J'en salive aussi. »

« Je te caresse le bout du gland, c'est doux, c'est chaud, et ça m'excite grave. Je prends ta main et la dirige sous ma robe. Je n'ai rien dessous. »

« Tu tiens le volant avec tes genoux, où est donc ton autre main? Zut ! Nos mains se touchent. Stop !!!... Maintenant il faut que je résiste à la branlette pour garder quelques munitions pour demain. À moins que tu n'aimes pas la semence... »

« Tu as intérêt à être en forme demain. Moi je me suis réservée pour toi ! Au fait à quelle heure tu arrives ? »

Il est midi, cela fait deux heures qu'ils sont en train d'échanger leurs messages torrides qui les plongent dans un intense désir. Elle pense à lui en train de prendre un verre au bar du port, Elle y pense si fort qu'Elle peut presque le voir, le sentir et Elle ne peut s'empêcher de lui écrire encore sur une nouvelle idée qui vient de lui traverser l'esprit :

« À la terrasse du café, je glisserais discrètement ma main entre tes jambes. Je ferais tomber mon paquet de cigarettes pour t'effleurer les bourses en me penchant pour le ramasser et ferais semblant de ne pas le trouver. J'en profiterais alors pour souffler sur ta queue et que tu ressentes mon désir et ma chaleur. »

« Je ferme le bateau et me prépare à descendre quand une main me stoppe dans mon élan. Tu la glisses dans mon short, caresses ma queue alanguie et entreprends de me sucer comme jamais. Mes voisins de ponton m'observent intrigués, bloqué à mi-parcours avec un air de ravi de la crèche. Ils ne peuvent imaginer que tu me pompes la queue avec une telle fureur, tes dix doigts faisant preuve d'une démoniaque audace. »

« Effectivement, je ne peux résister à une échelle. Cette bite qui se présente à la hauteur de ma bouche ne demande qu'à se faire avaler par un gosier gourmand. »

Il est 15 heures et ils sont toujours aussi accros à leur messagerie qui les tient en haleine jusqu'à leur improbable rendez-vous demain.

« Je pars pour une sieste réparatrice. Demain une mission très particulière m'attend avec un client très exigeant...Quelle heure demain ? »

« Pour le moment 13h45. Champagne ou rosé ? Tous deux bien frappés feront un excellent liquide de refroidissement. Versé entre tes seins, c'est par gravité qu'il rejoindra ta coupe et je l'y boirai avant ébullition. Donc pas besoin d'extincteurs, une lance de pompiers peut-être... »

Elle se réveille à 16h30 et découvre avec bonheur son message :

« Quel réveil… Tu penses aux mêmes choses que moi et j'allais donc te poser la même question. Le rosé, après deux verres, je perds les pédales, c'est intéressant.

Le champagne, s'il est de bonne qualité, a un vrai effet aphrodisiaque et la sensation des bulles qui éclatent sur la peau est un sacré détonateur pour la libido. Je te laisse donc le choix et te remercie pour cette délicate attention.

On se retrouve où demain ? »

« Je vais arriver plus tôt, à 12h45 au terminal 3, on se retrouve au bar de l'hôtel M.»

« Yes ! Super contente que tu arrives plus tôt et tellement impatiente de respirer ta peau. Si Air France se met en grève, je leur mets une bombe !»

Et Elle lui envoie une photo de ses fesses rebondies avec un joli tanga bleu marine.

« Une petite dernière pour le vol. »

A une heure du matin, Elle n'arrive toujours pas à trouver le sommeil, son corps bouillonne. Elle rallume la lumière de la chambre et lui fait deux photos de son corps nu allongé dans le lit et lui envoie.

A sa grande surprise, il lui répond aussitôt par une photo de son corps, nu aussi :

« Au cas où on ne se trouve pas, voici de quoi me reconnaître. »

« Je n'ai pas oublié et j'agrandis la photo pour caresser ta queue du bout de mes doigts. Je m'en délecte déjà. »

25 Juillet - Jour J

Dès son réveil, à 6h50, Elle lui envoie un message :

« Bonjour mon beau capitaine, je te souhaite une très très belle journée. »

« Hello, suis en route pour Rome après une courte nuit. Vais reprendre des forces d'ici cet aprèms. Tu viens en R 8 ou en coucou ? Un calinou.

« Audi jusqu'à l'aéroport de Nantes puis plane, j'ai dû rêver de toi si fort cette nuit que j'ai déchiré mon string !!!»

« Tu triches, c'est moi qui doit le déchirer. Du coup je vais devoir te punir.»

« Cette nuit, je sentais ton corps collé au mien, tes mains partout. J'ai eu du mal à dormir tant cette sensation est intense et nouvelle.»

« Il n'a pas résisté aux multiples va-et-vient nocturnes sur tes merveilleux orifices, ça aurait pu s'enflammer avant la rupture.»

« Peut-être m'as-tu rejoins et arraché mon string de colère de constater que je ne t'attendais pas toute nue, cuisses écartées ? Tu l'as déchiré avec tes dents avant de me dévorer toute crue ! »

« Tu as laissé faire sans combattre ou bien étais-tu empêchée ? Allez je roupille avant que la pression remonte.»

« J'étais endormie traître ! Tu m'as sauvagement prise par derrière, une main sur ma bouche pour m'empêcher de crier. Dors bien mon tortionnaire, j'ai besoin de toi au sommet de ta forme et de tes formes. Je te lèche la queue.»

« Comment veux-tu que je m'endorme avec ma queue dans ta bouche ? »

« Je sors du hammam chaud et humide pour préparer mon corps au brusque changement de température. Une douche, une tartine et je vais faire vrombir mon bolide, mais pour une fois, je vais respecter les limitations de vitesse. Trop peur de me faire arrêter et de louper mon avion.»

Elle lui envoie une photo d'elle, nue sous la douche puis une de ses fesses soulignées par un joli string en dentelle gris souris.

« Tu maintiens la pression avec ces dernières images pour la route. Je vais essayer de m'endormir malgré le cric. Hummmm, je vois tes tétons transpercer ton petit haut, vive les frissons.»

Elle s'est douchée, exfoliée, crémée, parfumée, Elle s'habille d'un jean et une chemisette en jean léger et chausse des escarpins en daim bleu.

Elle place dans sa valise cabine son body en résille acheté spécialement à Paris et une jolie robe imprimée qu'Elle enfilera à l'aéroport de Paris. Elle surveille son téléphone du coin de l'œil et pianote tout en se préparant :

« Quel pouvoir ont tes mots sur ma libido… Cette alchimie m'impressionne !!! Tu me fais vibrer comme jamais.»

Le cœur battant à mille à l'heure et les mains moites, Elle grimpe dans la R 8 et appuie sur le démarreur. Les 550 chevaux rugissent en chœur sous le capot et lui déclenchent aussitôt des frissons. Elle prend la route pour Nantes et déjà les kilomètres parcourus dans ce bolide qui lui correspond si bien commencent à lui procurer la plus intense des sensations.

Arrivée à l'aéroport, Elle s'empresse de lui envoyer un message :

« Je n'ai pas pu m'empêcher de lâcher les chevaux pour une petite pointe à 240 et je suis passée sagement à 90 devant le radar planqué dans la voiture banalisée sur le périphérique nantais. J'embarque dans cinq minutes. Je brûle de sentir tes mains sur ma peau et je vais te violer sur le tabouret du bar.»

Il ne répond pas, il doit être dans son avion.

Le sien décolle et Elle éteint à regret son portable, le fait d'être déconnectée de lui pendant une heure lui étant insupportable.

Enfin Elle se pose à Paris :

« J'atterris à l'instant.»

Elle descend rapidement de l'avion et se dirige vers les toilettes en tirant sa petite valise cabine. Elle échange sa tenue confortable de voyage contre son joli body en résille et sa robe sexy.

Il est déjà arrivé et il lui envoie un message pour la prévenir qu'il l'attend avec impatience dans le hall de l'hôtel.

Elle se dépêche, consciente que les minutes qu'elle va passer avec lui vont être comptées.

Elle s'engouffre dans le CDGVal, la navette qui relie les différents terminaux de l'aéroport Charles de Gaulle et arrive enfin au terminal 3.

Plus que quelques minutes d'attente et elle va se retrouver dans ses bras.

Elle franchit la porte du hall de l'hôtel et l'aperçoit assis dans un fauteuil du salon. Dès qu'il l'a voit, il se lève précipitamment avec un magnifique sourire qui éclaire son visage bronzé.

Il la prend dans ses bras puissants et l'embrasse timidement sur les joues.

Il la guide vers l'ascenseur et dès qu'ils se retrouvent tous les deux dans la cabine, ils s'embrassent fougueusement, leurs mains impatientes se promenant fébrilement sur le tissu de leurs habits.

Il ouvre rapidement la porte de la chambre et se retire pour la laisser entrer. Elle adore sa galanterie. Ils se retrouvent debout face à face dans l'entrée de la chambre et se jettent l'un sur l'autre multipliant leurs baisers et leurs caresses.

Ils sont désormais seuls au monde, il n'y a plus de temps, plus d'espace, rien que leurs deux corps prêts à s'aimer.

Elle aperçoit la bouteille de champagne dans le seau à glace posé sur la crédence.

« Tu m'offres une petite coupe ? J'ai très soif. »

Il la lâche à regret pour s'exécuter.

Ils trinquent :

– À nous, à notre improbable rencontre.

Ils boivent à peine deux gorgées et déjà reposent leurs verres pour pouvoir se caresser en toute liberté.

Il lui ôte sa jolie robe et la découvre enfin dans son magnifique body en résille qui met merveilleusement en valeur ses courbes harmonieuses :

– Waouh ! Tu es encore plus belle que sur tes photos, tu es faite pour porter de la lingerie sexy ! J'adore !

Elle s'allonge sur le lit et prend la pose pour mettre en avant ses seins et sa cambrure.

Tout en la regardant, il enlève son jean et son t-shirt et s'allonge à ses côtés :

– Tu es magnifique, tu as un corps de rêve...

Il l'embrasse et la lèche à travers le tissu troué du body et la sensation alternée de sa peau et du tissu accroît son excitation.

Il se relève et saisit la bouteille de champagne, en remplit leurs deux verres, lui en tend un qu'Elle porte lentement à ses lèvres. Il l'embrasse pour goûter le liquide dans sa bouche. Ils reposent les verres et il lui enlève son body :

– Je veux sentir ta peau contre le mienne, j'ai tellement attendu cet instant.

– Pas autant que moi...

Ils promènent fiévreusement leurs mains partout, leurs lèvres parcourent chaque centimètre de leur peau, leurs langues humidifiant ces deux corps en fusion.

Il reprend un verre de champagne et fait glisser le liquide entre ses seins. Il suit la ligne de son ventre, s'arrête un instant pour remplir son joli nombril et continue sa descente vers son mont de Vénus.

Elle rit :

– Hummm, c'est bon ! C'est froid, ça pique mais comme c'est excitant ! J'adore sentir les bulles éclater sur ma peau...

Il boit le liquide qui coule le long de son ventre, suit sa trajectoire avec sa langue, la léchant et la mordillant légèrement au passage. Elle grogne de plaisir et d'excitation. Il pénètre à sa suite dans sa caverne et la lape à petits coups de langue. Il remonte sur son bouton autour duquel il enroule doucement sa langue tout en exerçant des petites pressions.

C'est absolument délicieux, Elle est au paradis de l'Amour.

Elle ferme les yeux et profite de cet instant qu'Elle a maintes fois imaginé et qui ne se reproduira peut-être jamais.

Mais Elle a envie de lui procurer du plaisir aussi.

Elle se redresse sur les coudes, tend une main vers la table de nuit pour attraper la bouteille de champagne, en boit une gorgée au goulot mais garde le précieux liquide dans sa bouche et s'empare directement de son sexe.

Il sent le bouillonnement des bulles tout autour de sa verge qui devient aussitôt dure comme du fer.

Elle lui lance un regard coquin appuyé pour accroître son effet.

Ils restent un instant suspendus les yeux dans les yeux, captivés par tellement d'intensité bouleversante. La bouteille toujours dans une main, Elle entreprend de faire couler le champagne le long de son torse pour s'en délecter.

Lui aussi adore ces sensations inaccoutumées.

Il lui vole la bouteille, en boit une gorgée et verse un peu du divin breuvage directement sur son clitoris pour que le liquide frais et bouillonnant pénètre en elle. La sensation est détonante.

Toujours allongée sur le dos, Elle prend appui sur ses pieds et soulève ainsi son bassin à hauteur du sien pour qu'il puisse la pénétrer.

N'y tenant plus, il s'enfonce en elle, d'un coup puissant. Elle s'accroche à ses épaules, descend le long de sa colonne et agrippe ses fesses qu'Elle pétrit énergiquement. Follement excité, il lui donne de grands coups de boutoir puis sentant le plaisir monté déjà, s'arrête :

– Non non non non non non non !

Il ne laisse en elle que son prépuce et ne bouge presque plus, millimètre par millimètre.

– Ahhhhh, ça j'adore, tout doucement, sentir tous les détails de ton anatomie, ta petite bague qui frotte sur mon point G, tes nervures renflées... Ton sexe est fait pour moi, il me correspond complètement, m'emplit entièrement, et me procure un plaisir infini.

Au bord de la jouissance, Il ne bouge plus et ils profitent de cet instant où ils sont liés l'un à l'autre, les yeux dans les yeux, bouche contre bouche, langues emmêlées. Il reprend son mouvement très lentement et sent monter son plaisir, Elle va l'entraîner, il stoppe net une nouvelle fois.

– Nooooonnnn !

Elle le repousse et l'allonge sur le dos, grimpe sur lui prestement et embrasse son torse pour maintenir la pression, lui lèche le ventre, enroule sa langue dans son nombril et mordille son bas ventre, puis enfourne sa queue dans sa bouche au plus profond de son gosier.

Il gémit, le désir remonte illico. Elle le pompe férocement, y met toute sa passion pour ce corps qu'Elle adore.

Elle s'arrête, le regarde et remonte ses cuisses de chaque côté de son torse pour placer son bassin à la hauteur de son sexe et pouvoir ainsi s'enfoncer sur lui.

Elle bouge tout doucement, Elle aussi et accélère par moment pour ralentir le rythme et mieux accélérer de nouveau.

Elle prend appui sur ses pieds, Elle peut ainsi totalement maîtriser la pénétration et coulisser sur son sexe prêt à exploser. Elle bouge uniquement sur son prépuce puis s'enfonce d'un coup sur toute la longueur de sa verge et jouit ainsi intensément.

Il fait des efforts démesurés pour ne pas jouir lui aussi et la repousse sur le côté. Il n'attend pas qu'Elle ait repris sa respiration pour la posséder à nouveau.

Ils sont tous les deux sur le côté, leurs jambes entremêlées, leurs sexes collés. Quelle que soit la position qu'ils adoptent, ils sont parfaitement imbriqués et le plaisir qu'ils ressentent est toujours aussi intense.

Ils se séparent par moment pour se donner du plaisir avec leur langue et pour mieux se reprendre ensuite, trempés de désir.

Elle humidifie son doigt avec sa salive et dirige sa main vers la raie de ses fesses tout en le suçant goulument. Timidement, Elle glisse son doigt dans la fente et le présente à l'entrée de son petit trou.

Il se laisse faire et même semble apprécier. Elle l'humecte une nouvelle fois pour le faire pénétrer doucement dans son intimité tout en le suçant et en lui léchant les bourses. Elle retire son doigt pour laisser place à sa langue audacieuse qui pénètre dans cet orifice caché. Puis Elle lui présente de nouveau son doigt et cette fois l'enfonce plus profondément pour commencer à exercer des va-et-vient appuyés tout en le suçant langoureusement.

Cette caresse très intime lui procure une intense sensation mais il la repousse pour la pénétrer encore, avec toute sa puissance. Il sent qu'Elle part dans le plaisir et il jouit enfin en elle.

Ils restent un instant dans les bras l'un de l'autre à se caresser tendrement. Puis il se lève pour aller prendre une douche bien méritée. Elle le suit et se colle à lui sous l'eau tiède. Elle saisit le savon et commence à le laver. Ses mains sont douces sous la mousse, elles se promènent sur son torse, Elle s'attarde sur ses pectoraux parfaitement dessinés. Il lui vole le savon et la caresse à son tour. Ils sont collés l'un à l'autre et se frottent mutuellement le corps, ce doux massage mousseux faisant pointer leurs tétons. Elle les titille du bout des doigts puis descend une main bien savonnée sur son sexe pour lui procurer une caresse toute douce. Très vite, il reprend de la vigueur et bande au creux de ses mains. Elle s'empare du jet d'eau et le rince pour pouvoir l'enfourner dans sa bouche. Elle le suce tout en dirigeant l'eau chaude entre ses cuisses, sur ses bourses qu'Elle engloutit et dans son petit trou qu'Elle titille du bout des doigts.

Fou d'excitation, il la relève et la plaque contre la paroi de la douche. Et il s'enfonce en elle sans ménagement. Il veut l'entendre gémir, sentir monter son plaisir, se laisser emporter par les vagues qui vont l'envahir. Ça vient, il le sent, Elle halète de plus en plus fort et se met à crier. Mais il arrive à se contenir, il veut la prendre encore, lui redonner du plaisir…

Ils sortent de la douche, Il attrape la serviette et l'enveloppe dedans pour la sécher méticuleusement dans ses moindres recoins.

Elle lape les gouttelettes d'eau qui courent sur sa peau et cette sensation d'être léché sur tout son torse lui procure une nouvelle excitation. Un simple échange de regard suffit à les mettre en émoi.

Elle s'assoit dans le petit fauteuil rouge, écarte les cuisses pour qu'il puisse la regarder dans toute son intimité alors qu'Elle commence à se caresser devant lui :

– J'ai encore envie de toi…

– Et toi tu m'excites trop comme ça...

Il s'agenouille devant elle et lui caresse les seins, s'attarde sur les tétons qui durcissent immédiatement à son contact. Dès qu'il touche sa peau, Elle est couverte de frissons. Elle se cambre et il descend vers son clitoris qu'il effleure du bout de sa langue. Elle retire sa main de son entrejambe pour lui laisser la place et s'occuper de son membre en demi-érection. Lui, en profite aussitôt pour que son doigt prenne possession des lieux. Associant ainsi sa langue et ses doigts pour décupler son plaisir, il poursuit ses caresses jusqu'à l'explosion de ses sens. Son sexe, qu'Elle a masturbé avec ferveur, est désormais prêt à prendre le relais de ses doigts. Sur son petit fauteuil rouge, Elle est juste à la bonne hauteur pour qu'il la pénètre. Elle enroule ses jambes autour de ses hanches pour qu'il puisse les tenir et ainsi s'enfoncer plus profondément en elle. Dans l'effort, les muscles de ses bras sont bandés et ses pectoraux magnifiquement dessinés. La vision de tant de sensuelle beauté lui procure presque autant de sensations que les caresses sur sa peau. L'alchimie sexuelle entre eux est si puissante qu'un simple échange de regard leur procure une décharge d'adrénaline.

Elle se laisse aller ainsi, dans ce doux mouvement, les cuisses écartées au maximum, collée à lui, pour exacerber son plaisir.

Mais une nouvelle fois, il s'arrête au point crucial, il veut la prendre encore dans d'autres positions, en profiter jusqu'au dernier appel pour monter dans l'avion. Et ils se caressent et s'embrassent, se lèchent et s'enlacent, se prennent et se détachent dans une chorégraphie si érotique qu'elle en devient poétique et les entraîne hors du temps.

Ils se regardent hébétés, de tant de plaisir éprouvé mais le temps a passé plus vite qu'ils ne l'avaient espéré, ils vont devoir se séparer et chacun dans leur vie retourner.

Elle le raccompagne à la sortie de l'hôtel, ils s'embrassent et s'enlacent une dernière fois, se sourient, ils se sont compris et quoiqu'il se passe désormais dans leur vie, cet instant de magie restera gravé à jamais dans leur mémoire comme l'un des plus intenses qu'ils auront vécu.

Il s'éloigne à grands pas, se retourne une dernière fois pour lui sourire et lui faire un geste de la main avant d'être hors de vue.

Elle retourne dans la chambre, son avion décolle pour Nantes dans deux heures, Elle a du temps. Son regard se porte sur le petit fauteuil rouge et Elle lui sourit :

« Toi, si tu pouvais parler, tu en aurais des belles histoires à raconter… » Elle se met en sous-vêtements pour se glisser sous la couette et faire un petit somme réparateur car Elle devra conduire encore une heure pour rejoindre son logement après l'atterrissage tardif.

Le petit fauteuil rouge lui fait un clin d'œil : « Ça mérite bien une photo souvenir non ? »

Il est arrivé dans la salle d'embarquement et lui adresse un petit message :

« J'ai dévalisé le buffet du salon, suis prêt pour un nouveau round. En tout cas, cette parenthèse entre deux coucous était bien sympa. J'espère que pour toi aussi…Hop, dernier appel pour la Run. Bisous.»

«Oui, j'ai passé un très bon moment.»

Et Elle lui envoie une photo d'elle sur le fauteuil rouge, les seins débordants du soutien-gorge, une main délicatement glissée entre les cuisses.

« Petit souvenir du fauteuil rouge. Bon retour et bon voyage.»

Elle s'allonge sur le lit, s'enfonce sous la couette mais n'arrive pas à trouver le sommeil tant Elle ressent encore sa présence. Elle prend son cahier et décrit les merveilleux instants passés avec lui. Elle écrit ainsi une heure puis prend une douche, enfile sa tenue de voyage et quitte à son tour la chambre en lançant un sourire à la bouteille de champagne vide.

L'avion pour Nantes a une heure de retard et c'est à minuit qu'Elle gare l'Audi dans la propriété vendéenne de ses amis.

Ils sont plusieurs à faire la fête, vin et musique à fond mais Elle n'a qu'une envie, aller dans sa chambre pour se remémorer tous ces instants si intenses qu'Elle avait l'impression d'oublier de respirer.

A trois heures du matin, Elle lui envoie un nouveau message :

« Je ne qualifierais pas notre petit rendez-vous de sympa mais plutôt de très intense, bon retour sur notre île, bisou. »

Une heure plus tard, elle ne dort toujours pas et lui envoie un nouveau message :

«Je n'arrive pas à m'endormir, mon avion a eu une heure de retard et j'ai roulé entre 180 et 200 kilomètres heure tout le long. Mes amis faisaient la fête à la maison…Seule dans mon lit, mon corps bouillonne encore de désir pour toi. Mes lèvres ont le goût de ta queue, mes seins ont envie de tes doigts, mon ventre appelle tes douces caresses et mon sexe réclame ta queue toute chaude qui lui correspond si bien. »

Elle finit par dormir quelques heures. Le lendemain, son amie parisienne Valérie vient la rejoindre pour passer un grand week-end avec elle. Maria, en vacances en métropole avec ses filles, arrivera le jour suivant. Heureusement, car Yann ne donne plus de nouvelles et cette rupture brutale dans leurs fiévreux échanges la plonge dans un état de manque douloureux.

Elle prend sur elle pour passer des moments agréables avec Valérie malgré la météo qui n'est pas de saison.

Mais le manque la taraude : passer de plusieurs dizaines de messages par jour, tous autant excitants les uns que les autres, à plus rien est difficilement supportable.

Le cinquième jour, n'y tenant plus, Elle lui envoie un message :

« Hello, plus de news...Que deviens-tu ? Je ne comprends pas ce brusque arrêt dans nos échanges ??? »

Il ne lui répond que le lendemain ce qui montre tout la considération qu'il lui accorde :

« Coucou tout va bien. Je suis juste de retour dans une vie très agitée. Nos intenses échanges étaient nouveaux pour moi, j'y ai pris beaucoup de plaisir sans pour autant tenir à entretenir un fil de communication régulier, ma vie étant déjà bien assez compliquée. On se verra à ton retour si tu veux, profite à fond de tes vacances, je t'embrasse.»

Aïe, là ça fait mal ! Très mal ! Très très très mal même !

Elle relit plusieurs fois le message et pense déceler derrière sa vie ''bien assez compliquée'' l'aveu de l'existence d'une autre femme.

Vanina lui avait bien dit qu'elle avait très souvent vu une jeune femme lui rendre visite dans son bungalow…

Pourtant, huit heures plus tard, Elle reçoit trois photos de lui à la salle de sport, en caleçon, puis sans, en plein exercice :

« Sorry, j'ai peut-être été un peu rustre, suis meilleur en poésie !»

Il est 21 heures, Elle est sur la route de l'aéroport avec Maria et ses deux filles pour s'envoler vers Barcelone où elles vont passer quatre jours de vacances. Elle ne répond pas.

L'appartement qu'elles ont loué à Barcelone est magnifique. En plein centre-ville avec sur le toit une longue piscine, style couloir de nage et une petite salle de gym.

Le soir, alors qu'elles viennent de prendre un petit apéritif, il lui vient une idée. Elle entraîne Maria sur le toit. Elle se déshabille complètement, s'installe, nue, sur les appareils de musculation et demande à Maria de la prendre ainsi en photo.

Elle adresse à Yann quatre photos d'elle en train de faire de la gymnastique totalement nue comme lui.

Sa réponse ne se fait pas attendre :

« Plus culottée que moi, ou bien avais-tu fermé à clé ? »

« C'est tout ouvert sur le Roof top de mon appart à Barcelone, il y a une piscine aussi. »

Et Elle lui envoie deux photos d'elle au bord de la piscine sur le toit.

« Je me suis aussi amusée dans la salle de bains. »

Elle lui joint deux photos d'elle, nue, cambrée, les fesses tendues vers l'objectif.

Cette fois, Elle a appuyé sur le bon bouton car sa réaction est immédiate.

« Il fait froid, je mets le chauffage à fond et je vais nettoyer l'animal sous la douche et sans témoin. »

Et il lui envoie six photos de lui, nu sous sa douche en train de se savonner vigoureusement le sexe et lui présentant ainsi une belle érection.

Malgré ses bonnes résolutions, Elle ne peut résister à lui répondre :

« Comme j'aimerais te prêter main forte dans cette opération d'envergure et néanmoins délicate. »

« Remplace-moi donc ! »

« Je m'empare de ton sexe si dur avec les deux mains et te frotte vigoureusement. »

« Et voilà qu'il commence à n'en faire qu'à sa tête, vite un peu d'eau froide.»

« Avec la douche je te rince délicatement partout en insistant bien entre tes fesses et en profitant pour glisser un doigt curieux dans ton orifice secret. Ma langue s'enroule autour de cette bite magnifique qui ne demande qu'à me pénétrer. Je lèche ton petit trou tout en te masturbant doucement en insistant sur le bout de ton gland. »

« Hummm, Je suis tout glissant, puis-je m'introduire dans ce joli petit trou ? »

« Avec délicatesse et sensualité pour qu'il s'ouvre doucement à tes caprices. »

« Peux-tu me montrer le passage ? »

« Je m'échappe sur le Roof top. Trop de monde dans l'appartement...»

Elle lui raconte tout un scénario basé sur la piscine où ils sont seuls sur le toit et la piscine, déserte, leur tend les bras.

Elle lui envoie une photo de l'échelle :

«Je suis accrochée à l'échelle, face à toi, la profondeur est idéale, tu prends mes jambes autour de ta taille et tu t'enfonces d'un coup en moi. À tout moment quelqu'un peut nous surprendre, et ça augmente notre désir. Tu embrasses mes seins qui pointent comme jamais, tu t'enfonces profond en moi et me fais jouir dans un cri. »

«Je lèche tes pointes dressées et les prends doucement entre mes dents, insiste un peu et tu pousses des petits gémissements. Zut, j'ai du monde qui est arrivé pour le dîner, désolé je dois te laisser. »

Le lendemain, elle fait les boutiques avec ses copines et ne peut s'empêcher, en pensant à lui, d'acheter un joli body noir en dentelle avec un petit collier de chien en dentelle lui aussi. Très sexy !...

Le soir même, Elle lui envoie les photos de ses achats, très caliente.

« Waouh ces trésors cachés sont diaboliquement attirants, quelle posture !!! »

Elle ne répond pas et le jour suivant non plus. C'est lui qui la relance :

« Alors cool ce séjour à Barcelone ? »

« Je m'endors et je m'imagine dormir nue sur le pont de ton bateau. Il fait chaud, la nuit est douce et étoilée, quelques éclairs au loin zèbrent le ciel tel un feu d'artifice qui illumine mon corps. Tu sors de la cabine un verre de champagne à la main, tu fais couler le liquide pétillant sur ma chute de reins jusqu'à un orifice que tu aimes particulièrement. Tu le lèches pour bien l'humidifier et tu me prends tout doucement. Nos sens se réveillent immédiatement et je te tends ma croupe pour que tu me pénètres plus profondément. Le plaisir est intense et la jouissance quasi immédiate.

Je plonge dans l'eau pour me rafraîchir, le plancton illumine mes courbes et tu plonges à ton tour ne pouvant résister à l'envie de me prendre à nouveau. Je m'accroche à l'échelle, écarte les cuisses, ta langue envahit ma bouche et s'enroule autour de la mienne provoquant une brusque montée de chaud désir dans mon bas-ventre. Tu mords mes seins et je pousse un cri. Haletante, j'attends que tu me pénètres et que tu t'enfonces en moi d'un coup de rein. Je me colle à toi et enroule mes cuisses autour de tes hanches. L'eau nous porte et laisse libre cours à notre imagination. Tu me prends dans de multiples positions et me fais jouir à chaque nouvelle prise. Cette intensité t'excite et tu redoubles d'ardeur qui te déclenche un violent orgasme. »
Il ne répond pas à ce message imagé et cela l'attriste énormément.

8 août 2017

C'est la fin des vacances, Elle se retrouve à l'aéroport Charles De Gaulle dans la salle d'embarquement pour la Réunion. Elle lui envoie la même phrase qu'il lui avait écrite en partant dix jours plus tôt : « J'ai dévalisé le buffet du salon, je suis prête pour un nouveau round. » Et elle lui envoie une photo d'elle sur le petit fauteuil rouge à l'hôtel M qu'elle commente ainsi :

« Petit souvenir d'un improbable et délicieux moment. Je suis dans l'avion. En dégustant ma coupe de champagne, je ne peux m'empêcher de penser à nos ébats torrides. J'espère que tu as mis une bouteille au frais, très frais…»

« Ben moi je suis à Maurice et je découvre une exquise vue plongeante sur tes seins arrogants. Quant à ta main qui semble inactive, je la laisserais volontiers partir à la découverte de mon anatomie la plus intime.»

Elle vient d'atterrir à la Réunion et sort de l'avion quand elle découvre son message.

« À Maurice ! Merde alors qu'est-ce qu'il fait à Maurice ? Moi qui espérais le retrouver dès aujourd'hui... »

Elle regarde le tableau des départs et voit que le prochain vol pour Maurice décolle dans deux heures. Une fraction de seconde, Elle s'imagine prendre un billet pour Maurice pour aller le retrouver et monter dans l'avion sans même passer chez elle. Elle lui en fait part mais il ne répond pas.

Le soir même Elle lui pose la question qui la taraude :

«Dis-moi beau capitaine, quand tu me dis que tu as une vie déjà très compliquée, dois-je comprendre que tu as une autre maîtresse à la Run ? »

Il lui répond deux heures plus tard :

« Écoute moussaillone, oui, non, oui et finalement non. Dure rupture suite à mon absence de choix !!! Pas simple, le temps devrait faire son travail. Je viens de rentrer à la Run. Bises. »

Et bien voilà, ses doutes sont fondés, il n'y a plus qu'à l'oublier.

Elle ne répond donc pas et n'a plus l'intention de le contacter.

10 août 2017

C'est lui qui le lendemain lui envoie un message d'excuse voyant qu'Elle ne lui répond pas.

Elle lui envoie un vague message en réponse :

« Peut-être que ça n'a aucune importance, il faut vivre l'instant présent, point.»

Et Elle termine son message par un émoticône de bonhomme avec une auréole.

Il lui répond :

« Serais bien venu vérifier si cette auréole est méritée, je pars à mon apéro, travaille bien à la gym, je programme une inspection, peut-être pour demain soir ?»

« Appelle-moi après ton apéro, je suis seule ce soir, mais c'est vrai que nous deux seuls à la gym, je trouve ça très très excitant. »

« Je t'imagine sur le rameur, je suis juste derrière toi. »

« Je fais exprès de faire des va-et-vient, le buste en avant te présentant mes hanches et ma chute de reins. Je sens ton regard lubrique sur mes fesses. »

C'est jeudi et comme tous les jeudis soirs, c'est sortie au Perroquet Bleu….

Elle se prépare pour rejoindre ses amis et choisit une jolie robe noire Guess moulante au décolleté profond. Elle est devant son miroir quand Elle reçoit un nouveau message.

Son cœur bat la chamade. Il relance le jeu. Elle ne devrait pas répondre, Elle tient dix minutes et se prend en photo dans sa jolie robe noire, de face avec ce magnifique décolleté et de dos avec un décolleté tout aussi profond et lui envoie en commentaire :

« La robe de ce soir. »

À 23 heures passées, il lui adresse un nouveau message :

« Ouf me voilà rentré ! Je dégraferais bien ta robe, soit délicatement, soit sauvagement selon mon degré d'excitation. J'irais chercher avec mes dents ce string réfugié entre tes fesses. Ensuite, avec ma langue, très superficiellement, je viendrais lécher une secrète grotte déjà très humide puis dans un incontrôlable élan, je la laisserais se glisser librement entre tes deux orifices. Totalement hors de contrôle, elle entame une infernale rotation autour de ton petit trou pendant que mes doigts cherchent refuge dans ton sexe brûlant de désir. Tu tends ta croupe avec des mouvements saccadés, m'implore d'une voix incroyablement sensuelle de te prendre sans attendre. N'obtempérant aucunement à ton insistante demande, j'empoigne mon sexe et entame de lents mouvements de haut en bas tout en m'approchant inexorablement de ta bouche goulue. »

Elle prend connaissance de son message torride quinze minutes après.

Et encore une fois, Elle ne peut s'empêcher de lui répondre dans la foulée :

« Ma robe à très envie de rencontrer tes mains, il ne faut pas être raisonnable, la vie est trop courte !

Suis au Perroquet où je subis les assauts d'un jeune loup qui me mord et me griffe me procurant des frissons sur tout le corps... »

Il répond immédiatement :

« Mains attachées, tu ne peux te saisir de mon sexe bandé et pestes de dépit. Nos bouches se trouvent, nos langues s'emmêlent, le désir atteint un point culminant et je me retire. Je détache enfin tes mains et les dirige vers tes seins. J'en mouille les bouts avec ma bouche pour que tu puisses les caresser et les pincer à ton goût. »

« Envie de toi, envie de te lécher goulûment, envie de te mordre... »
« Je peux me garer chez toi ? ».
« Oui. »
« On se retrouve dans 15 minutes OK ? »
« OK. »

Il entre dans le salon, son magnifique sourire sur les lèvres. Elle lui offre un verre d'eau dans sa nouvelle cuisine, il s'approche d'elle pour saisir le verre, en boit deux gorgées rapidement et se colle contre elle.

Quinze jours seulement se sont écoulés depuis leur dernière rencontre Mais Elle a l'impression que ça fait une éternité tellement le temps sans lui ne s'écoule pas.

Ils s'étreignent passionnément, s'embrassent fougueusement, leurs mains se baladant sur tout leurs corps dessus et dessous leurs vêtements.

Elle s'agenouille devant lui, ouvre fébrilement la braguette de son jean, extirpe son gland déjà en érection et le lèche et le suce avec délectation. Elle y met tant de passion qu'il se retient pour ne pas jouir immédiatement. Alors il la repousse, la soulève pour la poser sur le plan de travail de la cuisine, écarte d'une main son string et de l'autre guide son membre bien dur vers l'entrée de la grotte tant convoitée.

Il suffit de quelques allers et retours vigoureux pour qu'Elle atteigne une jouissance puissante qui manque de l'entraîner à son tour. Il ralentit aussitôt pour reprendre son souffle.

Elle descend du plan de travail et l'entraîne dans sa chambre. Elle lui retire prestement son t-shirt, son pantalon, son caleçon. Il lui enlève sa robe et son string et ils se retrouvent nus, face à face, se regardant comme deux boxeurs prêts à s'affronter sur un ring, restent ainsi un court instant, les narines dilatées, puis d'un coup, se jettent l'un sur l'autre pour commencer le combat.

Leur étreinte est violente et douce à la fois, leurs gestes mesurés et précis. Ils se connaissent déjà si bien, évoluent sur le même tempo en parfaite harmonie sans avoir besoin de se parler. Ils varient les positions à l'infini, en inventent sans cesse de nouvelles, chacune leur procurant un plaisir inouï.

Ivres de plaisir, ils restent dans les bras l'un de l'autre à se confier leurs pensées sur la vie. Il lui caresse le dos tout en lui livrant ses états d'âmes et collée à lui, Elle est aussi bien que quand il lui fait l'amour.

Il est quatre heures du matin quand ils se détachent l'un de l'autre.

17 août 2017

Elle n'a pas eu de message depuis plusieurs jours et comme à chaque fois le manque se fait ressentir, insidieux tout d'abord puis de plus en plus lancinant.

Enfin, il lui envoie un texto pour l'informer qu'il est à l'île Maurice et prendre de ses nouvelles. Et comme à chaque fois, un seul message de lui et Elle démarre au quart de tour.

Avant de se coucher, Elle lui envoie une photo d'elle avec une robe blanche hyper moulante au profond décolleté « Michael Kors », de face puis de dos, tendant ses fesses rebondies devant l'objectif.
Elle lui commente :
« Robe incendiaire achetée à Barcelone. Elle attend tes assauts » et sur son cul : « et lui aussi ... »
Il lui répond dès le lendemain matin :
« Si J'avais vu ça hier soir, ça aurait mis le feu aux poudres de mon lyrisme nouvellement découvert. Mes mains endurcies par la navigation auraient pu se faire très douces pour se glisser sous la création de ton Michael ''corps''. Sans nul besoin de GPS pour trouver les endroits, les canyons et les grottes secrètes de ton corps…
« Suis sur la plage pour une petite sieste, j'imagine ton corps allongé à côté de moi. Je laisse négligemment une main se promener sur ta peau et je réveille doucement tes sens.
Tu es couché sur le ventre et je te masse la nuque, les épaules, la colonne. Mes doigts dénouent tes tensions et jouent avec tes muscles. Tu gémis de bien-être et te détends.
Je descends sur tes jambes, tes pieds, appuie sur la plante pour la délasser, masse et tire pour faire circuler ton énergie. Je remonte sur tes fesses que je malaxe doucement puis fermement.
Je suis assise sur tes fesses et je m'allonge sur ton dos. J'ai ôté mon haut de maillot et enduit mon buste d'huile solaire. Je frotte mes seins sur ton dos en effectuant de petits cercles. Tu sens la pointe érigée contre ta peau.

Tu as envie de te retourner pour les mordiller et plaquer ton sexe sur mon pubis pour me faire sentir combien tu bandes.

Je t'en empêche en serrant fortement mes cuisses contre tes hanches.

« Attends ! »

Je susurre ce mot à ton oreille de ma voix la plus sensuelle et tu adores quand je te fais attendre.

Collée à ton buste, je glisse une main innocente sous ton ventre.

Tu te cambres un peu pour me faciliter l'accès à ton entrejambe et je commence à caresser ton sexe en semi érection. Le fait d'être sur la plage t'excite au plus haut point et tu commences à bander fort. Je continue avec un air ingénu à te câliner chastement d'une main alors que l'autre enserre ta bite et la caresse dans un doux va-et-vient.

J'humecte mes doigts d'un coup de langue discret et accentue l'intensité de ma prise.

Tu as envie de jouir là, dans mes doigts mais trop excitée, j'arrête mes caresses et courre dans l'eau pour me rafraîchir. Tu me suis en prenant soin de cacher ton érection dans ton short de bain.

Dans l'eau, je frotte délicatement mes seins sur ton torse humide en reprenant mes caresses sur ta bite. J'enlève discrètement mon maillot de bain et descends ton short. Ton sexe se colle au mien et j'enroule mes cuisses autour de toi pour que tu t'enfonces en moi d'un coup.

Faisant semblant de jouer, tu commences tes va-et-vient et le plaisir est immédiat. Mes petits gémissements poussés discrètement dans ton oreille t'excitent tellement que tu jouis à ton tour m'entraînant à nouveau dans une jouissance intense… »

Il lui répond un peu plus tard qu'il est en train de prendre un apéro avec des potes. C'est bientôt son anniversaire et ils lui ont offert un string minuscule portant la mention XXL. Il lui envoie la photo de son cadeau porté. La vision de son sexe à peine couvert par ce petit bout de tissu lui déclenche bien sûr immédiatement l'envie de lui écrire :

« J'adore !!! Je sens déjà le toucher si doux et froid pour y frotter mon clito et te faire enfler et sortir de ce carcan. Je pourrais glisser ma langue sur le côté pour énerver un peu tes bourses qui ont du mal à se caser dans ce petit bout de tissu. Le renflement déjà ferme qui se cache sous les trois lettres appelle au viol. J'ai envie de te lécher et te mordiller à travers le tissu pour que tu perçoives la chaleur de ma bouche. »

« J'adore ta plume, je suis sûr que c'est du premier jet. Moi je ne sais pas faire, j'envisage de m'inscrire à un atelier d'écriture !!! »

« Cher capitaine,

Après une étude attentive de votre dossier de candidature à notre atelier d'écriture, il a été décidé au regard de votre faible niveau, de vous inscrire à notre session intensive.

Vous bénéficierez donc, en plus des cours théoriques, de nombreux travaux pratiques.

Vous voudrez bien confirmer rapidement votre inscription dès votre retour sur l'île. »

« Quelle bonne nouvelle. Dois-je apporter mon stylo ? »

« On peut appeler ça comme ça mais je pense que vous avez tout l'équipement nécessaire. »

« Vais être vigilant sur le niveau d'encre. »

« Ne vous privez pas, nous avons tout ce qu'il faut pour recharger vos cartouches. »

Et Elle lui adresse une jolie photo de ses fesses à peine couverte par un petit string en dentelle.

Puis Elle lui envoie une suggestion de texte à écrire sur un rendez-vous entre un homme et une escort girl commandée pour une nuit sur un site internet. Mais il est déjà 23h30, il ne répond pas, il doit déjà dormir.

21 août 2017

Il est 6 heures du matin, il se réveille, regarde les messages de sa maîtresse et lui répond :

« Devoirs pas faits, vais-je être puni maîtresse ? »

« Sachez monsieur que la discipline de nos cours est exemplaire. Vous subirez donc des sévices à chaque absence ou retard dans vos exercices. Nous organisons une session de rattrapage de dernière minute ce soir à 19 heures. Vous devrez obéir à tous les ordres de votre professeure particulière. »

« Je viens de rentrer et J'ai pas mal de choses à régler. Je te dirai si je peux me libérer dans la soirée. »

«Si tu es trop tard, je te propose de prendre une bouteille de rosé et de la boire face à la mer. Envie de toi. »

« OK, je te dis quand je me libère. »

Il vient la récupérer en voiture pour un apéro spécial. Elle l'emmène dans une impasse qui donne directement sur la plage et là, dans la voiture, ils ouvrent la bouteille de rosé qu'Elle a préparé et commencent à flirter doucement.

Ils sortent de la voiture et s'appuient sur le capot. Elle descend sa braguette, attrape son sexe déjà bien dur et entreprend de le sucer à la belle étoile, face à la mer. Il est tellement excité qu'il jouit dans sa bouche en quelques secondes.

« Désolé, je ne me suis pas occupé de toi. »

« Ce n'est pas grave, ce sera pour le deuxième round. »

Ils remontent en voiture et se servent un nouveau verre de rosé

« Alors là, tu es un peu optimiste.»

Elle lui décoche un sourire coquin :

« Ah ah ah ! Tu ne me connais pas ! »

Et Elle commence à l'embrasser très langoureusement, Elle fait sa langue toute douce et à la fois fouineuse. Elle exerce des pressions avec ses lèvres contre les siennes puis Elle descend sur son cou, lui mordille un peu, glisse une main sur son torse, le caresse en lui prodiguant un léger massage puis dirige ses mains entre ses cuisses, sur son gland déjà en semi érection. Elle se penche sur lui, le prend dans sa bouche et commence à le sucer très lentement en enserrant fortement son sexe entre ses lèvres. Il bande immédiatement.

« Et bien toi alors ...»

Elle lui sourit, se relève et se place face à lui, casant tant bien que mal ses jambes de chaque côté du siège conducteur. Elle s'enfonce sur lui et commence son doux mouvement de balancier, les mains accrochées à l'appui tête. Malgré la fraîcheur relative de la nuit, il fait chaud dans l'habitacle. Cette moiteur exacerbe leurs sens. Elle lui fourre sa langue dans la bouche, ourle ses lèvres de sa salive et accélère la pression de son bassin, le plaisir se fait de plus en plus intense, Elle augmente encore un peu la cadence et l'entraîne avec lui dans une puissante jouissance.

23 août 2017

Elle se réveille et aussitôt pense à lui et l'imagine allongé à côté d'elle dans le lit. Elle saisit son téléphone et lui écrit :

« Suis encore dans mon lit, allongée sur le côté et J'imagine que tu es derrière moi et que tu glisses un doigt dans mon entrejambe. Mon orifice est trempé du rêve érotique de cette nuit et tu ne résistes pas à cet appel de la nature.

Ta queue devient dure et s'enfonce d'un coup en moi. Je gémis de plaisir et colle mes fesses contre ton ventre. Envie de tes doigts sur ma peau, mon ventre, mes seins. Envie que tu presses mes tétons pour les faire durcir de plaisir jusqu'à la souffrance et que tu les prennes dans ta bouche pour les consoler avec ta langue toute douce. Je suis seule à la maison ce matin… »

Il ne répond pas à son message, pas même un petit coucou, belle matinée, j'aurais bien aimé, et ça, ça l'agace au plus haut point. Aussi, Elle lui envoie un message pour clarifier leur relation :

« Je veux juste faire un point sur nos relations. J'aime les choses claires :

Tu n'es pas mon homme pas parce que tu ne me plais pas mais parce que tu es celui de Christine.

Tu m'apportes force et bonheur et je ne veux de nous que le meilleur des relations homme femme :

L'intensité

Le désir

La passion

L'originalité

La complicité

Le jeu

La simplicité

La sincérité

En toute liberté

Sans attachement, sans comptes à rendre

Ok ?

Bises, belle journée. »

Il met plusieurs heures à lui répondre :

« Je comprends parfaitement ton besoin de clarté. De mon côté, j'aspire à plus de simplicité, de vérité et vais travailler là-dessus en quête d'une nouvelle respiration.
Je suis en accord avec toi sur les bases de la relation homme femme sans pour autant avoir le goût de continuer la nôtre pour le moment. En tout cas, tu fus une belle histoire aussi insolite qu'ardente. On se croisera sans doute au sport.
Je t'embrasse. »

Bon ben là ça refait très très très mal.

Il est clair qu'il a repris une relation avec sa maîtresse et qu'il n'a aucun sentiment ni considération pour elle. Leur relation n'était qu'un jeu sexuel auquel Elle a accordé beaucoup trop d'importance. Elle doit donc y mettre un terme et l'oublier.
Elle stoppe tout message et leur relation s'arrête aussi brusquement qu'elle a commencé.

En même temps, il a écrit, « pour le moment » et ça, Elle l'a bien remarqué !

29 septembre 2017
Cela fait un mois qu'ils ne se sont pas vus et qu'ils n'ont plus aucun contact.
Il est en Italie et doit naviguer en Méditerranée sur son superbe voilier. Elle est dans le sud de l'île dans un magnifique hôtel qui surplombe la mer.
Elle fait une photo de ses jambes ombrées par une branche de palmier sur la terrasse de l'hôtel surplombant une mer d'un bleu profond. Et bien sûr, face à ce paysage somptueux, Elle repense à tous les moments magiques passés avec lui, rares mais d'autant plus intenses. Et Elle ne peut s'empêcher de lui envoyer la photo accompagnée d'un message :
« Les yeux plongés dans l'immensité bleue de l'océan, mes pensées se sont immanquablement dirigées vers toi et la symbiose physique de nos deux corps. J'aimerais retrouver un jour cette intense sensation rare, hors du temps, improbable, à Paris, à Barcelone ou ailleurs…

Car cette symbiose est unique avec toi. Sans aucun lien entre nous. Malgré ta bonne volonté, je pense que tu ne pourras jamais te passer de tels instants car comme moi, ils te font vibrer. Et nous deux, visiblement on vibre sur le même tempo. Qu'en penses-tu ? »
Il ne répond pas à son message.
Et encore une fois, Elle souffre.

15 octobre 2017
Elle prend l'apéro avec Maria, Sabrina et quelques copines sur la plage des brisants. Un DJ passe de la musique des années 80. Elle a bu deux rosés et elles dansent pieds nus dans le sable.
Il fait beau, il fait chaud, Elle est bien, détendue, et Elle reçoit un flash.
- Maria tu vas te marier prochainement, on m'envoie un M.
Et ce flash revient, récurrent ! M... M...
Mais c'est quoi ce M ???
Et là, insidieusement, Elle se met à penser à Yann et sous l'effet de l'alcool, lui envoie un message alors qu'Elle s'était juré de ne plus jamais lui écrire.
« Rentré ? Suis au bar de la plage...Tu fais quoi ce soir ? »
Contre toute attente, il répond immédiatement. Et il lui envoie une photo de l'hôtel M :
« You remember ? Viens de passer devant à l'instant !!! »

Le M !!! C'était donc ça...

Elle est vraiment impressionnée... Et bien sûr, Elle ne peut s'empêcher de lui répondre, retrouvant instantanément la flamme de leurs échanges.
«Comment oublier ? »
Et Elle lui envoie la photo d'elle sur le petit fauteuil rouge de l'hôtel.
Visiblement, il ressent la même excitation car il lui envoie illico une photo de lui, nu, à la barre de son bateau avec pour commentaire :
« Barre franche ou barre à roue ? Tite entorse aux résolutions.»
Il est à l'aéroport de Paris dans l'attente de l'embarquement pour la Run.
Elle lui envoie une photo de son corps nu, allongée sur le lit :
« Au cas où tu aurais oublié. »
« Attention danger de surchauffe en l'air ! »

« Sois sage, je ne te veux que pour moi à ton arrivée. »

Et Elle lui envoie une photo de sa chute de rein et de ses fesses rebondies puis une de ses seins sur lesquels Elle passe des glaçons.

« Bon d'accord, j'en veux bien encore une ou deux énervantes pour mon vol !»

Elle lui en envoie alors toute une série toutes plus excitantes les unes que les autres.

« Sacrée bibliothèque. Ça donne envie de se cultiver par pénétration. »

« Il faut que je renouvelle ma banque de données. Je compte sur toi pour m'inspirer. »

« On décolle bientôt, tu me diras pour le choix de la barre ! »

Et il a décollé.

Ça fait quasiment deux mois qu'Elle ne l'a pas vu et l'excitation qu'Elle ressent à l'idée de le retrouver est à son comble.

C'est rien de le dire, ça bouillonne à l'intérieur, son désir étant exacerbé par cette longue absence et l'horrible manque qui en a découlé.

Le lendemain matin quand Elle se réveille, l'avion de Yann est sur le point d'atterrir alors Elle se photographie, nue dans sa salle de bains et lui envoie les photos pour qu'il les ait quand il rallumera son portable et que ça l'occupe pendant l'attente des bagages.

Elle lui confirme qu'Elle préfère la barre franche qu'Elle a envie de policher à grands coups de langue vigoureux et Elle l'informe qu'Elle sera seule ce soir chez elle.

Dès qu'il atterrit, il lui répond que ce ne sera pas possible car il est déjà bien pris et fatigué par son voyage et qu'il va se coucher très tôt.

Elle se demande si ce n'est pas avec sa maîtresse en titre...

Le lendemain, en fin d'après-midi, Elle part faire des courses et enfile la robe qu'Elle portait quand Pierre 1 était venu chez elle la première fois.

Elle virevolte devant la glace et trouve l'effet de la jupe qui se relève sur ses cuisses très érotique. Pensant au film ''Sept ans de réflexion''

Tiens drôle sept ans ! Comme sa relation de merde avec Erwan.

avec Maryline Monroe et sa robe blanche qui s'envole lors de son passage sur une bouche de métro, Elle se place devant un ventilateur qu'Elle a installé au sol et prend quelques photos de la robe qui dévoile ainsi ses cuisses, son string, ses fesses… Elle lui envoie avec le message :

« Il y a du vent dans les voiles, avis de grand frais, Capitaine, vous devez confier la barre à des mains expertes si vous ne voulez pas chavirer. »

L'effet de la robe est particulièrement efficace car il lui répond immédiatement, ce qui est très rare :

« Pfffut !…Tu vas faire mon bureau se lever ! »

« Fais voir ! »

« Impossible, je ne suis pas seul au bureau. »

« Une petite photo discrète sous le bureau. En imaginant ma langue entre tes cuisses. Il vous faut peut-être un peu de remontant. »

Et Elle lui renvoie les photos de ses fesses dévoilées par la robe soulevée par le vent.

« Là du coup je quitte la mer pour la spéléologie. »

« Doucement capitaine ! Il vous faut abattre les voiles d'abord. »

« T'inquiète, je rentrerai au moteur. »

Elle lui joint deux photos de son décolleté très profond qui dévoile un de ses seins :

« Vous n'oublierez pas de sortir les pare-battages afin d'éviter tout choc sur votre belle coque. »

« Les vôtres semblent disposés à l'accostage. »

« L'un deux s'est échappé, vous devez le rattraper de toute urgence. »

« Quant à mes débuts en spéléologie, n'ayant pas de frontale, je devrai m'introduire alternativement pour trouver le meilleur passage. »

« Je ne doute pas un seul instant de vos capacités à trouver le pic du Midi. »

Elle lui envoie deux photos d'elle, cuisses écartées, robe relevée, string sur le côté permettant une vue plongeante sur son entrecuisse :

« Les entrées sont fléchées et des mains secourables pourraient vous assister en cas d'hésitation sur la voie à emprunter.
Dis-moi si tu es dispo ce soir et à quelle heure ? J'ai un apéro que je peux encore annuler.»

« Va à ton apéro. J'ai un dîner tôt, je te dirai si je peux l'expédier.»

« OK viens me rejoindre chez moi après.»

« Avec ou sans frontale ? »

« C'est toi qui choisis.»

« Bah je voudrais pas me tromper d'entrée.»

« Vous vous laisserez glisser sur les pentes soyeuses.»

« Ah et puis zolie la robe.»

« Préviens-moi quand tu pars de ton dîner.»

Pour sa part, Elle a rendez-vous avec un homme qu'Elle vient de rencontrer sur un site internet et Elle va prendre un petit apéro avec lui sur la plage.

Elle passe un moment très agréable avec cet homme mais regarde de temps en temps son portable pour avoir le signal du départ.

A 21h30, Yann l'informe qu'il devrait partir dans trente minutes.

Ils échangent discrètement leurs messages et à 22 heures, Yann l'ayant prévenu qu'il grimpait dans sa voiture, Elle prend congé rapidement prétextant que sa fille a besoin d'elle à la maison.

Elle ôte son jean et son pull pour enfiler la robe fatale qui lui a rendu son amant, sans rien mettre dessous.

Dès qu'il franchit le pas de la porte, il la dévore des yeux. Comme à chaque fois qu'ils se retrouvent en présence l'un de l'autre, une étrange attraction s'empare d'eux les rapprochant inexorablement.

Ils se jettent l'un sur l'autre avec un appétit jamais égalé. Il soulève sa robe et la découvre nue avec délice. Il lui caresse les fesses, tout en l'embrassant fougueusement. Une nouvelle fois, leurs corps s'accordent à la perfection et ils vont ainsi se délecter intensément l'un de l'autre quatre heures durant.

29 Octobre 2017

Il repart en Italie pour affaires et pour une fois, c'est lui qui reprend le jeu :

« Suis en train de lécher une tropézienne, il en resterait assez pour te tartiner le corps. Puis avec ma langue... »

Elle entend dans sa tête la chanson de Brigitte Bardot « Harley Davidson, J'appuie sur le starter... »

C'est ça ! Il a appuyé sur le starter et une idée germe dans sa tête, il faut qu'Elle trouve une tropézienne...Elle en a vu hier à la boulangerie de la Saline et descend pour en acheter une mais pour une fois, il n'y en a pas.

Déçue, Elle fait toutes les boulangeries de Saint Gilles mais aucune tropézienne...

Elle retente sa chance le lendemain matin et cette fois sa persévérance est récompensée.

Elle prend la crème chantilly, en enduit ses seins et ses fesses et particulièrement la raie de ses fesses et fait plusieurs photos qu'elle lui envoie aussitôt.

« Comme ça ? Là ? Et là aussi ? Pour que tu aies très envie de prendre l'avion... Mais très très très envie...Je t'enduirai la queue avant de l'engloutir dans ma bouche pour la sucer goulûment. »

1er Novembre

Elle sait qu'il arrive aujourd'hui alors elle achète une nouvelle tropézienne, la prend en photo et lui envoie avec la mention :

« Elle t'attend.»

Il répond :

« Ah ah ah...»

« Je dois monter dans les hauts, petite dégustation de tropézienne vers 17 heures sur le chantier ? »

« Je viens d'arriver, nuit blanche dans le coucou. Déjeuner puis je vais m'écrouler un peu. Je te ferai signe vers 16 heures pour une visite de chantier si je suis réveillé. »

« Ok, dors bien ! Le gâteau est au frais, ça peut être après 18h30, il fera nuit, ce sera plus discret. »

Il fait une petite sieste pour récupérer un peu et lui envoie un message à son réveil.

« Visite de chantier possible à partir de 18h40. J'ai un dîner ensuite, Ok pour toi ? »

« Ok ! Mais tu n'auras plus faim...»

« Et toi donc ! »

Elle prend la tropézienne dans un sac isotherme, une bouteille de rosé, enfile une jolie robe avec des dessous sexy et prend la route.

C'est la première fois qu'Elle le rejoint sur un chantier. Le lieu est particulièrement excitant et propice à un rendez-vous caché. Il fait nuit, il lui fait visiter. Il y a plusieurs niveaux avec des terrasses qui disposent de très belles vues sur la mer. Pour l'instant, il n'y a que les murs en béton et le toit, le sol est en béton également. Il n'y a pas encore de fenêtres aux ouvertures.

Ils s'installent au rez-de-chaussée où il y a une grande table avec quelques chaises pour que les ouvriers puissent déjeuner.

Elle sort la tropézienne et lui met sous le nez avec un sourire gourmand.

– Ah mais tu n'es pas possible toi ! Tu en as trouvé une, vraiment !

Elle lui fait goûter et ils s'embrassent goulûment, leurs bouches emplies de crème.

Ils se déshabillent à la hâte, pressés de jouer avec le gâteau. Aussitôt, Elle lui enduit le torse et lèche la crème avidement le mordillant légèrement au passage.

Puis, comme Elle le lui avait promis, Elle dépose la crème sur sa queue déjà bien dure et l'engouffre avec appétit dans son gosier. Il veut jouer aussi et la repousse pour la recouvrir de crème également.

Il lui badigeonne les seins, et les lèche avec délectation, les mord doucement mais fermement, les suce fébrilement. Puis il repartit la crème sur son sexe, sur ses fesses, et la suce, la croque, la lèche.

Ils rient de plaisir et d'amusement et ouvrent la bouteille de rosé. Ils trinquent à leurs retrouvailles et au chantier de Yann. Il fait couler le rosé entre ses seins et accompagne avec sa langue le cheminement du liquide le long de son ventre pour le boire dans son calice préféré.

Elle retrouve les sensations de l'hôtel M et n'a qu'une envie, qu'il la prenne immédiatement.

Elle l'implore :

– Prends-moi !

Il la fait asseoir sur la table, écarte délicatement ses cuisses, et s'enfonce tout doucement.

Elle profite de chaque millimètre de sa queue, s'entrouvrant petit à petit pour mieux la recevoir.

Il la prend plus fort, Elle s'allonge en arrière et place ses fesses à ras la table pour qu'il puisse la posséder à son aise. Dans cette position, il entre très profondément en elle. Elle relève haut ses jambes plaçant ses pieds de chaque côté de sa tête lui facilitant encore plus le passage et Elle laisse monter son plaisir. Elle se redresse, pose ses jambes à terre et l'embrasse puis Elle se tourne et lui tend sa croupe. Il hésite entre les orifices qui s'offrent ainsi à lui, entre dans un mais glisse dans l'autre tant Elle est trempée de désir. Et il la fait jouir très vite une nouvelle fois.

Elle se retourne face à lui, il attrape ses jambes et la soulève, Elle accroche ses mains derrière sa tête. Elle adore cette position où Elle ne touche plus terre et connaît très peu d'hommes assez forts et surtout habiles pour la prendre ainsi dans un porté artistique. Elle jouit encore dans la plénitude de leur corps à corps. Il la repose délicatement, lui sert un nouveau verre de vin qu'Elle boit d'un trait, pour étancher sa soif.

Il étend une serviette sur le sol pour qu'ils puissent s'allonger. Elle se place sur le dos, écarte les cuisses et le regarde intensément puis Elle glisse une main coquine sur son intimité et commence à se caresser le clitoris, les yeux dans ses yeux.

– Viens ! Prends-moi ! Dit-Elle avec un air de salope.

Il l'observe un instant, cette femme l'excite terriblement.

N'y tenant plus, il glisse son sexe dans son antre toute humide. Elle jouit ainsi très fort et il se retient pour ne pas partir avec elle. Elle le pousse pour qu'il s'allonge sous elle et Elle le chevauche sauvagement, encore et encore, intensifie ses mouvements jusqu'à lui arracher une jouissance puissante, intense.

Ils restent un instant dans les bras l'un de l'autre puis se rappellent qu'il est attendu pour dîner, ils boivent un dernier verre de rosé avant de se quitter.

Le lendemain, Elle repasse devant le chantier. Il est désert et Elle ne peut s'empêcher de s'arrêter et d'y pénétrer. Elle est en tenue de sport et se prend en photo en baissant son t-shirt et en faisant sortir ses adorables seins.

« Bonjour cher monsieur, suite à notre visite d'hier, je vous informe que je suis particulièrement intéressée pour installer une salle de sport dans cet espace.

Une vue pareille pendant les exercices est tout simplement exceptionnelle. Avant de prendre une décision, j'aurai besoin de quelques renseignements complémentaires afin de m'assurer de pouvoir installer tous mes appareils de musculation.

Je vous serais obligée de bien vouloir m'accorder une seconde visite pour prendre les mesures de la chose. »

Et bien sûr, il ne lui répond pas et ça l'énerve au plus haut point.

8 Novembre

Elle descend du poney club et passe à nouveau devant le chantier, elle ralentit et aperçoit l'échelle. Cette vue l'inspire aussitôt et elle s'arrête pour la prendre en photo. Elle lui envoie avec ses commentaires :

« Ouf ! L'échelle est toujours en place, elle me dit : viens ! »

Miracle ! Il répond tout de suite.

« J'en sors tout juste, je ne t'ai pas vue. »

« L'échelle m'a dit : Louboutin, bas noirs, porte-jarretelles. »

Et elle lui envoie une photo d'elle, en bas noirs avec les porte-jarretelles et ses Louboutin.

« Pas de culotte, je veux tout voir quand tu te frotteras sur mon barreau.»

« Bien sûr ! Vos désirs sont des ordres ! »

« Dis donc, tu me travailles au corps, je vais devoir me libérer. »

Elle prend un bandeau noir et l'attache autour de ses yeux et lui envoie la photo :

« Ses yeux tu banderas, sa queue ainsi tu suceras pour décupler ses sensations et lui offrir un plaisir intense. Ce petit jeu commence à m'exciter terriblement. »

« C'est ce que je vois… J'entre en réunion dans un moment pendant que tes doigts entrent et sortent…»

« C'est doux, chaud et humide. À quelle heure on se retrouve à l'échelle ? »

« Hummm, j'en connais un qui viendrait bien se mettre au chaud, tandis que l'auriculaire lubrifié à souhait irait pénétrer un petit orifice sensible. »

« Mon corps est brûlant du désir de sentir tes mains, tes doigts, ta langue, ta queue partout. Mes lèvres n'ont qu'une envie, entourer ta bite et la serrer intensément. Ma langue veut parcourir ton sexe dans ses moindres détails. Mon sexe est brûlant de désir.

Vers quelle heure es-tu disponible ? »

« Vais essayer vers 19 heures. »

« OK tu me bites. Heu non Bip ! Bien sûr le rosé est au frais et les glaçons prêts à rafraîchir tes ardeurs. Bonne réunion. »

Il lui envoie une photo de lui, assis derrière son bureau, la braguette ouverte, laissant s'échapper son sexe tout dur déjà.

Ils se retrouvent sur le chantier tout excités par leurs échanges torrides.

Quand Elle descend de la voiture, il n'en croit pas ses yeux, sous un grand manteau noir, il découvre sa maîtresse en porte-jarretelles, bas noirs et escarpins Louboutin noirs vernis…

Tenue tout à fait adaptée pour une visite de chantier…

Cette vision incongrue lui déclenche une telle érection que son sexe est prêt à exploser.

Il ouvre la bouteille de rosé et elle sort les glaçons. Elle en place un dans sa bouche et commence à l'embrasser en enroulant sa langue autour de la sienne. Elle s'interrompt pour tremper ses lèvres dans le verre de rosé qui va légèrement l'enivrer et lui ôter toute inhibition.

Elle reprend un glaçon et entreprend de lui faire une fellation spéciale en alternant la chaleur de sa langue et de son gosier avec la fraîcheur de la glace. Elle se doute, pour l'avoir expérimenté sur son clitoris, de la sensation qu'il ressent. Et visiblement il adore.

Elle en reprend un dans sa bouche puis un second dans sa main et continue de le lécher tout en lui caressant les bourses avec le glaçon, par toutes petites touches car trop de fraîcheur pourrait avoir un effet inverse. Il en saisit un également, l'esprit vengeur, et le fait courir sur sa bouche, sa nuque, ses seins. Ses tétons se font durs sous l'effet glacé et il s'en empare pour les réchauffer avec sa langue. Elle soupire d'aise, préférant nettement la chaleur de sa bouche. Mais le répit est de courte durée, il saisit un nouveau glaçon et cette fois le passe sur son ventre pour descendre sur son sexe. Son corps se couvre de frissons, son clitoris se contracte, il enfonce le glaçon entre ses cuisses.

– Houuuu, c'est froiiiidddd ! Mais c'est bon … Mais il faut que tu me réchauffes là...

N'y tenant plus, il s'enfonce en elle. L'effet réfrigérant des glaçons a rétréci les parois du tunnel qui est maintenant tout frais et il trouve cette nouvelle sensation délicieuse. La vision de son cul offert entre le porte-jarretelles et les bas accroît tellement son excitation qu'il a bien du mal à se retenir de jouir immédiatement.

Encore une fois, leurs corps se mélangent, ils font l'amour dans toutes les positions et y trouvent un plaisir infini.

Une semaine plus tard, sans nouvelle d'elle, il lui envoie un message pour lui demander ce qu'Elle devient et lui indique qu'il file au lit avec un polar.

« Déjà au lit un samedi soir à 23 heures, tu es malade ? J'aurais bien aimé être à la place de ton polar, sentir tes doigts m'effleurer, me caresser, me retourner, ton regard me dévorer, ton haleine m'envelopper, te faire rire ou te faire pousser des soupirs, te donner du plaisir, te faire saliver de désir, te faire frémir. »

Il lui répond le lendemain matin qu'il est grippé mais que son programme de rejouiiiiissance aurait sans doute concurrencé favorablement le paracétamol. Et il lui joint une photo de lui allongé sur son lit où on n'aperçoit que ses pieds.

«Vois pas bien ! Plus haut ! »

Et elle lui adresse une photo d'elle en blouse blanche entrouverte et découvrant ses seins, avec des lunettes et un thermomètre dans la main.

« Besoin d'une infirmière, peut-être ? Avec son petit thermomètre, nue sous sa blouse blanche. »

Au même instant, Elle reçoit comme Elle le lui avait demandé, une photo de lui allongé sur son lit totalement nu.

« Vision intéressante, le thermomètre commence à grimper. Encore !»

« Pas mieux pour le moment, j'attaque un déj dominical.»

« Aïe ! Vais devoir faire redescendre la température, ça tombe bien, je suis seule à la maison. Je vais prendre un thermomètre un peu plus gros. » Et elle lui envoie trois photos d'elle en train de jouer avec un petit godemiché.

« Hummm, quel métier ! Voilà une infirmière qui va au fond des choses. En parlant de mise en bouche, penses-tu pouvoir faire un point précis de ma température avec mon thermomètre dans ta bouche, voir même la faire baisser ? Mon déjeuner commence avec une certaine raideur à l'entrejambe, pourvu que ma voisine ne laisse rien tomber à terre ! »

« Imagine que je suis cachée sous la table, tapie entre tes cuisses. »

« Oh oui j'imagine ! Moi, entretenant la discussion avec légèreté, et toi, me massant vigoureusement le sexe à travers mon pantalon. En toute discrétion, tu le libérerais pour le sucer lentement, profondément…

Mon esprit de partage commanderait à mon pied droit de venir caresser ta petite culotte. Mais oh surprise ! Pas de tissu, juste un petit coquillage déjà très humide.

Accroupie, ouverte, offerte, c'est du bout du pied que j'explorerais ta fente, remontant parfois loin derrière, le long de la raie. Un discret bruit de clapotis s'en suivrait, tu continuerais à me pomper, cette fois goulûment. Ne pouvant tenir à une telle charge d'excitation, j'exploserais généreusement dans ta bouche. »

« Humm et j'avalerais goulûment ta semence. »

Leur excitation grandit et se communique de l'écran au clavier et du clavier au doigt qui le parcourt à toute vitesse. Ils écrivent rapidement prenant à peine le temps de lire la réponse de l'autre qui correspond toujours à ce qu'ils sont en train d'imaginer. Car dans leurs écritures comme dans leurs gestes, ils sont totalement en phase.

Et ce déjeuner dominical où Elle l'imagine à table au milieu de ses amis, en train de pianoter l'air de rien sur son téléphone, la bite tendue de désir planquée sous la table, l'inspire au plus haut point.

Elle lui adresse une photo d'elle totalement nue en train de se caresser en lui présentant la chose de très, très, près :

« Envie de ta langue et de ton dard tout chaud, tout puissant d'érotisme pour me prendre profondément, intensément. J'ai envie que tu t'enfonces en moi. »

« Montre-moi le chemin. Ça y est, je vois l'entrée. Je présente mon gland tout humide et je te pénètre juste du bout par un lent va et vient. »

« Je t'attire avec mes puissantes cuisses musclées. Je t'arrête pour le lécher et l'humidifier encore puis le laisse reprendre sa route vers le tunnel. »

« Tu te tortilles pour en avoir plus mais je résiste. »

« Je resserre la pression de mes cuisses et t'oblige à t'enfoncer en moi.»

« Tu guides ma main vers ton petit trou, me demandes dans un râle de plaisir d'y introduire mon petit doigt. »

« Je plaque mon bassin contre ton ventre pour que tu t'enfonces encore plus profond, tout au fond. Et ton petit doigt fait monter ma jouissance. »

« On se retrouve tout à l'heure, dès que je peux me libérer. »

« Il fait très chaud entre mes cuisses, je vais dormir un peu, les mains attachées dans le dos, la croupe offerte, j'aurais adoré que tu me réveilles ainsi, d'un coup puissant entre mes jambes, la pointe de mes seins coincée entre tes deux doigts qui les serrent furieusement et tes dents qui mordent mon cou brusquement. Puis tu me reprends avec une infinie douceur pour calmer mes ardeurs. Quand je baisse la garde, tu places une main sur ma bouche pour m'empêcher de crier et tu t'enfonces brutalement pour te retirer soudainement au moment crucial et revenir doucement te blottir dans l'orifice gentiment honoré par ton petit doigt. »

« Doucement, très doucement mais jusqu'à la garde. Tu hurles de plaisir et m'en demandes encore plus ! Pas sûr que tout ça fasse baisser ma fièvre.»

« Moi je suis nue sur mon lit et j'atteins les 50 degrés d'érotisme torride ! Envie de tes mains partout, de ta peau collée à la mienne... »

« Reprends donc ta température plus énergiquement. »

« ...De ta langue, de ton gland que je veux dur et chaud. »

« Ou ça ma langue ? Pareil à un litchi gorgé de soleil sucré... »

« Sur ma bouche, sur mes seins, sur mon ventre, sur mon bouton de fièvre, sur mon petit orifice, et ta queue collée à mes fesses qui se frottent pour la faire grossir du désir de me pénétrer partout. Je me sens fiévreuse moi aussi, je vais venir en blouse blanche pour ne pas être contaminée. Il faudra être sage avec l'infirmière et vous laisser soigner sans rechigner » écrit-Elle en se caressant les seins. « Ça va dégénérer cette affaire !!! »

Elle presse son téton, tire dessus, le malaxe, l'humidifie de sa salive.

« Ma main a très très envie de descendre. »

« Non ! Attends ! Je t'interdis de toucher ! Seulement en ma présence quand je te regarde. »

« Hummmm ! C'est bonnnn ! Je suis toute mouillée. »

« Que de frénésie dans ta sieste. Ne résiste pas trop quand même, c'est si bon... »

« J'attends tes doigts, j'attends ta langue et j'attends ton gland tout gonflé. C'est bien meilleur. »

Et c'est dans cet état d'extrême excitation qu'Elle prend la route de son bureau, vêtue uniquement d'une blouse blanche, entièrement nue dessous.

Il pleut à verse et les routes sont glissantes, et cette atmosphère humide rajoute encore à son trouble.

Quand il la voit pénétrer ainsi dans la pièce, il reste bouche bée. Il en a croisé des infirmières mais jamais avec un air aussi mutin que celle qui vient de franchir la porte de son bureau. Sa fièvre remonte d'un coup comme son baromètre qui passe au beau fixe.

Elle se précipite sur lui et, en professionnelle accomplie, pose délicatement la paume de sa main sur son front.

– Cher patient, à première vue ça n'a pas l'air trop grave ! Allongez-vous sur le canapé pour que je puisse vous ausculter plus profondément.

Il s'allonge sur le dos, encore habillé.

Elle ouvre sa chemise et pose son oreille sur ses poumons.

– Respirez, inspirez, soufflez. Ne respirez plus.

Elle descend une main sur sa braguette et l'ouvre prestement pour s'emparer de son gland déjà tout dur d'excitation. Les seins de l'infirmière improvisée sortent de sa blouse et viennent se frotter contre son torse, ce qui lui procure une caresse enivrante. Sa bouche est collée à la sienne et sa langue lui caresse doucement les lèvres en exerçant des petites pressions coquines.

Elle lui enlève sa chemise et son pantalon puis son caleçon.

– J'ai besoin de vous avoir nu pour vous ausculter méthodiquement.

Et ses mains se promènent partout explorant chaque centimètre de sa peau, sa langue se joignant à elles dans ce balai érotique. Elles s'arrêtent un long moment sur sa queue.

– Je crois que j'ai trouvé la cause de votre mal, c'est relativement facile à soigner, détendez-vous ! Ça va bien se passer…

Elle reprend son gland entre ses lèvres et lui inflige un doux massage pour bien l'humecter. Puis Elle place ses jambes de chaque côté de son torse pour pouvoir s'empaler sur sa bite dressée dans cette attente.

Il dégrafe les boutons de sa blouse pour admirer son buste et attrape un de ses seins entre ses dents.

– Allez-y doucement, à ce rythme je ne vais pas tenir très longtemps !

– C'est le but cher patient, si vous voulez que votre fièvre retombe rapidement.

Elle remonte ses cuisses pour se mettre en appui sur ses pieds et ainsi maîtriser totalement ses va-et-vient.

Elle bouge de façon à ce que l'avant de son sexe frotte fermement sur le dessus de son gland lui procurant ainsi un tel plaisir qu'il ne peut empêcher la jouissance de monter. Elle aime quand il ne peut lui résister car Elle sait pertinemment qu'il ne lui faudra pas longtemps pour bander encore.

Elle l'embrasse tendrement dans le cou :

– Un peu de repos et vous allez vous sentir beaucoup mieux.

Ils restent enlacés, nus, sur le canapé de son bureau à se câliner doucement tout en discutant des derniers évènements de leurs vies.

Elle se laisse glisser à terre et se met à genoux pour lui caresser la queue avec sa bouche.

– Je dois m'assurer que vous êtes totalement guéri avant de vous laisser rentrer.

La relance du jeu lui procure une excitation immédiate qui se transmet à tous ses membres, oui tous, sans exception.

Et Elle suce profondément cette bite turgescente.

– La fièvre te réussit, tu bandes comme jamais !

Elle l'abandonne pourtant pour se placer à genoux sur le canapé, bien cambrée, la croupe tendue, et il ne résiste pas à s'y enfoncer. Ils jouent ainsi un instant jusqu'à ce qu'il lui arrache un cri, il se retire alors et la retourne pour qu'elle soit assise au bout du canapé, les cuisses bien écartées.

Il s'agenouille devant Elle, penche sa tête entre ses jambes et la lèche délicatement. Elle gémit de plaisir et tend son pubis vers lui :

– Prends-moi !

Il la regarde d'un air malicieux et la fait attendre un peu en la caressant avec ses doigts. Elle se penche sur le côté et attrape son sexe d'une main pour l'attirer à Elle et s'empale sur lui d'un coup de rein.

Elle adore être ainsi, ouverte, offerte, face à lui, ce qui lui permet de profiter de la vue sur son superbe torse bombé par l'effort. Elle le trouve beau, et cette vision ajoute encore à son plaisir.

Encore une fois, ils ont partagé un moment exceptionnel d'intense plaisir et ils se quittent avec un grand sourire.

Il part naviguer un peu autour de la Grèce et ils n'ont plus aucun contact pendant deux mois.

Au cours de cette longue interruption de leur intense relation, Elle fait la connaissance d'un homme sur la plage qui promène son chien. Comme Yann il a les tempes grisonnantes, bien foutu malgré un petit ventre, classe, ils échangent quelques mots et très vite leurs numéros.

Il l'appelle le soir même pour prendre un verre et à partir de là, ils se revoient tous les jours.

Mais quand Elle se retrouve au lit avec cet homme, Elle mesure toute la différence avec Yann !

Elle a juste envie de pleurer....Car Elle sait pertinemment qu'Elle n'est pas près de retrouver une telle complicité avec un autre homme. Le genre de relation qui n'arrive que très rarement dans votre vie.

Pierre 1 essaye de la revoir mais Elle n'a plus le goût d'avoir une relation avec lui. Chaque matin et chaque soir, depuis plus d'un an, il lui envoie une petite vidéo prise sur les réseaux sociaux pour lui montrer qu'il pense à elle quand il se réveille et qu'il se couche. Mais ces derniers temps, Elle ne lui répond plus. Yann lui manque tellement qu'Elle a accepté de revoir Pierre pour l'oublier un peu, un instant, mais c'est encore pire ! Elle n'a rien ressenti, son esprit s'échappant loin sur un voilier en Grèce.

Le contraste de sa liaison foireuse avec Pierre et de son corps à corps torride et ininterrompu avec Yann est tellement saisissant qu'il ravive sa douleur de ne pas pouvoir vivre une vraie histoire avec Yann. Et Elle se rend bien compte qu'il sera très difficile de se passer de lui quand il sera parti.

Elle croise Max également deux ou trois fois, toujours accoudé à un comptoir en train de boire verre sur verre mais leur relation est désormais platonique car Elle refuse tout acte sexuel avec lui.

A chaque fois, il lui répète qu'il l'aime et qu'Elle lui manque.

– Prouve-le moi !

Il va chercher son sac à dos et en tire les clés de son bateau.

– Tiens ! Il est à toi! Occupe-t-en! Tu sais combien je tiens à ce bateau donc tu comprends à quel point tu comptes pour moi. Tu sais très bien que si je n'étais pas marié, on serait ensemble.

Alors là, ce n'est pas sûr du tout. Je ne pourrai jamais supporter son alcoolisme et toutes les autres femmes.

Désormais, Elle l'aime beaucoup mais comme un frère. Elle adore se blottir dans ses grands bras protecteurs mais le contact s'arrête là.
Un jeudi soir, alors qu'Elle entre au Perroquet Bleu en compagnie de l'homme de la plage, Elle croise Pierre 2. Ils ne s'étaient pas revus depuis leurs nuits torrides. Il fait demi-tour et se place tout à côté d'elle pour pouvoir lui parler.
– Redonne-moi ton numéro, je n'arrive pas à t'oublier ! C'était tellement intense !!! Appelle-moi ! Je veux te revoir !
C'est vrai que pour être intense, c'était intense, c'est bien le seul homme qui pourrait rivaliser avec Yann mais c'était en grande partie dû aux circonstances très particulières de ce rendez-vous pour le moins inattendu …

Début janvier, son amie parisienne Valérie vient passer quelques jours de vacances chez elle. Elle vient d'arriver et elles sont en train de boire un verre sous la varangue quand Elle reçoit un appel de Pierre 1.
Il tient à venir saluer son amie et à prendre un verre en toute amitié.
Le temps qu'il les rejoigne, Elle raconte à Valérie les dernières informations qu'elle a recueillies sur lui à la plage.
– Il y a quelques jours, j'ai rencontré une femme qui marchait dans le lagon, on a commencé à discuter quand Pierre est arrivé en compagnie de sa copine Saint Gilloise. Elle m'a demandé si je le connaissais car, tiens-toi bien, Pierre l'a draguée…Il lui envoyait les même messages qu'à moi. Elle a refusé d'aller plus loin car elle a tout de suite senti que c'était un coureur de jupons.
– Ah oui quand même…Ils sont tous extraordinaires !!!
A cet instant Pierre arrive. Elle descend lui ouvrir le portail.

Il descend de voiture et se jette sur elle pour l'embrasser fougueusement, visiblement en manque, comme si il pouvait disposer d'elle à sa guise, qu'Elle soit seule ou pas chez elle...

Il discute un moment avec Valérie puis rentre dans la maison sous prétexte de voir ses derniers travaux de rénovation. Il l'entraîne dans sa chambre en la tirant fermement par le bras, l'embrasse et commence à la caresser et à essayer de la déshabiller. Elle le repousse avec force et lui demande de retourner sous la varangue avec son amie. Il est visiblement éméché et difficile à contrôler mais il finit par retourner s'assoir non sans avoir réussi à l'embrasser et glisser ses doigts entre ses cuisses.

Valérie n'en revient pas de ce comportement irrespectueux et en fait le reproche à son amie dès que Pierre est reparti.

– Tu ne devrais pas te laisser traiter de la sorte, il faut que tu le vires définitivement. Celui-là je ne le sens pas du tout...

A cet instant son téléphone sonne, c'est Max !!! Il souhaite la revoir et faire avec elle quelques travaux sur le bateau et il lui donne rendez-vous le lendemain matin au port.

– Et bien là, c'est trop drôle quand même, tu vas voir tous mes amoureux, et avec un peu de chance, Yann va rentrer.

Elles dinent tranquillement à la maison et vont boire un verre avec Maria au Chez Riz où elles dansent jusqu'à deux heures du matin.

Le lendemain matin Valérie l'accompagne au rendez-vous avec Max sur le bateau et ils discutent beaucoup. Max lui explique sa relation particulière avec son amie et lui montre à quel point Elle compte pour lui et combien il l'aime. Valérie le trouve touchant et très séduisant et comprend cet attachement particulier qui les unit.

Elle passe une très bonne semaine avec Valérie à se baigner, parler, rire, faire du bateau...

Le dernier soir, elles partent boire un verre dans Saint Gilles, se garent sur le port, et là, cinquante mètres plus loin, Elle remarque la voiture de Yann.

« Il est rentré ! »

Son cœur s'emballe. Ses mains sont moites.

– Viens ! On va faire un tour à pied sur le port pour essayer de le trouver comme ça tu pourras le visualiser quand je t'en parlerai.

Elles arrivent à proximité d'un restaurant de poisson quand Elle l'aperçoit de dos, Elle reconnaît sa belle chevelure brune grisonnante, ses épaules carrées, cette silhouette qu'Elle reconnaîtrait au milieu d'une foule de 100 000 personnes.

Elles continuent leur route jusqu'au bout du port et s'arrêtent un instant au dernier bar puis font demi-tour.

Cette fois, elles marchent face à lui. Quand Elle arrive à sa hauteur, il la regarde profondément avec ses beaux yeux noirs, lui sourit et la salue.

Elle s'arrête pour lui faire la bise et lui présenter son amie, les jambes tremblantes.

7 février 2018

C'est le lendemain de son anniversaire. La veille, Elle a pris le bateau de Max pour aller le fêter en mer avec ses amies. Elles se sont bien amusées et ont fait de merveilleuses plongées avec les dauphins.

Elle ne peut s'empêcher d'envoyer à Yann des photos d'elle nageant parmi les dauphins.

Il lui souhaite un bon anniversaire et évoque son envie de venir faire un tour en mer avec elle. Elle lui répond qu'Elle l'emmènera quand il voudra et lui joint une photo de ses jambes sur le pont du bateau. Il lui dit que cette photo lui parle et il lui envoie en échange la photo de deux dauphins bondissant hors de l'eau.

Elle part faire une petite sieste et quand Elle se réveille, Elle ne peut s'empêcher de penser à lui et de lui écrire.

Elle lui envoie la photo de son beau voilier sur lequel Elle aimerait tant naviguer avec lui et la commente ainsi :

« Et bien je vais rêver que je suis à bord de ce magnifique voilier qui vogue lentement sur les flots en compagnie du capitaine qui lui aussi vogue lentement sur moi, au gré des vagues… Leurs corps s'imbriquent si parfaitement dans toutes les positions et leur plaisir si intense que les ondes qui émanent d'eux sont si puissantes que les dauphins les ont rejoints et bondissent autour d'eux les invitant à poursuivre leurs ébats dans l'eau.

Ce qu'ils vont faire dès qu'ils auront ralenti le bateau ».

« Ah la poésie… Quel doux tremplin ! »

« Ton bateau est vraiment magnifique et j'aurais adoré en explorer tous les recoins. Rien qu'à cette idée, tu me fais faire des bêtises, je vais aller me rafraîchir dans la piscine sous la pluie. »

« Il va falloir te rafraîchir avec beaucoup d'ardeur pour briser ma résistance. »

« Comme ça ? » lui demande-t-elle en lui envoyant une photo de sa croupe. « Pile ou face ? » Et une autre photo d'elle en train de se caresser.

« C'est une piste intéressante à approfondir. Suis en réunion. Hi hi hi ! Recto verso et inversement. »

« Ah j'adore te perturber en réunion. »

« Je suis imperturbable ! »

OK ! Alors pour le perturber il va falloir envoyer du lourd comme aurait dit cette idiote de Sandy !

Elle lui fait donc une photo de gros plan avec son majeur pénétrant dans son sexe.

Et bien sûr là, il réagit au quart de tour...

« C'est du live ???? »

« Oui ! Commande, j'obéis ! »

« J'essaye de rester centré sur ma réunion mais j'imaginais un scénario sous le bureau…. »

« Je sais que tu adorerais que je sois entre tes jambes et que je te suce goulûment et j'adorerais ça aussi. Donnez-moi votre adresse pour que je m'introduise sous votre bureau sous un prétexte fallacieux. Je pourrais être la femme de ménage qui vient nettoyer le verre que tu as malencontreusement renversé sur ton pantalon. Je serais obligée de pomper la boisson ainsi répandue autour de ton anatomie et ne pourrais m'empêcher de frôler cette turgescence affolante.»

« Ok ! Je sors sous prétexte de rechercher un dossier dans le bureau voisin. Ça y est, j'y suis et sur la pointe des pieds je récupère ce foutu dossier. »

« Je dégraferais direct ton pantalon pour aller droit au but. »

« Tu te places derrière moi, glisses ta main entre mes jambes et me flattes les bourses. »

« Et j'enfouirais ton gland bien au chaud, tout au fond de mon gosier pour lui faire goûter la douceur de ma langue associée à la pression de mes lèvres. »

« Puis toujours par-dessous, tu attrapes mon sexe.»

« Je caresserais tes fesses musclées et glisserais un petit doigt dans ton anatomie, te lècherais les couilles »

« De ton autre main, tu déboutonnes sauvagement mon jean. Et là, c'est un viol en règle, le temps est compté car la réunion n'est pas finie. Tu me branles et tu me suces dans le même élan. Ton petit doigt bifurque vers mon anus. »

« Je ne peux m'empêcher de lécher ta petite fente et d'y introduire légèrement ma langue. »

« Je ne tiens plus et jouis violemment dans ta bouche. »

« Tandis que je te branle furieusement et que j'avale ton sperme goulûment. »

« J'imagine mon pinceau tirant des bords le long de tes lèvres humides, engageant d'acrobatiques dérapages sur les grandes, se réceptionnant sur les petites, avant de glisser vers un abîme de sensualité et de se laisser engloutir. »

« Ce n'est plus un abîme, c'est un volcan en éruption et je ne garantis pas les dégâts si tu ne viens pas l'éteindre. Danger de surchauffe. Voyants au rouge ».

« Désolé mais ce soir je file à un dîner. »

Le lendemain, Elle le relance au moment de sa sieste en lui adressant une jolie photo d'elle dans un body noir en dentelle et Elle lui demande s'il pourrait passer la rejoindre dans son lit.

Il répond trois heures plus tard seulement qu'il est à nouveau en réunion. Et il lui envoie une photo de lui assis derrière son bureau, son bermuda sur ses pieds, laissant entrevoir son sexe.

« Le bureau est parfait pour que je puisse me glisser dessous. Je t'interdis de te caresser ! Trop envie de t'engloutir tout de suite. Tu vas sentir mes doigts te fouiller et ma langue te titiller, ma bouche enserrer ta queue qui n'attend que mes caresses. »

« Je ne peux plus répondre, j'enlève le son mais pas l'image. »

« Tu vas rester comme ça ? Nu derrière ton bureau ? Pense à moi, à ma tête entre tes cuisses. Glisse une main sur tes couilles et caresse-toi en imaginant que je suis là, tapie sous ton bureau, la bouche grande ouverte pour me pourlécher. »

«Timing trop tendu, Patience je vais bientôt avoir du temps. En attendant, mouille bien ton doigt, écarte tes lèvres, trouve ton petit bouton et presse-le dans un mouvement circulaire puis dis-moi ...»

« Comme ça maître ? Mes pointes sont toutes dures, mon sexe est tout gonflé de désir et tout humide, prêt à t'accueillir !»

« Là c'est moi qui commence à mouiller. »

« Trop envie de prendre ta queue, c'est un supplice ! Je la veux dans ma bouche, dans mon sexe brûlant. »

Et pour la première fois elle réalise une petite vidéo d'elle en train de se caresser les seins puis la main descend vers son sexe et on aperçoit son doigt qui la pénètre….

« Ouh yaaaa ouuuuiiiiieeee, continue de tourner c'est terrible !!! »

« Je veux que tu t'enfonces en moi, brusquement, violemment, que tu me prennes partout. »

« J'aime bien voir tes doigts s'aventurer vers ta jolie rosette.»

« Mon excitation est à son paroxysme, je vais exploser. »

« Si tu immortalises l'explosion, ça pourrait devenir viral. Bon on se calme ! Suis dur comme du bois. »

Ils ont chacun un rendez-vous et doivent interrompre là leur torride conversation. Mais leur désir ne s'est pas éteint bien au contraire…

Elle part à la salle de sport pour décompresser un peu mais quand Elle rentre dans la salle, Elle l'imagine à côté d'elle sur les appareils de musculation :

« Ben je décompresse pas du tout, au contraire, je t'imagine entrer, nos regards se croiser, le désir immédiat monter en nous, se jeter l'un sur l'autre pour se dévorer. »

« Incroyable, nos brûlants échanges peuvent aller loin ! Mais tu es une sacrée locomotive. »

« Envie de te lécher, te mordre, te griffer, te manger tout entier, ton cou, ton dos, ton ventre, tes fesses, je veux tout. »

« J'envisagerai bien une pénétration surprise en levrette pour profiter de ton excitation. »

« Ben viens ! »

« Non ! Il faut que je prenne la route. D'ailleurs, il y a un truc qui gêne le volant, on dirait un second levier de vitesse. »

« Caresse-le pour moi, imagine que je suis assise à côté de toi, la robe remontée sur mes cuisses, nue dessous. Je me penche sur ta turgescence, ouvre ta braguette et te suce profondément.

De la main droite je caresse ton entrejambe et glisse sur tes couilles que j'humecte avec ma salive.

Tu tiens ton volant de la main gauche et la droite se crée un chemin vers mon clitoris tout gonflé de désir. »

« Je suis au stop».

« Branle-toi pour moi !»

« Justement je viens d'hésiter.»

« Et imagine ton doigt dans ma fente trempée.»

« Zut je redémarre.»

« Tu peux le faire en roulant, j'aimerais bien t'accompagner mais je ne suis pas seule dans la salle de sport.»

« Je ne t'ai jamais vu aussi bouillante, tu ne vas pas tenir, le premier qui t'approche va toucher le jackpot !»

« Non ! Il n'y a que toi qui me mets dans cet état-là. Et c'est toi seul que je veux en Moi !»

« Ok bien noté, je vais m'organiser pour combler toutes tes envies.»

« Elles vont être très nombreuses…»

« J'ai une sacrée bosse ! »

« C'est vrai que je n'ai jamais été aussi inspirée.»

« J'y crois pas. J'arrive à destination.»

Elle est passée dans les vestiaires et lui envoie une photo d'elle en train de se pincer les seins.

« Tu te caresses ? Où est donc le pommeau de douche ? »

Pour lui répondre, Elle lui envoie six photos d'elle en train de se caresser dans les toilettes puis de s'amuser dans la douche avec le pommeau. Il est tout excité par ces photos.

« Je suis trop énervé, je vais être obligé de me branler avant le repas ! »

« Pense à ma main sur ta queue sous la table, je ferais tomber ma serviette, ma fourchette, pour te donner un petit coup de langue discret. Et te renverserais mon verre d'eau pour t'éponger et prétexter une sortie de table pour mieux…t'essuyer.»

« Il faut que je file mais vas-y, lâche-toi, j'adore ! »

« Je te ferai peut-être une petite vidéo ce soir… »

« Huuuuuuummmmmmm ! Suis certain que tu seras joueuse, créative, inventive, fantaisiste et surtout érotique.»

Il est 21 heures, cela fait trois heures qu'ils échangent sans discontinuer. Elle a maintenant pour mission de lui réaliser une vidéo spécialement érotique dont il se souviendra longtemps et il va falloir répondre à toutes ses exigences.

Elle arrive chez elle et ouvre son dressing. Elle aperçoit sa capeline, un chapeau noir à très larges bords et une idée émerge aussitôt. Elle enfile des bas noirs, un bustier très sexy gris et noir et ses escarpins noirs Louboutin. Elle recherche la musique du célèbre strip-tease de Kim Basinger dans le film « neuf semaines et demi », lance la caméra et commence à danser et à évoluer tout en jouant avec la capeline.

« Dessert ? »

« Pile au dessert ! »

Elle lui réalise ensuite une seconde vidéo où Elle entame un lent strip-tease sur la musique de « 50 Nuances de Grey ». Puis Elle tourne un troisième film encore plus coquin où Elle va jusqu'à employer son sextoy.

Il ne lui répond que le lendemain matin :

« Thanks pour ce superbe cadeau au réveil. J'enfile ma tenue de chantier de bonne humeur ! Belle journée... »

« J'espère avoir répondu à vos attentes !!! »

Elle passe sa journée à Saint Denis, un de ses amoureux lui a donné rendez-vous dans le plus chic magasin de lingerie pour lui faire un joli cadeau pour son anniversaire puis Elle a rendez-vous chez son coiffeur. Elle s'achète aussi une petite robe ultra moulante dans les tons de beige ourlée de noir qui met particulièrement son corps en valeur.

Quand Elle rentre sur Saint Gilles, Elle se rend directement à la salle de sport.

Il est là.
Ils se regardent.
Un long moment.
Le temps s'arrête.
Et leur désir monte instantanément.

Elle pratique quelques exercices devant lui et sent son regard insistant sur chaque centimètre de sa peau. Elle a chaud, très chaud.
Elle part prendre une douche rapide dans les vestiaires et enfile sa nouvelle robe.
Elle ouvre la porte des vestiaires pour s'assurer qu'il est encore dans la salle.
Zut, il est déjà parti…
Vite, vite, Elle se donne un coup de brosse pour redonner forme à son beau brushing qui met sa longue chevelure blonde en valeur, un petit trait de crayon noir et une légère touche de rouge à lèvres rosé poudré. Et Elle sort précipitamment de la salle.
Elle arrive sur le parking et se dirige vers sa voiture. Au même instant, Elle l'aperçoit qui marche avec son copain entre les voitures. Ils viennent droit sur elle et Elle voit le pick-up de Yann garé à trois voitures de la sienne. Il salue son copain et se dirige vers sa voiture. Elle va à sa rencontre :
– Waouh ! Quelle robe ! Superbe !
Elle se rapproche tout près de lui :
– Ouvre ta voiture !
Il s'exécute. Elle grimpe sur le siège passager.
– Viens ! Monte !
Il s'assoie à côté d'elle et Elle se jette sur lui, l'embrasse, le caresse.
– Attends !
Il démarre et va se garer tout au fond du parking, à l'abri des regards indiscrets.
Elle lui ouvre précipitamment sa braguette et lui fait la fellation la plus démoniaque de sa vie. Toute en fougue et en passion d'une intensité jusque-là inégalée.

Il jouit très fort après toute l'excitation contenue depuis plusieurs jours et l'envie irrépressible de sentir ses lèvres sur sa queue et sa langue lui parcourir le sexe et les bourses.

Les jours suivants, Elle lui renvoie quelques messages mais il ne répond pas.

14 Février, Saint Valentin, deux pour le prix d'un …

Pour une fois, il n'y a pas de locataires dans ses bungalows, ils vont arriver dans la soirée pour fêter la Saint Valentin dans un endroit romantique et il fait un temps magnifique. Elle en profite pour se baigner dans la piscine et se faire bronzer nue sur les transats.

La lumière est très belle et Elle saisit son portable pour faire quelques photos d'elle en train de se faire bronzer. Le matin sur la plage, Elle a croisé Pierre 1 qui se fait de plus en plus insistant car il y a longtemps qu'ils ne se sont pas vus en privé. Comme tous les jours, il lui a envoyé sur Messenger plusieurs messages qui parlent de tout et de rien.

Pour le narguer, Elle lui envoie une photo d'elle nue au bord de sa piscine comme à Yann d'ailleurs qui lui demande d'approfondir ses photos.

Très excitée par la chaleur du soleil qui réchauffe sa peau, Elle enclenche la fonction vidéo de son téléphone et entreprend de se filmer à quatre pattes au bord de la piscine en train de se caresser d'avant en arrière avec un très joli gros plan sur ses orifices ainsi offerts à l'œil de la caméra.

Yann lui montre par une photo de son jean tout renflé, l'effet que son petit film a produit sur son anatomie. Elle le contacte aussitôt :

«Il me semble reconnaître ma lance à incendie tant promise et tant attendue. La situation devient critique, il est urgent d'intervenir, je suis excitée comme une puce. »

« Excellente prestation ! Angle de prise de vue, sujet au premier plan sur fond de ciel bleu, luxuriante végétation, bravo ! Je pars déjeuner avec des clients, la barre au ventre, rdv en fin d'après-midi ? »

« Je dois passer dans le coin vers 17h30. »

« Heureux hasard, ce sera la fin de mon rendez-vous. »

« Il n'y a pas de hasard, il n'y a que des rendez-vous... »

De son côté, Pierre a répondu immédiatement à l'envoi de sa première photo :

« Tu m'offres un café? »

Elle ne lui répond pas, trop occupée à réaliser sa petite vidéo pour Yann.
Puis vingt minutes après :
« Je passe prendre un café… Je m'impose puisque tu ne me réponds
pas ! »
« Non, j'attends des locataires.»
« Trop tard ! Suis devant ton portail ! »
Et il lui joint la photo d'un lapin habillé en costume avec carottes à la
main et la mention bonne Saint-Valentin.
Et effectivement Elle entend le moteur de son gros pick-up devant le
portail.
Il est gonflé d'arriver comme ça, sans demander si Elle peut le recevoir !
Il n'a aucune considération pour elle et Elle se dit qu'elle aussi devrait se
présenter à son portail à l'improviste, surtout quand madame est à la
maison.
Elle enfile à la hâte son maillot de bain et va lui ouvrir la porte. Il gare sa
voiture dans le jardin, descend et l'attire à lui pour l'embrasser
fougueusement.
– Tu tombes mal, je suis en train de terminer de préparer un bungalow
pour un couple qui ne va pas tarder à arriver.
– Montre-moi ton bungalow, je n'ai jamais eu l'occasion de le visiter.
Et il la pousse sans ménagement dans le bungalow, lui ôte son maillot de
bain, lui fait prendre appui avec ses bras sur le lit pour qu'Elle lui présente
sa croupe et la prend d'un coup de rein puissant. Elle essaie de lui résister
mais il la maîtrise, la force à incliner la tête et continue de la buriner.
Comme d'habitude, il jouit en quelques aller et retour sans se soucier le
moins du monde de son plaisir à elle. Et comme à chaque fois, il se
montre étonné par l'incroyable intensité du plaisir qu'il a ressenti.
Elle, ne pense qu'à Yann, n'a envie que de Yann et décide donc de mettre
un terme définitif à sa relation avec Pierre. Surtout que la dernière fois
qu'il est venu chez elle, il y a passé l'après-midi, s'endormant contre elle
comme un bébé. Tout ça pendant que sa « chérie », comme il l'appelle,
travaille toute la journée….

*Erwan aussi l'appelait ma chérie, ils ont beaucoup de points communs
ces deux-là, beaucoup trop d'ailleurs, notamment sur leurs activités
diurnes...*

Au même instant, Yann lui envoie un message pour lui confirmer leur rendez-vous. Elle le reçoit au bon moment, pour lui faire oublier le comportement irrévérencieux de Pierre. Et le sourire lui revient immédiatement en pensant à leur prochaine entrevue.

« Une robe, pas de culotte... » lui confirme-t-Elle.

Elle prend la route toute excitée, nue sous sa robe, et en profite pour se caresser un peu en roulant, histoire d'arriver trempée à son rendez-vous. Elle se gare précipitamment et s'engouffre dans l'immeuble en construction dont il assure la décoration. Il est là, il arrive vers elle avec son magnifique sourire sur les lèvres et son cœur bat à dix mille tours.

Les travaux ont bien avancé depuis la dernière fois qu'Elle est venue et il entreprend de les lui montrer fièrement mais Elle l'interrompt :

– Je n'ai pas beaucoup de temps ! Viens ! On monte sur la terrasse, on n'a pas eu le temps d'y accéder la dernière fois et je veux que tu me fasses l'amour partout !!!

Elle empoigne l'échelle et grimpe allègrement les barreaux avec ses hauts talons. Il la suit et s'aperçoit avec ravissement qu'effectivement Elle ne porte pas de culotte.

– Hummm ! Tenue de chantier encore très adaptée…

Il l'attrape par le bras pour l'attirer à lui et l'embrasser passionnément. Elle se colle à lui et glisse une main sous sa chemise pour sentir cette peau avec laquelle Elle est en totale alchimie.

Puis Elle se dégage d'un coup et court vers la terrasse.

« Viens ! » lui demande-t-Elle avec son plus charmant sourire.

Il la rattrape et la colle contre la rambarde. De là, ils ont une vue magnifique sur la mer. Le soleil va bientôt se coucher, la lumière est magique. Il fait 30 degrés mais il y a quelques nuages laissant présager un peu de pluie.

Il l'embrasse doucement dans le cou et Elle se sent merveilleusement bien.

Elle pense à toutes ces femmes qui vont dîner au restaurant avec leur mari ce soir, sans se douter qu'ils les trompent, et Elle se dit qu'Elle a la plus belle des saint Valentin.

Il soulève sa robe, s'agenouille devant elle et entreprend de la lécher tout doucement tout en glissant un petit doigt dans son orifice arrière.

– Ben dis donc, tu es trempée !!!

– J'ai tellement envie de toi ! Tu as le don de me rendre folle !
Et à son tour, Elle s'agenouille devant lui pour lui faire une fellation féroce. Il se retient pour ne pas jouir immédiatement tant la caresse qu'Elle lui inflige est intense. Il se retire précipitamment de ce gosier tout chaud, il la retourne contre la balustrade, sa robe remontée sur ses reins, lui caresse les fesses, et de son autre main guide sa queue vers son entrecuisse. Il enfonce juste le bout de son dard et Elle arrête de bouger. Ils profitent ainsi un instant de leur union dans ce cadre magnifique. Ils dominent la mer et un superbe coucher de soleil les accompagne.

Ils voient tout mais personne ne les voit, l'air doux et chaud caresse leur peau et c'est terriblement excitant.

L'espace d'un instant le temps s'est arrêté. Ils ne respirent plus que leurs peaux.

Alors, seulement, il commence son doux va-et-vient. Il sait qu'Elle va jouir ainsi très rapidement, il la sent monter et Elle l'embarque avec lui. Il est obligé de stopper net son mouvement et Elle lui crie :

– Nooonnnn ! N'arrête pas !!!

– Attends ! Attends ! Attends !

Il se retire et Elle se jette contre lui. Il l'attrape sous les cuisses et Elle accroche ses mains autour de son cou pour l'aider à la soulever. Elle serre ses cuisses autour de ses hanches, Elle adore quand il la prend debout, sa queue appuie bien sur son point G et le plaisir est immédiat. Une légère pluie commence à tomber et vient les rafraîchir en douceur au moment où Elle jouit. Elle se sent bénie des Dieux.

Il la repose délicatement, Elle se tourne et se penche en avant, place ses mains à terre, lui offrant ainsi une rare vue plongeante sur son anatomie. Son excitation redouble et il la fourre brusquement. Elle adore quand il la prend tout en douceur et Elle aime aussi quand il la baise furieusement. La vue de cette croupe ainsi offerte excite tellement Yann qu'il ne peut plus se retenir cette fois.

Elle se relève et ils restent un long moment, serrés l'un contre l'autre, sous la pluie.

– Bonne Saint Valentin ! Lui glisse-t-Elle tout doucement à l'oreille.

Elle se rhabille et part précipitamment rejoindre sa fille qui l'attend avec impatience au Poney Club.

C'est sa première Saint Valentin seule et Elle a envie de sortir boire un verre en ville. Elle appelle Mary qui est toute ravie d'aller faire un tour dans Saint Gilles.

Elles s'installent à la terrasse d'un bar situé sur le port et regardent les couples qui passent bras dessus, bras dessous, sortant des restaurants, tout endimanchés. Certains ont l'air très amoureux, d'autres visiblement ne sont là que parce que c'est le jour J et parfois leur seule sortie en amoureux de l'année.

Il n'y a pas grand monde dans le bar et le patron vient discuter avec elles. Il la trouve charmante et la complimente sur sa personne et Elle éprouve beaucoup de plaisir à échanger avec lui mais sans avoir envie d'aller au-delà d'une simple discussion. Il les invite à la soirée d'inauguration du bar le lendemain et Elle accepte avec plaisir.

Quand Elle rentre le soir, il lui envoie un joli message :

« Au vu de cette soirée fortement agréable par ta présence, je me dois de t'écrire un petit message avant de plonger avec Morphée dans une nuit paisible où un doux visage m'accompagnera. Je suis impatient et curieux de voir ton dress code pour la soirée de demain, bonne nuit, je t'embrasse. Encore ?!! Je vais finir par y prendre du plaisir. »

Le lendemain soir, Elle va chercher Mary pour aller à la soirée. Elle a mis sa robe noire asymétrique ultra courte d'un côté qui nécessite le port d'une mini-jupe dessous.

Quand elles arrivent sur le port, la première personne qu'Elle aperçoit c'est Max. Elle ne pensait pas qu'il serait là, Elle s'approche de lui, lui fait deux bises et lui présente Mary. Ils commencent à discuter avec animation mais Elle sent un regard insistant sur elle.

Elle se retourne et croise le regard de Yann.

Il lui décoche son plus beau sourire. Elle l'avait croisé au sport avant de partir et il ne devait pas venir ce soir. Comme Elle lui a dit qu'Elle viendrait, Elle se demande s'il ne s'est pas arrêté juste pour la croiser…

Elle ne se sent pas très à l'aise entre Max et Yann et entraîne Mary vers le bar pour aller chercher un verre et des toasts.

Quand Elle ressort du bar, son verre à la main, ses deux amants sont partis.

Le lendemain, Elle adresse un petit message à Yann :

« T'ai senti bien las hier soir à la gym, j'espère que tu vas mieux. Bisous. »

« En fait, en plus des emmerdes, je couvais une grippe. Du coup le retour en vélo sous la flotte plus les cinq bières ingurgitées au bar n'ont pas arrangé mon état. Je ne vais pas tarder à filer me poser à la case. Belle soirée hier ? »

« Ah ah ah ! Tu ne devrais pas traîner sur des terrasses, nu sous la pluie. En tout cas c'était délicieux…

Hier soir, un peu compliqué car le patron a eu un petit coup de cœur pour moi mercredi dernier et il a passé toute la soirée à discuter avec moi. Depuis, il m'envoie quelques messages même si c'était très discret hier soir. Je me suis donc éclipsée sur la pointe des pieds… »

« Hi hi hi ! Je te vois bien aux commandes de ce bar...»

« Ce serait drôle en effet mais :

1 - il est marié !

2 - il ne me plaît pas.

3 - je ne cours pas deux lièvres à la fois.

Et puis je dois t'avouer que l'attirance sexuelle entre nous est tellement forte et nos relations si intenses et jamais égalées que toute autre relation n'a aucun intérêt. C'est fou d'ailleurs comme les sensations peuvent être différentes suivant les partenaires.

En tout cas, j'ai revisionné les vidéos que je t'ai réalisées et à froid, j'en ai rougi. Ahhh c'est moi ! Ok !...

Ton pouvoir d'attraction sur moi est impressionnant par les vagues d'excitation qu'il déclenche. Mais ce sont des moments exaltants qui me font vibrer et me sentir vivante. »

« Ah ah ah ! Flatté d'avoir ces qualités attractives mais je suis également marié.

Nos échanges érotico-épistolaires aussi follement excitants soient-ils ne doivent pas te détourner d'une belle rencontre. Et si ça dépasse le jeu, ça sera infernal à vivre pour toi !!! »

Le jeu, comment dire, il est dépassé depuis très longtemps et infernale, cette situation, oui, elle l'est parfois, souvent même quand il ne lui répond pas…

Mais Elle ne peut pas lui avouer ce qu'elle ressent, c'est leur accord tacite. Alors Elle lui répond :
« Je suis enfin libre après avoir vécu 40 ans en couple et si je fais très régulièrement de belles rencontres, je ne souhaite plus les concrétiser pour l'instant. Je veux d'une autre vie sans jamais savoir la veille de quoi sera fait mon lendemain. J'ai soif de liberté et notre relation convient parfaitement à mon état d'esprit actuel.»

Trois jours plus tard, Elle sort de la douche extérieure installée dans un de ces bungalows. Il fait déjà très chaud et la chaleur des rayons de soleil sur sa peau lui donne envie de caresser doucement la pointe de ses seins toute érigée. Elle s'installe confortablement dans un fauteuil en plein soleil et commence à glisser ses doigts sur son clitoris.
Aussitôt Elle pense à Yann et Elle saisit son téléphone pour lui réaliser quelques sympathiques clichés. Elle enclenche aussi la fonction vidéo pour qu'il profite à fond de ce petit moment d'intimité.
Elle réussit même à lui enregistrer le moment crucial de sa jouissance au soleil.
« Sortie de douche au soleil, désolée, problème de cadrage mais là tu as le direct live. Encore une première et c'était… excitant et délicieux. Il faudra que je te fasse connaître cette douche très intime une fois avant ton départ.»
Comme à chaque fois qu'Elle lui présente la chose brute de décoffrage, il réagit au quart de tour :
« Mauvais cadrage certes mais qui ne laisse planer aucun doute sur l'action et l'intention.»
Et pour accompagner ses propos, il lui adresse une photo de lui dans son bureau, vêtu d'un magnifique costume Kenzo avec la mention :
« Cherchez l'erreur.»
Elle lui rétorque aussitôt :
«Une tête chercheuse regarde désespérément si la bouche goulue qu'elle affectionne particulièrement n'est pas là, tapie sous le bureau. Elle aimerait s'y blottir, se sentir s'alourdir, se tendre de désir, gonfler, se contorsionner, s'enfoncer dans la profondeur du gosier pour, ni tenant plus, exploser, et sa semence sucrée libérer. Dis-moi que ça te fait bander ! »

« Effectivement, il semblerait qu'il y ait une timide tendance à la hausse !!! »

« Trop envie de dégrafer cette chemise, bouton par bouton et d'effleurer ta peau d'abord avec mes doigts, ensuite avec mon souffle puis les lèvres et enfin la langue.

Descendre vers le mont des délices et ouvrir ta braguette avec mes dents. Tu es magnifique et là, j'ai juste envie de te croquer, de me pourlécher. Je pars pour quelques jours avec mes copines à l'île Maurice, je vais avoir besoin d'un calmant avant. Qu'est-ce que tu es sexy comme ça !!! J'ai trop envie de toi.

Moi aussi, j'ai envie de jouer à la femme d'affaires.»

Elle se dirige vers son dressing, fouille dans ses affaires d'hiver, ses anciennes tenues de boulot et ressort un élégant tailleur noir avec une jupe crayon assez longue mais très seyante. Elle enfile le tailleur sans rien porter dessous et l'assortit de ses escarpins Louboutin.

Elle commence à se prendre en photo dans des tenues lascives, la veste de tailleur profondément ouverte laissant entrevoir ses seins généreux, se penchant sur son bureau pour les faire dépasser du tissu, un stylo malicieusement glisser entre ses lèvres. Puis elle lui présente sa croupe bien moulée dans la jupe serrée.

« Excitant non ? Désirez-vous la suite ? »

Elle continue son reportage et commence à se déshabiller. Elle enlève d'abord sa jupe et lui envoie la photo.

« Off course, mais je roule. »

« Attention ! Risque d'accident. »

Et elle continue son reportage vêtue uniquement de sa veste de tailleur sous laquelle on peut reluquer ses jolies fesses et son sexe découvert par un jeu de jambes.

« Il fait trop chaud dans ce tailleur en laine, tailleur de quoi...Hummmm. »

Et elle poursuit ses photos de plus en plus provocantes. Elle ouvre la veste de tailleur qui désormais dévoile entièrement son corps.

« Envie de tes mains sur mon ventre, mes seins, mes hanches, mes fesses, ta langue sur ma fente, ton sexe dur et gonflé qui se frotte sur ma chatte brûlante de désir. Merci de me donner un rendez-vous d'affaires afin que nous signions ce contrat au plus vite. Je ne doute pas que votre crayon sera bien affûté pour apposer votre signature en bas de la page. Il faudra parapher au préalable quelques documents et vos empreintes seront aussi nécessaires pour la validation de la transaction. J'aurai besoin de tous vos doigts. »

Il lui adresse à son tour une photo de lui en train de conduire sa voiture, montrant les effets que ces photos et ses paroles produisent sur son anatomie.

« Jean bien moulant mais je n'aperçois pas votre stylo. Vous devriez ouvrir votre braguette pour me donner envie de me pencher sur votre protubérance et vous lécher pendant que vous conduisez. »

« Plus c'est l'accident ! Il me semble que tu possèdes un stylo à pile en dépannage ? »

« Je n'aime pas le contact froid du plastique.

Départ imminent pour une sieste réparatrice, une douce chaleur envahit mon entrecuisse, ça doit être l'épilation qui a rendu ce petit écrin tout doux mais en ébullition, Monsieur le pompier… S'il vous plaît… »

« Quel à propos ! Tu rebondis toujours. Je sors juste d'un repas d'affaires et c'est l'esprit embrouillé que je file à un rendez-vous.

J'aurais de loin préféré voir ta bouche gourmande lubrifier mon litchi. Il n'aurait pas résisté longtemps à l'appel de ton écrin. Pour un meilleur accueil, j'aurais glissé ma langue dans ton sillon fessier, effleurant au passage ta rosette pour venir tournoyer autour de ton petit bouton. Avec mes doigts agiles, tout en les massant suavement, j'écarterais tes lèvres gonflées de désir afin de plonger ma langue au plus profond de cet écrin. Mes mains libérées, l'une occuperait ses doigts les plus agiles autour de ton petit trou alors que l'autre branlerait lentement mon sexe bandé. Fou d'excitation, je te retournerais sur le dos, te chevaucherais, et accélérant frénétiquement ma branlette me répandrais entre tes seins !!!

Je file à mon rencard ! »

« Tu as un créneau après ton rendez-vous ? »

Mais il ne répond plus. Et ça lui est insupportable.

Le lendemain, il lui envoie :

« Viens de survoler nos échanges d'hier, stupéfiants pics d'activité !!! Je devrais peut-être consulter un vulcanologue ? »

Mais à son tour, pour lui montrer ce que c'est de ne pas avoir de réponse à une question, Elle ne lui répond pas.

En revanche, dès le lendemain matin comme Elle part avec ses copines à l'île Maurice, Elle ne peut s'empêcher de lui développer son idée de volcan :

« Communiqué :

Le service météo vous fait savoir que la tempête tropicale Vulcania s'éloignera demain vers l'île Maurice où nous redoutons qu'elle passe à l'état de cyclone intense. Son œil est situé pour la matinée, rue des hibiscus et nous espérons que des vents contraires pourront la rencontrer pour la faire baisser d'intensité.

L'annonce de son arrivée à l'île Maurice ayant déjà déclenché un mouvement de panique chez certains habitants notamment de Grand Baie, là où Vulcania risque d'être plus intense.

L'œil du cyclone dans son état de tempête ce matin pour que vous puissiez le repérer. »

Et elle lui joint une photo de son clitoris.

Il répond six heures plus tard :

« Effectivement, sur votre photo satellite on peut observer un vortex naissant. S'il converge vers la dorsale humide vue sur zone, une intense dépression tropicale va immanquablement se former. Seul l'usage d'un bâton de tonnerre habilement manié pourrait la faire dévier de sa trajectoire. Sans cette action préventive, les autochtones de l'île sœur seront certainement très réceptifs aux ondes et effluves laissées dans son sillage.»

« Et avez-vous une idée du lieu où ce bâton pourrait être utilisé ? »

Mais il ne répond pas à sa question. Ce qui, une fois de plus, a le don de l'énerver profondément.

Elle part donc à l'île Maurice avec ses deux copines sans avoir revu Yann ce qui lui procure une certaine nostalgie. Elles séjournent dans un bel hôtel situé en bordure de plage à Grand Baie. Les lieux sont superbes et la lumière est magnifique.

Elles en profitent pour se prendre mutuellement en photo en maillot de bains. Et bien sûr, Elle ne peut s'empêcher d'en envoyer quelques-unes à Yann…

Le lendemain, alors qu'Elle est rentrée seule dans la chambre pour se reposer et qu'allongée nue au soleil, Elle est en train de se caresser en pensant à Yann, Elle entend son téléphone biper au moment où son plaisir explose.

« Superbe profil, lascivement tendu vers l'univers ! Joli coquillage aquatique, c'est quel hôtel ? En tout cas, tu peux monnayer l'image pour leur vente privée !!! »

« Toi, tu as ressenti ma jouissance intensive en plein soleil… »

Elle lui envoie deux photos d'elle allongée lascivement au bord de la piscine.

« Thanks ! Ça pimente un peu les embouts… Et les en bouts aussi !!! »

« Tu veux rire un peu ? »

Et elle lui joint une photo d'elle, nue, debout au bord de la piscine de l'hôtel, tenant à deux mains une frite entre ses jambes comme un énorme sexe en érection.

« Ben oui, on a des fantasmes !!! »

À son tour, il lui envoie une photo de lui, coincé dans les embouteillages, assis au volant de sa voiture, son sexe en érection gonflant son pantalon. Elle réagit aussitôt à cette photo :

« Waouh ! Tu rivalises avec moi ! Y glisserais bien une tite langue fouineuse. Et j'aimerais bien qu'un de ces doigts puissants vienne se glisser entre mes fesses. Tu sais là... »

Et elle lui envoie une photo de son cul en très gros plan.

Il lui répond en lui envoyant une photo de sa braguette entrouverte laissant entrevoir le bout de son sexe en érection cherchant visiblement à s'extirper de son carcan pour recevoir une caresse buccale tant appréciée.

« Le calme est revenu à bord, mais l'indiscipliné animal cherche de nouveau à s'échapper. »

« Ces deux extrémités ne demandent apparemment qu'à se rencontrer. J'effleurerais d'abord ton prépuce avec mon doigt que j'aurais auparavant humidifié dans ma bouche puis je poursuivrais cette caresse par de doux attouchements avec ma langue. »

Il ne répond plus et Elle n'a plus de nouvelles jusqu'à son retour à l'île de la Réunion.

Quatre jours plus tard, il y a un réel avis de cyclone en approche. C'est dimanche après-midi et elle fait une petite sieste, le temps étant tout gris.

Quand elle se réveille, elle allume son portable et, chose rare, Elle a un message de Yann.

Il lui a envoyé une photo de lui, allongé dans son lit, le drap couvrant à peine son sexe qu'Elle devine en érection.

« Tous les tons sont gris avec ce temps. »

Elle lui répond par une photo d'elle, allongée également sur son lit, vêtue de sous-vêtements gris avec une petite bordure rose.

« C'est pour ça qu'il faut y rajouter du rose. Je me tâte à partir voir 50 nuances de Grey au cinéma...»

Et elle lui envoie quelques photos d'elle très suggestives avec ses sous-vêtements gris.

« Gris et rose sur peau couleur de miel, pas mal du tout. Tu devrais proposer le concept pour le quatre. »

Et il lui envoie une photo de lui totalement nu toujours allongé sur son lit :

« Après-midi lascive, pré-cyclonique ! Quant à l'organe que tu nommes langue, il suit un entraînement musculaire conséquent, tel Lucky Luke et son mégot !!! »

Elle se déshabille entièrement elle aussi et, toujours allongée sur son lit, lui envoie la photo.

« T'es trop canon là ! Vivement le cyclone !!! Je ne te dis pas comme j'ai envie de... Et puis de... Et aussi de... Et enfin de... Et encore de...enfouir ma langue entre tes cuisses, la promener doucement et sensuellement sur ta protubérance, chercher l'entrée de la caverne secrète et l'inonder de ma salive. »

« Alléchante perspective qui serait la bienvenue. J'imagine la surprise de ce premier coup de langue, et la réaction épidermique qui en résulterait telle une vibration provenant des profondeurs. Hummmmm !!!! »

« Un petit doigt inquisiteur s'y introduirait pour en tester l'humidification. La puissance des muscles qui l'enserrent

communiquerait au cerveau une incroyable pulsion érotique qui déclencherait entre mes cuisses une chaleur lubrique.
D'ailleurs, j'en ressens déjà les effets. »

Il est près de minuit et ils continuent leurs échanges, complètement excités par l'atmosphère humide provoquée par le cyclone en approche.
« Je rentre juste, nullement refroidi par la tempête. Sous une douche chaude, je caresse mon membre, imaginant ce gland surgonflé se présenter à l'entrée de ta porcelaine. Naturellement lubrifié, il entamerait un lent va-et-vient, pénétrant avec une infinie douceur l'étroit passage entre tes lèvres avides de plaisir.
Le gland, juste lui, pas plus loin.
Tu m'agripperais les fesses pour une totale pénétration et je résisterais. Le bout luisant, pas plus je ne te donnerai... »
« Pas vrai ! Tu ne saurais résister longtemps à l'envie de t'enfoncer profondément pour sentir le bout du tunnel du plaisir même si j'adore quand tu ne me pénètres pas complètement. C'est si excitant. Mais pour t'en empêcher, je me dégagerais prestement pour engloutir ce gland perlé au fond de ma gorge. »

Il lui envoie une photo de lui sous la douche en train de laver précautionneusement son sexe bandé.
« Je glisse l'outil sous les draps, cette fois atrocement bandé.
Sleep well. »
« Pense que je glisse ma tête entre tes jambes et que tu t'endors paisiblement, le sexe bien au chaud dans son écrin humide. »
« J'enserre mon sexe d'une main ferme, de l'autre je tourne autour du bout comme je l'aurais fait avec ton impatient clito. »
« Ma langue furtive vient se joindre à tes doigts, les lèche un instant puis les repousse vigoureusement pour prendre entière possession de mon territoire de jeu. »
Il ne répond plus, il s'est endormi…
        Le lendemain matin, la tempête fait rage, le vent et la pluie font un bruit assourdissant sur le toit en tôle. Elle se réveille encore toute excitée par leurs échanges nocturnes. Elle est couchée sur le côté, les seins collés l'un sur l'autre et Elle se caresse doucement les pointes pour

les faire enfler. Elle saisit son portable et les prend en photo en très gros plan pour qu'il profite de ses seins aux pointes dressées par l'excitation.

« À mon réveil, mes seins gonflés de désir auraient aimé sentir la douce chaleur d'une barre venant se glisser entre eux pour les exciter.

Ils auraient exercé une pression seigneuriale sur ce bâton prometteur allant et venant tout en le guidant vers une gorge profonde où la petite langue située à l'entrée l'aurait accueilli pour sa bénédiction.

Mes tétons durcis par le désir auraient attendu impatiemment le contact des dents affûtées pour les morsures énervantes. Tandis qu'une main disponible aurait fortement pincé l'autre téton abandonné afin de transmettre à la profonde caverne l'ordre de dégager les effluves nécessaires à l'accueil d'une turgescente proéminence.

Sous ses commandements, la croupe arrondie commencerait son incurvation pour réceptionner la bénédiction tant attendue. »

Et Elle lui joint une photo de ses belles fesses rebondies.

« Les orifices ayant été préalablement humidifiés par l'eau du bénitier. Votre sœur préférée peut prendre la route du purgatoire pour vous confesser de tous vos péchés si vous disposez encore de la clé du paradis... »

« Hi hi hi ! Justement je suis avec une brigade de peintres. Ils devraient libérer les lieux en début d'aprèm et moi probablement les investir... mais à confirmer en fonction des éléments extérieurs. »

« Les saints bénédictins s'en dressent de joie. Alléluia ! Pressée de recevoir le saint sacrement. »

« Oui, le bâton de berger, tel l'aiguille d'une boussole, s'agite à la vue de cette grotte nichée au creux des collines.

Sans doute reconnaîtra-t-il son fourreau perdu, mais ce dernier est-il toujours compatible? Seule une confrontation ayant préalablement fait l'objet d'un léger massage savamment huilé pourra en juger... »

Et il lui joint une photo de son sexe dressé vers le ciel.

« Plein nord mon capitaine ! »

Il est 10 heures, il y a une petite accalmie et Elle en profite pour aller promener les chiens sur la plage et se baigner nue car il n'y a personne.

L'eau est passée du turquoise au vert émeraude rappelant l'Atlantique mais le lagon protégé par la barrière de corail est paradoxalement calme.

Le calme avant la tempête...

« Aimerais prendre cette barre en pleine mer démontée, accrochée à la barre à roue pour maintenir le cap pendant que le capitaine à la longue vue me chevaucherait sauvagement.
Tu me rejoins ? Il n'y a personne .... Fais-moi l'amour tempête ! »
« J'aurais bien aimé mais suis attendu sur mon chantier...
Les à-coups bâbord-tribord entre vos cuisses sont donc reportés ! »
« Je les sens déjà et je viendrai vous réchauffer dès que le terrain sera libéré. Cette baignade va être exquise : votre présence dans mes entrailles vais imaginer doux Jésus. »
Et elle lui envoie une photo d'elle totalement nue en train de se baigner dans le lagon en pleine tempête.

Elle rentre chez elle et prend une douche bien chaude pour se réchauffer. Elle aperçoit de l'autre côté de la vitre de la douche un renfoncement où Elle peut poser son appareil photo. Aussitôt, Elle va le chercher et le met en pause retardée pour se prendre en photo sous la douche et bien sûr, aussitôt lui envoyer.
« Mais quelle est cette douce sensation de chaleur au creux de mon intimité ? »
« En voyant votre main se glisser entre vos cuisses, je me dis :
Cette ambiance pluvieuse exacerberait-elle nos sens et nos fantasmes ? »
« Les cyclones associés à la pleine lune ont des effets aphrodisiaques particulièrement sur les personnes en harmonie avec la nature. Mais en ce qui me concerne, la simple vue de ton anatomie déclenche en moi un déferlement de pulsions érotiques.
J'aime explorer chaque centimètre de ton corps et qu'en retour tes doigts, ta langue, ta bouche, ton sexe prennent possession des moindres recoins de mon anatomie. »
« Aïe, Aïe, Aïe ! Ça fait un bail que nos échanges n'avaient été aussi denses...Je suis assis au bureau, une main sur la souris et l'autre...
Et toi, à peine vêtue de quoi ? »

Ah ah ! Monsieur veut une photo et bien on va lui en faire...
« Juste un short et un t-shirt, nue dessous... »

Et elle lui envoie la photo de ses seins dépassant du t-shirt relevé.
« À quelle heure puis-je vous rejoindre pour me glisser sous votre bureau, dégrafer votre braguette, pour engloutir votre excroissance qui ne demande qu'à s'épanouir dans la chaleur de mon gosier ?
Et vous, montrez-moi dans quel état l'idée de prendre possession de mes rondeurs avec ardeur vous plonge...
J'ai du boulot mais je n'arrive pas à me concentrer, devinez pourquoi ? »
« Une douche glacée ? »
« Non j'ai envie d'avoir chaud, très chaud... »

Il lui envoie la photo en très très très gros plan de son prépuce.
« Voici le petit bout qui se propose à vous. Il pourrait se confondre avec ces jeunes champignons printaniers.»
« Ça tombe à pic, c'est mon mets préféré, accompagné d'une crème onctueuse à souhait. Je vais m'en pourlécher les babines et vous croquer tout cru. »
Et elle lui envoie une photo de son buste où on aperçoit sa petite main entre les cuisses.
« Je procède à une épilation en règle pour que ma peau soit toute douce sous tes caresses.»
Entre sa nudité et leurs messages torrides qui font grandir son excitation Elle ne peut s'empêcher de commencer à se caresser les seins et apercevant son téléphone, Elle le saisit et le met en mode vidéo pour lui montrer tout l'effet que leurs messages ont sur elle.
« Et ça m'excite grave. Entends-tu rugir la tigresse qui est en moi ? »
« Disons que je l'imagine, pour le moment, j'entends plutôt la tempête...»
« Je vais me faire un petit dodo réparateur. Je ferme les yeux et j'entends le vent violent et la pluie. Pffff ! Même dans mon lit, ça me titille en bas du ventre et c'est encore pire. J'ai envie que tu me violentes, que tu me tires les cheveux pour me faire cambrer, que tu me mordes le cou en y imprimant tes dents, que tu enfonces tes doigts dans ma chair, que tu me griffes le long de ma colonne vertébrale, que tu m'attaches à un pilier les jambes écartées pour profiter de moi sans que je puisse protester.
C'est grave docteur ??? Dites que vous allez pouvoir me soigner... »
« Je roule et j'ai bien failli rentrer dans un cul...De voiture !!! »

En parlant de cul, Elle photographie le sien et lui envoie sa chute de reins :

« Je sens tes mains sur mes hanches, tu me colles à ton bas-ventre, tu presses mes fesses sur ta queue.»

Et elle illustre son dernier propos par une photo de gros plan de ses fesses.

« Tu te frottes dans mon sillon, hésites où t'introduire, je te sens durcir. Tu glisses un doigt dans chacun des orifices, de l'un beaucoup plus lubrifié, tu te sers pour pénétrer dans l'autre. Tu choisis d'en prendre un au hasard de ta rencontre tout en explorant l'autre avec ton doigt puis tu te retires et inverses la manœuvre.

Comment elle s'appelle déjà cette petite tempête ? »

« Souffle un peu et dodo ! »

« Vu comment ça piaule dehors là et mon excitation, jamais je dors…

Le volcan bouillonne en moi, il faut que le corps exulte comme on dit.

Dis-moi que tes ouvriers sont partis, j'arrive et j'espère que tu es à l'abri. »

« Dodo encore une heure…Après tu vas venir m'aider sur une expertise de maison. Les peintres font du zèle !

Bien que je suis sûr que tu serais très excitée de les savoir à l'ouvrage au niveau inférieur du bâtiment. J'imagine déjà ton corps frémir, se tortiller de plaisir, tes seins rebelles pointer avec insolence…»

Elle lui répond en lui envoyant l'émoticône du bonhomme avec un grand sourire :

« Trop ! »

« Pendant que je serai à l'ouvrage avec mon pinceau rouleau. »

« Le pinceau, je vois très bien. Le rouleau, va falloir que tu m'expliques… Ou alors tu l'utilises à contresens. »

Il lui envoie une photo de lui de dos en train d'enlever son t-shirt lui présentant son dos juste magnifique.

« Côté verso… Pour t'endormir… »

Puis il se retourne et lui envoie la photo de face, la braguette entrouverte laissant apercevoir son pubis, son ventre magnifiquement musclé et ses pecs parfaits.

« Et au réveil, le recto ! »

« Tu es trop beau !!! Tu vas au dodo là ?

Si je devais dessiner un homme, je l'aurais fait à ton image. J'aimerais prendre le temps de caresser chaque millimètre de ce corps sublime. »
« C'est râpé pour la maison, il nous reste une visite de chantier, pas le même confort... Tu viens quand même ? J'y serai dans 30 minutes. »

Bien sûr que je viens quand même, j'irai au bout du monde pour te retrouver !!!

« Ok, pas de souci pour le confort, j'apporte le rosé ou tu préfères du champagne ? J'ai les deux. »
« C'est toi qui choisis, j'aime les deux, les bulles c'est un plus. »
Toute excitée par la confirmation de leur rendez-vous, Elle se précipite dans la cuisine, saisit la bouteille de champagne dans la cave à vin et la place dans le congélateur pour qu'elle soit bien fraîche.
Elle prépare un petit panier avec des flûtes de champagne, des biscuits apéritifs et des glaçons. Puis Elle se dirige vers le dressing, attrape tout en haut une grosse couette afin qu'ils puissent s'allonger confortablement sur le sol du chantier et la place dans un grand sac pour pouvoir l'emporter discrètement.
Elle se douche, se crème, se maquille légèrement et choisit sa tenue.
Elle opte pour le tailleur veste cintrée jupe crayon assortie d'un sage chemisier blanc toutefois bien échancré dont Elle s'était servie pour lui faire le reportage photo sexy de la femme d'affaires en furie.
Comme il adore ça, Elle enfile des bas et les accroche à un porte-jarretelles noir.
Elle ne porte jamais de bas à la Réunion, il y fait bien trop chaud mais là, avec la tempête, c'est l'occasion. Il pleut à verse, Elle choisit donc de compléter sa tenue sexy par des bottes cuissardes en cuir noir.
Elle saisit la bouteille de champagne dans le congélateur, place quelques glaçons dans un récipient étanche et s'en va dans la tempête.
Malgré son impatience qui grandit à chaque tour de roue, Elle conduit prudemment entre les flaques d'eau qui inondent la route par endroits et les violents coups de vent qui font sursauter la voiture.
Elle arrive enfin au dernier virage et son cœur s'emballe quand Elle aperçoit enfin le bâtiment en construction.

Il la guette et vient à sa rencontre avec son magnifique sourire et ses yeux brillants de désir lui aussi. Il rit en apercevant la couette :

– On va avoir un peu plus de confort…

– Entre vite te mettre à l'abri.

Il l'attire prestement dans le bâtiment, la prend dans ses bras et l'embrasse langoureusement, un baiser qui n'en finit pas…

Heureusement le bâtiment est hors d'eau, hors d'air, les fenêtres ont été posées deux jours auparavant et le sol vient d'être recouvert de parquet. Le chantier est très propre et même accueillant.

Elle ôte son manteau et le laisse tomber à terre.

– Waouuuuhhh ! Quelle tenue ! Tu es terriblement sexy !!!

– Attends ! Tu n'as pas encore tout vu…

Et Elle s'approche de lui, prend sa main et la fait glisser sous sa jupe pour qu'il sente la naissance des bas.

– J'adore tes tenues de chantier, tellement étonnantes...

Elle attrape la couette dans son grand sac en plastique et l'étale au sol puis saisit la bouteille de champagne et lui tend :

– Tu veux bien l'ouvrir ?

Le bouchon saute à grand bruit. Elle sort les flûtes de son panier et il les remplit.

Ils trinquent joyeusement :

– Au chantier qui avance bien ! A la tempête ! Et surtout à nous !

Ils boivent la moitié de leur verre et commencent à s'embrasser.

Il lui ôte sa veste de tailleur et son chemisier blanc. Elle n'a pas mis de soutien-gorge et il se saisit d'un sein, enroulant sa langue autour de l'autre, le mordillant doucement puis plus fermement. Il sait exactement à quel moment il doit arrêter de serrer les dents pour que la douleur ressentie déclenche une puissante excitation qui va se propager jusqu'à son bas-ventre.

Il lui mord délicatement le cou et tout son corps se couvre de frissons de délice.

Elle se jette contre lui et lui enlève son t-shirt.

Comme Elle aime sa peau !!! Sa douceur, son odeur…

Elle fait courir ses doigts, ses lèvres, avide de se l'approprier pour quelques minutes.

Il lui ôte délicatement sa jupe et ses bottes et profite du spectacle de ses longues jambes musclées mises en valeur par les bas noirs et de son joli petit cul découvert par le porte-jarretelles. Cette vision accroît encore son désir et son gland déjà bien gonflé devient tout dur. Elle le sent et pose sa main dessus à travers le tissu du jean. Elle le caresse ainsi un court instant tout en enroulant sa langue autour de la sienne puis ouvre sa braguette. Elle abandonne sa bouche pour descendre sur sa queue et lui procurer une intense caresse buccale. Il a tellement attendu et imaginé cet instant qu'il doit se retenir pour ne pas exploser immédiatement dans sa bouche.

Il la prend dans ses bras pour l'inviter à s'allonger sur leur lit improvisé, saisit une coupe de champagne, lui fait boire deux gorgées et fait couler le reste entre ses seins. Le liquide, malin, continue sa course sur son pubis pour se réfugier derrière son clitoris, à l'intérieur de la grotte secrète provoquant un picotement très excitant. Yann se précipite à sa recherche, voulant sauver les dernières gouttes du précieux liquide. Il se saisit de ses mamelons érigés par la fraîcheur du champagne et les adoucit avec sa langue puis il descend le long de son ventre en la couvrant de doux baisers alternés avec de très légères morsures. Poursuivant son chemin vers son pubis, il en profite pour s'attarder sur ce petit clitoris tout émoustillé par cette improbable visite bouillonnante.

– Prends-moi !

Depuis deux jours qu'ils échangent des messages torrides et sous ses caresses si excitantes, Elle ne peut plus attendre. Il faut qu'il la pénètre tout de suite !

– Non, pas encore... lui répond-t-il en la gratifiant d'un regard gourmand. J'aime te faire attendre !

Elle se lève d'un coup sur ses avant-bras pour le surprendre et le pousser sur le dos. Elle lui arrache son jean, enlève précipitamment son caleçon et s'empare de son sexe avec sa bouche.

Elle sait qu'il est aussi impatient qu'elle et Elle va le faire attendre un peu, mais très peu...

Elle se place sur lui, les jambes de chaque côté de son torse.

Son sexe en érection se tend vers son bas-ventre comme attiré par un aimant et Elle descend tout doucement pour s'empaler dessus millimètre par millimètre.

Elle reste quelques secondes uniquement sur son prépuce en exerçant de toutes petites pressions avec ses muscles internes puis Elle l'enveloppe d'un coup, stoppe, ne bouge plus, enfin, imperceptiblement, juste pour qu'il sente le préchauffage nécessaire à la mise en combustion du turbo. Et d'un coup, Elle accélère, comme une Ferrari qui démarre pour un grand prix. Il essaye de la stopper, Elle sait qu'il ne peut lui résister longtemps ainsi alors Elle diminue l'intensité de ses mouvements.

Il en profite pour la renverser sur le dos afin de reprendre la situation en main et à son tour lui fait son grand show, alternant les mouvements doux et lents avec de puissants coups de boutoir.

L'alchimie entre leurs deux corps est tellement complète qu'Elle explose une première fois sans retenue.

Il attend à peine quelques secondes qu'Elle se calme pour reprendre de plus belle ses va-et-vient.

Elle se dégage et lui présente sa croupe, avec l'envie qu'il la pénètre plus profondément ou qu'il tente de nouvelles perspectives tout doucement expérimentées avec le doigt.

Elle est trempée et il glisse entre les deux orifices. Il tente la porte arrière mais l'entrée est réservée aux petits gabarits et va nécessiter quelques exercices d'assouplissement.

Il s'enfonce alors dans son tunnel habituel qui répond à toutes ses exigences.

La vue de ces fesses magnifiques qui s'offrent à lui va le faire exploser à son tour. Alors il se redresse et l'attire face à lui, attrape ses jambes et la porte pour qu'Elle s'empale et coulisse sur lui. Elle s'agrippe à son cou et l'aide en ondulant du bassin au rythme de ses coups.

Merci les abdos ! Sans vous je ne pourrais jamais tenir cette position acrobatique...

Elle prend de nouveau un intense plaisir, si fort que sa tête tourne et ses jambes tremblent. Il la repose à terre et lui tend une nouvelle coupe de champagne pour la rafraîchir. Assoiffée, Elle la boit d'un trait ce qui a le don de décupler son excitation.

Vrai ! Le (bon) champagne a de réelles vertus aphrodisiaques...

Elle s'allonge sur le côté et il se glisse derrière elle. Dans cette position, il la pénètre très profondément et en soulevant sa jambe du dessus, Elle peut se caresser le clitoris en même temps qu'il la pénètre. D'une main, il enserre la pointe de ses seins entre ses doigts, la fait rouler pour accroître son plaisir qui se conjugue à sa caresse sur son clitoris et à la pénétration intense de sa queue. La tête dans les étoiles, son plaisir fuse de chaque particule de son être et Elle entraîne Yann avec elle, cette fois, il ne peut résister davantage.

Ils restent un instant collés l'un à l'autre en se caressant doucement pour faire retomber la pression.

Ils se relèvent et se rhabillent et il entreprend de lui faire visiter le chantier pour lui montrer les derniers travaux et profiter de la tempête pour vérifier l'étanchéité des fenêtres qui viennent d'être posées.

Ils grimpent au second étage puis empruntent l'échelle qui permet d'accéder au dernier niveau. Elle le regarde déambuler en examinant les travaux à reprendre et tout d'un coup, Elle sent remonter son désir pour cet homme qu'Elle trouve si beau. Elle s'approche de lui, ouvre sa braguette et s'agenouille pour le sucer encore.

– Je pense que je ne vais pas être en forme si rapidement.

Elle le regarde d'un air mutin, ils restent un instant les yeux dans les yeux et leur désir est si intense qu'il lui déclenche une furieuse envie de la prendre à nouveau.

Elle l'enserre délicatement dans sa bouche pour le faire bander graduellement et la douceur de ses lèvres qui l'entourent et de cette langue qui le titille aux endroits stratégiques lui procure une nouvelle et puissante érection.

Elle se relève, sourit d'aise et lui présente sa croupe pour qu'il la pénètre immédiatement. Il s'enfonce en elle encore toute trempée par le sperme qu'il vient de déposer entre ses cuisses. Cette sensation les excite fortement tous les deux. Sa prise est puissante, Elle s'accroche aux barreaux de l'échelle pour ne pas vaciller et quelques coups bien appuyés suffisent à leur redonner le plaisir qu'ils atteignent de concert.

– Vivement la prochaine tempête ! Quelle atmosphère excitante !!!

Dix jours plus tard, ils se rencontrent à la gym et il l'informe qu'il part le lendemain en Italie.

Le matin de son départ, Elle lui demande s'ils auront le temps de se voir. Il lui répond :

« J'aimerais tant mais peu de chance, je ne débande pas ! »

« Ouh là ! Mais c'est grave le priapisme ! Il faut absolument que j'arrive à te faire débander avant ton départ sous peine d'apoplexie dans l'avion. »

Elle est dans sa salle de bains et aperçoit des bandes autocollantes pour pansement. Elle est prise d'une soudaine inspiration et en colle une autour de ses seins, une seconde autour de sa taille et une troisième autour de ses hanches.

L'effet de ses bandes blanches qui enserrent son anatomie bronzée est très érotique. Elle se prend aussitôt en photo et s'empresse de les lui envoyer.

« Une séance de débandage est-elle envisageable en fin de journée avant votre départ ? PS : SOS, j'étouffe ! »

« Le thème du jour et donc le bandage débandage ! »

Elle ôte ses bandes et son regard se pose sur une rallonge électrique. Aussitôt, Elle la saisit et l'enroule savamment autour de son corps en prenant soin de passer sur les endroits stratégiques. Le contact du fil sur la pointe de ses seins et entre ses cuisses commence à l'énerver sérieusement et Elle tient à lui communiquer cette excitation :

« C'est dingue, j'avais jamais fait ça mais c'est terriblement excitant. Vivement que ce soit toi qui me transformes en rôti. Tu vas bien trouver une rallonge de chantier... »

« Je te tiens au jus ! »

« Ah ah ah ah ! Ne m'électro cul te pas quand même ! Tu vois comme le fil tendu fait bander mes seins ? Et quand il s'immisce dans mon intimité, il me fait mouiller. Expérience très intéressante. En bon marin tu dois avoir une passion pour les nœuds. Car tu vas devoir m'attacher pour que je ne me sauve pas en ton absence. Tu as demandé aux ouvriers de me donner chaque jour un peu à manger, pas trop, pour que je sois affamée à ton retour. L'un d'entre-eux aura le droit de profiter de moi. Un par jour seulement. »

« Ok, on se retrouve à 18h. »

Il est 16h30, il lui reste peu de temps pour se préparer. Hop ! Une bouteille de rosé au congèle pour le fun, panier, verres, glaçons, couette, douche, exfoliation, et...bandage. Elle reprend les bandes de pansement et les colle sur ses seins, sa taille et ses hanches. Elle attrape aussi la rallonge électrique. Elle enfile une robe évasée pour ne pas laisser deviner les bandes, chausse une paire d'escarpins à talons hauts, bref, tenue de chantier...

Toc, toc, toc, son cœur bondit dans sa poitrine à chaque tour de roue. Quelle intensité dans son désir pour cet homme, à chaque instant exacerbé par leurs torrides échanges, c'est si puissant que c'est limite supportable. Elle se gare. Il vient à sa rencontre.

Son sourire quand il l'aperçoit...

Son regard qui captive le sien...

Ils se dévorent des yeux déjà, prémisse de leur fougueux corps à corps…

Il la prend dans ses bras, et dépose un chaste baiser sur ses lèvres.

Elle ferme les yeux un instant pour mieux sentir son odeur sucrée et se laisser envoûter.

Cet homme-là, je l'aime de toute mon âme, de tout mon corps. J'aime sa peau, son odeur, son regard qui m'inonde de son désir. Le temps s'arrête. Il n'y a plus que lui et moi, Nous enfin, et tant d'Amour qui nous enveloppe.

Elle répond avec fougue à son baiser, heureuse du bonheur qui l'attend et qui lui donne une énergie, une puissance sexuelle inégalée.

Impatiente, Elle lui retire son t-shirt et embrasse ses pecs fabuleux. Il glisse une main sous sa robe et constate ravi, qu'Elle est nue dessous.

– Enlève-la-moi !

Il fait aussitôt passer sa robe au-dessus de sa tête, pour découvrir, médusé, les bandes qui l'enserrent d'une manière particulièrement excitante.

– Toi alors, tu es incroyable ! Tellement surprenante ! J'adore !!!

Il n'en dit pas plus mais ses yeux lancent des flammes d'amour qui la consument au plus profond de son être.

– Oui aujourd'hui, c'est la séance bondage ! Tu as déjà pratiqué ?

– Non jamais ! Son sourire découvre ses dents, il est prêt à la croquer...

Ça va être torride, comme à chaque fois, plus encore cette fois !!!

Il la laisse un peu ainsi, nue, bandée, perchée sur ses hauts talons.
Les bandes blanches mettent en valeur sa peau brunie, il ne cesse de la dévorer des yeux (pour commencer) pour imprimer tous ces instants.
Il ouvre la bouteille de rosé et ils trinquent à leur belle relation qui les fait tellement vibrer.
Il tient son verre d'une main et de l'autre joue avec les bandes. Les pointes de ses seins commencent à gonfler, enserrées sous la bande élastique qui se tend. Cela lui provoque un certain inconfort voire une légère douleur qui accroît son excitation. Il le sent et presse son sein entre ses doigts.
– Hummm ! J'adore mais pas trop fort !

Encore une fois, j'aime le jeu mais j'ai l'intuition que je n'apprécierais pas la douleur. L'Amour ne peut être associé à la douleur, c'est antinomique.

La bande qui enserre son bassin laisse libre accès à sa vulve. Il la caresse, fait courir ses doigts sur ses fesses. Elle frémit de désir et le déshabille à son tour, avide de passer sa langue sur chaque centimètre de sa peau.

Mais putain qu'il est beau ! Parfait ! Une véritable statue grecque. Visage, yeux, corps et alors, sa bite !!! Juste pour moi !!!

Sous l'effet du rosé, cette vision se transforme en détonateur et produit une onde puissante de désir. Elle se jette sur lui, le caresse, l'embrasse, le mord, le lèche, se délecte de chaque particule de sa peau et engloutit son sexe extrêmement dur déjà. Elle le suce avec une avidité jamais égalée et aimerait le faire exploser immédiatement dans sa bouche. Mais il résiste. Il sait tenir la distance. Quoique ! Il repousse sa tête doucement.
– Arrête ! Tu vas me faire jouir ! T'es tellement bandante avec ton histoire de bondage !
Elle se place au sol à quatre pattes.
– Viens ! Prends-moi !

Il se place derrière elle et lui lèche les fesses avec gourmandise, l'appétit décuplé par la vision de ces bandes qui enserrent ce corps doré. Il introduit sa langue dans les orifices qui s'offrent à lui, passe de l'un à l'autre et s'évade sur son clitoris qui pointe sous sa langue. Il le mord légèrement, l'aspire, le caresse d'un souffle chaud et n'y tenant plus s'enfonce en elle d'un puissant coup de rein. Il la baise à grands coups de boutoir et sent que déjà Elle va jouir et qu'il risque de partir lui aussi alors il ralentit pour la mettre en haleine et, d'un coup, arrache la bande qui enserre sa taille. Il a envie de sucer ses seins et ne supporte plus cette bande qui les entrave. Il tire délicatement pour dégager les pointes puis d'un coup sec sur son dos.

Elle rit et lui aussi. Il adore ses jeux et en redemande.

Elle attrape la rallonge électrique et lui place dans les mains.

– Attache-moi !

Il rit :

– Pfff ! Tu es dingue !

– Oui mais tu adores !

– Oui c'est vrai que j'aime tout ce qui est hors du commun.

Et il entreprend de l'enrouler dans la rallonge en prenant soin de lui bloquer les mains et de passer sur les endroits stratégiques qu'il embrasse pour se faire pardonner de les emprisonner.

Ce jeu est particulièrement excitant. Le sentiment de s'abandonner à son « bourreau » et de lui laisser carte blanche est tout simplement enivrant et Elle retrouve les sensations magiques qu'elle avait éprouvées avec Fred sur son voilier quand il l'avait attachée au mât.

Une fois ficelée ainsi, il la sent à sa merci et cette situation le trouble beaucoup plus qu'il ne voudrait se l'avouer.

Il prend sa tête fermement entre ses deux mains et la dirige vers son sexe.

Elle adore ce jeu de soumission mais parce que ce n'est qu'un jeu !

Elle le suce avidement, goulûment, férocement et langoureusement. Elle y met tout son amour, toute sa passion et ses sentiments se transmettent à ses lèvres, à sa langue pour la plus intense des fellations. Leur désir est si fort qu'il en devient palpable. Il la renverse sur le dos et la lèche fougueusement. Elle ferme les yeux et profite de l'instant. C'est juste délicieux !

Carpe Diem !

Il la prend à nouveau et leurs corps s'épousent. Devant, derrière, sur le côté, à quatre pattes, debout… ils alternent les positions à l'infini. Enfin, il la libère de ses liens. Il la veut totalement nue, sans entrave entre leurs deux peaux pour la serrer fort contre lui et la reprendre encore. Et il la lèche, et il la baise, s'en délecte à s'étourdir.
Repus enfin, ils restent dans les bras l'un de l'autre, à se caresser en se racontant leurs projets.
   – Tu n'as pas un avion à prendre, toi ?
Il redescend sur terre et regarde l'heure sur son portable.
   – Ah oui quand même ! Je ne vois pas le temps passer avec toi ! Il faut que je me sauve.

Et voilà, son bel amant est parti, il faut qu'Elle se fasse à cette situation de vivre sans ces vibrations et Elle se doute que le manque va être terrible.
Elle sait qu'il rentre dans deux semaines et Elle compte les jours.
Le lendemain de son retour, il l'appelle en vidéo à minuit. Il rentre d'un dîner visiblement éméché.
« J'ai vu que tu étais connectée, tu es incroyable, éveillée à pas d'heure. »
« Je bosse, cher monsieur. »
« À moins que tu ne sois ligotée, sous le joug de ton maître du soir, loin de ton clavier. »
« Nue sur mon lit, la dure vie d'écrivain...Ça me plaît bien, j'y prends goût. »
« Côté inspiration, je te fais confiance. »
« Tu es pas mal en muse. Et toi, que fais-tu éveillé à cette heure indue ? »
Et c'est parti pour leur ping-pong infernal…
Il lui envoie une photo de son sexe à peine couvert par son petit string XXL.
« Je teste la friction ficelle anale sans conviction. Manque de doigté !!! »
Aussitôt Elle se prend en photo en train de sucer l'un de ses doigts et lui envoie avec ce commentaire :
« Serais-tu capable de te filmer en train de te caresser ? »
« Oh toi quand tu as démarré, comment t'arrêter ? »

« C'est ça ! Comment ? »

« Trop loin pour notre équipe d'intervention. Peut-être un petit film avec légère pénétration instrumentale ou pas ? Oups une vidéo est déjà arrivée. »

Elle s'est filmée en train de se caresser les seins puis le ventre et enfin le clitoris.

« Vous savez bien que je préfère la chaleur de la peau. Trop intuitive pour le plastique et toujours 100 % naturelle. J'attends la tienne. Elle va décupler mon désir... »

Très excité par les images torrides qu'il vient de recevoir de sa maîtresse, il se filme à son tour pour lui montrer ses doigts qui montent et descendent le long de sa queue la rendant bien dure.

« Good night ! »

« A demain, je vais m'endormir en la prenant dans ma bouche, envie de la sentir grossir entre mes lèvres. J'avoue que c'est très excitant de te regarder te caresser. Encore une première, mais frustrant en même temps. »

« De te lire, il prend de l'ampleur. »

« Je voudrais prendre ta place et en même temps me délecter de te regarder. »

« Je vais le branler en douceur pour pouvoir dormir. »

« Et moi je me caresse sous les draps. »

« Allez retourne-toi, il est temps de dormir. Tu es sur le côté ? »

« Oui et j'ai envie de la sentir entre mes fesses, prête à t'accueillir bien au chaud dans ta grotte. Comment veux-tu que je dorme ? Je passe mes doigts de la pointe de mes seins à mon clitoris... »

« J'arrive par derrière et découvre ton petit orifice en écartant tes fesses. Je l'excite à petits coups de langue. »

« Tout en observant ta main aller et venir sur ton gland encore ensommeillé mais qui, à mon contact, ne demande qu'à se réveiller. »

« Puis j'amplifie la pression de mes mains sur tes fesses pour ouvrir ta rosette encore plus profond. »

« J'ai éteint la lumière pour mieux ressentir tes mots et je me caresse doucement. »

« Ma langue en forme de dard s'introduit entre tes cuisses, tes gémissements te trahissent. »

« Le plaisir monte doucement, je suis toute mouillée, prête à t'accueillir, mon doigt passe de mon clitoris à mes deux orifices. Hummm ! C'est bon ! C'est chaud ! Je repousse le drap pour mieux écarter mes cuisses. »

« Je présente mon gland surgonflé devant ton plus petit pendant que mes doigts caressent ta chatte trempée.»

Il lui joint la photo de son sexe tendu par le désir, magnifique champignon dressé. Et ajoute :

« Et voilà, vais devoir me débrouiller avec ça pour m'endormir. »

Elle regarde de nouveau sa vidéo.

« J'ai trop envie de te sucer ! Si je pouvais te rejoindre, je viendrais te retrouver illico ! »

Il est deux heures du matin et leur excitation est à son comble.

« Bonne nuit, caresse-toi jusqu'à l'orgasme ma belle sirène, je t'imiterai. »

Et c'est ce qu'Elle fait mais Elle n'est pas calmée pour autant.

Elle lui fait part de l'état dans lequel il la mise :

« Waouh ! C'était bon, c'était fort ! Mais j'ai besoin de ta bite en moi partout ! Je vibre encore de vagues de plaisir... »

Elle finit par s'endormir mais dès qu'Elle se réveille, son désir de lui renaît aussitôt. Elle l'imagine couché à côté d'elle, encore profondément endormi et Elle saisit aussitôt son portable pour lui écrire :

« Tu dors tout contre moi, ta queue bien au chaud dans sa grotte, une main sur mon sein. Je pose une main sur ta cuisse et j'ondule tout doucement. Je caresse tes fesses et colle mon cul contre toi. La chose se réveille, je la sens gonfler en moi, boostée par les douces contractions de mon vagin. Je frotte mes fesses contre ton bas-ventre et te donne des petits coups de reins. Tu t'agrippes à mes seins puis à mes hanches pour me pénétrer plus fort. Totalement réveillé désormais, tu me donnes des coups puissants et je ne tarde pas à gémir toute trempée encore de ta semence de la nuit. Tu me fais jouir fort encore !

Je me détache, enfouis ma tête entre tes jambes et je me délecte de ta queue et de nos effluves emmêlées. Tu as envie de jouir à ton tour et essayes de m'échapper car gourmand, tu veux me prendre encore. Mais je te tiens fermement par les hanches et glisse un doigt entre tes fesses toutes humides de nos travaux pratiques nocturnes. J'y introduis ma langue tout en tenant fermement ta queue dans mes mains. Tu t'agrippes à mon visage et tu te laisses aller au plaisir divin de jouir entre mes seins. Café ?»

Pour une fois il lui répond :

« Oulàlà ! Quelle nuit ! Je n'ose imaginer si je t'avais tenue dans mes bras...Tu es tellement réactive à la moindre étincelle... »

« Un petit créneau cet aprèms pour éteindre le feu ? Je te propose un petit Jacuzzi... »

« Garde une fenêtre en début d'après-midi, besoin d'un complet nettoyage. »

Il arrive à 14h30 avec une bouteille de champagne. Elle l'entraîne dans un bungalow très discret disposant d'un jacuzzi privé.

Ils débouchent la bouteille et trinquent en discutant de l'avancement de leurs projets respectifs. Elle le sent las, épuisé. Elle vient s'assoir sur ses genoux, le caresse sensuellement et lui embrasse les joues, lèche ses lèvres, mordille son cou.

– Il faut que j'aille prendre une douche, je sors juste du chantier.

– Oh, mais avec plaisir ! Je la prends avec toi, on n'a pas repris de douche ensemble depuis l'hôtel M... et j'en garde un tellement bon souvenir...

Elle enlève aussitôt son short et son t-shirt et ses sous-vêtements et le déshabille à son tour. Comme à chaque fois qu'Elle le voit nu, Elle reste en admiration devant ce corps sublime sur lequel l'âge ne semble avoir aucune emprise.

Comme quoi messieurs, avec un peu de sport quotidien, vous pouvez très bien éviter la bedaine, et je peux vous assurer que quoique en disent vos chéries, votre petit ventre ... et bien, ça ne les fait pas vraiment rêver...

Ils se glissent sous la douche, font couler l'eau sur leur peau et déjà éprouvent une sensation particulière due à la présence de l'autre à quelques centimètres. Ils se savonnent mutuellement. Elle se place derrière lui et lui masse les épaules, le dos, les fesses, entoure ses hanches pour descendre ses mains sur son sexe qu'elle frotte vigoureusement avec le gel douche, ses seins collés contre son dos. Elle adore cette sensation de lubrification et le bruit que fait sa main dans son va-et-vient. Elle le rince avec la pomme de douche afin de terminer son nettoyage par une inspection en règle de son outil de prédilection au moyen de sa langue. Hummm ! Quel délice de le retrouver enfin après cette nuit d'excitation à l'imaginer à ses côtés.

Aussi excité qu'elle et trop impatient de la pénétrer, il l'attrape par les hanches et la fait pivoter pour la prendre d'un coup. Il ne sait pas pourquoi mais cette femme le fait vibrer comme aucune autre. Il a à la fois l'envie de jouir tout de suite et de patienter pour laisser monter le désir et mieux la posséder. Il sent qu'Elle va jouir et qu'Elle va l'entraîner alors il ralentit la cadence et se retire tout doucement.

– Tu ne m'avais pas parlé d'un jacuzzi ?
– Si et il est bien chaud, ça va être top !
– Champagne madame ?
– Oh Ouiiii ! Trop envie de bulles dans les bulles.

Elle met en marche le Jacuzzi et s'y glisse avec délice, joyeuse et joueuse sous les premiers effets du champagne.

Il la rejoint avec les coupes dans les mains. Elle boit la sienne d'un trait avec l'envie de s'enivrer.

– Il faut que je te raconte ce qui s'est passé la dernière fois que j'étais dans ce Jacuzzi. J'ai reçu dans ce bungalow deux hommes d'affaires. Quand ils sont descendus de voiture j'ai reconnu l'un d'eux. Je l'avais rencontré un an plus tôt, juste après ma séparation avec Erwan, au cours d'une soirée dans un bar avec des copines très jeunes. Un pari à la con et je me suis retrouvée au lit à l'hôtel avec lui. On n'a pas gardé de contact mais quand il m'a reconnue, un sourire coquin s'est dessiné sur son visage et il m'a aussitôt proposé d'aller prendre un verre le soir.

Tout en lui contant son histoire, Elle le caresse doucement et coupe ses phrases de petits lapements sur son torse, son cou, ses lèvres.

– J'ai invité mon amie Sabrina à se joindre au groupe et nous avons bu du rosé, dansé dans le sable puis, plusieurs shooters sont arrivés.

Il faisait bon et j'ai suggéré d'aller prendre un bain de minuit devant la maison, nus bien sûr ! Puis de faire un Jacuzzi tous les quatre, nus toujours, tout en continuant à boire du rhum… Un des hommes a proposé de jouer à « action ou vérité ». On a bien sûr presque toujours choisi action, je me demande bien pourquoi… le rhum sans doute.

L'une des premières choses qu'ils m'ont demandée est d'embrasser Sabrina. Avec la langue ! Moi qui n'ai jamais eu de relation avec une fille et bien, ça ne m'a pas dérangée alors que j'avais toujours refusé... En fait je n'ai rien ressenti, le rhum certainement ! Au tour suivant, je devais lui embrasser les seins. Comme elle a des prothèses, j'étais curieuse d'en ressentir l'effet et j'ai été heureusement surprise, c'était très doux et imperceptible...

Il l'interrompt en lui plaquant sa langue dans sa bouche. Ils se laissent aller dans l'eau chaude bouillonnante qui délasse leurs muscles, enfin pas tous...

Il fait couler le champagne sur ses seins et le lape sur sa peau avant qu'il n'arrive dans l'eau. Elle adore cette sensation conjuguée des bulles qui éclatent et de sa langue toute chaude qui la met en émoi. Ils sont dans l'eau jusqu'à mi-torse. Elle se place face à lui ses jambes autour de sa taille. Portée par l'eau, Elle est toute légère et peut aller et venir sur sa queue d'un simple coup de rein. Elle glisse et coulisse et lui, pose ses mains sur ses fesses pour accentuer son mouvement. Cette sensation de lévitation sur sa bite lui procure très vite une forte jouissance.

Elle se dégage, l'embrasse langoureusement, reprend un petit verre de champagne et se retourne accoudée sur la paroi du Jacuzzi. Il se rapproche et, à genoux derrière elle, s'enfonce de nouveau en elle. Elle flotte à moitié et il peut la soulever par les hanches pour mieux la pénétrer. Le plaisir l'envahit de nouveau et lui, fait tout son possible pour se retenir. Elle se dégage et se place devant lui, caresse son torse d'une main et l'embrasse goulûment, saisit dans l'autre main sa queue qui virevolte secouée par les jets à bulle, la tire hors de l'eau pour pouvoir la lécher sur toute sa longueur puis la prendre entièrement dans sa bouche. Tout en dégustant son champagne, il surveille avec grand intérêt les mouvements de sa bouche sur sa queue et la vision qu'il en a est si excitante qu'il faut qu'il l'arrête immédiatement. Il a tellement envie de jouir dans cette jolie bouche ourlée de désir. Mais il se retient car il veut la choyer encore. Il se dégage avant qu'il ne soit trop tard, remplit leurs verres avec le reste du champagne. Elle adore cette sensation procurée par ce pétillant breuvage, Elle se sent merveilleusement bien, détendue, amoureuse, heureuse et tellement en harmonie avec lui...

Quelle symbiose dans leurs ébats... Elle a bien conscience qu'Elle ne retrouvera jamais cette complicité à la fois physique et virtuelle, ces sensations exacerbées.

Elle s'assoie sur le rebord du Jacuzzi, lui agenouillé devant elle, son sexe juste à la hauteur de sa bouche. Il la câline avec sa langue, s'en délecte, l'enfonce dans ses orifices. Dieu que cette langue est douce et habile !!! Il l'enroule autour de son clitoris, s'arrête dessus, exerce de petites pressions. C'est divin ! Son excitation est à son comble !

– Viens ! Prends-moi ! Envie de toi encore et encore !

Elle l'embrasse, s'arrête, recule un peu sa tête pour le regarder. Et ils restent un instant ainsi rivés l'un à l'autre rien que par le regard. Et l'intensité du désir qu'ils lisent dans les yeux de l'autre est telle qu'ils y trouvent presque autant de plaisir qu'en se touchant.

Alors seulement, il la reprend, lui à genoux, elle qui s'est laissée glisser contre la paroi du Jacuzzi pour s'empaler sur sa queue dressée, avide de la pénétrer.

Elle accroche ses mains derrière son cou pour mieux épouser ses mouvements.

Leurs langues se cherchent, leurs dents mordent leurs lèvres et ils se laissent ainsi emporter à l'unisson dans un plaisir suprême.

Repus, ils restent un long moment dans les bras l'un de l'autre, à se caresser en profitant du massage des bulles.

Quinze jours plus tard, Elle doit partir en métropole pour s'occuper de sa maison en Vendée et la préparer pour ses locations, gros boulot de nettoyage en perspective. Elle croise Yann à la plage alors qu'Elle sort de l'eau, ils ne se sont pas revus depuis leur séance dans le jacuzzi et leur attirance mutuelle est immédiate, leurs yeux rivés emplis de désir. Elle a l'impression que toute la plage ressent cette incroyable attraction qui se déclenche inévitablement quand ils se retrouvent face à face.

– Waouh ! On ne m'avait pas dit qu'il y avait une si belle sirène à la plage. Tu pars quand dans ta Vendée ?

– Demain soir.

Il y a du monde autour d'eux, aussi ils n'abordent pas le sujet...

Le lendemain, Elle lui envoie un texto :

« Hello capitaine, qui dit départ en avion, dit double excitation. Journée hyper chargée et départ à 17 heures. Une tropézienne et une bouteille de Mumm dans le frigo, si jamais tu as un tout petit créneau, dis-moi. »
« Je sors du resto, je regarde et je te dis ça. »
« J'ai mon petit bungalow avec sa douche extérieure très sympa, ça te dit ? »
« Ok ! Suis là dans 15 minutes. »

Il arrive en moto, en short et t-shirt, retire son casque. Waouh, ce regard gourmand qui la chavire comme à chaque fois que leurs yeux se croisent depuis bientôt un an…

Est-il possible qu'une telle flamme ne s'éteigne jamais ? Dans une vie à deux ? Dans une relation à distance ?
Se regarderaient-ils avec cet émerveillement s'ils se réveillaient tous les matins ensemble ?

Elle l'entraîne vers le bungalow, le temps est compté, Elle ne dispose que d'une demi-heure.
Elle se déshabille prestement, lui retire son t-shirt, caresse et embrasse son torse avec empressement, attrape le gâteau qu'Elle avait posé sur la table, commence à déposer de la crème chantilly sur ses pectoraux et la lèche avec ferveur. Il en prend également sur la tropézienne et lui en enduit les seins pour les lécher goulûment en insistant sur les pointes qui dardent sous ses dents.
– Hummm! J'ai faim de vous monsieur ! Je vais vous manger tout cru !
Et Elle le mord partout : le cou, les joues, les lèvres, les pecs, le ventre, Elle continue sa descente… enfonce sa langue dans son nombril, baisse son short en tirant d'un coup sec dessus, trempe deux doigts dans le gâteau et lui enduit son gland qui darde déjà. Elle le caresse avec la crème, grasse, collante et sucrée, le lèche à petits coups de langue et l'enfourne au fond de son gosier. Elle le pompe avec vigueur et il attrape sa tête à deux mains :
– Arrête ! Arrête ! Arrête ! A ce rythme-là, je ne vais pas te résister longtemps...

Elle se relève :

– Viens sous la douche ! Il faut que je te nettoie ! Depuis le temps que je te parle de cette douche extérieure en plein soleil ! Regarde, Elle te tend les bras !

Ils se glissent tous les deux sous l'eau tiède et jouent avec le gel douche qui leur permet de se caresser avec douceur. Impatiente qu'il la possède encore, Elle se plaque contre la paroi de la douche et lui tend ses fesses. La vision de ces deux grosses pommes lui provoque toujours une extrême excitation et il saisit sa bite dans une main pour l'aider à ne pas glisser entre les deux orifices. Il se présente à l'un, trop serré, alors il est happé par l'autre dans lequel il s'enfonce avec délice.

Il la pilonne avec violence puis ralentit le tempo pour caresser ses seins avec tendresse et reprend un rythme plus soutenu pour la faire décoller. Tout doucement, il sent sa jouissance arriver et les contractions qui enserrent sa queue d'un puissant massage. Il la laisse atterrir, reprendre ses esprits, la fait pivoter, l'embrasse fougueusement, lui plaque le dos contre la paroi, attrape ses jambes.

– Ah oui !!! Comme ça ! Debout ! J'adore quand tu me portes, je coulisse sur ta bite, tu appuies où il faut, c'est délicieux !!!

Et Elle joint ses mains derrière la nuque de Yann pour l'aider à la soulever.

Pour lui aussi cette position est particulièrement excitante car avec son poids, Elle exerce une puissante pression sur sa queue qui déclenche une jouissance immédiate. Il se répand en elle avec un râle puissant, témoin de l'intense plaisir qu'il vient de ressentir une nouvelle fois avec cette femme qui lui correspond si bien.

Ils se douchent et Elle le raccompagne à sa moto.

– J'adore ta moto, tu sais que j'ai le permis…Tu la vends ? Je pourrais être intéressée.

– Non je pense que je vais la garder pour avoir un véhicule quand je reviendrai. Je serai obligé ! Je pense que mon associé ne pourra pas tout gérer et qu'il va finir par m'appeler au secours.

Ah ! Il va revenir...Mais ça va être un enfer pour moi ça !!! Je vais attendre son retour sans savoir quand...

Elle est à la fois heureuse et contrariée par cette annonce. Il vaudrait peut-être mieux couper les ponts une bonne fois pour toute et essayer de l'oublier.

L'oublier ??? Impossible !!! Je ne retrouverai jamais une telle symbiose, une telle complicité sexuelle… Avec lui, l'expression «avoir quelqu'un dans la peau» prend tout son sens !!!

Décollage, Elle pense à lui et rien qu'à lui, à son dernier voyage où Elle était déterminée à le rencontrer à Paris.
Atterrissage, aéroport Charles de Gaulle, Elle allume son téléphone. Bip, message de Yann, cœur qui bat à 10000. C'est la première fois qu'il lui laisse un message après…
« Welcome to Paris. Profite bien de ton séjour et surtout ne lâche pas la plume.»

Elle passe à l'instant sous le panneau qui indique les hôtels de l'aéroport et le CDGVal qui y conduit. Elle le prend en photo et lui envoie avec ces mots :
« Merci, j'aurais adoré sauter dans le CDGVal pour te rejoindre au M. Next time ! C'est drôle car je suis exactement à l'endroit où le roman se termine… »
Mais Elle n'a pas de réponse… Il est rentré dans sa coquille encore une fois…
Au cours de son séjour, Elle lui envoie quelques photos. Au bout d'une semaine, il finit par lui répondre et lui adresse une photo coquine de lui alors qu'il est en plein bricolage. Et Elle mesure une fois de plus combien il lui manque et combien Elle a besoin d'échanger avec lui !
Dès son retour sur l'île, Elle le contacte mais il ne répond pas. Déçue, frustrée de n'avoir aucune réponse à ses messages, Elle lui écrit pour lui exprimer sa rancœur face à son attitude désinvolte à son égard. Il lui répond qu'Elle se trompe et qu'il est juste trop préoccupé par ses derniers préparatifs pour son départ mais qu'il la reverra avec plaisir.
Elle reste dix jours et doit repartir à Cannes pour les deniers jours du Festival et en Vendée pour finaliser quelques travaux avant les locations de l'été.

Elle repart sans avoir revu Yann…

Quand Elle revient à la Réunion et qu'Elle rentre de l'aéroport, Elle passe devant la route qui conduit à ses bureaux et saisit aussitôt son portable : « Atterri. Viens de passer devant tes bureaux. Vu une infirmière nue sous sa blouse blanche. »

Il lui répond dans l'après-midi :

« Bah dis donc, quel que soit le sens, l'avion te fait le même effet ! »

Ils commencent un ping-pong de textos sur des banalités qui dure jusqu'au lendemain matin. Ils s'envoient quelques petites photos et se donnent rendez-vous en fin d'après-midi sur le chantier.

Elle s'est achetée à Paris une robe noire La Perla ultra torride et lui en envoie une photo pour lui mettre l'eau à la bouche. Et quand il la voit débouler ainsi sur le chantier, il en reste bouche bée.

– Tu es incroyable !!!

– Je viens de l'acheter à Paris, rien que pour toi.

Les yeux de Yann brillent comme ceux d'un enfant devant l'arbre de Noël rempli de cadeaux !

Il la prend dans ses bras et leurs lèvres se cherchent avides de baisers. Il la caresse par-dessus la robe, le tissu est extrêmement soyeux et permet de s'assurer qu'il n'y a absolument rien dessous. Elle a ramené une bouteille de champagne et ils trinquent à leurs retrouvailles.

Et comme à chaque fois, ils passent un moment extraordinaire où leurs sens explosent.

Elle rentre chez elle le souffle coupé, les émotions à fleur de peau, range son panier et s'aperçoit qu'ils ont laissé une flûte de champagne sur le chantier.

« Zut, on a oublié une flûte… »

« Flute… »

« On remonte la chercher ? A quatre pattes dans le noir… Ce pourrait être drôle de jouer à cache-cache dans le bâtiment. »

« Gros risque de collision. »

« Bah justement ! Mais pas frontale…»

15 juillet 2018

Finale de la coupe du monde de foot….

Un mois et demi a passé sans qu'ils ne se soient revus, Elle lui envoie un message pour lui indiquer qu'il y a un an, ils passaient leur première soirée ensemble mais il ne daigne pas lui répondre et ça la chagrine énormément.

Alors Elle lui écrit un long message pour lui dire combien Elle trouve son comportement à son égard méprisant et irrespectueux. Et Elle conclut :

« Je ne suis pas un objet. Je suis un humain, sensible de surcroît et on ne traite pas les gens ainsi. Je suis dégoûtée. »

Il lui répond trois heures plus tard qu'il est désolé et que, retardé dans le bouclage de ses affaires, il a été débordé avec des répercussions négatives sur sa libido. Il trouve son message contre-productif et il termine sa réponse par une invitation à se retrouver :

« À un de ces soirs pour une discussion dépassionnée. »

« Je ne parle pas de passion, je parle juste de respect. Quand une personne prend de son temps pour toi, que ce soit professionnel, amical ou autre, elle mérite une réponse en retour. Donc merci d'avoir répondu pour une fois. »

Elle regarde le match de la finale de foot avec ses copines dans un bar de Saint Gilles et comme la France est victorieuse, Elle va faire un tour dans la rue principale avec ses enfants pour assister à la liesse populaire.

Vers minuit, Elle décide de rentrer et se retrouve nez à nez avec Erwan qui tient la fist fuckeuse dans ses bras. Ils se lancent un regard de tueurs mais pour la première fois ses membres ne se mettent pas à trembler.

Le temps commence à faire son œuvre comme on dit… Je n'aurais jamais pensé qu'il m'en faudrait autant pour retrouver ma sérénité…

Elle arrive chez Elle et se glisse avec délice sous sa couette. Elle saisit son téléphone pour l'éteindre. Dong ! La douce sonnerie de WhatsApp l'informe de l'arrivée d'un message.

Surprise ! Yann relance le jeu…

Suis moi je te fuis, Fuis moi je te suis…Tellement vrai !!!

On veut toujours ce qu'on n'a pas !!!
Et avec ce type d'homme qui a tout, ça marche à cent pour cent.

Direct, il lui envoie une photo de son sexe tout rasé ainsi commentée :
« Pour fêter cette soirée de liesse, j'ai procédé à un petit élagage qui donne une incomparable douceur à mon sexe alangui. »
Elle ne répond pas.

Le lendemain matin Elle photographie son sexe en gros plan (comme il aime),

Rectification ! Comme ils aiment !

et lui envoie un long message :
« Ma chatte te répond : Nous aurions pu passer des moments torrides avant ton départ car il n'y a qu'avec toi, ma bite turgescente que je vibre de mille et une sensations. J'avais tant d'envies à partager avec toi et de situations érotiques à expérimenter encore. Je t'en veux d'avoir piétiné cet érotisme torride et cette symbiose unique que nous partagions et que, je pense, nous ne sommes pas prêts de retrouver avec un ou une autre.
Moi en tout cas je sors du jeu.
Bon vent. »
Cette fois il répond très rapidement :
« Non mais quelle râleuse tu fais !!! Voulais-tu plutôt dire ma chatte ne répond plus ? Bisous. »
« Disons plutôt que tu as d'autres chattes à fouetter. »
« Ah ah ! Tu me fais sourire, belle répartie ! Je sens que ma chaudière bouillonne de nouveau après cette longue relâche ! Sur mon bureau trône une flûte solitaire qui ne demande qu'à déverser son pétillant breuvage dans le profond sillon d'une fière poitrine. Puis, subissant la force gravitationnelle, cet explosif flux glacé se dirige inexorablement vers une grotte secrète, non sans avoir tourbillonné sur les parois de ton nombril. Quand enfin il vient rebondir sur les lèvres gonflées de désir de ta chatte brûlante, ma langue agile le canalise sur ton clito, puis ma bouche gourmande se délecte d'un divin cocktail qui s'est chargé de tes sucs d'amour...»

Ouh là ! D'amour ! C'est la première fois qu'il écrit le terme...
Contre-productif mon message ...Hum ! Hum !!!
Pffff ! J'aurais dû le virer bien plus tôt ! Très efficace comme méthode...
C'est dingue quand même ! Plus on les traite mal, plus ils s'accrochent
et la réciproque est aussi vraie.
On en revient toujours là : fuis-moi je te suis !

Elle lui répond par une photo de son buste lui présentant ses seins puis une de son ventre où on aperçoit sa main glissée entre ses cuisses.
« Je suis le cheminement sensuel du brûlant liquide sur ma peau. Qu'il vienne se loger au plus profond de mes orifices qui attendent ta langue intrépide et tes doigts fouineurs pour les préparer aux assauts de ton sexe en ébullition.»
Il est 23 heures, leurs échanges s'intensifient...Il rebondit :
« Ma bouche emplie glisse sur tes lèvres pour s'engouffrer entre tes fesses, et te lécher frénétiquement la raie de bas en haut, m'attardant sur ta rosette avec ma langue tournoyante. De mes mains puissantes, j'écarte tes fesses pour entrouvrir cet étroit coquillage et y glisser par de rapides va-et-vient ma bite raidie. Mes mains, ou plutôt mes doigts se dirigent vers ta chatte. Oh ! Surprise ! Une main qui ne m'appartient pas occupe déjà les lieux. Évidemment, tu ne pouvais rester inactive devant ton sexe abandonné, si mouillé que tes doigts s'y sont perdus. »
Elle illustre aussitôt ses propos par une photo de son buste et de ses jambes très écartées où on distingue ses doigts à l'entrée de sa caverne.
Et Elle ajoute :
« Mon autre main s'empare de ton membre déjà en belle érection et lui prodigue un massage suavement dosé. Il attend avec impatience la chaleur de ma bouche et la douceur de ma langue qu'il sent déjà se promener sur toute sa belle longueur. »
« Hummmmm, je vais m'endormir là-dessus, je te laisse un cadeau tout doux à réveiller. »
« Je glisse ma langue où tu aimes et joins un petit doigt inquisiteur. Je sens rouler sous ma salive cette boule de feu qui ne demande qu'à imploser dans mon gosier. Bonne nuit. »
C'est Elle qui tire la première dès 8 heures le lendemain matin :

« Envie d'une main sur mon ventre qui déclenche le désir et de doigts dans mon entrejambe trempée par les désirs inassouvis de la nuit... »
Il répond immédiatement :

Contre-productif il a dit... Oui, oui ...

« Je pars au labeur, j'aurais presque pu passer glisser une main entre tes jambes mais désolé, j'ai un rendez-vous. »
« Dommage ! Je suis trempée et ma chatte humide réclame le contact de ces douces bourses qui ne demandent qu'à venir s'éclater sur mes muqueuses dans un puissant va-et-vient. »
Et Elle illustre son message par une photo de ses fesses entre-ouvertes.
Il rétorque aussitôt :
« J'aurai ainsi pu avoir les doigts parfumés par ton intimité pour égayer ma réunion. La journée commence chaudement, la vue de ces deux orifices offerts me titille le bas-ventre, ma concentration vacille. Si tu pouvais juste y glisser ta main pendant ma réunion. »
« Pas envie de sortir du lit ce matin, alanguie… Mais plutôt de m'attarder sur ces bourses toutes douces, les embrasser du bout des lèvres, les chatouiller à coups de langue. Prendre le temps de faire enfler ton gland tout doux dans mon gosier tout chaud. »
« Je sens justement mon gland distendu et hyper lubrifié. Pas question que je me lève de ma chaise. »
Leurs doigts courent sur leurs claviers respectifs, avides de transmettre à l'autre tout le désir qu'ils s'inspirent.
Elle poursuit :
« Le chérir de douces pressions accentuées par une main puissante qui vient enserrer la base de ton sexe et te caresser ainsi jusqu'à sentir ta semence s'enfoncer dans mon gosier. Et m'en délecter. Attendre en te caressant sensuellement que le désir tout doucement enfle en toi de nouveau pour te présenter ma croupe et que tu me baises avec fougue et intensité. »
« Là tout de suite, j'ai très envie de m'abandonner à tes caresses et d'exploser dans ta bouche et si mon boss me donnait une permission ?... »
« Je peux te retrouver dans un lieux de perdition... ou un petit apéro en fin d'après-midi...»

Elle lui envoie une photo de son anatomie en gros plan. Elle sait qu'il kiffe grave...Et Elle ajoute :

« Envie d'une douce langue et de lèvres en feu sur mon clitoris gonflé, de caler ta bite entre mes seins, de l'accueillir à la sortie avec ma bouche. »

« Message reçu cinq sur cinq. J'assure ce matin et je te dis pour cet après-midi. C'est incroyable comme l'excitation peut monter. J'ai la bite gonflée et dure... »

Ils continuent ainsi leurs échanges pendant une heure.

« Tu vas tenir jusqu'à ce soir ? » s'inquiète-t-il.

« Non ! Ouiiii ! Nonnnnn ! Mais oui ! Je vais entretenir ! Je sens déjà tes doigts ! »

« Ta chatte répondra-t-elle à mes attentes ? »

« Elle te sera offerte, gourmande, chaude, envoûtante ! »

« J'y introduis deux doigts pour en avoir le goût pendant mes réunions ! »

« Viens c'est chaud et déjà tout humide ! Je presse un téton entre mes doigts en lisant tes mots. »

« Ma langue pointue comme un dard introduit alternativement tes deux orifices pendant que tu me branles vigoureusement. 16 heures c'est bon pour toi ? »

« Parfait je vais aller faire une petite sieste pour être très très très en forme et laissez reposer la machine avant le match. Il paraît qu'il va y avoir prolongations et tirs au but, il y a longtemps que les deux adversaires ne se sont pas rencontrés et ils sont restés sur un match nul. Ils vont donc être très énervés. C'est quoi le code du portail ?»

« Pas de code, seulement une télécommande au fond de mon pantalon. »

« Celui-là, je le connais par cœur, il est imprimé sur ma langue. »

Elle dort un peu, se réveille encore plus excitée par la proximité de leur rendez-vous. Elle enfile une robe noire avec un décolleté très profond en dentelle, achetée pour lui à Paris, elle aussi.... Dessous, Elle porte son body en dentelle noire avec le collier de chien assorti qu'Elle avait achetée à Barcelone en pensant à lui... Talons très hauts. Sexy !

Ils se retrouvent dans une maison sur les hauteurs de Saint Gilles qu'il garde en l'absence des propriétaires. Il lui ouvre le portail avec la télécommande...

Il est en jean et chemise blanche…Et c'est la première fois qu'Elle le voit bien habillé…
Magnifique !
Elle a le souffle coupé par sa beauté et sa prestance et son cœur bat à tout rompre dans sa poitrine.

Et après on dit que l'habit ne fait pas le moine… tu parles ! Là ! Ça le fait !!! Et grave...

Elle sait, à cet instant, qu'à chaque fois qu'Elle reverra cet homme, Elle ne pourra résister à l'envie irrépressible de lui faire l'amour sur le champ. Elle sort de la voiture et apparemment, vu l'intensité du regard de Yann, Elle lui procure la même sensation. Il la détaille, admiratif.
A chaque fois qu'ils sont face à face, leur désir naît immédiatement et ils se dévorent des yeux.
La maison surplombe la mer, le soleil commence à descendre. La lumière est magique. Le temps s'arrête dès qu'ils sont ensemble. Ils ne sont plus que vibration, désir et amour.
Il la prend par la main pour la guider dans la maison, l'attire à lui et l'embrasse doucement, tendrement, langoureusement. Il l'emmène dans la cuisine, prend deux flûtes et sort une bouteille de champagne. Ils boivent le précieux liquide qui leur rappelle tant de souvenirs et qui les unit à jamais.
Pressé de la prendre dans ses bras et de sentir sa peau, il lui ôte sa robe et, médusé, découvre le body qui met merveilleusement son corps en valeur.
– Waouh !!! Tu es sublime…
Il saisit son téléphone et la prend en photo sous toutes les coutures.
– Tu permets ? Pour ma bibliothèque personnelle...
Flattée, Elle prend pour lui des poses lascives avec son verre de champagne à la main et il la mitraille.
– Profite ! Tu pourras les mater quand tu seras en maison de retraite !!!
Il est tellement excité qu'il meure d'envie de la prendre tout de suite.
– Attends ! J'ai une petite surprise…
Et Elle tire de son sac… une cravache qu'Elle a piquée en douce à sa fille. Elle se donne des petits coups secs sur les cuisses et les fesses et

caresse la pointe de ses seins avec le bout en cuir de la cravache. Avec le collier de chien du body, ça le fait !

– Tu n'as jamais joué avec ça ?

– Non jamais !

– Et bien moi non plus… On en découvre des choses ensemble…

Il l'invite à s'asseoir dans le canapé, lui prend la cravache des mains et lui donne de petits coups bien appuyés sur ses fesses dénudées, la fait glisser sous la dentelle du body pour agacer sa poitrine qui se dresse sous la friction du cuir.

– Hummm ! Qu'est-ce que tu m'excites comme ça avec ta chemise entrouverte et la cravache à la main. Christian Grey, tu as un sacré concurrent !!! Toi, tu es tellement plus beau et sexy !

– Et toi donc ! A chacune de tes apparitions tu es plus étonnante de sensualité. Comment te résister…

Elle lui prend la cravache des mains, la jette à terre et défait sauvagement les boutons de sa chemise, lui enlève, fait de même avec le pantalon, le caleçon. Il est nu enfin ! Plus de tissu qui entrave ses caresses. Elle peut promener sa bouche partout, le lécher, le mordre, le couvrir de doux baisers... et surtout, sur sa queue dressée, s'empaler. Il est assis sur le canapé, Elle a placé ses jambes autour de son torse et Elle bascule son bassin d'avant en arrière et de droite à gauche pour lui procurer un savoureux massage tout en contractant ses muscles internes.

Il a envie de jouir, déjà et fait tout pour se retenir. Elle, se laisse aller, amplifie un peu plus ses mouvements, pousse quelques petits gémissements et prend son plaisir, les cuisses ouvertes, offerte à sa vue. Elle se dégage, se relève du canapé, le soleil va bientôt frôler la mer. Elle remplit les coupes de champagne, enlève son body pour être totalement nue et l'entraîne dehors pour admirer le coucher de soleil. Cette vision jugulée à la sensation de chaleur de sa peau contre la sienne, enveloppés par le doux souffle du vent, lui procure une sensation extrême de bien-être : Divin !

Le soleil s'enfonce rapidement dans l'eau et la fraîcheur de la nuit qui arrive la fait frissonner.

Elle aperçoit une table en bois dans le jardin et pense aussitôt à la façon dont il va la prendre dessus. Elle le tire par la main.

– Prends-moi sur la table !

– Ah oui ???

– Oh que ouiiiiii !!!

Elle s'allonge sur le dos, les fesses au ras de la table, les cuisses bien écartées.

Il s'agenouille devant elle et lèche avec douceur son petit clitoris qui s'est rétracté sous l'effet du vent. Rien qu'un instant… Ces quelques coups de langues bien appuyés ont vite fait de lui redonner vigueur et la cyprine inonde sa caverne pour le recevoir dans les meilleures conditions. Il vérifie avec le doigt l'efficacité de sa caresse buccale. Parfait ! Elle est trempée ! Il va pouvoir s'enfoncer d'un coup dans cette chatte offerte et il ne va pas se priver...Elle regarde le ciel, plonge ses yeux dans les siens. Il lui fait autant l'amour avec les yeux qu'avec son sexe et Elle implose lentement, doucement, secouée par des vagues de plaisir qui cette fois entraîne Yann qui malgré ses efforts ne peut résister plus longtemps.

Ils rentrent dans la maison et s'attablent pour terminer leur bouteille de champagne. Il tartine de la terrine de poissons sur de petites tranches de pain et lui fait croquer. Elle adore qu'il la nourrisse ainsi.

Il est 21 heures, il est attendu pour un dîner et Elle doit rentrer...

Le lendemain matin, il lui demande si Elle a bien récupéré de leur extraordinaire soirée.

« Oui merci, je me réveille avec l'idée de passer te faire une petite gâterie sous ton bureau et repartir sans te laisser me toucher. Comme la pompe est réamorcée je compte bien en profiter. J'ai bien compris qu'avec sa vétusté, elle pouvait tomber en panne sans crier gare… Non ne me frappe pas !… Enfin si, j'ai adoré...

Deux jours plus tard, Maria part en métropole et Elle l'emmène à l'aéroport.

– Au fait, tu veux ma table de massage pendant mon absence ?

– Ah oui alors ! Il me vient une délicieuse idée…Je pense à quelqu'un en particulier qui va adorer… Merci ma chérie, tu sais que je t'aime toi !!!

Rentrée chez elle, Elle envoie un message à Yann pour lui faire part de sa nouvelle idée :

« Demain soir, comment dire… Envie de te faire un vrai massage avec l'huile qui sent bon et les bougies… Et la finition… ? »

Et Elle lui joint une photo de ses seins enduits d'huile. Elle ajoute :

« Pense à ses seins qui vont accompagner doucement mes mains pour un massage très particulier...»

Il lui répond :

« Ah là là, suis concentré, ce n'est pas le moment de réveiller l'animal !!! »

« Ben, ça c'est le truc à pas me dire. J'adore te déconcentrer quand tu travailles. Pense à ton corps allongé sous mes doigts qui dénouent toutes tes tensions. J'ai bien dit TOUTES. Parce que mes mains vont mourir d'envie de glisser sous la serviette pour découvrir l'intimité de mon client. Envie de jouer... »

« Ok pour moi vers 17h30 dans la même maison. »

Elle est ravie de le retrouver si vite. Elle a tellement besoin de lui, de le toucher, de le caresser…

Elle part acheter une nouvelle huile de massage au parfum délicat et envoûtant dans une boutique spécialisée à Saint Leu et prépare une grande serviette, des bougies et une playlist de musiques douces en lien avec la mer.

Une vraie pro...

A l'heure convenue, Elle revêt une longue robe noire en dentelle transparente, charge son matériel dans la voiture et part le rejoindre avec toujours autant d'émotions, encore plus même …

Il lui ouvre le portail, il est habillé cool en bermuda et t-shirt blanc car il sort d'un chantier. Pas le même effet que la dernière fois mais elle le trouve quand même très beau.

Et apparemment, Lui aussi.

– Waouh ! Mais qu'est-ce que c'est encore que cette robe ??? Tu es sublime !!! Moi qui m'attendais à te voir débouler en blouse blanche de masseuse.

– Il s'agit d'un massage relaxant monsieur, pas thérapeutique. Nos tenues sont adaptées en fonction des prestations demandées…

– Et bien moi, ça me va parfaitement, je suis déjà dans l'ambiance…

Tout en parlant, Elle a installé la table de massage, la serviette, les bougies qu'Elle éclairera à la nuit tombée et son portable pour le fond musical.

Elle l'aide à se déshabiller et à s'installer sur la table, sur le ventre, et le recouvre de la serviette, lance la musique et commence à lui masser les pieds en appuyant ses paumes sur la voûte plantaire.

– Hummm ! « Sailing »… j'adore…

– Je savais que tu adorerais…

Elle continue à lui masser les jambes et remonte vers le dos en s'arrêtant un moment sur les fesses puis entre les fesses, puis Elle reprend sur le dos. C'est si bon de le pétrir ainsi entre ses doigts. Elle insiste sur son cou et ses épaules pour dénouer toutes ses tensions, il gémit d'aise. Elle enlève sa robe. Nue, Elle étale un peu d'huile sur son buste et grimpe sur la table derrière lui pour lui faire un massage body-body. Comme c'est bon de se frotter à lui ainsi.

Elle lui demande de se retourner. La partie va commencer à être plus intéressante. Très sérieuse, Elle reprend le massage sur les pieds et remonte tout en haut des cuisses mais Elle prend son sexe dans sa bouche.

– Mais madame ! Que faites-vous ? Je suis choqué !

– Vous avez demandé le massage spécial, non ? C'est celui-là… avec finition buccale et plus si affinités...Ah ! Ah !

Elle reprend son doux va-et-vient avec sa bouche tout en continuant de le masser sur le torse, sur les cuisses, entre les cuisses, l'oblige à les écarter pour atteindre ses bourses et immiscer son petit doigt entre ses fesses.

Enfin n'y tenant plus, Elle grimpe sur la table de massage, se place face à lui avec les jambes des deux côtés de son corps et s'empale sur lui en faisant coulisser ses seins dans un fiévreux body-body...

Tu avais raison Maria, Elle est très solide ta table...

Les sens exacerbés par le parfum envoûtant de l'huile, la musique romantique et le massage sensuel, il suffit de quelques mouvements bien appuyés pour qu'elle prenne son plaisir manquant de l'entraîner lui aussi. Elle descend de la table pour le laisser se mettre debout et s'allonge à son tour sur le ventre.

– Et moi, je n'ai pas droit à un petit massage aussi ?

– Ah ! Ça m'aurait étonné… Je croyais que tu t'occupais de moi, ce soir ?

– Un peu à moi ! Je suis sûre que tu fais ça divinement bien.

Il commence à lui masser les jambes et remonte sur ses fesses où il s'attarde longuement et effectivement la pression de ses mains est juste parfaite, délassante, pénétrante, enivrante. Un instant de pur bonheur. Encore.

Il remonte sur ses reins, son dos, son cou, l'embrasse du bout des lèvres et lui donne de petits coups de dents dans le cou…

Hop ! Il a appuyé sur le détonateur…

– Prends-moi là ! Tout de suite…

Et aussitôt, Elle se met à quatre pattes sur la table et lui tend sa croupe.

Avec l'huile, sa verge gonflée dérape entre les deux orifices, glisse de l'un à l'autre en les pénétrant légèrement, se fait happer par le premier, y reste un instant et s'engouffre délicatement dans le second. Elle agrippe ses mains aux rebords de la table pour ne pas vaciller sous ses assauts.

La vue de ce cul tendu vers lui est si excitante qu'il jouit fort en Elle. A son tour, la sensation envoûtante de son sperme qui l'inonde lui déclenche une nouvelle vague de plaisir.

Parfaite la table, Maria, un vrai bonheur…

Elle pense le revoir rapidement et profiter de lui avant son départ mais trop accaparé par ses préparatifs ou peut-être pour se protéger de cette passion dévorante, comme à chaque fois qu'il lâche un peu trop de lui et que leur relation devient trop intense, il reprend de la distance. Et bien sûr, Elle se retrouve en situation de manque.

Le dimanche suivant, Elle fait la connaissance d'un des amis de Yann qui l'invite à se joindre à un agréable déjeuner. Il est très beau, très très beau…mais, bien sûr, marié...

Ils passent beaucoup de temps à discuter tous les deux à l'écart des autres convives, visiblement très attirés l'un par l'autre. En aparté, il lui avoue qu'il la trouve particulièrement inspirante et l'invite à prendre un petit apéro le lendemain soir, en tête à tête.

Ils discutent de leur vie et abordent le sujet de la fidélité.

Elle se sent complice avec cet homme inconnu et il ressent visiblement la même chose. Leurs yeux pétillent.

Il lui avoue qu'il a trompé sa nouvelle épouse une fois, avec une très jeune femme d'à peine 18 ans qui l'avait dragué sur la plage et il en garde un souvenir impérissable.

Ben oui, à la Réunion, elles n'ont pas froid aux yeux les jeunes demoiselles et comme il est juste magnifique avec son corps de surfer, je ne suis pas du tout étonnée...

Il la regarde avec ferveur et lui demande une faveur :

– J'aimerais te demander quelque chose de spécial, j'ai un fantasme et je voudrais le réaliser avec toi, qu'avec toi.

– Ah ! Tu sais les fantasmes, il parait qu'il ne faut pas les réaliser, sous peine de déception ou, si c'est un peu trash, de dégoût de soi-même.

– Non mais là, ce serait un vrai bonheur pour moi…

– Vas-y, dis toujours…

– J'aimerais que tu me trouves une jeune créature, que l'on initie tous les deux à l'amour…

– Ouh là !... Quand tu dis jeune, c'est quel âge ?

– 15, 16 ans…

– Heuuu c'est l'âge de ma fille ça !!! Et des filles de mes copines…En gros, le fantasme mère-fille…

– Oui c'est ça ! C'est très excitant…

Ses yeux brillent, il voit déjà la scène. Mais pas elle, mais alors pas du tout…

– Désolée, il faudra que tu trouves quelqu'un d'autre.

Et Elle prend congé.

Elle est à peine remontée dans sa voiture qu'Elle appelle immédiatement Maria pour lui confier sa dernière aventure et Maria se montre choquée.

– Putain le mec il te demande une mineure !!! … J'y crois pas !!!

On en fait des découvertes en devenant célibataire...Quand on vit en couple, qu'on se reçoit entre couples pour dîner… en apparence… tout est calme...les beaux petits couples parfaits qui s'entendent merveilleusement bien...au lit aussi...mais dessous...

Elle croise Yann à différentes reprises à la plage ou à la gym mais il ne répond plus à ses messages. Un soir, alors qu'ils n'ont pas eu de relations depuis trois semaines et qu'il lui manque cruellement, Elle implore l'Univers :
« Univers, s'il te plait, je veux voir Yann, je veux voir Yann ! »
Elle entre dans la salle de sport et... entend sa voix à l'étage.

Merci Univers...

Il descend l'escalier et la fixe du regard avec ce Désir toujours qui transpire, s'infiltre par ses yeux et s'enfonce au creux de ses reins en une fraction de seconde, allumant un brasier au fond de son ventre.
Et le miracle continue ; pour la première fois depuis un an, ils se retrouvent enfin seuls dans la salle, un de leurs fantasmes...
Sans hésiter, Elle l'attrape par la main et l'attire dans le vestiaire des hommes. Il fait mine de résister, pas longtemps...
– Viens ! Depuis le temps qu'on en parle...On n'aura pas d'autres occasions et je vois dans tes yeux que tu en as autant envie que moi, sinon plus encore !
Elle ferme la porte à clé et se jette sur son short qu'Elle descend d'un coup sec le long de ses jambes. Elle saisit sa bite qui bande déjà et la suce goulûment, la branle, la lèche et se relève.
Il lui baisse également son short et tire son string sur le côté pour se frayer un passage. Elle prend appui sur le lavabo face à la glace, se cambre et le regarde la pénétrer. Il s'enfonce et la baise furieusement. Ils se regardent dans la glace. Ils sont beaux tous les deux en train de baiser, leurs deux corps parfaitement musclés et halés du même bronzage. Cette vision leur provoque une telle excitation que quelques va-et-vient suffisent à leur faire atteindre un plaisir fulgurant. Ils se rhabillent à la hâte et sortent rapidement des vestiaires, l'air de rien.
Rapide mais mieux que rien ! Et tellement exaltant !!!

Quelques jours plus tard, Elle part en métropole pour s'occuper de sa maison en Vendée, sans l'avoir revu.

Elle ne rentrera que mi-septembre, et théoriquement Elle ne le reverra pas, il sera parti pour son voyage au long cours...

Dans le TGV Paris-Nantes, Elle ne peut s'empêcher de penser à son trajet un an plus tôt où Elle échangeait des messages brûlants avec Yann dans la perspective de leur improbable rencontre à Paris.

Alors Elle lui transmet un message qu'Elle a trouvé le matin même sur Facebook et qui résume bien leurs corps à corps :

« Je veux emprunter tes baisers
Pour délecter mes lèvres,
Juste le temps de les goûter
Et te donner envie de ne pas arrêter.
Je veux emprunter ton souffle
Pour le confondre avec le mien
Et le rendre soupir.
Je veux emprunter ton regard
Pour lui faire l'amour,
Juste le temps de t'aimer
Et te donner l'envie de rester.
Je veux emprunter ton cœur
Pour entendre les battements,
Et juste le temps d'un battement
Te laisser un peu de moi.
Je veux t'emprunter
Juste le temps d'un amour,
De ceux qui demeurent sans engagement
Mais avec le seul engagement de t'aimer. »

Le tout illustré par la photo d'un couple qui leur ressemble... et cette remarque personnelle :

« Parce que pour moi, nos rendez-vous, c'était ça. »

Et quelques minutes plus tard, Elle lui envoie de nouveau un message pour lui dire enfin tout ce qu'Elle avait gardé sur son cœur au cours de cette année et conclu ainsi :

« Ton manque de considération m'a considérablement heurtée. Tu es vraiment frivole. »

Il lui répond le lendemain au moment où Elle est avec son amie Carole en train de déjeuner sur la terrasse de son ancien studio à La Baule.

« Oh frivole ! Peu usité mais mignon. Je suis vraiment désolé de t'avoir heurtée, depuis mon monde sans doute n'ai-je pas pris la mesure des événements. Du coup, j'ai relu nos échanges, waouh ! J'avais oublié que c'était si chaud ! »

Il a oublié !!! Mais comment on peut oublier des heures d'écriture torride voire des journées entières ???

« Ben moi, je n'ai pas oublié et je sais déjà que je ne retrouverai jamais ça ! »
« Ne dis pas de bêtises. Crois en la vie, elle te réserve de belles surprises. Et ton bouquin bientôt fini ? »
« Une telle intensité dans les échanges à la fois virtuels et réels ? Non ! Je ne retrouverai pas. »
« Ne dis jamais jam… ! Je termine ma dernière réunion, très distrait par ma récente remontée dans le temps de nos discussions imagées. »
Elle lui envoie une photo d'elle en tenue de soirée dans une robe très décolletée et une seconde avec le décolleté laissant apparaître ses seins.
« Et bien, je t'en envoie une dernière pour ta dernière réunion. »
« Ça cause de piliers béton et descentes de charge, un peu à l'image du micro pylône niché entre tes seins (il fait référence à son collier). Un autre pylône me rappelle à son bon souvenir, son facteur de charge répondant à des critères plus excitatoires (hic), je le maintiens discrètement sous le bureau. »
Carole n'en revient pas de ces échanges, le téléphone n'arrêtant pas de biper.
– Je ne comprends pas bien là… Tu ne viens pas de le virer ???
– Si ! Mais tu sais bien ! Ils veulent toujours ce qu'ils n'ont pas et surtout ce genre de mec qui a tout très facilement…

Et oui… fuis-moi, je te suis…imparable !!! Ok ! Pas toujours agréable à utiliser mais très efficace...

Elle lui envoie une photo de son repas : crevettes, huîtres et langoustines…
« Il paraît que c'est très aphrodisiaque. »

« À mon sens, il n'y a pas meilleur préliminaire que la délectation de crustacés. De plus, leurs frais parfum océanique n'est pas sans rappeler… »

« Une petite huître ? »

« Enfin seul ! Il me reste un réel appétit pour taquiner de mon agile langue ces luisantes lèvres ourlées et ses fines perles humides. Avec mes doigts, j'entrouvre cette coquille pour faire apparaître ces tendres chairs rosées à la recherche du secret opercule. Tu sais, celui qui, quand on le taquine, donne la chair de poule et déclenche parfois des séismes de magnitude sept ! »

Et d'un coup plus de messages….

Les jours suivants, Elle lui envoie quelques photos d'elle au volant d'un bateau moteur mais il ne répond plus.

Elle termine son séjour par quelques jours à Paris et pense à regret que quand Elle va rentrer, il sera parti...Mais c'est certainement mieux ainsi.

Trois jours après son retour, Elle emmène sa fille au lycée et en redescendant passe devant l'immeuble de Yann. Sa voiture est là.

Oups ! Elle essaye de rattraper son cœur qui sort de sa poitrine !!!

Il serait encore là ? Ou bien a-t-il vendu sa voiture à un ami ?

Elle fait demi-tour, remonte la rue jusqu'au prochain rond-point et redescend. Il est là, devant sa voiture en train de discuter avec un autre homme.

Il n'est pas parti !

Elle s'arrête sur le bas-côté et lui envoie un texto :

« Coucou, viens de voir ta voiture devant ton immeuble. Tu es encore là ??? Je vais pouvoir retrouver ma flûte que je croyais définitivement perdue !!! Garnie j'espère... »

« Suis sur le départ... »

Elle lui envoie une photo d'elle avec la robe noire en dentelle qu'Elle portait le soir du massage…en faisant allusion à son dernier message concernant son oubli de l'intensité de leur relation.

« Au cas où tu aurais oublié ça aussi. »

Il répond immédiatement :

« Zones toujours actives, totalement synchronisées avec la Fournaise ! »

(Le volcan de la Réunion, le Piton de la Fournaise, vient d'entrer en éruption.)

« Ça va de pair avec mon retour sur l'île. Ces ondes telluriques se diffusent à travers ma peau et déclenchent la coulée du magma. »

Et elle lui joint une photo de sa croupe uniquement recouverte d'un string rouge faisant allusion cette fois à la lave du volcan.

« Cette lave incandescente coule lentement sur les pentes du volcan pour mettre le feu aux pics érigés. »

« Mes propres chambres magmatiques semblent elles aussi chargées à bloc après toute cette période de pression !!! »

« Je ressens l'imminence d'une brusque éruption qui couvait depuis trop longtemps sans doute ! Heureusement que les pentes sur lesquelles elle va se déverser sont prêtes à la contenir entre leurs flancs arrondis. »

Et Elle lui fait une photo de son corps tout en courbes et en déliés.

Il répond par une photo de ses bourses bien rasées et toutes gonflées :

« Les chambres magmatiques. »

Elle se renseigne sur internet pour vérifier le processus d'une éruption volcanique.

« Espérons que la cheminée volcanique ne sera pas obturée pour libérer cette lave sous pression. Nous allons dépêcher notre expert ès qualité pour commencer à creuser le conduit. »

« Si votre champ d'intervention le permet nous pouvons nous retrouver à partir de 16 heures si un intermède champêtre vous tente. »

« Merci de nous adresser une nouvelle photo de la topographie du volcan pour vérifier l'urgence de notre intervention. Au cas où l'éruption serait imminente notre experte prépare son matériel d'intervention. »

« À première vue le cône volcanique semble résister. Mais c'est vous l'experte. »

« Par mesure de sécurité nous vous envoyons notre vulcanologue certifiée. Elle sera là à l'horaire indiqué. »

Elle se prépare fébrilement pour le rejoindre en se demandant si cette fois sera la dernière.

Elle gare sa petite voiture dans un chemin caillouteux et il vient à sa rencontre avec son pick-up. Elle grimpe à ses côtés et il l'accueille avec son magnifique sourire et ses yeux noirs pétillants de malice.

– Je t'emmène voir le coucher du soleil comme tu ne l'as jamais vu.

– Ça tombe bien, j'ai apporté à boire pour fêter ça, désolée je n'avais qu'un mousseux à la maison.

– J'ai la flûte fugueuse.

– Et bien nous allons la remplir…Tu sais, je ne pensais pas te revoir…

– Mais tu sais très bien que nous deux on se retrouvera toujours, dans un aéroport ou ailleurs, c'est certain ! Et puis, je compte revenir dans quatre ans. Ma femme n'est pas d'accord mais moi, je ne sais pas pourquoi, je suis convaincu que je reviendrai.
Et j'espère que tu seras toujours libre…

Alors là, comment vous dire …mes jambes tremblent tellement je suis émue par tout ce qu'il vient de me dire. Il se lâche pour la première fois. Peut-être freinait-il de toute son âme pour que rien ne vienne s'interposer dans son projet de départ car il sentait bien que s'il ouvrait un tout petit peu la porte, j'allais m'y engouffrer à cœur perdu et qu'il ne pourrait plus la refermer.
Ce qui m'impressionne le plus, c'est qu'il fait allusion en parfaite concordance à des dates et des événements que j'ai écrits pour la fin du roman et dont il n'a pas connaissance… impressionnant !

– Qui peut dire où nous serons dans quatre ans ?… Serons-nous seulement encore vivants ? Tiens, ouvre la bouteille. Nous allons boire à nos beaux projets, toi, ton magnifique voyage et moi, mon roman à succès…

Ils trinquent et restent un instant les yeux dans les yeux, un instant d'éternité, face à l'Océan, avec le soleil couchant. Comme à chaque fois, c'est magique, c'est magnifique, l'amour encore les enveloppe et va les emporter.

Elle enlève sa robe. Elle a mis des sous-vêtements rouges pour rappeler l'éruption volcanique.

– Vous voyez monsieur, il y a le feu ! Il va falloir l'éteindre mais le foyer est déjà très étendu…

Il rit, il adore toutes les façons qu'Elle a de lui présenter la chose, toujours originales et en accord avec la situation. Il lui mord goulûment les seins et ça déclenche aussitôt les vibrations dans son bas-ventre. Il sort de la voiture, ouvre sa portière et se glisse entre ses cuisses pour sucer son clitoris tout en immiscent un doigt dans son intimité. Bien sûr, Elle est déjà trempée. Comme il a envie de la pénétrer, là, tout de suite…

– Prends-moi ! Là ! Tout de suite !

Elle se tortille pour ôter son string, Elle ne veut aucune entrave, aucun bout de tissu entre eux, sentir chaque millimètre de sa peau, s'en imprégner, s'y connecter… Il attrape ses jambes, les écarte, regarde son sexe offert avant de s'y enfoncer, tout doucement d'abord, puis d'un coup, tout au fond.

Le plaisir ressenti lui arrache un cri qui soulage la pression et fait redoubler Yann d'excitation. Cette femme a une sensualité à fleur de peau qui se communique à son sexe et qui remonte à son cerveau par tous les canaux de transmission. Il a infiniment envie d'elle, de lui faire l'amour, de la baiser. Et il va et vient entre ses reins et il se retient…Trop d'excitation ! Il doit s'arrêter. Elle reprend son souffle. Il la tire par la main pour la faire descendre de la voiture et l'appuyer contre le capot, ses seins au-dessus du moteur tout chaud. Sa croupe est là, offerte en plein soleil, sur cette colline qui domine la mer, et il s'enfonce de nouveau en jouissant de tous ces merveilleux spectacles conjugués qui s'offrent à lui.

Elle l'arrête, se dégage, pour s'agenouiller à ses pieds. Envie irrépressible de le sucer. Il s'accroche à sa tête pour ne pas vaciller, à très envie de jouir, de déverser sa semence dans cette bouche gourmande, de la déposer sur sa langue pour qu'Elle puisse l'avaler mais trop envie de la prendre encore, de la voir se tordre et gémir sous ses coups. Alors il la soulève et la prend debout en la portant à bout de bras, il sait qu'Elle adore ça, qu'Elle prend son pied en trois secondes dans cette position où par son poids, son sexe appuie sur son point G.

Cette fois, n'y tenant plus, il se laisse aller et jouit longtemps sous les contractions de son vagin…

Ils se rhabillent et finissent leur bouteille en discutant tranquillement de leurs projets tout en regardant le soleil s'enfoncer dans la mer et en continuant à se dévorer du regard.

Ce coucher de soleil là restera un des plus beaux, le plus beau…

Il la raccompagne à sa voiture.

– Je reviens dans dix jours pour boucler mon départ définitif.

– Bon voyage mon capitaine…

Elle rentre pantoise. Yann a été si différent ce soir… se retrouveront-ils un jour ?

NEXT !

CHAPITRE 14 : NUMÉRO 11 : ALBAN, LE CINÉASTE DÉSABUSÉ

29 avril 2018

Le TGV en provenance de Nantes entre en gare…..

Elle arrive à Paris. Elle a rendez-vous avec Alban, le cousin de Martin, cinéaste.

Martin lui a donné ses coordonnées pour qu'ils examinent ensemble les possibilités de faire, un jour, un film de son histoire car il y croit fortement.

Elle l'a contacté pour la première fois au mois de Janvier, ils ont discuté pendant plus d'une heure au téléphone et pour un premier contact, le feeling était particulièrement bien passé entre eux.

Il lui a adressé le scénario de son film pour qu'Elle puisse prendre connaissance de la manière dont ça se présente et il lui a aussi envoyé le projet de film ou de roman qu'il vient d'écrire, une belle histoire d'amour mettant en scène une superbe jeune femme qui vit seule sur une île dans une maison au bord de l'eau et qui accueille des voyageurs, tout comme elle.

Cette femme adore se baigner et part nager de longs moments en mer.

La lumière, l'intensité, l'atmosphère qui se dégagent de son récit lui fait ressentir qu'il possède la même sensibilité qu'elle, ils sont visiblement sur la même longueur d'onde. Son héroïne, c'est Elle…..

Ils ont commencé à s'échanger des messages sur WhatsApp. Elle lui a bien sûr envoyé plusieurs photos d'elle pour qu'ils fassent connaissance. Des photos prises juste au moment de la découverte des infidélités d'Erwan jusqu'à ce jour pour qu'il constate sa reconstruction.

Des photos quand Elle est en train d'écrire, juste vêtue d'un chemisier, ses longues jambes musclées reposant sur le bureau ou captées au cours de son émission de télévision.

Il lui en envoie une en retour, faite par les studios Harcourt, le photographe des stars de cinéma. Elle découvre son visage, il est juste magnifique.

Brun, les cheveux assez longs dans le cou, des yeux en amande, regard de braise…

Elle se renseigne sur lui sur internet et trouve sa date de naissance, il est né en février comme elle, à quatre jours près et cinq ans de plus.

Elle lui a proposé de se rencontrer et fait exprès l'aller-retour à Paris au cours de son périple en métropole. Il a commencé le tournage d'une grosse production pour le cinéma et n'a pas beaucoup de temps à lui accorder.

Elle a réservé un hôtel dans son quartier. Elle souhaitait être tout près de son domicile et a mis une matinée à faire son choix. A chaque fois qu'Elle cliquait sur la page d'un hôtel, Elle n'arrivait pas à se décider et relançait la recherche. Un revenait régulièrement, le Huit, au 8 rue des Carmélites. Et depuis un moment le chiffre 8 lui apparaissait régulièrement dans ses activités quotidiennes. Elle se décide donc à réserver celui-là. Et Elle envoie un message à Alban pour lui indiquer l'adresse de l'hôtel et ses disponibilités pour le rencontrer.

Il lui répond :

« C'est juste en bas de chez moi. »

« Mais quand tu dis en bas de chez toi, c'est vraiment tout près ? Car j'ai hésité entre une dizaine d'hôtels dans le troisième arrondissement et c'est troublant que mon choix se soit finalement porté sur le plus près de chez toi. J'y serai dimanche à partir de 11h30. Dis-moi à quel moment tu seras dispo pour que l'on se rencontre.»

« Je peux entre 17 et 18 heures demain. »

« Super on se retrouve où ? »

« On s'appellera. »

Elle arrive à Paris par le TGV pour une nuit. Elle a fait ce trajet juste pour le rencontrer. Elle marche dans les rues de Paris sous la pluie, s'installe dans sa chambre et lui envoie un message :

« Bien arrivée à l'hôtel ! Top ! Désolée, je ne t'ai pas ramené le soleil !
Je suis à ta dispo, rien de prévu par ce dimanche pluvieux. »
« Je passe te voir à 17 heures, Ok ? »
« Ok. Tu peux nous apporter quelque chose à boire ? Il n'y a pas de bar
dans l'hôtel et je n'ai que du café à t'offrir. »
« Pas sûr qu'on en ait le temps !!?? »

Oulàlà ! C'est chaud ça comme réponse !
Au moins, il annonce clairement ses intentions.

Il est 14 heures, cela lui laisse donc trois heures avant cette rencontre tant
attendue. Elle va en profiter pour faire une petite sieste réparatrice puis
se faire une beauté.
Elle dort une heure, prend une douche, se lave les cheveux, se fait un
brushing. Ses longs cheveux blonds sont magnifiquement coiffés et cette
crinière de lionne s'assortit magnifiquement avec sa robe panthère griffée
Roberto Cavalli achetée en solde à Saint Denis avant son départ.
Elle complète parfaitement sa tenue avec ses escarpins Sergio Rossi en
imitation de poils de panthère également. Comme il fait très froid à Paris,
elle a enfilé une paire de bas noirs auto-agrippant.
Il est 17h15, son téléphone bipe :
« Code ??? »
Waouh, son cœur s'accélère !
« 21 86 »
Vite, Elle donne un dernier coup de brosse à son indomptable chevelure.
« Étage ? »
Une dernière retouche maquillage :
« 2 »
Le rythme des battements de son cœur s'accélère encore...
« Suis là ! »
Les jambes tremblantes, Elle lui ouvre la porte de la chambre.
Pendant quelques secondes, ils se regardent, se découvrent, se jaugent,
s'apprécient.
Il entre dans la chambre exiguë :
– Ouf, il fait chaud ici !!!

– Oui, j'ai mis le chauffage sur trente degrés, je n'arrive pas à me réchauffer. Mets-toi à l'aise, déshabille-toi !

Oups, ses paroles sont sorties trop vite de sa bouche et Elle n'a pas mesuré à temps le quiproquo qui pouvait en découler.

– La chambre est sympa mais pas très grande, assieds-toi.

Elle lui tend le fauteuil mais il préfère s'asseoir sur le lit.

Ils commencent à discuter de ses tournages actuels et il lui raconte toutes les difficultés financières auxquelles il se heurte quotidiennement pour réaliser ce film.

Elle lui parle de son roman qu'Elle languit de terminer et ils évoquent ensemble les solutions qu'ils pourraient trouver pour le faire éditer puis le scénariser.

Elle lui explique que le roman se termine sur lui, qu'il est son ultime rencontre que ce soit de la fiction ou pas.

Il s'inquiète :

– Tu vas parler de moi ? Je n'ai pas trop envie !...

– Ne t'inquiètes pas, je vais changer ton prénom…

– Oui mais si je réalise le film tout le monde saura... »

– Et alors, quand tu as fait ton film, les acteurs ne couchaient pas ensemble peut-être ? Tout le monde le savait et c'est en partie ce qui a fait le buzz du film... »

Il la regarde étonné par l'énergie positive qu'Elle dégage.

Il enlève sa veste :

– Ouf ! Il fait vraiment très chaud ici !

Et il s'enfonce dans les oreillers, allongeant ses jambes sur le lit.

– Tu sais que mon cousin m'a beaucoup parlé de toi...

– En bien, j'espère…

– Il t'a survendue !

Elle sursaute :

– Comment ça, survendue ? Tu trouves que je ne corresponds pas à sa description ?

– Il m'a dit que tu étais sexy, pétillante, que tu étais la femme de ma vie…

– Et alors ? Je ne suis pas sexy et pétillante ?

– Ah si ! Tu es terriblement sexy et particulièrement bien foutue !

Tu as l'air d'avoir des seins magnifiques et je suis sûr que ce sont des vrais !

– Oui ! C'est rare de nos jours ! Comment tu vois ça ?

– Avec toutes les actrices que je côtoie, j'ai un peu l'habitude et je déteste les faux seins ! J'adore tes cheveux aussi ! Et moi, tu me trouves comment ? A ton goût ?

– J'aime beaucoup ! J'adore tes yeux sombres bridés, tes longs cheveux bruns qui commencent tout juste à grisonner, ton visage de Cheyenne !

– Ah oui ! On me l'a déjà dit.

– Oui, tu as dû avoir un ancêtre indien, c'est sûr ! J'adore en tout cas !

Et tout en parlant, Elle s'est rapprochée du lit, s'est allongée à côté de lui, tout près.

Leurs visages se frôlent et ils s'embrassent, longtemps, se goûtent, se découvrent par leur lèvres, leurs langues, puis les mains entrent en action. Elles se font douces, caressantes, soyeuses et partent timidement à la découverte de leur anatomie.

Il remonte sa robe et découvre ses jambes, longues, musclées, fuselées puis avec délice, les bas qui s'arrêtent en haut des cuisses.

Elle glisse la main sur son sexe par-dessus son jean et mesure l'effet qu'Elle produit sur lui.

Le renflement qu'Elle sent sous ses doigts la rassure, il apprécie ses caresses.

– J'ai tellement de boulot, ça fait deux mois que je n'ai rien fait !

Elle dégrafe sa braguette, saisit délicatement son gland tout dur et commence à le malaxer doucement en exerçant des va-et-vient de différentes pressions, très douces puis vigoureuses puis de nouveau très douces….

Lui, promène une main entre ses cuisses, à la lisière des bas et entreprend de glisser un doigt dans sa fente toute chaude et déjà bien humide.

Elle interrompt ses caresses pour ôter sa belle robe, il en profite pour dégrafer son soutien-gorge.

Il lui saisit les seins, enroule sa langue autour de ses tétons. Elle gémit de désir et de plaisir.

- Tu as des seins magnifiques c'est tellement rare, elles ont toutes les seins refaits, je déteste ça ! Et puis tu n'as pas de tatouages, ça aussi je déteste.

- Tu as déjà vu des autocollants sur une Ferrari ?
Il rit :
- Et en plus, j'adore ton esprit.
Il admire ses jolis seins et les caresse du bout des doigts faisant se dresser les pointes et monter son désir.
- Tu as un préservatif ?
- Non ! Tu n'en as pas sur toi ?
- Non plus.
Elle reprend sa caresse et descend ses lèvres sur son sexe tout dur. Elle le lèche tout doucement et l'enfouit au fond de son gosier. Elle le suce voluptueusement et intensément tout en se soulevant et en plaçant son bassin à hauteur du visage d'Alban pour qu'il puisse la caresser à son tour.
Il en profite pour se soulever un peu dans les oreillers de façon à avoir sa bouche à la hauteur de son clitoris et la lèche tout doucement lui aussi, comprenant que c'est le rythme qu'Elle affectionne.
Ils se caressent ainsi un moment jusqu'à leur jouissance commune.
Le temps est passé très vite, il doit emmener son fils au théâtre et a déjà pris du retard.
    – Je repasse te voir tout à l'heure quand mon fils sera endormi.
Elle lui sourit, heureuse qu'il ait envie de passer encore un peu de temps avec Elle.
    – Ok, tu connais le code d'entrée, rejoins-moi.
    – Je ne te promets rien parce que c'est un peu compliqué avec mon fils, je ne l'ai pas vu depuis deux mois et il a du mal à accepter ma séparation avec sa mère, il n'arrive pas à dormir sans moi...
    – Fais pour le mieux, je repars ensuite à 10000 km … et je ne sais pas quand je reviendrai.
Ils s'embrassent et il part précipitamment.

Voilà ! Une heure pour se rencontrer, se découvrir, s'apprécier, tomber amoureux ?

Elle reprend le TGV en direction de Nantes puis le lendemain, l'avion pour Nice, ayant prévu un petit périple pour revoir la Côte d'Azur où Elle a vécu toute sa jeunesse.

Après avoir passé quelques jours à Cannes et Monaco, Elle roule en direction de Saint Tropez où Elle sait qu'Alban possède une maison.

Elle a loué une puissante décapotable et, cheveux au vent, prend beaucoup de plaisir à enfiler les virages qui bordent la mer tout le long des magnifiques rochers rouges du massif de l'Esterel.

Elle est au téléphone avec son fils qui connaît la maison d'Alban et il lui indique le chemin pour qu'Elle passe devant.

La maison est sur sa route….

Elle la découvre au détour d'un virage.

Une grand bâtisse blanche sur trois niveaux, deux grandes terrasses et deux tours octogonales de chaque côté.

Ce n'est pas comme ça qu'Elle l'avait imaginée, Elle la voyait ocre avec un gros crépi épais comme la plupart des vieilles maisons du Var, et entourées d'arbres.

Là, elle est juste face à la mer…

Cette mer Méditerranée qu'Elle chérit tant…

Elle arrête sa décapotable, saisit son portable et prend une photo de la maison pour l'envoyer à Alban.

Elle le fera de l'hôtel quand Elle aura récupéré du Wifi.

Elle a rénové des maisons toute sa vie et Elle regarde la vieille bâtisse qui semble lui dire :

« Je t'attends, viens vite t'occuper de moi !!!»

Ça va pas être simple, y'a du boulot !!!

Elle fait un petit tour dans Saint Tropez, il est tard et il n'y a pas grand monde. Elle aime particulièrement ce Saint Tropez d'avant saison, sans touristes. Elle rentre dans quelques boutiques, achète un t-shirt gris avec une étoile et des sandales dorées à très hauts talons qui ont un rendu magnifique sur ses pieds bronzés toute l'année. Elle discute avec le commerçant et ils dérivent inévitablement sur le sujet du couple et le problème de la routine et de la fidélité. Elle se sent bien ici, chez elle. Elle y a tant de souvenirs, Elle a tant arpenté ces ruelles pavées sous un soleil de plomb comme sous la pluie. Elle remonte en voiture avec un petit sourire au coin des lèvres et roule à vive allure jusqu'au Lavandou, son port d'attache. Elle connaît la route par cœur et pourrait prendre chaque virage les yeux fermés.

Elle a réservé un hôtel situé sur la plage de Cavalière.
Arrivée dans sa chambre, Elle ouvre la porte-fenêtre et sort sur la terrasse face à la mer pour humer les embruns. Elle connaît cette odeur et le bruit du léger ressac par cœur. Elle capte le wifi et s'empresse d'envoyer la photo de sa maison à Alban.
« Ah ! Ah ! Surprise ! J'arrivais sur Saint-Tropez par la côte et j'étais au téléphone avec mon fils qui est venu chez toi l'été dernier quand, au détour d'un chemin, je suis tombée sur cette jolie maison et il m'a expliqué que ça devait être la tienne. Tu confirmes ?
Tu sais que ma spécialité c'est de rénover moi-même les maisons…
Je te raconterais bien ce qui se passera sur ce balcon…»
Il répond laconiquement :
« Oui, c'est ma maison ! J'habite le premier étage, celui du balcon ! »
Ah ! Oui ! Le balcon !...
Elle s'installe confortablement sur sa terrasse et bercée par le tintement des graviers roulés par les vagues qui viennent caresser le sable, Elle commence à imaginer la scène.
Elle saisit son téléphone et lui écrit :
« Nous venons de finir de dîner, c'est le printemps et la soirée est douce. Je te propose de sortir sur le balcon pour boire un dernier verre de vin face à la mer. Il fait nuit déjà et la mer scintille de mille feux. Je m'appuie sur l'épaisse rambarde en béton et t'invite à te coller à moi. Je porte une robe en maille et comme il fait encore frais mes jambes sont habillées de bas.
Tu entoures ma taille d'un bras, l'autre tenant ton verre. Je relève mes cheveux et incline la tête sur le côté pour que tu puisses déposer un baiser dans mon cou.
– Mords-moi !
Tu adores ça car tu connais la suite…Tu sais que plus tu vas appuyer ta morsure, plus tu vas me rendre dingue. Je sens déjà l'excitation chatouiller mon bas-ventre. Je me cambre pour frotter mes fesses contre

ton pantalon et je bouge mon bassin de bas en haut et de droite à gauche dans un léger déhanchement circulaire.

Ta réaction ne se fait pas attendre et je sens ton sexe gonfler et appuyer sur ta braguette.

Je prends ta main et la fait descendre sur ma cuisse puis la guide sur ma hanche tout en relevant ma robe. Tu passes de la douceur du bas à la finesse de ma peau sans rencontrer aucun obstacle.

– Hummm, madame ne porte pas de culotte ! Tu sais comme ça m'excite !

Ta main n'a plus besoin de moi pour la guider, elle se sauve entre mes jambes et un doigt pressé vient vérifier l'état de mes pensées.

– Tu es déjà trempée !!!

J'appuie un peu plus ma croupe, dénudée à présent, contre toi et utilise ma main libre pour ouvrir ta braguette et saisir ton sexe déjà en belle érection.

Je le branle un peu, quelques va-et-vient dans la paume de ma main, sous la pression alternée de mes doigts et le guide vers moi, offerte, humide, impatiente de me sentir pénétrée.

Tu t'enfonces d'un coup ! C'est bon !!!

J'aime être prise dehors, d'autant plus face à la mer, sentir le léger souffle du vent sur ma peau qui frissonne, ça décuple mon excitation.

Je te laisse mener le rythme et accompagne tes coups avec les ondulations de mon bassin. Le plaisir m'envahit et j'accélère la cadence de mes frottements contre ton pubis mais je ne veux pas que tu jouisses tout de suite. Alors je me dégage, je me retourne, finis mon verre d'un trait et le pose à terre. Me voilà accroupie devant toi et je flatte doucement tes bourses rasées et douces. Je glisse un doigt dans ma bouche pour bien l'humidifier et le promène, inquisiteur entre tes fesses. Ton gland renflé se dresse devant l'entrée de ma bouche et essaie de s'y introduire mais, dents serrées, je lui barre, provisoirement, le passage. Juste pour te faire languir un peu…

Ma langue vient en éclaireur et se balade le long de cette turgescence qui se présente à ma porte. Tu es inspecté dans tes moindres recoins et finalement admis à pénétrer dans l'antre du plaisir.

Je t'aspire au fond de mon gosier, te rejette et te reprends sans cesse.

Tu es mon ange et je suis ton démon.

Je te sens prêt à inonder ma bouche de ta semence mais j'ai envie de profiter encore alors je stoppe d'un coup ma caresse et me relève.

J'ôte ma robe et me présente totalement nue devant toi. Il fait frais, je frissonne et la chair de poule court de mon cou jusqu'à mes pieds.

Mais tu me couvres de ton regard de Cheyenne et son intensité est telle que je me sens de nouveau bouillonner.

Je me place dos à la rambarde, prends appui sur mes bras et enroule mes jambes autour de tes hanches pour que tu t'enfonces en moi. Tu passes tes avant-bras sous mes cuisses pour me soutenir et je suis ainsi, en lévitation, toute abandonnée à tes impulsions.

Mon sexe, dans cette position appuie fortement sur le dessus de ton gland et notre plaisir ne tarde pas à nous faire exploser, l'un entraînant l'autre, on ne sait plus lequel des deux a commencé d'ailleurs... »

Elle passe de merveilleux moments au Lavandou avec son amie Valérie qui est venue la retrouver le lendemain matin.

Lors de leur déjeuner dans un restaurant sur la plage de la Fossette, elles font la connaissance de six jeunes hommes d'une trentaine d'années qui leur offrent un mojito sur la plage alors qu'elles viennent de s'installer sur les transats, leur déjeuner terminé. Elles se baignent puis s'endorment et sont réveillées par la bande de joyeux lurons qui viennent de prendre possession des transats voisins, verre de rosé à la main. Ils commandent une autre bouteille et leur proposent à boire… Elles finissent l'après-midi avec eux à rire, se baigner et discuter d'un tas de sujets mais principalement du couple, l'un des hommes étant en train de vivre une séparation douloureuse alors qu'il a deux jeunes enfants. Dans l'euphorie de leur après-midi de folie, il fait des avances à Valérie et un autre jeune homme la drague légèrement. Ils les invitent à dîner chez eux mais elles refusent voyant le plan cul arriver.

Le soir, ils se rejoignent dans une boîte de nuit sur le port de Saint Tropez. Les deux jeunes hommes se font plus insistants mais elles repoussent gentiment leurs avances et ils passent une excellente soirée à rire et danser sur le port de Saint Tropez.

Le lendemain, Valérie rentre sur Marseille et elle, file sur Nice en voiture afin de reprendre l'avion pour Paris.

Elle s'arrête à Cannes retrouver des amis d'enfance qu'Elle n'a pas vus depuis 35 ans. Ils sont gérants du Beach Club, un gros complexe de restaurant boîte de nuit à Cannes et ils l'invitent à venir visiter l'établissement.

Le Festival de Cannes commence le lendemain et tout le personnel met la main aux derniers préparatifs.

– Demain pour l'ouverture, nous recevons Pénélope Cruz et Javier Bardem ! Dommage que tu rentres à la Réunion, tu aurais fait la connaissance de tout le gratin...

A contrecœur et malgré la grève du personnel d'Air France, Elle prend l'avion pour rejoindre Paris et s'envoler le soir même pour l'île de la Réunion.

Elle y reste dix jours mais a très envie de repartir sur Cannes pour profiter un peu du Festival et repasser à Paris pour revoir Alban.

Elle repart donc pour la métropole en avion direct pour Marseille cette fois et après une semaine de détente à Cannes, elle retourne en Vendée finir quelques travaux sur sa maison avant les locations de l'été puis file sur Paris. Alban l'a informée la veille qu'il sera disponible pour la retrouver en milieu d'après-midi.

Il y a eu un gros orage la nuit précédente et le TGV est dévié par Rennes, il aura une heure de retard.

Heureusement qu'Elle est partie tôt. Elle prévient la propriétaire de l'appartement qu'Elle a loué, du retard annoncé.

Elle arrive enfin à la Gare Montparnasse, prend le métro et gravit difficilement les nombreuses marches en traînant sa grosse valise puis poursuit sa route à pied jusqu'à sa location. Après lui avoir présenté l'appartement, la propriétaire prend congé. Au même instant, Elle reçoit un texto d'Alban.

« 16 heures ? »

Elle regarde l'heure, houlà ! Il est déjà 15h40 ! Elle a vingt minutes pour se faire belle...

« Ok ! Parfait. Code A 1838»

Elle se précipite sur son téléphone pour prévenir sa copine Valérie qui devait passer la soirée et la nuit avec elle qu'Alban arrive et qu'Elle va certainement rester une grande partie de la soirée avec lui.

– Pas grave ma chérie, j'étais en mode larve dans mon canapé. Trop contente pour toi. Profite bien de ta soirée.

Elle fonce sous la douche et choisit sa tenue, une robe fluide courte et très colorée qui met son teint hâlé et ses longues jambes bronzées en valeur.

Elle se maquille légèrement mais n'a pas le temps de se faire une jolie coiffure, juste quelques coups de brosse.

Elle est en train d'attacher la bride de ses sandales dorées à hauts talons achetées à Saint Tropez quand il lui adresse un nouveau texto :

« Étage ? »

« 2 »

Elle ouvre la fenêtre et le voit sur le trottoir d'en face, chemise en lin bleue ciel, jean un peu large, ses longs cheveux. Elle le trouve beau et classe.

Il traverse la rue pour rentrer dans l'immeuble et Elle ouvre la porte de l'appartement pour l'accueillir.

Ils se sourient un peu gênés tous les deux de cette nouvelle rencontre arrangée.

Elle a l'impression de jouer une sorte de rôle qu'on lui aurait dicté. Comme si tout était écrit d'avance mais qu'eux, ignorent la suite.

Il s'assied sur la chaise et Elle sur le lit et ils commencent à discuter de leurs projets. Il lui parle du film qu'il est en train de suivre en production et l'interroge sur l'avancée de son bouquin puis ils discutent de leurs expériences passées et s'aperçoivent qu'ils ont tous deux été instituteurs remplaçants à la fin de leurs études….

Alban se lève d'un coup, sans rien dire et se dirige vers la salle de bains. Elle l'entend prendre une douche alors Elle enlève sa robe et ses chaussures mais garde sagement ses sous-vêtements et va s'allonger sur le lit.

Il ressort de la salle de bains en caleçon, pudique lui aussi et s'allonge à ses côtés. Ils s'embrassent, longtemps, sans se toucher, uniquement la sensation de leurs langues enroulées et de leurs lèvres appuyées l'une sur l'autre. C'est très agréable mais Elle est loin de ressentir l'excitation et le désir fougueux que lui inspire Yann dès qu'Elle l'aperçoit. C'est différent, plus posé, plus calme. On n'est plus dans la passion mais dans une relation tendre et complice.

Il la caresse et quand il pose ses mains sur son corps, Elle a le sentiment de perdre tout contrôle d'elle-même, qu'il la domine. Il lui en impose et c'est rare qu'une personne l'impressionne.

Il descend tout doucement sur son sexe en lui donnant au passage des petits coups de langue et des baisers furtifs. Il glisse sur son clitoris et le léche doucement sans trop appuyer sur le bouton comme Elle aime. Elle renverse la tête dans les nombreux coussins qui jonchent le haut du lit et commence à se détendre et à se laisser aller sous ses petits coups de langue.

La dernière fois, Elle l'avait fait jouir dans sa bouche et il veut visiblement lui rendre la politesse.

Elle promène ses mains libres sur ses tétons, les lubrifiant avec sa salive et serrant légèrement la pointe pour décupler le plaisir qu'il lui procure avec sa langue.

Il la fait jouir doucement mais avec une intensité profonde. Elle se dégage et entreprend de le caresser à son tour avec sa main qui se fait douce autour de son gland tout dur d'excitation puis Elle exerce des pressions de plus en plus fortes et y ajoute sa langue qui parcourt son sexe dans tous les sens. Elle l'enserre de ses lèvres et le suce goulûment.

– Tu as un préservatif ?

Elle glisse sa main sous l'oreiller et lui en tend un :

– Oui, cette fois j'ai tout prévu ! lui rétorque-t-Elle avec un sourire coquin.

Il se saisit du préservatif, l'ouvre, le déplie et le fait glisser sur son sexe puis il s'allonge sur elle pour la pénétrer.

Rien à voir encore avec la fantaisie de Yann, il faut qu'Elle arrête d'y penser et de comparer. Ce qu'Elle vit avec Yann est unique et Elle ne retrouvera pas une telle alchimie avec un amant.

Alban la prend en douceur et alterne le vibrato. Il maîtrise parfaitement les différents rythmes de ses va-et-vient et Elle se colle à lui pour épouser son mouvement. Les mains d'Alban parcourent son corps et jouent dans ses cheveux.

– J'adore tes cheveux ! Viens sur moi, je veux te voir, profiter de tes seins magnifiques !

Il se retire, s'allonge sur le dos et l'attire à lui. Elle place ses jambes de chaque côté de son buste et s'empale sur son sexe. A son tour, Elle entame ses allers et retours sur le même tempo que lui. Il se laisse faire et profite du spectacle. Alternativement, Elle se penche sur lui pour frotter ses seins contre son torse puis se relève pour glisser son téton sur ses lèvres. Il l'attrape et Elle se relève. Il ne lâche pas et agrippe la pointe entre ses dents, ce qui lui procure un pic d'excitation.

Elle remonte ses pieds pour se mettre en position accroupie sur lui et incline son buste pour lui donner l'angle d'appui sur son sexe, position à laquelle aucun homme ne peut résister.

Lui non plus.

Il jouit fort en la serrant contre lui et cette jouissance l'entraîne à son tour dans un tourbillon de plaisir.

Il se relève et va reprendre une douche mais Elle ne le suit pas...

– Je dois aller chercher ma moto qui est restée à l'autre bout de Paris. Je pars en métro et je reviens avec, j'en ai pour une petite heure. Je t'invite à dîner, tu n'as rien de prévu ?

– Non, je m'étais rendue disponible pour toi.

– Il est dix-neuf heures, on se dit à vingt heures, Ok ?

– Parfait pour moi, je vais faire un petit tour dans le quartier pour repérer un resto sympa.

Il lui dépose un doux baiser sur les lèvres et s'en va.

Elle reste un instant sur le lit, perdue dans ses pensées. Que va-t-il se passer avec cet homme ?

Vont-ils réaliser ensemble le film de son roman ?

Comme Elle aimerait être plus vieille de quelques mois...

Elle a envie de profiter au maximum de son court passage à Paris et reprend une douche, se maquille, aperçoit des pinces chauffantes pour lisser les cheveux et entreprend de les discipliner car après l'amour, ils sont toujours tout emmêlés.

Elle se fait des jolies boucles qui mettent en valeur la longueur de sa chevelure, choisit une robe blanche qu'Elle a achetée à Antibes, très moulante, manches courtes, découpe de décolleté qui souligne ses épaules parfaitement dessinées. Très classe !

Elle enfile des sandales à talons hauts avec plusieurs brides bleues outremer et une veste en similicuir du même bleu que ses chaussures.

Elle commence à marcher dans les rues de Paris et constate que les passants se retournent sur son passage. Hummm, c'est bon ça ! Alban va adorer.

Un homme baisse la vitre de sa limousine noire :

– Vous êtes très élégante !

Elle lui décoche son plus beau sourire :

– Merci !

L'homme est très classe et ce compliment lui va droit au cœur.

Elle fait un petit tour dans le quartier du Marais qu'Elle ne connaît pas et pénètre au hasard sous un porche. Elle avance dans une cour pavée au charme suranné et se retrouve devant le Café de la Gare.

Sur la gauche du bâtiment, il y a une jolie terrasse de restaurant à la décoration toute blanche, intimiste et romantique à souhait, parfait pour leur dîner….

Il est bientôt 20 heures et Elle rentre à l'appartement se redonner un petit coup de brosse et de maquillage.

Il arrive à 20 heures pile et lui envoie un texto :

« Suis en bas.»

Elle se place à la fenêtre qui donne sur la rue :

– Je descends !

Quand Elle le voit, Elle reçoit ce message : C'est Ton Homme.

Mon Homme, Mon Homme…. Ce n'est pas gagné et en plus, il a l'air d'avoir un de ces mauvais caractères…

Tu le veux ? Tu l'auras ! Mais ne viens pas te plaindre après. Profite de tes instants de liberté si jubilatoires, tu te lèves et te couches quand tu veux, tu manges ou pas comme tu veux quand tu veux, tu sors quand tu veux avec tes copines, tu fais tout ce que bon te semble… Et cette liberté-là, ma chérie, elle n'a pas de prix…

Elle descend rapidement les escaliers et le rejoint sur le trottoir. Il a changé sa chemise en lin bleu ciel pour une en cotonnade blanche, très classe... Il la regarde traverser la rue, admiratif :

– Ah ! Tu as opté pour le blanc toi aussi !

Oui, moi aussi ! One point.

– Oui ! Comme toi, tu vois qu'on est connecté. Elle lui sourit et l'embrasse sur les lèvres.

Ils commencent à marcher l'un à côté de l'autre et Elle glisse un bras sur le sien. Les passants se retournent sur eux comme sur les rares couples bien assortis qui dégagent une aura de complémentarité.

Et c'est vrai qu'ils sont beaux tous les deux tout de blanc vêtus…

Ils partent dans la direction opposée du restaurant qu'Elle a repéré et Elle le tire par le bras pour lui faire effectuer un demi-tour.

– J'ai trouvé par hasard, tout à l'heure, un petit resto au calme, au fond d'une cour, l'endroit est charmant et j'aimerais te le faire découvrir.

Ils entrent dans la cour :

– Tiens, je ne connaissais pas !

– Tu comprends pourquoi je faisais cette émission de TV « 7 Tendances ». J'ai un don pour dénicher les nouveaux endroits, insolites, tendances et souvent inconnus ou méconnus.

Comme très souvent à Paris, les tables sont très resserrées en terrasse, la serveuse les place en plein milieu d'une longue tablée, aucune intimité.

Il repère une table à l'écart, à l'entrée de la terrasse qui vient de se libérer. Et Elle l'a vue au même instant.

– Tu ne veux pas qu'on change ?

– Oh si ! J'allais te proposer la même chose.

Il hèle la serveuse pour lui demander de changer de table.

– Pas de soucis, je vous la prépare et vous appelle.

Il y a encore du monde qui se présente à l'entrée du restaurant et Elle se lève et lui propose qu'ils aillent tout de suite s'y installer pour ne pas se la faire piquer.

– Ouh ! On est beaucoup mieux là ! Je déteste être collée ainsi aux autres.

– Moi aussi !

– Je ne sais pas si tu as remarqué mais on n'arrête pas de dire moi aussi !

– Oui moi aussi !

Ils regardent la carte et commandent un verre de rosé pour elle et de blanc pour lui.

Elle lui explique qu'Elle ne mange plus de viande et de quelle façon Elle a modifié son alimentation et tous les bienfaits qu'Elle en retire.

– Tu devrais essayer si tu veux perdre un peu de poids et surtout retrouver ton énergie vitale.

Il l'écoute avec intérêt car avec sa plastique parfaite et son dynamisme débordant, il semble évident qu'Elle a une bonne hygiène de vie.

Il allait choisir une viande mais du coup, sur ses conseils, il opte pour une soupe de poisson et Elle le suit.

Ils trinquent à leur rencontre et il commence à lui raconter sa vie. Il a fait beaucoup de choses et a eu une vie exaltante. Il s'est marié trois fois, et trois fois ses épouses l'ont quitté car il n'était pas assez présent, souvent à cause du cinéma et parfois à cause d'autres femmes, son point faible….

Il lui avoue qu'il n'a jamais été fidèle…

Faute avouée à moitié pardonnée...

Au moins les choses sont claires dès le départ, Elle reconnaît bien là la franchise du Verseau. Tout l'inverse d'Erwan qui se présente lui comme un homme extraordinaire, fidèle, honnête….Il le clame si haut et fort que ça en devient louche. Elle aurait dû voir cette évidence mais il est très fort et combien d'hommes et de femmes se sont fait avoir ainsi par son numéro de charme toujours intéressé.

Ils passent un très agréable moment au restaurant. Un de ses rares instants où vous voudriez que ça ne se termine jamais.

Elle se sent bien en face de cet homme qui la fascine. Elle plonge ses yeux dans les siens, Elle adore son regard de Cheyenne et ne s'en lasse pas. Lui aussi la dévisage intensément et Elle croit déceler un grand point d'interrogation dans son regard.

C'est sûr, Elle l'interpelle.

Il est 23 heures quand ils sortent du restaurant. Ils marchent bras dessus, bras dessous dans la douce chaleur de cette nuit de juin.

Ils arrivent devant la porte de son immeuble et s'embrassent.

– Tu montes un instant ?

– J'aimerais bien mais je dois y aller, j'ai encore plusieurs mails à envoyer pour l'organisation du tournage… Je t'ai dit que quand je tourne un film je n'ai pas de temps même pour moi. J'ai fait une grosse exception là, avec toi...

Elle se colle à lui avec sa robe sexy, moulante à souhait qui laisse entrevoir la pointe de ses seins et montre qu'Elle ne porte pas de soutien-gorge. Elle glisse sa main sous sa chemise et lui caresse le dos. De l'autre main, Elle compose le code d'ouverture de la porte d'entrée et le pousse dans le petit hall.

L'immeuble compte trois niveaux et seulement deux appartements par étage.

La probabilité qu'un voisin rentre ou sorte est donc minime... Elle le colle contre le mur et ouvre un à un les boutons sa chemise tout en l'embrassant voluptueusement. Surpris, il se laisse faire. Elle promène ses lèvres sur son torse, enroule sa langue autour de ses petits mamelons, les mordille légèrement et descend sur sa braguette. D'une main, Elle ouvre son ceinturon et déboutonne la braguette de son jean avec sa bouche et ses dents en soufflant légèrement sur sa peau et en lui donnant des petits coups de langue sur son bas ventre.

Cette situation inattendue l'excite terriblement et il sent son sexe gonfler de désir.

Elle a réussi à extirper cette bite turgescente et la parcourt à petits coups de langue bien appuyés. Il regarde cette bouche gourmande aller et venir sur sa verge et son érection atteint un point crucial. Elle le branle, le lèche, le suce tout en lui caressant les couilles et en jouant avec un doigt à l'entrée de son anus.

Elle sent qu'il est prêt à exploser alors Elle se relève, se retourne, remonte sa robe sur ses hanches et lui tend sa croupe.

Il glisse un doigt dans sa fente, Elle est trempée, toute émoustillée par le fait qu'à chaque instant quelqu'un puisse rentrer et les surprendre.

Il s'enfonce d'un coup profondément en elle déjà inondée de cyprine.

– Vas-y, fort, très fort !

Ces mots susurrés avec sa voix sensuelle lui font l'effet d'un détonateur et il se met à la pilonner furieusement.

– Hummm !!! Oui... Baise-moi comme ça !

Et Elle bouge de plus en plus vite son bassin pour accentuer la puissance de ses mouvements.

– Viens ! Vas-y ! Viens !

Il sent sa jouissance arriver, son corps se met à vibrer et Elle l'entraîne à son tour.

Ils restent quelques secondes ainsi collés l'un à l'autre, hébétés par l'intensité de leur rapide étreinte puis ils se rhabillent en hâte.

– Tu vois, je ne t'ai pris que cinq minutes ! Va vite travailler !

Bonne nuit, fais de beaux rêves, ajoute-t-Elle avec un regard malicieux.

Et Elle grimpe quatre à quatre les escaliers, boostée par leur furieux échange, se dirige à la fenêtre et l'ouvre pour fumer une dernière cigarette. Elle l'aperçoit en bas, enfourchant sa moto tout en enfilant ses gants. Elle ne sait pas quand Elle le reverra...

Elle lui envoie un petit message :

« J'ai passé une très belle soirée avec vous mister Mornet, bonne nuit, bisous. »

Il lui répond :

« Bonne nuit ma chère,...aurais aimé rester mais... »

« Il faut savoir prendre ce que la vie te donne à l'instant où elle te le donne. J'espère te revoir demain avant mon départ. »

Mais le lendemain il est parti sur son nouveau tournage et Elle ne le reverra pas.

« On garde le lien. Dès que ton bouquin est sorti, fais-moi signe et on verra si on peut en faire quelque chose pour un film... »

CHAPITRE 15 : 10 DE PERDUS, 1 DE RETROUVÉ ?

7 novembre 2018

Elle prend l'avion pour la métropole, Elle a rendez-vous à Paris pour une émission de TV afin d'assurer la promotion de son bouquin qu'Elle vient d'éditer et Elle doit retrouver Alban. Il a enfin terminé son film et va avoir un peu de temps à lui consacrer. Elle espère qu'une nouvelle aventure va commencer à la fois intellectuelle et passionnelle.

A la sortie de l'avion, Elle aperçoit Yann, il est juste devant elle pour aller récupérer les valises. Elle ne l'a pas revu au cours de ses dix jours de retour à la Réunion. Elle ne l'a pas appelé même si Elle en mourrait d'envie... À quoi bon ? Une dernière fois ? Pour se faire encore plus de mal ? Ils se sont tout dit lors de leur dernière rencontre face à la mer. Ils se retrouveront un jour, c'est écrit mais ce n'est pas le moment.

Comme il a voyagé en premium, il a bénéficié du salon VIP et C'est pour cette raison qu'Elle ne l'a pas vu dans la salle d'embarquement.

Et dire qu'il aurait pu l'inviter à boire une coupe de champagne...

Ça aurait bien terminé leur histoire...

Et peut-être qu'ils se seraient retrouvés dans l'avion pour une étreinte rapide la nuit quand tous les passagers sont endormis, un de leur fantasmes...

Le cœur battant et les mains moites, Elle hésite entre se diriger vers lui pour lui parler une dernière fois ou l'ignorer.

En premium sa valise va sortir en priorité …

Elle décide de s'approcher légèrement mais distingue près de lui une silhouette entr'aperçue sur ses rares photos de famille, sa femme est avec lui ! Elle l'a accompagné à la Réunion pour ses derniers jours et dire au revoir à tous leurs amis. Elle comprend pourquoi, de son côté, il ne l'a pas rappelée.

Elle avance vers lui et fait exprès de faire tomber son sac à main qui se renverse à ses pieds.

– Pardon ! Je suis désolée...

Il se baisse avec elle pour l'aider à ramasser son passeport, ses clés, du maquillage...

– Tenez ! Il lui tend son passeport, Elle l'attrape et frôle ses doigts. Quelle sensation ! La dernière fois… ses jambes tremblent.

Ils se relèvent ensemble, yeux dans les yeux.

L'intensité dans ces deux regards !!! Ça frise le Blackout !

La femme de Yann n'a rien remarqué, trop occupée à guetter les nombreuses valises du départ définitif.

Mais, vite ! Il faut se détourner...

Elle a juste le temps d'effleurer sa main et d'exercer une légère pression du bout des doigts.

– Merci de votre aide monsieur, au revoir.

Il lui sourit avec ce magnifique regard pénétrant qu'il avait jeté sur elle en entrant dans la salle de sport un an plus tôt :

– De rien ! Tout le plaisir était pour moi ! Bonne chance !

Il est déjà auprès de sa femme.

Elle se retourne et se dirige vers l'autre tapis destiné aux bagages de la classe éco. Elle sent son regard dans son dos et ça la brûle. Elle a envie de hurler, de pleurer, de se jeter dans ses bras, de l'embrasser fougueusement mais doit rester stoïque, impassible et froide !

Quelle force de caractère il faut encore pour maîtriser ses sentiments, ses émotions qui débordent de partout.

Elle le savait depuis le début. Il a tout fait pour qu'ils ne s'attachent pas, que l'amour ne s'installe pas, qu'il n'y ait rien d'autres comme souvenirs que des messages, des photos et des étreintes enflammés.

N'est-ce pas pire ?

Car rien n'est jamais venu entraver le désir sans cesse exacerbé, au contraire !

Il va s'éloigner pour toujours. Elle ne croisera plus jamais son regard brûlant, Elle ne respirera plus sa peau, n'aura plus le contact de ses doigts, de son corps puissant, de ses lèvres gourmandes, de sa langue fouineuse, de son sexe si doux et si chaud.

Leurs bagages arrivent au même instant. Ils se dirigent vers la sortie, Elle marche devant d'un pas rapide, n'ayant qu'une seule valise à tirer et Elle sent sa présence juste derrière elle.

Les voilà dans le hall de sortie, sous le panneau qui indique la direction du Terminal 3 et des hôtels de l'aéroport. Un dernier regard discret, un sourire à peine esquissé et ils partent chacun dans la direction de leurs correspondances respectives.

Les larmes coulent sur ses joues, douces et chaudes comme coulait l'eau des glaçons. Seule change la température du liquide qui se répand jusque dans son cou, mais il n'y a plus la douceur de sa langue pour le lécher, il n'y aura plus jamais.

NEXT !

Elle sort de l'aéroport, son téléphone sonne, Alban !

« Je t'attends à l'appartement, hâte de te le faire visiter et tellement de choses à te raconter... »

EPILOGUE

Sept ans se sont écoulés depuis la diffusion de son roman.

Elle vit désormais avec Alban entre Paris et Saint Tropez et les nombreux voyages qu'ils effectuent de par le monde pour la promotion de leurs livres ou films.

Elle a tout ce qu'Elle souhaitait, un homme intelligent, cultivé et charmant à ses côtés avec qui les échanges sont toujours passionnants, une vie parisienne palpitante avec de nombreuses invitations à des soirées de vernissage, de défilés de mode ou autres. Elle porte des vêtements de marque bien coupés, a les cheveux brushés, fait toujours une heure de sport tous les matins et de la natation en piscine ou à la mer l'été.

Elle n'a pas beaucoup changé, toujours son corps athlétique et ses longs cheveux blonds.

Elle rentre de New York où Elle est allée passer quatre jours pour parler de son roman et de la libération sexuelle des femmes dans une Université.

Elle vient d'atterrir à l'aéroport Charles de Gaulle et comme à chaque fois, Elle porte un regard nostalgique sur le panneau directionnel du Terminal 3.

Elle descend un escalator et aperçoit au loin une silhouette familière et surtout des cheveux bruns grisonnants qu'elle connaît bien pour les avoir maintes fois caressés dans des moments d'extase : Yann !

– YANNNN !

Elle s'est mise à courir dans l'escalator et a crié plus fort qu'Elle ne le pensait.

Tout le monde s'est retourné, lui aussi reconnaissant sa voix.

– Yann ! Attends !

Cela fait sept ans qu'ils ne se sont pas vus :

Il a lu son livre, relu plusieurs fois leur chapitre avec beaucoup de plaisir et de désir en repensant à leurs ébats torrides. Il est content de son succès.

Il a navigué toutes ces années et quatre ans plus tard est retourné vivre seul à la Réunion après le décès de sa femme des suites d'un cancer douloureux.

Elle a suivi tant bien que mal ses voyages au travers de quelques photos postées sur les Facebook de sa femme ou de ses enfants, a appris le décès de sa femme, lui a adressé un message sur WhatsApp mais sur son numéro réunion qui ne devait plus exister alors.

Il arrive de la Réunion pour aller rejoindre son bateau en Polynésie.

Ils sont face à face, immobiles, se regardent avec une intensité jamais égalée.

Ils se souviennent de tout ; les odeurs, les saveurs, leurs délires, leur désir, leur plaisir et d'un coup ils éclatent de rire et ne s'arrêtent plus.

Il la prend par la main et l'entraîne vers le Terminal 3.

– Tu te souviens ?

– Comment aurais-je pu oublier ? L'hôtel M et son petit fauteuil rouge...Regarde (Elle saisit son portable), j'ai encore la photo, j'ai toutes les photos !

Il court, l'entraînant vers l'hôtel M :

– Viens ! Viens vite ! J'ai envie de toi ! Ça fait sept ans que j'ai envie de toi !

Et ils retrouvent leurs gestes qui n'appartiennent qu'à eux, leurs positions indescriptibles, leur manière si particulière de s'aimer qu'elle ne peut être égalée avec aucun autre partenaire.

Il commande une bouteille de Dom Pérignon et fait péter bruyamment le bouchon, lui fait boire au goulot, en renverse sur ses seins, son sexe et le lèche avec délectation.

– Comme tu m'as manqué...Ça fait sept ans que j'ai envie de toi mais surtout, ça fait sept ans que je t'aime !

Maintenant, on ne se quitte plus, le bateau t'attend ! Je t'emmène en Polynésie !

(Chante rossignol chante, m'en allant promener, j'ai trouvé l'eau si claire que je m'y suis baignée, il y a longtemps que je t'aime, jamais je ne t'oublierai...)

Elle rentre le soir à l'appartement, Alban l'observe.
Elle a les joues roses, les cheveux en bataille et cette lumière dans le regard…
Ça lui fait mal, le transperce. Elle a craqué. Elle n'a pas hésité un seul instant.
Il le sait instantanément, il a lu le livre, en a fait un beau film. Depuis sept ans, il connaît la fin de l'histoire et la redoute.
Il a vécu ces sept années dans l'attente de ce moment où Elle allait le quitter pour retrouver son Amour. Il a profité à fond de chaque instant passé avec elle, l'a choyée, aimée comme jamais il n'avait aimé, lui a tout donné pour inverser la fin de leur histoire.
Il plante ses beaux yeux sombres dans son regard :
– Tu l'as revu ?
– Oui !
– Et alors ? C'est comme dans ton roman ? Tu vas tout quitter ? Moi ? Cette vie trépidante que tu adores ? Notre complicité, la maison de Saint Tropez que tu as toute rénovée, cet appartement où tu te sens si bien, pour aller vivre avec lui sur un bateau en Polynésie ?
Elle lui répond avec un étrange sourire :
– Tu te souviens du film « Sur la route de Madison » ?

FIN

Mais non chers lecteurs, ce genre de fin n'existe que dans les romans…
Dans la vraie vie, ça ne se passe pas du tout comme ça, enfin rarement, du moins pas pour moi….
Alban, il ne m'a pas trouvée assez bien pour lui, souvenez-vous, « survendue »…
Je ne l'ai jamais revu, il m'a dit que mon bouquin était nul, du niveau d'un enfant de cinq ans…
Pierre 1, il s'est marié avec sa chérie tout en venant pleurer régulièrement à mon portail pour que j'accepte de le revoir, « Rien n'est irréversible » m'a-t-il dit pour essayer de me récupérer. Mais si, parfois…J'ai refusé.
Max, il m'aime toujours platoniquement et de temps en temps, on prend un verre ensemble, j'ai toujours les clés de son bateau.
Les autres, ils me rappellent de temps en temps, parfois au bout de plusieurs mois, pour savoir comment je vais et si je suis dispo pour une petite sortie…
Tiens, à l'instant mon portable bipe, c'est Louis-Marie. Il vient de poser son triple 7 à la Run et me demande si sa belle sirène est disponible pour un dîner. Je vais affûter mes talons hauts, ceux des sandales dorées achetées à Saint Tropez, il va kiffer…
Quant à Erwan il vit toujours avec Lorena mais j'ai appris qu'il commence à y avoir de l'eau dans le gaz, enfin de l'eau…

Et Yann ???

La quête continue…

NEXT !

ISBN 978-2-9565665-2-6

Dépôt légal : octobre 2018

Imprimé en France